Andreas Föhr
Schwarze Piste

Andreas Föhr

Schwarze Piste

Kriminalroman

KNAUR

Besuchen Sie uns im Internet:
www.knaur.de

© 2012 Knaur Paperback
Ein Unternehmen der Droemerschen Verlagsanstalt
Th. Knaur Nachf. GmbH & Co. KG, München
Alle Rechte vorbehalten. Das Werk darf – auch teilweise –
nur mit Genehmigung des Verlags wiedergegeben werden.
Redaktion: Maria Hochsieder
Umschlaggestaltung: ZERO Werbeagentur, München
Umschlagabbildung: FinePic®, München
Satz: Adobe InDesign im Verlag
Druck und Bindung: CPI – Ebner & Spiegel, Ulm
Printed in Germany
ISBN 978-3-426-21353-7

2 4 5 3 1

*Für die Menschen und Tiere
des Gnadenhofs Chiemgau*

1

Der Himmel am Morgen des vierundzwanzigsten September 2008 war grau, die Luft kalt und feucht. Der Monat hatte ungewöhnlich warm begonnen. Doch in der zweiten Hälfte waren die Temperaturen gefallen. Um sieben Uhr dreißig zeigten die Thermometer sechs Grad über null in Miesbach. Baptist Krugger verabschiedete sich von seiner Mutter, die ihm wie jeden Morgen in Stanniol eingeschlagene Wurstbrote mitgab, und bestieg einen alten VW Golf, um nach München in die Universität zu fahren. Jedenfalls nahmen seine Eltern das an. Baptist Krugger fuhr aber nicht nach München. Wie an fast jedem Morgen fuhr er zu einem neun Kilometer entfernten, einsam gelegenen Haus, um dort den Tag zu verbringen. Das wussten seine Eltern nicht, und auch sonst wusste so gut wie niemand von dem Haus. Der Golf nahm die Straße Richtung Norden, und alles war wie immer – nur dass heute ein dunkelblauer BMW Baptist Krugger in einigem Abstand folgte.

Sophie Kramm hatte unruhig geschlafen und war kurz nach fünf aufgewacht. Ihr war schlecht, und sie musste sich zwei Mal übergeben. Auch zitterten ihr die Knie. Sie zog sich an und ging zum Stall hinüber, um die kalte Luft zu atmen und sich zu beruhigen. Die Pferde und Esel waren nervös an diesem Morgen und scharrten und schnaubten in ihren Boxen. Zurück im

Wohnhaus, kochte sie eine Kanne Kaffee, trank aber nur wenig, denn sie fürchtete, dass der Kaffee ihrem Magen den Rest geben würde.

Um sechs war sie zu der kleinen Straße gefahren, die durch den Wald führte, und hatte Jörg und Annette geholfen, die mobile Verkehrsampel aufzubauen. Die feuchte Kälte durchdrang ihre Kleidung, aber sie schwitzte vor Anstrengung. Als die Ampel installiert war, leuchtete sie zwar, aber nur grün. Jörg hatte geflucht und gegen die Ampel getreten, wie es Männer oft taten, wenn technische Apparate nicht funktionierten. Annette hatte vorgeschlagen, die Ampel aus- und wieder einzuschalten. Nach dem Neustart leuchtete sie – allerdings nur rot. Aber das war in Ordnung. Ab sieben Uhr wartete Sophie Kramm in einem dunkelblauen BMW mit falschem Kennzeichen achtzig Meter vom Haus der Familie Krugger entfernt und beobachtete die Ausfahrt. Um sieben Uhr achtundzwanzig gab sie Kruggers Abfahrt per Handy durch, folgte dem Wagen in großem Abstand und verlor bald den Sichtkontakt. Doch war das ohne Belang. Sie wusste, welchen Weg Krugger nehmen würde.

Baptist Krugger war ein unscheinbarer junger Mann von vierundzwanzig Jahren, übergewichtig, aschblond, fahle Gesichtshaut, braune Augen, fliehende Stirn, wulstige Lippen und auch sonst Gesichtszüge, die nahelegten, dass eine seiner Urahninnen von Neanderthalern entführt worden war. Seine Eltern betrieben eine kleine Kerzenfabrik, die von Aufträgen der Diözese lebte, trotz dieser potenten Kundschaft aber in wirtschaftliche Schieflage geraten war; die Banken hatten gerade entdeckt, dass sie auf einem

Haufen wertloser Papiere saßen, und verliehen kein Geld mehr. Baptist studierte Betriebswirtschaftslehre und war dazu ausersehen, eines Tages die Leitung der Kerzenfabrik zu übernehmen. Neben der Liebe zu Kerzen wurde im Haus Krugger auch die Liebe zu Gott praktiziert, was im Kerzengewerbe gewissermaßen Hand in Hand ging. Baptist gedachte übrigens nicht, den elterlichen Betrieb zu übernehmen. Er besaß, was ihm niemand ansah, ein Vermögen von elf Millionen Euro. Niemand ahnte etwas davon, und niemand ahnte etwas von dem Haus, das er vor einem halben Jahr einem Freund abgekauft hatte. Baptist hütete noch andere Geheimnisse und war sicher, dass niemand außer ihm selbst von ihnen wusste.

Wenige Minuten, nachdem er Miesbach in Richtung Weyarn verlassen hatte, bog Baptist Krugger linker Hand in eine kleine Seitenstraße ab. Kurz darauf bog auch der dunkelblaue BMW in die Straße ein.

Wenig später folgte ein Streifenwagen. Darin Kreuthner mit dunklen Ringen um die Augen und zerschrammtem Gesicht.

2

Kreuthner hatte eine bewegte Schafkopfnacht im Gasthaus Zur Mangfallmühle hinter sich. Seine Mitspieler waren der alte und der junge Lintinger gewesen, von Beruf Schrottplatzbesitzer und Kleinkriminelle, sowie Stanislaus Kummeder, ein für seine Gewalttätigkeit berüchtigter Provinzganove. Gegen eins war Kreuthner vierhundert Euro im Plus gewesen. Dann hielten sich Gewinn und Verlust lange Zeit die Waage. Erst ab fünf kam wieder Bewegung in die Schafkopfrunde. Und das lag an einer Regel, die besagte, dass jeder Spieler fünf Euro in einen Topf, die sogenannte »Henn«, einzahlen musste, wenn kein Spiel zustande kam. Beim nächsten Spiel konnte die Partei, die das Spiel angemeldet und gewonnen hatte, den Inhalt der Henn an sich nehmen. Sollte sie das Spiel aber verlieren, musste die Henn verdoppelt werden. Da konnte, wie man seit der Geschichte mit dem Schachbrett und den Reiskörnern weiß, einiges zusammenkommen. Gegen halb sechs lagen über dreihundert Euro im Topf, und Kreuthners Barbestände waren auf zehn Euro zusammengeschrumpft. In dieser Situation bekam er ein Blatt mit sechs Trümpfen auf die Hand. Das Spiel war aber unerwartet verzwickt, und Kreuthners Partner Harry Lintinger gehörte nicht gerade zu den Kandidaten für den Mensa-Club. Um es kurz zu machen: Die Partie rauschte furios gegen die Wand. Harry warf seinen Anteil von einhundert-

fünfzig Euro mürrisch auf den Tisch. Kreuthner legte seinen Zehneuroschein dazu.
»Und?«, fragte Kummeder.
»Ja, da fehlen hundertvierzig. Seh ich selber. Ich zahl's später.«
»Er zahlt später!« Ironie paarte sich in Kummeders Ton mit Missfallen. Er sah auffordernd zum alten Lintinger, damit der auch was sagte.
»Da schau her«, sagte Johann Lintinger dienstfertig. »Des san fei ganz neue Sitten. Normal wird gleich zahlt.«
»Ich hab aber nix mehr«, maulte Kreuthner.
»Was tust dann hier am Kartentisch?« Kummeder nahm noch einen Schluck Bier, was bei ihm bedeutete, dass er das Bierglas zu zwei Dritteln leerte.
»Ihr habt's doch gesehen, dass ich nur noch an Zehner daliegen hab.«
»Was weiß ich, was du noch im Geldbeutel hast. Is mir auch wurscht. Du tust jetzt die Henn aufdoppeln, und zwar a bissl hastig.«
Kummeders Kiefer mahlten. Das war ein schlechtes Zeichen. Wenn Kummeder mahlte, war es meist nicht mehr weit, bis er zuschlug. Und dann war man besser nicht in der Nähe. Kummeder maß, wie sein momentan in der JVA Bernau einsitzender Freund Peter Zimbeck, über einen Meter neunzig und wog einhundertzwanzig Kilo, und das war in der Hauptsache Muskelmasse. Beim letzten Enterrottacher Waldfest hatte er mit einem Biertisch um sich geschlagen wie mit einer Fliegenpatsche und sechs junge Burschen mit einem einzigen wuchtigen Hieb ins Krankenhaus befördert, um anschließend mit dem Hau-den-Lukas-Hammer grölend über das Festgelände zu ziehen und Angst

und Schrecken zu verbreiten. In der ausbrechenden Panik stürzte die mit Holzkohle betriebene Hendlbraterei auf den Tanzboden, der vollständig abbrannte. Drei Waldfestbesucher zogen sich Verbrennungen zu, als sie versuchten, einige der Grillhendl aus dem Feuer zu retten. Später konnte nicht mehr ermittelt werden, wer die Schlägerei angezettelt hatte. Beziehungsweise wussten diejenigen, die es mitbekommen hatten, Besseres zu tun, als Stanislaus Kummeders Zorn auf sich zu ziehen.
»Was soll ich jetzt machen?«, fragte Kreuthner.
»Ja, was mach ma denn jetzt«, wandte sich Kummeder wieder an seinen Mitspieler Johann Lintinger.
»Was sollst da sagen. Des hat's ja noch nia net geben, dass einer net zahlt. Und ich bin schon lang in dem G'schäft.«
»Du sollst keine Volksreden halten, du sollst an Vorschlag machen.«
»Ja wenn er kein Geld hat, dann muss er halt mit was anderm zahlen. Wie schaut's aus? Deine Uhr zum Beispiel.«
Kreuthner streifte seine Rolex ab und legte sie auf den Haufen Geldscheine. Von dort nahm Kummeder sie, ohne sich das Stück überhaupt anzusehen, und warf sie vor Kreuthner auf den Tisch zurück. »Spinnst jetzt, oder was? Die hab *ich* dir verkauft. Dreiß'g Otten. Wert is keine fünf. Was hast noch?«
Kreuthner zuckte die Schultern. »Nix. Nur was ich anhab.«
»Guter Vorschlag.«
»Guter ... was?«
»Deine Klamotten.«
»Die Uniform?«

»Da krieg ich zweihundert für.«
»Für a gebrauchte Uniform? Des zahlt dir keiner«, wandte der alte Lintinger ein.
»Doch. Er da.« Kummeder deutete auf Kreuthner.
»Wenn er sie wiederhaben will.«
»Jetzt spinn dich aus. Ich kann dir doch net die Uniform geben.«
Kummeder sagte nichts mehr. Aber in seinem von Alkohol getrübten Blick war zu lesen, dass er nicht vorhatte weiterzudiskutieren. Kreuthner war, mit anderen Worten, kurz davor, eine zu kassieren.
»Wie jetzt ... alles? Hemd, Jacke, Hose ...?« Kreuthner deutete an sich hinab.
»Die g'stinkerten Stiefel kannst behalten. Der Rest kommt zu mir umme.«
»Jetzt?«
»Jetzt.«
Kreuthner wartete einen Augenblick. Vielleicht hatte Kummeder sich einen Scherz erlaubt und würde gleich loslachen und ihm auf die Schulter hauen (auch keine schöne Aussicht). Aber Kummeder hatte keinen Scherz gemacht. Kreuthner zog also Uniformjacke, Hemd und Hose samt Gürtel aus und musste auch seine Dienstmütze abliefern. Die Schuhe zog er wieder an und spielte im Unterhemd weiter.
Beim nächsten Spiel sah Kreuthner die Gelegenheit gekommen, den Topf und damit seine Uniform wiederzubekommen.
»Tät spielen«, sagte er.
»Überleg dir des gut«, sagte der alte Lintinger. »Net, dass du noch einen mit ins Elend reißt.«
Aber Kreuthner war nicht von seinem Vorhaben abzubringen und spielte erneut mit der Gras-Sau. Die hatte

diesmal der alte Lintinger. Und weil er Kreuthners riskantes Spiel kannte und keine Lust hatte, zusammen mit Kreuthner die Henn aufzudoppeln – inzwischen dreihundert Euro für jeden –, hatte er Kreuthner noch einmal dringlich ermahnt, keinen Scheiß zu machen. Es half nichts. Wie befürchtet, ging es auch mit diesem Spiel steil bergab. Bis Kreuthner beim letzten Stich überraschend dreißig Punkte mit dem Herz-Zehner einkassierte und die Partie gewann. Dem alten Lintinger leuchteten die Augen, als er sich anschickte, den Berg Geldscheine zusammenzuraffen. Doch Kummeder ließ seine mächtige Pranke auf Lintingers ebenfalls nicht zarten Hände niederfahren und gebot dem Gegrabsche Einhalt. Dann deckte Kummeder die Stiche vor sich auf und suchte einen davon heraus, den er Richtung Tischmitte schob. »Wer hat denn da auf den Schellen-Ober den Gras-Siebener rein, ha?«
Kreuthner sah suchend in die Runde. »Keine Ahnung. Weiß des noch wer?«
»Ja. Ich«, dröhnte Kummeder. »Des warst du.«
»Ich?« Kreuthner klang ungewohnt kleinlaut.
»Hätt ma da net den Herz-Zehner zugeben sollen?«
Ja, hätte man. Kreuthner hatte beschissen und sich erwischen lassen. Blieb nur die Frage, was ihn als Strafe erwartete. Kummeder machte einen äußerst verstimmten Eindruck auf Kreuthner. Das konnte bitter werden.

3

Kreuthner hing im Beifahrersitz, den Kopf an die Seitenscheibe gelehnt, dünstete Alkohol aus und blickte mit müden Augen auf die Straße. Selbst in diesem Zustand arbeitete sein Verstand erstaunlich präzise. »Da vorn – der hat nur ein Rücklicht.« Etwa einen halben Kilometer voraus bewegte sich ein dunkelblaues Fahrzeug die Bundesstraße entlang. Man brauchte gute Augen, um zu erkennen, was Kreuthner gesehen hatte.
»Der is aber ziemlich weit weg.«
»Und deswegen darf er ohne Rücklicht fahren? Gib Gas!«

Die Temperaturanzeige sank um drei Grad, als Baptist Krugger in das Waldstück fuhr, am Boden mochte es noch kälter sein. Um vereiste Stellen rechtzeitig zu sehen, heftete Krugger seinen Blick auf den Asphalt. Deswegen entging ihm, dass am Eingang des Waldes jemand stand, der ein Handy am Ohr hatte und trotz der schlechten Lichtverhältnisse eine Sonnenbrille trug. Hinter der Abzweigung eines Forstweges sah Krugger mit einem Mal ein rotes Licht zwischen den Baumstämmen, und unmittelbar darauf, nach einer sanften Kurve, tauchte eine Ampel vor ihm auf. Vor der Ampel wies ein Schild darauf hin, dass Straßenbauarbeiten im Gang waren. Was hier gebaut wurde, war nicht ersichtlich. Weder gab es eine aufgerisse-

ne Straße noch Erdaufschüttungen noch Baugerät am Straßenrand. Die Baustelle würde wohl heute erst eingerichtet werden, dachte sich Krugger und hielt an. Einige Sekunden vergingen, dann näherte sich ein weiterer Wagen von hinten. Es war ein blauer BMW. Krugger wartete eine Weile, aber nichts geschah. Vor allem schaltete die Ampel nicht auf Grün um. Plötzlich tauchte wie aus dem Nichts ein Arbeiter aus dem Wald auf. Er hatte eine orangefarbene Warnweste an und trug eine tief ins Gesicht gezogene Wollmütze sowie einen Schal, der die untere Hälfte des Gesichts verdeckte. Krugger kam die Aufmachung für einen Septembertag etwas übertrieben vor. Der Arbeiter ging zur Ampel, winkte Krugger zu und machte Anstalten, zum Wagen zu kommen. In diesem Moment blieb er am Fuß der Ampel hängen und stolperte, wobei sein Schal nach unten rutschte. Mit unangebrachter Hektik, so schien es Krugger, drehte sich der Mann vom Wagen weg und schob den Schal wieder ins Gesicht. Krugger hatte mit einem Mal das Gefühl, dass irgendetwas nicht stimmte. Eine Unruhe erfasste ihn. Er suchte den Wald ab, ob sich zwischen den Bäumen noch andere Menschen befanden, die bedrohlich werden konnten. Doch im Wald war alles ruhig. Nur der Mann mit der orangefarbenen Weste bewegte sich auf Krugger zu, sorgsam darauf bedacht, dass sein Schal nicht noch einmal verrutschte. Er trat neben die Fahrertür und klopfte an die Scheibe.
»Was kann ich für Sie tun?«, fragte Krugger den vermummten Arbeiter, nachdem er die Scheibe halb heruntergekurbelt hatte.
»Grüß Gott. Es ist mir sehr unangenehm, aber mein Kollege ist heute Morgen nicht gekommen und ich

habe mein Handy zu Hause vergessen. Könnten Sie mir Ihr Handy kurz leihen?« Der Mann klang nicht wie ein Arbeiter. Eine leichte Färbung der Aussprache zeigte an, dass er aus Bayern kam, gleichzeitig aber auch, dass er seinen Lebensunterhalt wohl kaum mit dem Reparieren von Straßen verdiente. Es war jene Sprachfärbung, die man in den gebildeteren Kreisen des Münchner Bürgertums hörte. Das beruhigte Krugger etwas. Andererseits fragte er sich, wer die Ampel aufgebaut hatte, wenn der Mann allein war. Gestern Abend war sie noch nicht da gewesen. Aber Krugger fragte nicht, sondern gab dem Mann sein Handy. Der bedankte sich und steckte das Handy in seine Jackentasche.

»Entschuldigung«, sagte Krugger. »Sie wollten doch telefonieren?«

»Ja, natürlich«, sagte der Mann. Sein Atem ging schnell, die Stimme zitterte wie bei jemandem, der unter großem Stress stand. »Später vielleicht.«

»Könnte ich dann vielleicht mein Handy wiederhaben?«

»Nein, das geht nicht. Ich muss Sie bitten auszusteigen.«

»Warum?«

»Sie sollten jetzt keine Fragen stellen. Es ist besser für Sie, wenn Sie aussteigen.«

Krugger bemerkte, dass die Fahrerin des blauen BMWs hinter ihm ihren Wagen verlassen hatte und auf ihn zukam. Sie trug eine Sonnenbrille, die nahezu ihr halbes Gesicht verdeckte, und einen breitkrempigen Hut.

»Was soll das?«, fragte Krugger.

Der Mann mit der Signalweste hatte mit einem Mal eine Pistole in der Hand und richtete sie auf Krugger.

»Steigen Sie aus, verdammt!«, schrie er unvermittelt. Krugger drückte den Verriegelungsknopf, tastete hektisch nach der Kurbel für die Seitenscheiben und ließ sie hochfahren, aber der Lauf der Pistole steckte schon im Fenster und stoppte die Scheibe.
»Lass den Scheiß, du Idiot! Steig endlich aus!«
Krugger öffnete mit zitternden Händen die Tür. Sein Herz raste, in seinem Schädel breitete sich Adrenalin aus, das ein Gefühl verursachte, als habe man ihm eine Dornenkrone aufgesetzt. Nur mit Mühe gelang es Krugger, sein Wasser zu halten. Er hatte keine Ahnung, was der Mann von ihm wollte. Vielleicht war er nur in einen Raubüberfall geraten. Er würde dem Kerl sein Bargeld geben und vielleicht die EC-Karte und könnte weiterfahren. Aber sein Instinkt sagte ihm, dass sich hier etwas anderes abspielte. Dass der Mann, der gerade eine Pistole auf ihn richtete, nicht auf tausend Euro aus war. Und dass er, Krugger, nicht zufällig in diese Falle geraten war.
»Hände auf den Rücken«, befahl der Mann. Krugger tat, was von ihm verlangt wurde. Hinter dem Rücken wurden seine Hände von der Frau gepackt, die aus dem blauen BMW gestiegen war. Er spürte etwas Dünnes, Elastisches, das um seine Handgelenke gelegt wurde. Es war nicht kalt, also nicht aus Metall. Ein Handy klingelte. Es gehörte der Frau aus dem BMW, die den Anruf entgegennahm und einige Schritte zu ihrem Fahrzeug zurückging. Sie sprach leise mit dem Anrufer. Nur den gepressten Ausruf »Scheiße« konnte Krugger deutlich verstehen. Als sie zurückkam, war sie aufgebracht.
»Er muss in den Kofferraum.«
»Wieso das denn?«

»Es gibt gleich Probleme.« Die Frau deutete mit dem Kopf in die Richtung, aus der sie gekommen war.
»Was heißt Probleme?«
»Das heißt, dass wir nicht mehr viel Zeit haben, Herrgott!« Sie nahm Krugger am Arm und führte ihn zum Kofferraum des blauen Wagens. Es war ein relativ neuer 7er-BMW. Die Frau drückte einen Knopf, und der Kofferraumdeckel fuhr mit einem summenden Geräusch langsam nach oben. »Los, rein. Wenn du dich rührst, bist du tot, ist das klar?«
Krugger schielte ängstlich zum Heck des Wagens, als ihn ein heftiger Schlag ins Gesicht traf. »Ob das klar ist?!«, schrie ihn der Mann mit der orangefarbenen Weste an und schlug ihm die Pistole ins Gesicht. Rasender Schmerz durchzuckte ihn. Krugger stieg benommen und mit blutender Augenbraue in den Kofferraum, so schnell sich das mit auf den Rücken gefesselten Händen bewerkstelligen ließ. Der Mann und die Frau schoben ihn bis zur Lehne der Rückbank, breiteten eine Umzugsdecke über ihn und stellten zwei Reisetaschen davor. Dann erneut ein Summen, der Kofferraumdeckel senkte sich, es wurde dunkel um Krugger. Bevor sich sein Gefängnis endgültig schloss, hörte er das Geräusch eines herannahenden Wagens.

»Jetzt lernst mal was fürs Leben«, sagte Kreuthner.
»Wieso? Was hast vor?« Schartauer ahnte Ungemach.
»Die Kohle liegt auf der Straße, sag ich immer. Sperr die Augen auf, dann kannst was lernen. Wennst amal schnell an Cash brauchst.« Kreuthner zwinkerte seinem jungen Kollegen verschwörerisch zu. Schartauer war ganz und gar nicht wohl bei der Sache.

»Ich versteh's net ganz, was du vorhast. Du willst ja wohl net irgendwie …?«
»Als Polizist musst praktisch denken. Es gibt zum Beispiel Leut, die wollen net, dass des amtlich wird, dass sie an Scheiß baut ham. Verstehst?«
Schartauer fürchtete das Schlimmste.
»Is ja auch net angenehm, wenn a Schreiben von der Polizei kommt. Vielleicht wollen s' net, dass es der Ehemann mitkriegt oder die Nachbarn. Aber du kannst die Leut auch net einfach davonkommen lassen. Also – was machst als Polizist?«
Schartauer schwieg und starrte auf die Straße.
»Dann machst es halt inoffiziell. Cash auf die Kralle, verstehst? Kein Papierkram, nix.«
»Und was machst du mit dem Bußgeld? Das muss man doch abliefern.«
»Scherzkeks. Das kannst doch nur abliefern, wennst an schriftlichen Vorgang dazu hast. Wie sollen die das denn sonst verbuchen?«
»Das heißt …«
»Die Kohle musst halt selber behalten. Geht eben net anders. Wichtig ist doch, dass der Bürger, der wo an Gesetzesverstoß begeht, dass der bestraft wird und das nächste Mal sagt: Das machen mir nimmer, weil sonst gibt's wieder eine Strafe. Wo dem sein Pulver hingeht, ist doch letztlich wurscht. A Bußgeld ist zur Abschreckung da. Das heißt: Wichtig ist, dass das Geld wegkommt vom Verkehrssünder, net wo's hingeht.«
»Ich hab denkt, das geht an wohltätige Zwecke.«
»Tut's ja auch.«
»Ah so – ich hab schon gedacht, du willst es behalten.«
»Nein. Da hast mich missverstanden. Ich geb's dann

natürlich für wohltätige Zwecke. Das ist doch selbstverständlich.«

Schartauer hatte Zweifel, ob die Begleichung der Spielschulden von Staatsbediensteten unter wohltätige Zwecke fiel. Aber da Kreuthner zusehends verärgert darauf reagierte, dass der junge Kollege mit seinen praxisnahen Überlegungen so wenig anfangen konnte, fragte Schartauer nicht weiter nach und hoffte, dass er nicht Mittäter eines allzu schweren Dienstvergehens werden würde. Kreuthner stand unter Zeitdruck, Geld zu beschaffen. Er hatte zwar eine andere Uniform besorgt und war zum Geldautomaten gefahren. Da es aber aufs Monatsende zuging, hatte der nichts mehr hergegeben; Kreuthner hatte wie häufig sein Dispolimit bereits erreicht.

Der blaue BMW stand an der roten Ampel. Vor dem BMW wartete ein alter Golf. Kreuthner wies Schartauer an, hinter dem BMW zu halten. Am Steuer des BMWs saß eine Frau von etwa fünfundvierzig Jahren, die das Seitenfenster herunterließ, als Kreuthner neben den Wagen trat.

4

Kummeder blickte in die Runde, sein Unterkiefer mahlte wieder. »Also? Was mach ma?«
»Ja aufdoppeln muss er. Is doch klar«, beeilte sich der junge Lintinger zu sagen.
»Aber er allein.« Der alte Lintinger zeigte mit seinem Bierglas auf Kreuthner. »Ich hab ja net b'schissen.«
»Verloren hätt ma's so oder so.«
»Weil du unbedingt hast spielen müssen. Ich sag noch: Lass bleiben!«
»Schluss mit dem Gequatsche. Er doppelt die Henn auf, und mir teilen s' uns.«
»Geht des überhaupts durch drei?«, warf Harry Lintinger ein.
»Ja. Weil ich krieg die Hälfte und ihr an Rest.«
»Ah so?! Ja, des is ja für an jeden von uns ...«, Harry Lintinger deutete auf sich und seinen Vater. »Is des ja praktisch ... weniger.«
»Richtig. Weil du Pfeifenkopf hättst es gar net g'spannt, dass er b'schissen hat.«
»Schon, aber ...«, der alte Lintinger wiegte bedenklich seinen rotgesichtigen Schädel hin und her.
»Was – aber?« Kummeder brachte seinen Kopf dicht vor Lintingers Gesicht. Der wollte zurückweichen, aber Kummeder hatte ihn am Arm gepackt und zog ihn zu sich. Lintinger wurde unwohl, denn Kummeder war offenbar kurz davor, handgreiflich zu werden.

»Nix aber. Guter Vorschlag.« Lintinger schluckte. »Sehr guter Vorschlag.«
Kummeder tätschelte mit seiner Pranke Lintingers Backe, wie es die Paten in den Mafia-Filmen mit ihren Gefolgsleuten taten.
»Sechshundert fehlen noch«, sagte Kummeder in Richtung Kreuthner und schob das Geld, das schon auf dem Tisch lag, in die Mitte. »Plus hundertvierzig.«
»Da brauch ich a bissl Zeit.«
»Drei Stund. Dann ruf ich bei deinem Chef an und frag, wo das Geld bleibt.«
»Jetzt mach keinen Scheiß. Kriegst die Kohle ja. Was is mit der Uniform?«
»Die bleibt hier.«
»Dann gib mir wenigstens den Autoschlüssel. Is in der Jacke.«
»Die Uniform bleibt da. Und zwar vollständig.«
»Soll ich vielleicht laufen oder was?«
Kummeder gab keine Antwort.
»Krieg ich wenigstens mein Handy? Dass ich wen anrufen kann, dass er mich abholt.«
»Dafür, dass du beschissen hast, stellst ganz schön viel Forderungen. Mach dich vom Acker. Du hast noch zwei Stunden achtundfünfzig.«
»Und die EC-Karte? Krieg ich die auch net? Herrschaft! Jetzt kannst mich langsam.«
»Du, Obacht, gell! Nicht so eine ordinäre Sprache. Da bin ich fei empfindlich.« Kummeder untersuchte Kreuthners Jacke, fand die EC-Karte und schnippte sie zu ihrem Eigentümer über den Tisch. »Noch zwei Stunden siebenundfünfzig.«

Dreihundert Meter vom Wirtshaus Zur Mangfallmühle entfernt stand ein altes Haus, das einmal einem Waldarbeiter als Unterkunft gediente hatte. Jetzt wohnten darin Norbert und Heidrun Jankowitsch, beide Anfang sechzig und nach einem entbehrungsreichen Arbeitsleben in der Papierfabrik frühpensioniert. Heidrun Jankowitsch war ein wenig erstaunt, als ein Mann in seltsam buntem Umhang frühmorgens vor ihrer Gartentür stand und läutete. Unter dem Umhang schauten nackte Beine in Schnürstiefeln hervor.
»Grüß Gott«, sagte Frau Jankowitsch zögernd und mit einigem Argwohn.
»An wunderschönen guten Morgen wünsch ich, Frau ...«, Kreuthner schielte auf das Klingelschild, »... Jankowitsch. Ich weiß, es is a bissl früh. Aber ich müsst mal telefonieren. Ich hab a Autopanne, und mein Handy geht nimmer.«
»Aha.« Heidrun Jankowitsch erinnerte sich jetzt daran, dass es in den letzten Tagen im Landkreis wiederholt Zwischenfälle gegeben hatte, bei denen junge Frauen von einem Unbekannten belästigt worden waren. Die Polizei suchte nach dem Mann. »Haben Sie da gar nix unter dem Dings ... was is des überhaupt?«
»Des? Des is ... a Poncho. So a südamerikanischer Umhang. Is ganz praktisch bei dem Wetter.«
»Echt? Schaut aus wie a Tischdecken.«
»Ja mei!« Kreuthner lachte. »Die ham oft ganz verrückte Muster.«
»Des is doch a Tischdecken von der Mangfallmühle.« Kreuthner überlegte, ob er die Ponchodiskussion weiterführen sollte, entschied sich aber, die Sache abzukürzen. »Sie, ich müsst nur ganz schnell telefonieren. Zwei Minuten. Dann bin ich wieder weg.«

Kreuthner machte Anstalten, das Gartentor zu öffnen. Aber Heidrun Jankowitsch gab ihm per Handzeichen zu verstehen, dass sie das nicht wünschte. »Moment. Ich frag grad meinen Mann.«
Sie ging ins Haus und zog die Tür sorgfältig hinter sich zu. Durch ein offenes Fenster hörte Kreuthner Bruchstücke des Dialogs zwischen den Eheleuten Jankowitsch. Unter anderem den Satz: »Was! Die Drecksau steht bei uns vorm Haus?« Da er nach diesen Worten nicht mehr damit rechnete, dass sich irgendeine Tür öffnete, geschweige denn ihm ein Telefon angeboten würde, wollte sich Kreuthner wieder auf den Weg machen und sein Glück woanders versuchen. Doch da trat unverhofft Norbert Jankowitsch vor die Tür. Er trug ein Unterhemd, das sich über einen enormen Bauch spannte, Flanellhosen mit Hosenträgern, die an den Seiten herabhingen (die Hose hielt auch so), und schwere Arbeitsstiefel. »Sie wollen telefonieren?«, fragte Herr Jankowitsch mit finsterem Blick und winkte Kreuthner mit der linken Hand herbei. Als er sich dem Haus näherte, dachte Kreuthner darüber nach, warum der Mann die Linke zum Winken genommen hatte und gleichzeitig die Rechte hinter seinem Rücken verborgen hielt. Die Antwort kam, als Kreuthner vor Jankowitsch stand. In dessen rechter Hand, die jetzt hervorschnellte, befand sich ein Pfefferspray, das Jankowitsch auf Kreuthners Gesicht abfeuerte. Wie von einer Keule getroffen sank Kreuthner zu Boden und wurde dort mit Stiefeltritten attackiert, begleitet von unflätigsten Beschimpfungen und der Empfehlung, Leuten wie Kreuthner und seinesgleichen die Eier abzuschneiden.

Als Kreuthner wenig später an der Tür des Neubauerhofs klopfte, der ein paar hundert Meter weiter lag, sah er noch weniger vertrauenerweckend aus als zuvor. Die Tischdecke um seine Schultern war verschmutzt und an einer Stelle eingerissen, seine Augen waren feuerrot geschwollen. Die Bäuerin des Hofes hieß Margit Unterlechner, eine dralle, rotwangige Frau mit großen, dickfingerigen Händen und stechend blauen Augen. Als sie die Tür öffnete, sagte sie: »Ja der Leo – was machst denn du da?« Ein Lächeln huschte über ihr Gesicht.

»Servus, Margit. Ich müsst mal telefonieren.« Kreuthner bemühte sich um einen geschäftsmäßigen Ton und tat, als stehe er nicht in Unterhosen und Tischdecke vor der Tür.

»Komm rein«, sagte Margit, musterte Kreuthner von oben bis unten und nahm die Tischdecke zwischen zwei Finger. »Was ganz was Eigenes. Is des wieder fürn Fasching?«

Kreuthner hatte Margit vor zwei Jahren auf dem Lumpenball kennengelernt, dem orgiastischen Höhepunkt des Faschingstreibens am Tegernsee. Wolfgang, Margits Mann, hatte keine Lust gehabt, seine Frau auf das Fest zu begleiten, und war auf dem Hof geblieben. Das hatte niemanden gewundert, denn Wolfgang war allgemein als »fade Nocken« bekannt, den nichts anderes als seine Rinderzucht interessierte, und man munkelte, das Intimleben der Unterlechners liege seit Jahren im Argen. Zumindest, was den ehelichen Verkehr betraf. Außerehelich, das wusste jeder, vögelte sich die Unterlechnerin fröhlich durchs Tegernseer Tal, was bei ihrem eher unvorteilhaften Aussehen erstaunlich war. Doch was an äußeren Reizen fehlte, machte sie

durch ihr entgegenkommendes Wesen mehr als wett. Kreuthner hatte an jenem Abend eigentlich vorgehabt, die Hundsgeiger Michaela, Friseurin in Rottach, abzuschleppen. Aber die war mit Glitzerbustier, Netzstrümpfen und Stringtanga aufgelaufen und konnte sich vor Verehrern nicht retten. Hinzu kam, dass Kreuthner schon gegen elf nach dem Genuss etlicher Gläser B52 kaum noch aus den Augen schauen konnte. Als Alternative bot sich daher Margit Unterlechner an, die als Schulmädchen mit kariertem Minirock, offener weißer Bluse und blonder Zöpfchenperücke gekommen war. Der Schottenrock spannte bedenklich, als sie sich neben Kreuthner auf eine Couch sinken ließ. Daran erinnerte sich Kreuthner noch heute, denn es war gleichzeitig das Letzte, woran er sich erinnern konnte. Am nächsten Tag wachte er auf der Ladefläche seines alten Passats auf und hatte keine Hosen an. Hinfort hatte Kreuthner um den Neubauerhof einen großen Bogen gemacht. Jetzt freilich war er in einer akuten Notlage und musste befürchten, dass sich keine andere Tür für ihn auftun würde.
»Magst erst mal unter die Dusche«, sagte Margit und strich Kreuthner zart über den Arm. Der fragte sich, wie es möglich war, dass Margits Bluse auf den drei Metern von der Tür zur Küche um zwei Knöpfe aufgegangen war, und hatte wenig Lust, in ihrem Haus auch noch seine verbliebenen Kleidungsstücke abzulegen. Aber die Augen brannten von dem Pfefferspray und mussten unter fließendem Wasser ausgespült werden, wie Kreuthner gelernt hatte.
»Ist der Wolfgang gar net da?« Kreuthner spähte durch die halboffene Küchentür in der Hoffnung, Wolfgang Unterlechner zu erblicken.

»Der is auf Tölz g'fahren, an neuen Häcksler kaufen. Da is das Bad. Brauchst frische Sachen?«
»A Hos'n wär super.«

Kreuthner ließ unter der Dusche das Wasser in seine Augen laufen und wusch den Dreck der Nacht vom Körper. Hinter dem Rauschen des Wassers hörte er, wie die Badezimmertür geöffnet wurde. Durch einen Spalt zwischen Duschvorhang und Wand sah Kreuthner, wie Margit im Morgenmantel vor dem Spiegel stand und Lippenstift auflegte. Unter dem Morgenmantel schauten zwei stämmige, bleiche Waden hervor, die ebenfalls bleichen Füße steckten in geblümten Badelatschen. Margit zog den Haargummi ab, schüttelte ihre blonde, von Dauerwellen verdorbene Mähne, legte den Kopf in den Nacken und schob den Morgenmantel auseinander, so dass der Blick frei wurde auf das, was sich darunter befand. Und das war keine Unterwäsche.
»Alles klar unter der Dusche?« Margit versuchte, einen Blick auf Kreuthner zu erhaschen.
»Alles wunderbar. Wie schaut's mit der Hose aus?«
»So schnell brauchen mir die doch nicht?«, flötete Margit.
Kreuthner stockte der Atem. »Äääh ja, ich meine … es wär nur gut, wenn sie schon mal da wär, weil … weil … geh komm, sei so gut und hol sie.«
Margit schwebte mit der Grazie, die korpulenten Menschen oft zu eigen ist, zur Badezimmertür und rief Kreuthner ein »Nicht weglaufen« zu, bevor sie die Tür schloss. Kreuthner meinte zu hören, wie sie den Schlüssel von außen umdrehte. Als er aus der Dusche stieg, musste er feststellen, dass Margit seine Unter-

wäsche und die Socken mitgenommen hatte. Nur die Stiefel waren noch da. Und so kam es, dass sich Kreuthner ein Badehandtuch um den Leib schlang, hastig seine Stiefel überstreifte und aus dem Badezimmerfenster kletterte. Draußen fand er sich auf einer matschigen Wiese wieder, die von einem Stacheldrahtzaun umgeben war. Nach kurzer Orientierung wusste Kreuthner, wo es zur Straße ging. Allerdings meinte er, im Augenwinkel eine Bewegung wahrgenommen zu haben. Er verharrte einen Augenblick reglos, in der richtigen Vermutung, dass es jetzt besser sei, sich möglichst unauffällig zu verhalten. Ihm trat der Schweiß auf die Stirn.

Dann hörte er es. Zaghaft zunächst, wie um sich einzustimmen, dann kräftig, unmissverständlich und animalisch: ein Schnauben. Hinter Kreuthner stand Hannibal, einer der besten Zuchtstiere im Landkreis, neunhundertsiebzig Kilogramm fleischgewordene Urgewalt. Man hätte meinen können, das Tier würde sich freuen, dass in sein eintöniges Leben ein wenig Abwechslung geraten war. Aber das lag wohl nicht im Wesen eines Bullen. Nein, Hannibal war ganz und gar nicht erfreut, Kreuthner zu sehen. Solange der sich nicht bewegte, tat auch der Stier nichts. Aber Kreuthner wollte irgendwann heraus aus dieser Stierweide, und zwar möglichst ohne die Hilfe von Margit Unterlechner. Der Plan war nicht so schlecht: Nach einer Minute reglosen Harrens lief Kreuthner auf einmal los wie der Teufel. Das Überraschungsmoment sollte ihm den nötigen Vorsprung verschaffen, um den Zaun vor Hannibal zu erreichen. Das wäre auch gelungen, hätte sich nicht just in dem Moment, als er losrennen wollte, das Badehandtuch von Kreuthners Hüften gelöst und in seinen Beinen verheddert. Der Stier, ohnehin nicht bester Laune, war äußerst erbost darüber, dass Kreuthner ihn hatte übertölpeln wollen. Ohne ins Detail zu gehen, sei so viel gesagt: Die Geschichte hätte schlimmer ausgehen können – aber nicht viel. Die Bilanz waren vier geprellte Rippen, zahlreiche Hautabschürfungen, die sich Kreuthner zuzog, als Hannibal ihn mit den Hörnern quer über die Wiese vor sich herschob, und unzählige kleine Einstiche, die entstanden, als sie schließlich den Stacheldrahtzaun erreichten. Außerdem ein furchterregend großes und ausgesprochen schmerzhaftes Hämatom auf der rechten Gesäßhälfte, das nur deshalb keine scheußliche Fleischwunde geworden war, weil Wolfgang Unterlechner so umsichtig gewesen war, seinem Stier die Hornenden rund zu feilen. Irgendwie schaffte es Kreuthner mit der Kraft der Verzweiflung, auf die andere Seite des Zauns zu gelangen und dabei auch noch das ramponierte Badehandtuch zu retten. Kurz vor acht hatte Kreuthner das erste Mal an diesem Tag Glück: Er begegnete einem blinden Spaziergänger, der mit seinem Hund unterwegs war und sich nicht an Kreuthners Aufmachung störte, sondern ihm bereitwillig einen Anruf mit seinem Handy gestattete.

5

»Guten Morgen«, sagte Kreuthner und betrachtete interessiert das Innere des Wagens. Es enthielt nichts Verdächtiges, soweit Kreuthner sehen konnte. Genauer gesagt: Es enthielt gar nichts. Keine Decke auf der Rückbank, keine Straßenkarte in der Tür, keine Kaugummidose oder Sonnenbrille auf der Mittelkonsole. Nichts. Nur eine voluminöse Handtasche auf dem Beifahrersitz.

»Guten Morgen.« Die schwarzhaarige Frau lächelte Kreuthner bemüht freundlich an, konnte aber nicht verhindern, dass ihr Blick an den großflächigen Hautabschürfungen im Gesicht des Polizisten hängenblieb. Kreuthner ließ eine Pause folgen. Während dieser Pause überlegte die Frau anscheinend, ob sie etwas sagen sollte – »Was kann ich für Sie tun?« oder »Stimmt irgendwas nicht?« Ein Satz dieser Art lag ihr offensichtlich auf der Zunge. Die meisten Menschen hätten etwas gesagt. Natürlich verunsicherte es, wenn ein Polizist neben dem Wagenfenster stand. Genau aus diesem Grund wollten die meisten möglichst schnell wissen, woran sie waren. Diese Frau hingegen fragte nicht. Sie hatte Angst, so schien es Kreuthner, sich verdächtig zu verhalten oder etwas Falsches zu sagen.

»Ich würde gern Ihre Papiere sehen.«

»Ja, natürlich.« Die Antwort kam schnell, eilfertig. Hektisch der Griff zur Handtasche auf dem Beifahrersitz. Sie enthielt allerhand Dinge. Lippenstift, Pfef-

ferminz, Lidschatten, Sonnenbrille, Schlüsselbund. Aber auch eine achtlos in die Tasche gestopfte Arztrechnung mit Überweisungsvordruck und eine Dose Katzenfutter. Es dauerte, bis die Frau in dem Chaos die Wagenpapiere gefunden hatte. Das stand für Kreuthner in auffallendem Widerspruch zum aufgeräumten Fahrgastraum. Wenn dieser Wagen auch nur zwei Stunden im Besitz der Frau gewesen wäre, hätte es darin ausgesehen wie auf einer Müllhalde. Etwas stimmte hier nicht.
Schartauer ging mit dem Fahrzeugschein zum Streifenwagen zurück. »Ihr linkes Rücklicht geht nicht«, sagte Kreuthner.
»Das tut mir leid. Ich fahr gleich zu einer Werkstatt. Versprochen.«
»Ist eigentlich a Ordnungswidrigkeit.«
»Ja, natürlich«, sagte die Frau. Kreuthner ging einmal um den Wagen herum in der Hoffnung, noch andere Mängel zu finden, doch das Fahrzeug war in einem hervorragenden Zustand. Es machte einen fast neuen Eindruck.
Als Kreuthner zur Ampel blickte, stand sie immer noch auf Rot. Seit ihrem Eintreffen waren mindestens zwei Minuten vergangen. Kreuthner stellte sich vor die Ampel und sah die Straße entlang. Man konnte grob dreihundert Meter weit sehen, und es wäre zu erwarten gewesen, dass dort hinten irgendwo eine zweite Ampel stand. Aber da war nichts. Die Sache kam Kreuthner immer verdächtiger vor. Er ging zu dem direkt vor der Ampel stehenden VW Golf, der im Gegensatz zu dem BMW einen äußerst unordentlichen Anblick bot. Die Rückbank war mit Papieren übersät, auf denen Charts, Kurven und Tabellen ausgedruckt

waren. Kreuthner hatte wenig Ahnung von diesen Dingen, konnte aber an den Überschriften erkennen, dass einige der Papiere Finanz- oder Börsendaten enthielten. Hinter dem Fahrersitz stand ein Attaché-Köfferchen in teuer aussehendem Leder. Die Papiere und das Köfferchen passten weder zu dem alten Kleinwagen noch zu seinem Fahrer. Er war etwa so alt wie die Frau im BMW und gekleidet wie ein Waldarbeiter. Auf dem Beifahrersitz lag eine orangefarbene Sicherheitsweste. Der Mann sagte wenig, als er Führerschein und Fahrzeugschein aushändigte. Kreuthner gab die Papiere an Schartauer weiter, der ihm das Ergebnis der Überprüfung des BMWs mitteilte. Es liege nichts vor. Der Wagen gehöre allerdings nicht der Dame, sondern einem gewissen Diego Waldleitner. Unter normalen Umständen hätte Kreuthner die Frau einfach gefragt, wie sie an den Wagen komme. Wenn sie gesagt hätte, der Halter sei ihr Schwager, und keine Diebstahlsanzeige vorlag, wäre die Sache erledigt gewesen. Kreuthner blickte zur Ampel. Sie stand immer noch auf Rot. Er wies Schartauer an, Herrn Waldleitners Telefonnummer ausfindig zu machen, und ging zum BMW zurück.

»Ich würde gern Warndreieck und Verbandskasten sehen.« Die Frau sah ihn an, als hätte er sie gebeten, sich auszuziehen. »Is was?«, fragte Kreuthner und schlug einen etwas strengeren Ton an.

»Nein. Ich hatte nur überlegt, wie der Kofferraum aufgeht. Ich ... ich hab den Wagen noch nicht so lang.«

»Hinten am Kofferraumdeckel gibt's einen Knopf.«

Die Frau stieg aus, ging mit eiligen Schritten zum Kofferraum und starrte anscheinend ratlos auf den Kofferraumdeckel. »Da, rechts«, sagte Kreuthner.

»Ach da«, sagte die Frau. Ihre Hand bewegte sich zögerlich in Richtung des Knopfes. Unmittelbar bevor sie ihn drückte, rief Schartauer aus dem Streifenwagen, dass er Herrn Waldleitners Telefonnummer habe. Kreuthner ließ die Frau stehen und ging zum Streifenwagen.
Diego Waldleitner war mit dem Auto unterwegs, als Kreuthner ihn auf dem Handy erreichte.
»Wie viele Autos besitzen Sie?«
»Eins. Und eins ist auf meine Frau zugelassen. Warum?«
»Sie fahren gerade in Ihrem dunkelblauen BMW 745i?«
»Richtig. Warum wollen Sie das wissen?«
»Eine Routineüberprüfung. Sagen Sie mir bitte noch Ihr Kennzeichen?«
Waldleitner nannte sein Kennzeichen. Es war ebenjenes Münchner Kennzeichen, das Kreuthner an dem blauen BMW sehen konnte, der fünf Meter vor ihnen stand. Er bedankte sich bei Waldleitner und dachte nach. Schartauer hingegen war verwirrt. Wie konnte es sein, dass der Wagen gleichzeitig hier und auf dem Mittleren Ring in München war? Kreuthner kannte die Antwort. Mit dem gleichen Trick war es der RAF in den siebziger Jahren über lange Zeit gelungen, die Polizei zum Narren zu halten. Man hatte ein Auto eines bestimmten Modells in einer bestimmten Farbe ausgespäht. Dann wurde ein identischer Wagen gestohlen und mit einem gefälschten Nummernschild versehen, das dem des ausgespähten Wagens entsprach. Wenn man in eine Polizeikontrolle geriet und Kennzeichen und Fahrzeugtyp abgefragt wurden, war das Fahrzeug nicht als gestohlen gemeldet.

Die Frau hatte Warndreieck und Verbandskasten in der Hand, als Kreuthner zum BMW zurückkam. Der Kofferraum des Wagens war wieder geschlossen. »Ist gut«, sagte Kreuthner mit Blick auf die beiden Gegenstände. »Ich hab ein ganz anderes Problem.«
»Was denn?«, fragte die Frau besorgt und verstaute Warndreieck und Verbandskasten auf dem Rücksitz.
»Warum tun Sie's nicht in den Kofferraum zurück?«
»Wenn ich noch mal kontrolliert werde, hab ich's gleich bei der Hand.« Sie schloss die Tür. »War's das?«
»Nein«, sagte Kreuthner. »Es gibt da, wie gesagt, ein Problem.«
Die Frau schwieg angespannt.
»Der Wagen gehört nicht Ihnen?«
»Nein.«
»Wem dann?«
»Einem Freund. Herrn Waldleitner.« Sie lachte. »Ich hab ihn nicht gestohlen. Dann wäre er ja als gestohlen gemeldet, und Sie wüssten das jetzt.«
»Nein. Er ist nicht als gestohlen gemeldet.«
»Was ... ist dann das Problem?«
»Das Problem ist, dass es einen blauen BMW mit diesem Kennzeichen zu viel gibt.«
Schweigen. Die Frau kaute auf ihrer Unterlippe. Kreuthner sah zur Ampel. »Die Ampel ist immer noch rot. Komisch, oder?«
»Wahrscheinlich defekt.«
»Glaub ich nicht.«
»Ich weiß es auch nicht.«
»Doch. Das wissen Sie besser wie ich. Hab ich recht?«
Die Blicke der Frau flatterten über Kreuthners Uniformjacke, an dieser vorbei auf den Waldboden links

von ihm, rechts von ihm, nur nicht zu Kreuthners Augen.
»Wissen S' was? Hier stinkt's. Und zwar gewaltig.«
Der Fahrer des Golfs stand jetzt neben seinem Wagen und wandte den Blick ab, als Kreuthner hinsah. »Kennen Sie den Herrn?«
Sie zögerte, überlegte eine Sekunde. »Nein, warum?«
»Weil Sie sich angeschaut haben, wie ich am Streifenwagen war. Ich seh vielleicht müd aus. Aber ich hab alles im Blick.«
Die Frau starrte eine Weile stumm in das Gesicht des Polizisten und schluckte. Man konnte sehen, dass ihr das Herz bis zum Hals schlug. Kreuthner studierte mit sadistischer Ruhe, wie sie versuchte, ihre Gesichtszüge nicht entgleisen zu lassen. »Was ...«, sie überlegte, was sie eigentlich sagen wollte. »Was wollen Sie jetzt von mir?«

6

Drei Jahre später

Simon Kreuthner war im Dezember des Jahres 2011, seinem dreiundsiebzigsten Lebensjahr, heimgegangen. In eine bessere Welt, wie der Pfarrer sagte. Es wurde allerdings allgemein angenommen, dass er vor dem Einzug ins Paradies noch einige Zeit im Fegefeuer verbringen würde. Denn er hatte sich zu seinen Lebzeiten der Schwarzbrennerei und zahlreicher anderer Vergehen schuldig gemacht. Nie hatte er Reue gezeigt noch auch nur den Versuch unternommen, ein ehrbares Leben zu führen.

Jetzt war er tot, und sein baufälliges Anwesen, ein zwischen Gmund und Hausham gelegenes Bauernhaus, hatte er seinem Neffen, Polizeiobermeister Leonhardt Kreuthner, vererbt. Der Grund war schuldenfrei, und im Haus war zwar keine Landwirtschaft mehr, aber eine seit fünfzig Jahren eingesessene Schwarzbrennerei. Manch einen nahm es Wunder, dass der Onkel ausgerechnet Kreuthner bedacht hatte. Das Verhältnis der beiden war durchaus nicht herzlich gewesen. Aber Simon hatte seine Entscheidung sorgfältig abgewogen. An das Erbe war nämlich eine Bedingung geknüpft, die heikel und juristisch besehen unwirksam war. Simon musste sich also bei seinem Erben darauf verlassen, dass er die Bedingung nicht einfach unter den Tisch fallen ließ. Außer einem Rest Anstand musste der Bedachte ein gerüttelt Maß kriminelle Energie mitbringen, um seiner Aufgabe nachzukommen. Zwar gab es in der Familie nicht wenige, die die zweite Bedingung erfüllten. Aber wer von all den Gaunern und Spitzbuben würde sich in die Nesseln setzen, nur um dem Onkel posthum einen Gefallen zu tun? Fast jeder von denen hatte eine Bewährung laufen, sofern er überhaupt auf freiem Fuß war. Da riskierte keiner, wieder einzufahren, wenn man draußen eine schöne Erbschaft verprassen konnte. Einzig und allein seinem Neffen Leonhardt traute Simon den erforderlichen Anstand zu. Das mochte im Angesicht des Lebenswandels, den Leonhardt Kreuthner pflegte, verwundern. Doch in Familiendingen war Kreuthner ungewohnt sentimental.

In Erfüllung des Auftrags, den Simon ihm auf dem Sterbebett in einem verschlossenen Briefumschlag zugesteckt hatte, begab sich Kreuthner an einem Tag Anfang Dezember mit einem Rucksack auf den Wallberg. Den Rucksack hinterlegte er zunächst im Restaurant der Bergstation und bat, vorsichtig damit umzugehen. Anschließend ging Kreuthner Ski fahren. Die schwarze Piste der ehemaligen Herrenabfahrt war bei durchschnittlichen Skifahrern gefürchtet, bei den guten aber ein Geheimtipp. Man konnte sie nur befahren, wenn es frisch geschneit hatte. Denn sie wurde nicht gewalzt, und bereits nach wenigen Tagen war sie so ramponiert, dass sie auch besseren Fahrern kaum noch Freude bereitete.
An diesem Tag fiel die meiste Zeit flockiger Schnee vom Himmel. Nur mittags tat sich für zwei Stunden ein Wolkenloch auf, und Kreuthner konnte auf der Terrasse des Wallberghauses das eine oder andere Weißbier genießen. Und wie er in der Sonne saß und über die

Berge nach Süden schaute, hinüber zum Blankenstein und weiter hinten zur Halserspitze und links davon zum Felsmassiv des Guffert und ganz weit hinten zu den Gletschern der Zillertaler Alpen – da hörte er eine dünne weibliche Stimme. »Ist da noch frei?«

Am Tisch stand eine Frau von etwa fünfunddreißig Jahren. Ihr Skioverall war vor vielen Jahren in Mode gewesen, jetzt aber alt und abgetragen, die Skischuhe ebenso. Die Haare hellblond, mittellang und dünn, das Gesicht war weiß mit vollen Lippen, nicht ins Auge springend schön, doch auf den zweiten Blick ansprechend. Sie schien in sich gekehrt und sah Kreuthner an, als fürchte sie ernsthaft, dass er sie nicht Platz nehmen ließe. In der Hand hielt sie ein Tablett, darauf ein Teller Pommes frites, eine Plastikflasche Wasser ohne Kohlensäure und eine Gabel.

»Hock dich her. Is noch alles frei«, sagte Kreuthner und zog sein Weißbier an sich, denn die Frau machte einen ungeschickten Eindruck. Die Vorsicht erwies sich als berechtigt. Beim Hinsetzen verhakte sich ein Skischuh der Frau zwischen Tisch und Bank, und das Tablett fiel ihr aus der Hand, woraufhin sich die Pommes über den Tisch verteilten. Die Frau entschuldigte sich hektisch und begann, die Kartoffelstreifen aufzusammeln. Sorgsam reihte sie sie nebeneinander auf dem Teller auf. Als die verfügbare Fläche belegt war, legte sie die nächste Schicht gitterförmig auf die untere.

»Machst du des immer mit deinen Pommes«, erkundigte sich Kreuthner, nachdem er ihr eine Weile zugesehen hatte.

»Ich hab's gern ordentlich«, sagte die Frau und steckte sich nachdenklich ein Pommes-Stäbchen in den Mund. Dann stapelte sie weiter.

»Okay ...« Kreuthner nahm einen Schluck Weißbier und wandte seinen Blick nach Süden zum Horizont. »Die Bratwurst hier is auch net schlecht. Da musst net so viel ordnen.«
»Das mag sein. Nur ... ich bin Vegetarierin.«
Kreuthner betrachtete die Frau mit einer Mischung aus Neugier und Erstaunen. Noch nie in seinem Leben hatte Kreuthner einen leibhaftigen Vegetarier getroffen, jedenfalls keinen, der es zugegeben hätte. »Echt? Gar kein Fleisch?«
Die Frau hatte drei Pommes frites sorgfältig nebeneinander auf die Gabel gespießt und biss von allen gleichzeitig ab. »Ist das schlimm?«, fragte sie.
»Nein, nein. Ich denk mir nur ...« Kreuthner sah sie an, als würde ihr Gras aus den Ohren wachsen. »Aber Hendl schon, oder?«
»Ist auch Fleisch.«
Kreuthner nickte und dachte über das eigenartige Weltbild der Vegetarier nach, während die Frau ihre Pommes in Dreierreihen verspeiste. So vergingen einige Minuten in Stille.
»Super Tag heut, oder?«, sagte Kreuthner schließlich, um irgendetwas zu sagen.
»Ja, super«, sagte die Frau und mühte sich mit dem Verschluss der Wasserflasche ab. Kreuthner fragte, ob er behilflich sein könne. Doch die Frau schüttelte den Kopf.
»Ich bin der Leo«, sagte Kreuthner.
»Ich heiße Daniela.« Die Frau lächelte verdruckst und trank mit hochgezogenen Schultern aus der Wasserflasche, die sie endlich aufbekommen hatte.
»Da drüben in der Wolfsschlucht«, Kreuthner deutete nach Süden auf die Blauberge, die im Gegenlicht als

dunkler Schattenriss erkennbar waren, »da ist mein Opa umgekommen.«

»Im Gewitter?« Daniela dachte vielleicht an die Stelle im *Brandner Kaspar,* wo Marei auf der Suche nach ihrem Liebsten in der Wolfsschlucht den Tod findet.

»Na, war a schöner, sonniger Tag. Aber er hat an gewilderten Hirsch am Buckel g'habt. Der hat ihn in die Tiefe gerissen. Mein Opa hat einfach net auslassen wollen, verstehst?«

»Ja, so was passiert, wenn man grundlos Tiere tötet.« Sie stocherte die letzten Pommes auf ihre Gabel. »Entschuldigung. Ich wollte damit nichts gegen deinen Großvater sagen.«

»Des war a Sechzehnender. Der is dem Opa direkt vor die Flinte g'laufen. Was hätt er denn machen sollen? Warten, bis ihn der Jäger schießt?«

»Ah, verstehe. Das war so eine Art Notlage.« Die Frau legte irgendwie indigniert die Gabel auf den leeren Teller, wandte sich ab, hielt ihr Gesicht in die Sonne und sagte nichts mehr.

Kreuthner war irritiert. »Bist jetzt beleidigt?«

»Nein. Wieso?«

»Weil das genau so ausschaut, wenn Frauen beleidigt sind.«

»Ich bin nicht beleidigt. Ich bin nur nicht an Jagdgeschichten interessiert.«

Kreuthner blickte genervt zum weiß-blauen Himmel auf. »Des muss scheint's so sein. Da hast einmal an schönen Tag zum Skifahren, dann hockt sich natürlich eine her und fangt's Zicken an.«

Die Frau drehte ihr Gesicht aus der Sonne und sah Kreuthner böse an. »Hast du zicken gesagt?«

»Ja, ich hab zicken gesagt. Fällt dir a besseres Wort ein?«

»Warum wirst du so gemein? Ich hab dir gar nichts getan.« Daniela sah Kreuthner mit einer Mischung aus Wut und Enttäuschung an. Kreuthner stellte zu seiner Überraschung fest, dass sie weinte.

»Da musst doch net gleich zum Heulen anfangen. Ich hab des ja net so gemeint.«

»Ich heule nicht. Mir ist was ins Auge geflogen, und das sitzt unter meiner Kontaktlinse.«

Tatsächlich weinte die Frau nur aus einem Auge, wie Kreuthner jetzt erkennen konnte. Sie versuchte, die Linse herauszufischen, was anscheinend Probleme bereitete. Kreuthner wusste nicht, was er tun sollte. Dass er beim Bergen der Kontaktlinse kaum von Nutzen sein würde, war klar. Er sah sich auf der Terrasse um und erblickte zu seiner Erleichterung an einem anderen Tisch seinen alten Spezl Sennleitner.

»Tja, ich pack's dann wieder«, sagte Kreuthner, nahm sein Weißbierglas und stand auf. Beim Weggehen streifte der Anorak, den Kreuthner in der Hand hielt, das Gesicht der Frau. Sie zuckte zusammen und sagte hörbar angespannt: »Vielen Dank, jetzt ist sie auch noch runtergefallen.« Kreuthner sah zu, dass er wegkam.

7

Gegen vier holte Kreuthner seinen Rucksack aus dem Restaurant und stapfte etwa hundert Meter in Richtung Gipfel. Es waren keine Skiläufer mehr zu sehen, denn in Kürze würde es dunkel werden. Kreuthner konnte keine Zeugen gebrauchen für das, was er vorhatte. Er stellte sich auf eine Stelle mit guter Aussicht und holte das Blechbehältnis aus dem Rucksack. Das Tal lag weiß und friedlich tausend Meter unter ihm, in dessen Mitte ein großer schwarzer Fleck, der aussah wie eine Zipfelmütze mit Beinen – der Tegernsee. Im Norden verschwamm die Landschaft im grauen Dunst der hereinziehenden Nacht, von Südwest kamen letzte Sonnenstrahlen und erleuchteten das große Kreuz auf dem Gipfel des Wallbergs. Simon hatte, obwohl zeit seines Lebens einigermaßen katholisch, verbrannt werden wollen. Die Vorstellung, in der Erde zu verfaulen, war ihm unerträglich gewesen. Verstreuen sollten sie ihn respektive seine Asche. Und zwar auf dem höchsten Berg am Tegernsee, dem Wallberg. Das war in Deutschland nicht erlaubt. Deshalb hatte Kreuthner den Onkel nachts heimlich aus dem Grab holen müssen.
Der Himmel war teils blau, teils von grauen Wolken bedeckt, und ein kalter Wind blies Schneeflocken vorbei, als Kreuthner die den Onkel enthaltende Urne öffnete. Er überlegte kurz, ob er etwas Feierliches sagen sollte, aber es wollte ihm nichts einfallen.

Schließlich sagte er die Worte, die er so ähnlich im Fernsehen gehört hatte: »Simmerl – es war mir eine Ehre, dich gekannt zu haben.« Dabei wurden ihm die Augen feucht, und er musste schlucken. Eine Erinnerung wurde wach, wie ihn Onkel Simmerl einst in die Geheimnisse des Schwarzbrennens eingeweiht hatte und sie zusammen den ersten von Kreuthner gebrannten Obstler verkostet hatten. Da war er elf Jahre alt gewesen. Mit diesem bewegenden Gedanken im Herzen drehte er die Urne um und übergab Simon Kreuthners Asche dem Bergwind. Der blies sie mit böiger Wucht in Richtung Setzberg, und genau aus dieser Richtung hörte Kreuthner kurz darauf jemanden rufen: »He! Was soll das?!«

Zwanzig Meter unterhalb stand eine graue Gestalt auf Skiern, die hustete und sich die Asche vom Skianzug klopfte. Wie es aussah, hatte sie den ganzen Onkel abbekommen. Als Kreuthner bei ihr ankam und sich für sein Missgeschick entschuldigte, sah er, dass es Daniela war, die Frau, die er mittags auf der Terrasse getroffen hatte.

»Verdammt! Was war denn das?«, fragte sie hüstelnd und wischte sich die Augen aus.

»Nur a bissl Asche. Wart, des hamma gleich.« Kreuthner klopfte sie ab.

»Lass, das geht schon. Ich mach es mit Schnee weg. Sonst wird das nicht richtig sauber.« Nachdem sie das gesagt hatte, stand Daniela still auf der Stelle und blickte blinzelnd in den Himmel.

»Was ist los?«

»Ich habe Asche in den Augen.«

»Tut mir echt leid. Aber ich hab nicht gedacht, dass noch wer da ist. Was machst denn hier um die Zeit?«

»Ich wollte die Einsamkeit genießen. Ich hab ja nicht gewusst, dass jemand hier Asche verstreut. Was ist das überhaupt für Asche? Ich hoffe, nicht dein Hund oder deine Katze oder so was.«
»Mein Hund? Ja so a Schmarrn. Wie kommst denn da drauf?«
»Ist auch egal«, sagte Daniela und stakste durch den Schnee.
»Kann ich helfen?«
»Danke, ich komm klar.«
Die Frau verschwand hinter einer großen Latschenkiefer und Kreuthner sah, wie sie mit Schnee die Asche von ihrem Skianzug rieb und sich das Gesicht säuberte. Die Sonne war im Südwesten untergegangen, und die Nacht zog herauf. Kreuthner sah hin und wieder zu der Frau. Sie brauchte lang, denn sie war gründlich. Unglaublich gründlich. Im Osten wurde es jetzt finster.
»Du musst a bissl hinmachen. Es is gleich dunkel.«
»Du musst auch nicht auf mich warten.«
Kreuthner überlegte, ob er das Angebot annehmen sollte. Aber das brachte er nicht über sich, dass er eine Frau nachts im Winter allein auf dem Wallberg zurückließ. Also wartete er. Lang. Sehr lang. Als Daniela hinter den Latschen hervorkam, standen die Sterne am Himmel. Zum Glück auch der Mond, so dass man die Piste erkennen konnte.
»Geht's wieder?«
Daniela nickte. »Wo fahren wir runter?«
»Herrnabfahrt. Die kenn ich wie meine Westentasche. Bei dem Mond kein Problem.«
Daniela sah zweifelnd den dunklen Berg hinab.

8

»Wo sind wir denn?« Danielas Stimme klang gereizt, aber auch brüchig, als kämpfe sie mit den Tränen.
»Wir müssten gleich auf die Rodelbahn stoßen. Das kann nimmer weit sein. Obacht!« Der zurückschnalzende Fichtenzweig schlug Daniela heftig und unerwartet ins Gesicht. Sie schrie auf und fluchte. »Ich hab doch Obacht gesagt«, rechtfertigte sich Kreuthner.
»So ein Mist! Meine Kontaktlinsen sind rausgefallen.«
»In den Schnee?«
»Ja wohin denn sonst?«
Kreuthner blickte zurück, konnte Daniela aber nur erahnen, obwohl sie keine drei Meter entfernt war. Hier mitten im Nadelwald war es – wie Onkel Simon (berühmt auch für seine treffenden Vergleiche) sagen würde – dunkel wie im Bärenarsch. »Wie willst denn hier Kontaktlinsen finden?«
»Ich seh aber nichts ohne Kontaktlinsen.«
»Macht im Augenblick net viel Unterschied, oder?«
Kreuthner stapfte mit seinen Skiern durch den knietiefen Schnee zu Daniela zurück.

Es war ein erhabener Moment gewesen, als sie beide oben am Beginn der Herrenabfahrt gestanden waren. Der Vollmond hatte am Himmel geleuchtet und auf den Schnee geschienen, dass man jede Spur, jeden kleinsten Buckel sehen konnte wie am Tag. Unter ihnen der See mit tausend Lichtern, umrahmt von Neureuth, Hirschberg, Kampen und Fockenstein. Am nördlichen Horizont leuchtete München rötlich unter einer fernen Smogglocke. Der Hang war verspurt. Der Schnee zu unregelmäßigen Haufen aufgeworfen, aber kalt und noch nicht schwer, und an keiner Stelle kam der Dreck durch. Kreuthner fuhr vor, setzte einige Schwünge in die steile Piste und wartete weiter unten auf Daniela. Sie erwies sich als geübte Fahrerin, die mit den Schneeverhältnissen gut zurechtkam. Ihr Atem ging schnell, und sie lächelte sogar, als sie neben Kreuthner zum Stehen kam. Es hatte seinen eigenen Reiz, bei Vollmond Ski zu fahren, am Berg unterm Sternenzelt, und die Nacht so kalt und klar.

Was ihrer beider Aufmerksamkeit entgangen war, wie sie auf den See geschaut hatten und auf München ganz oben im Norden, das war die Wolkenwand, die von Südwesten kam. Eben jetzt, als Kreuthner am Waldrand entlangfuhr, wo der Schnee am besten war, schob sie sich unversehens vor den Mond, und es wurde dunkel. So dunkel, dass Kreuthner mit einem Mal in ein schwarzes Loch fuhr und nicht mehr sehen konnte, was ihm auf der Piste entgegenkam. Er versuchte zu bremsen. Doch das brauchte Zeit, denn der Hang war steil und Kreuthner in der Falllinie. Unversehens stauchte ihn ein Buckel zusammen, dass seine Brust fast auf die Knie schlug. Kreuthner geriet in Rücklage, was seine Fahrt zusätzlich beschleunigte, und ehe er begriff, was mit ihm geschah, schoss er in den an dieser Stelle locker mit Jungbäumen bestandenen Bergwald hinein, überschlug sich mehrfach und blieb schließlich, den Kopf talwärts, liegen. Er hörte Daniela, die ängstlich nach ihm rief. Dann einen

spitzen Schrei, der auf ihn zukam, ein Schatten, ein Aufprall und eine Schneewolke, die über ihm niederging. Daniela war bei ihm angekommen.
Nachdem sie sich aus dem Schnee gearbeitet und ihre Skier wieder angeschnallt hatten, wollte sie zur Piste zurück. Kreuthner hielt das für unnötige Mühsal. Wenn man geradeaus den Berg hinunterführe, müsse man zwangsläufig auf die Wallbergstraße stoßen, die im Winter als Rodelbahn diente.
»Aber es ist eh so dunkel. Wenn wir durch den Wald fahren, sehen wir gar nichts mehr«, wandte Daniela ein.
»Die Wolke ist gleich wieder weg. Dann ist alles kein Problem«, beschwichtigte Kreuthner und fuhr los.
Die Wolke aber war ein Tiefdruckgebiet, das den Himmel für die nächsten zwei Tage bedecken sollte. Und so wurde es immer dunkler, je tiefer sie in den Wald gerieten. Daniela versank einmal in einem Loch und ein weiteres Mal in einem Bach, der unter der Schneedecke verborgen lag. Der Bach führte zum Glück nicht viel Wasser, doch dauerte es zehn Minuten, bis sie sich mit Kreuthners Hilfe befreit hatte.

Das fahle Licht ihres Handys beleuchtete ein kleines Areal zu Danielas Füßen, die mitsamt Skischuhen und Skiern im Schnee verborgen waren. »Ich seh nichts. Du?«, fragte Kreuthner.
»Es ist alles verschwommen. Ich hab doch gesagt, dass ich ohne Kontaktlinsen nichts sehen kann.«
»Wie findest du sie sonst, wenn sie dir rausfallen?«
»Entweder mit der, die noch drin ist. Oder ich taste den Boden ab. Oder ich frag jemanden, ob er mir helfen kann.«

»Da hat was geblinkt. Bissl mehr nach rechts leuchten.«
Es war nur der Aluminiumverschluss einer Getränkedose. »Wie kommt denn der hierher?«, sinnierte Kreuthner.
»Das ist mir scheißegal. Ich will meine Linsen wieder!«
»Wir könnten a Markierung hinterlassen und morgen weitersuchen.«

Daniela klammerte sich an dem Skistock fest, den Kreuthner nach hinten hielt. Sie kamen nur langsam voran, denn Daniela traute sich kaum mehr als zwei Meter am Stück zu fahren und weinte die meiste Zeit. Wenn sie nicht weinte, haderte sie mit Kreuthner, weil der sie erst mit Asche überschüttet und später gesagt hatte, dass die nächtliche Abfahrt kein Problem sei.
»Schau! Da vorn, da ist die Rodelbahn.« Kreuthner nahm eine hellere Stelle wahr, die etwa fünfzig Meter voraus lag. Die alte Wallbergstraße, die von Rottach auf den Berg hinaufführte und auf der einst Autorennen ausgetragen wurden, hatte eine vergleichsweise geringe Steigung. Eine Abfahrt war selbst bei schlechten Lichtverhältnissen einfach. Wenn Kreuthner und Daniela sie erreichten, wären sie in wenigen Minuten an der Talstation der Wallbergbahn. Doch erwies sich Kreuthners Vermutung als falsch. Die helle Stelle war nur eine kleine Lichtung im Wald. Ein Wegweiser ließ darauf schließen, dass hier im Sommer ein Wanderweg entlangführte.
»Schau, da sind Wegweiser«, sagte Kreuthner, um Daniela Hoffnung zu machen.
»Was steht drauf?«

»Kann's net lesen. Ist zu dunkel.«
In diesem Moment tat sich im Tiefdruckgebiet ein Loch auf, und der Mond ergoss sein Licht auf die beiden nächtlichen Skiwanderer. »Kannst du's jetzt lesen?«
»Ja«, sagte Kreuthner. »Wallberg eineinhalb Stunden.«
»Mir ist kalt.« Daniela steckte die Hände unter ihre Achseln.
Kreuthner sah sich um, ob es nicht doch einen Ausweg gab. Einige Meter weiter erblickte er eine verschneite Bank, die zuvor die Finsternis verborgen hatte.
»Mei is des lustig. Da auf der Bank sitzt a Schneemann. Da hat einer einen Schneemann gebaut. Mitten im Wald!«, ergriff Kreuthner die Gelegenheit, die Stimmung der Truppe zu heben. Nachdem Daniela nichts sagte und nur die Nase hochzog, fuhr Kreuthner zur Bank und betrachtete den Schneemann. Man konnte den Eindruck gewinnen, dass er den Kopf in den Nacken gelegt hatte und zum Himmel schaute.
»Der hat bestimmt amal a gelbe Rüb'n als Nase gehabt. Vielleicht ist sie runtergefallen.« Kreuthner suchte im Schnee nach der Karotte.
»Hallo!! Ich will bitte nach unten. Wir müssen jetzt doch nicht nach Möhren suchen.«
»Ich hab auch nur gedacht, wenn wir die Nase finden und sie ihm wieder reinstecken, dann schaut das lustig aus und du musst lachen, und dann fahrt sich's gleich viel besser durch den Wald.«
Daniela hatte keine Worte. Sie bewegte die blaugefrorenen Lippen, aber nichts kam heraus. Wäre Kreuthner des Lippenlesens kundig gewesen, hätte er vielleicht die Worte »Du Arschloch« gelesen. So aber suchte er weiter nach der Mohrrübe.

»Vielleicht ist sie ihm in den Schoß gefallen.« Kreuthner wischte den Schnee von der Stelle, an der er die Schneemannoberschenkel vermutete, und stieß auf etwas. Es war aber keine Karotte. »Des is ja witzig. Die haben dem Schneemann Hosen angezogen. Das musst du sehen.«
»Ich will's nicht sehen. Und ich kann auch nichts sehen. Es ist Nacht, und ich hab keine Kontaktlinsen mehr. Können wir jetzt bitte zur Talstation fahren!«
Kreuthner setzte unverdrossen seine Ausgrabungen fort und stieß auf immer mehr Goretex. »Des gibt's ja net. Der is total angezogen. Von oben bis unten.« Kreuthner wischte den Schnee großflächig fort. Zum Vorschein kam etwas, das weder Mann noch aus Schnee war. Auf der Bank saß eine Frau, die den Kopf im Nacken, eine Hand nach unten von sich gestreckt hatte und in den Sternenhimmel zu starren schien. Allerdings waren die Augen geschlossen. Einer der Ärmel ihrer Skijacke war bis zur Armbeuge aufgeschnitten und der Unterarm von einer milchigen Kruste aus Eis bedeckt. Darunter schimmerte es rot.
»Was ist denn das?«, fragte Daniela, die nur wenige Meter entfernt stand, die Frau auf der Bank ohne Kontaktlinsen aber nur verschwommen sehen konnte.
»Nix«, sagte Kreuthner. »Geh schon mal vor. Ich muss nur schnell telefonieren.«
Danielas Neugier war geweckt. Sie tappte mit den Skiern an den Füßen näher. Kreuthner stellte sich zwischen sie und die Bank. »Schau dir das nicht an. Das ist ... ich weiß net, was es ist. Aber es ist jemand.«
»Wie – jemand?«
»Eine Frau. Und die ist schon länger hier.«

»Wieso sitzt die nachts auf der Bank? Das ist doch ... kalt.«

Kreuthner nahm sein Handy in Betrieb und drückte auf zwei Tasten. »Ich hab net die leiseste Ahnung, was die Frau hier macht. Vielleicht hat sie an Herzinfarkt gehabt. So was passiert manchmal. Und wennst Pech hast, findst du sie den ganzen Winter nimmer. So gesehen, hat die Frau fast noch Glück ge... Servus! Hier ist der Leo Kreuthner von Miesbach. Ich bin grad am Wallberg ... net am Haus oben, im Wald. Ich gib euch gleich die GPS-Daten durch. Mir ham a Problem – da hockt a Tote auf einer Bank.«

Während Kreuthner auf dem Smartphone seinen exakten Standort abrief, stapfte Daniela näher. Die gefrorene Leiche zog sie magisch an. »Geh, was machst denn da?«, fragte Kreuthner und griff nach ihrem Arm, während er auf das Display seines Handys blickte. Doch Daniela war schon an der Bank und starrte die Leiche an, dann legte sie eine Hand auf ihren Mund, und in ihrem Gesicht zeigte sich blankes Entsetzen. Unvermittelt griff sie in die Jacke der toten Frau und zog einen Schlüsselbund mit einem Hund als Anhänger hervor, ein schriller Schrei fuhr durch die Winternacht, und sie sank schluchzend zusammen.

9

Wallner hatte versprochen, pünktlich zu Hause zu sein, um Katja ins Bett zu bringen, und anschließend wollte Vera etwas Wichtiges mit Wallner besprechen. Vor fast genau einem Jahr hatte Vera Katja geboren, ein lebhaftes Kind, das von seinem Vater die Neugier geerbt hatte und von der Mutter die kastanienbraunen Locken. Ebenfalls dem Vater wurde Katjas Neigung zugerechnet, alles in ihrer Umgebung unter ihre Kontrolle zu bringen. Wenn etwa Menschen, Tiere oder Dinge sich von Katja wegbewegten, wurde sie unleidlich und fing an zu weinen. Zum Glück war Katja von heiterem Wesen, so dass die meisten Menschen gern bei ihr blieben.
Es war kurz nach fünf, und Wallner hatte im Büro bereits seine Daunenjacke angezogen, um sich auf den Heimweg zu machen, als die Meldung eintraf, Kreuthner habe mal wieder eine Leiche gefunden. Die Todesursache konnte Kreuthner nicht angeben, aber die von ihm geschilderten Umstände waren so ungewöhnlich, dass eine polizeiliche Untersuchung der Angelegenheit notwendig erschien.

Daniela Kramm saß in der Talstation, an ihrer Seite eine Mitarbeiterin des Miesbacher Kriseninterventionsteams, kurz KIT. Seit dem Schrei, der ihr im Angesicht der Schneeleiche entfahren war, hatte sie nichts mehr gesagt. Kreuthner hatte sie noch bis zur Talstati-

on gebracht. Es hatte sich herausgestellt, dass die Rodelbahn nur fünfzig Meter vom Fundort der Leiche entfernt verlief. Jetzt saß die junge Frau auf einer Bank im neonbeleuchteten Eingangsbereich, durch den sich während des Tages die Skifahrer mit rumpelnden Schritten zu den Gondeln schleppten. Auf ihren von der Kälte geröteten Wangen waren Spuren getrockneter Tränen; sie starrte das Treppengeländer an. Die Dame vom KIT schien nicht zu ihr durchzudringen.
Mike war von einem anderen Einsatz direkt nach Rottach gefahren und traf in der Talstation Janette, die mit Oliver und Tina telefonierte. Die beiden Spurensicherer waren schon bei der Leiche. Eine Schneeraupe hatte sie zum Fundort gebracht.
»Servus, Janette! Was machen wir zwei heut Abend?«, bellte Mike, als er Janette sah.
»Im Schnee rumstehen. Die Tina und der Oliver sind schon oben. Der Kreuthner ist auch wieder raufgefahren.«
»Wer ist sie?« Mike deutete auf Daniela, nachdem er ihr zur Begrüßung zugenickt, aber keine Reaktion erhalten hatte.
»Zeugin. Die hat zusammen mit dem Kreuthner die Leiche gefunden, wenn ich das richtig verstanden habe.«
»Schaut net vernehmungsfähig aus.« Mike klang eher besorgt als zynisch. Janette zuckte mit den Schultern.
»Wo ist der Kollege Wallner?«
»Der Clemens ist nach Hause gefahren. Muss irgendwas mit der Vera besprechen.«
»Der lässt uns hier völlig unbeaufsichtigt herumpfuschen?«
»Vor einem Jahr noch undenkbar.«

Mike nickte und dachte darüber nach, wie Kinder einen Menschen veränderten, als ein Luftzug von der Eingangstür kam.

»Da schau mal, da ist die Janette und der Onkel Mike«, sagte eine vertraute Stimme. Katja kam mit erhobenen Händchen durch die Tür, was daran lag, dass ihr Vater sie zwischen seinen Beinen vorsichtig hereinführte.

»Ich glaub das nicht«, sagte Mike zu Janette und wandte sich dann an Katja. »Ja, Spatzele – komm mal her!« Das in dicke Winterkleidung gepackte Mädchen stolperte zu Mike, der es auf den Arm nahm. »Bist jetzt völlig verblödet?«, sagte er, an Wallner gewandt. »Du kannst doch das Kind nicht mitnehmen.«

»Die Vera war noch nicht da. Na ja – da hab ich gedacht, ich schau mal schnell vorbei. Von zu Hause aus kann ich euch so schlecht auf die Finger schauen.«

»Du willst die Kleine aber nicht nach oben zu der ... zum Fundort mitnehmen, oder?« Janette hatte Katja einen ihrer Finger überlassen.

»Irgendjemand wird doch hier unten die Stellung halten?«

Wallner sah sich um und bemerkte Daniela Kramm. Er nickte ihr zu, sie sah durch ihn hindurch, die Augen dunkel gerändert und gerötet, der Mund halb offen.

»Ich bleib hier«, sagte Mike. »In Gesellschaft von zwei Frauen halt ich das gut aus. Vor allem, wo sie extra wegen uns die Heizung eingeschaltet haben.«

Wallner nickte wehmütig bei dem Gedanken, den geheizten Raum verlassen zu müssen.

»Hast du nur die dünne Daunenjacke?«

Wallner sah Mike verärgert an. »Du spinnst wohl. Das ist die wärmste Daunenjacke, die du für Geld bekommen kannst.«

»Ich mein ja nur. Hat minus fünfzehn Grad da oben.«
Mike lächelte zufrieden in sich hinein und fasste Katja an die Nase. »Gell, Spatzele. Wir beide machen's uns hier gemütlich, während der arme Papa raus in die böse Kälte muss.«

Fette, weiße Flocken sanken im Lichtkegel der Halogenlampen nach unten, der Dieselmotor der Schneekatze dröhnte durch den Bergwald. Wallner zog sich die Mütze ins Gesicht. Es nützte nichts. Der Schnee fand seinen Weg auf die Brille, schmolz, rann die Gläser hinunter und raubte Wallner die Sicht. Er wollte Janette Fragen stellen, hätte aber schreien müssen und entschied, lieber den herabfallenden Schnee zu betrachten. Auch ohne Brille war er schön anzusehen. Es hätte eine vollkommene Winternacht sein können.
»Was wissen wir über die Tote?«, fragte Wallner, als er hinter Janette durch den Neuschnee die letzten fünfzig Meter zum Fundort stapfte. Dort, mitten im Wald, hatte die Feuerwehr einen 500-Watt-Halogenstrahler aufgestellt, der die Szenerie in gleißend hartes Licht tauchte.
»Die Frau heißt Sophie Kramm, neunundvierzig Jahre alt, Sozialpädagogin. Hat aber nicht in ihrem Beruf gearbeitet, sondern einen Gnadenhof in Riedern betrieben.«
»Wo ist das noch gleich?«
»Zwischen Moosrain und Waakirchen. Da gibt's an Haufen vereinzelt gelegene Höfe.«
»Und wer ist die Frau in der Talstation?«
»Ihre Schwester. Daniela Kramm.«
»Hattet ihr die schon verständigt?«
»Nein. Die hat ihre Schwester gefunden.«

»Ich denk, die hat der Kreuthner beim Skifahren gefunden?«
»Ja, auch. Aber diese Daniela Kramm war dabei.«
»Der Kreuthner war mit der Frau Ski fahren und entdeckt die Leiche ihrer Schwester?«
»Frag ihn am besten selber.«
»Das hört sich doch wieder nach irgendeinem Scheiß an. Der Kerl macht mich noch wahnsinnig. Ist wenigstens sicher, dass wir da zuständig sind?«
»Der Kreuthner hat gemeint, das wär kein Unfall. Die Tote ist auf einer Bank gesessen, und unter dem Schnee war überall Blut.«
Sie waren auf der Lichtung angekommen. Beamte der Spurensicherung in weißen Schutzanzügen arbeiteten im Schnee, eingetaucht in weißes Licht. Ein Generator brummte. Wallner ließ die Szenerie auf sich wirken.
»Wieso bringt man jemanden hier um?«
Janette zuckte die Schultern.

10

Die Frau blickte in den nächtlichen Himmel. Oliver fotografierte sie von allen Seiten. Inzwischen war die Leiche vollständig vom Schnee befreit worden. Auf Gesicht und Händen war eine Eiskruste, denn der herabfallende Schnee war zunächst geschmolzen und dann wieder gefroren, als die Körpertemperatur auf das Umgebungsniveau gefallen war. Um die Bank herum hatten die Spezialisten der Spurensicherung ein großes Areal abgesteckt, das von niemandem betreten werden durfte, der dort nichts zu suchen hatte. Dazu zählten auch Wallner, Janette und Kreuthner. Oliver und Tina vom K3, der Abteilung für Spurensicherung, suchten, unterstützt von anderen Beamten, nach Spuren unter dem Schnee, was äußerst mühsam war.

»Gefunden hab natürlich ich die Leiche«, sagte Kreuthner. »Das war eher Zufall, dass die Schwester von ihr auch dabei war.«

»Wieso spaziert die mit dir nachts durch den Wald?«

»Wir sind zusammen abgefahren.«

Wallner sah auf seine Uhr. »Wann?«

»So um halb fünf.«

»Aber da war's doch schon dunkel.«

»Deswegen hamma uns ja verfahren. Sonst hätt ma die Tote gar net gefunden.«

Die Kälte kroch von unten in Wallners Daunenjacke. Er zog an den Bändern, mit denen man den Bund enger machen konnte, und steckte dann schnell seine

Hände in die Taschen. »Hat Daniela Kramm eine Idee, warum ihre Schwester ausgerechnet hier gefunden wurde?«

»Wollt vielleicht auf den Wallberg gehen.«

»Wer geht denn durch den Tiefschnee zu Fuß auf den Wallberg?«

»Wie das passiert ist, hat's noch net geschneit gehabt. Da war net viel Schnee.«

»Und wer sagt, dass sie ermordet worden ist?«

»Das ist doch klar. Da ist überall Blut.«

Tina näherte sich der Gruppe. »Servus, Tina. Wie schaut's aus?«, sprach Wallner sie an.

Tina hielt eine durchsichtige Plastiktüte hoch, in der sich ein Teppichmesser befand. Am Boden des Beutelchens hatte sich hellrote Flüssigkeit gesammelt, von der Wallner vermutete, dass es sich um Schmelzwasser handelte, das von dem Messer abgetaut war.

»Das haben wir unter der Bank gefunden.« Tina gab die Tüte Wallner, der sie an Janette weiterreichte, weil er erst seine Brille putzen musste.

»Die Tatwaffe?«

»Ja.« Tina nahm den Beutel wieder entgegen. »Fingerabdrücke werden wir nicht mehr drauf finden. Aber die Sache scheint klar zu sein. Sie hat sich die Pulsadern aufgeschnitten und ist verblutet.«

»Das macht doch keinen Sinn«, wandte Kreuthner ein. »Wer geht hier am Berg hoch, hockt sich auf a Bank und schlitzt sich die Pulsadern auf?«

»Das ist gar nicht so selten.« Tina steckte die Tüte mit dem Messer in eine größere Plastiktüte, in der sich weitere Asservate befanden. »Viele Selbstmörder wollen im Augenblick des Todes auf das schauen, was sie zurücklassen.«

»Für mich macht das keinen Sinn«, gab Kreuthner zurück, ohne seine Einschätzung näher zu begründen.
»Hat die Schwester irgendwas dazu gesagt?«, wollte Wallner noch einmal von Kreuthner wissen.
»Die hat überhaupt nix g'sagt. Die war total fertig.«
»Wat will er denn hier?«, hörte man Olivers schneidende Stimme in bester Friedrichshainer Färbung. Er kam durch den Schnee auf sie zu. »Soll der nich nach Hause fahren und sich um seine Kleene kümmern, oder hatte ick da wat falsch verstanden?«
»Es ist alles in bester Ordnung. Die Kleine ist bei Onkel Mike und hat Spaß.«
»Ja, ja. Aber so 'n Kind braucht ja nich nur Spaß, sondern auch Schlaf. Nich dit ick dir in irgendwat reinreden will.«
Wallner blickte auf die Uhr. »Das Kind kommt um sieben ins Bett, wie jeden Abend. Dann schläft es genau bis eine halbe Stunde, nachdem ich eingeschlafen bin, und fängt an zu schreien.«
Auch Oliver sah auf seine Uhr. »Dann biste ja in längstens zwanzig Minuten weg.«
»Scheint ja sowieso nichts vorzuliegen, wofür ich hierbleiben müsste.«
»Sieht nach Suizid aus.« Oliver wechselte ins Hochdeutsche, was er immer tat, wenn er Dienstliches mitzuteilen hatte. »Was mich etwas irritiert, ist das hier. Hab ich in der Brieftasche der Toten gefunden.«
Er reichte Wallner einen kleinen Plastikbeutel, in dem sich ein Foto befand. Wallner betrachtete das Foto, klemmte es unter den Arm, um seine Brille zu putzen, betrachtete es erneut und ging schließlich ein paar Schritte vor, um das Bild ins Halogenlicht zu halten. Die anderen folgten ihm. Auch sie wollten sehen, was

Oliver entdeckt hatte. Lange sah Wallner auf das Foto, das er schließlich an die anderen weitergab. »Was um alles in der Welt ist das?«
Oliver zuckte mit den Schultern. »Schätze, das, wonach's aussieht. Irjendwie gruselich, wa?«
»Ja«, sagte Wallner. »Da wird's mir gleich noch kälter.«

11

Daniela Kramm saß noch immer mit starrem Blick auf der Holzbank im Eingangsbereich der Talstation. Ihre Hände zitterten, als sie sich in ein Papiertaschentuch schneuzte und Tränen aus den Augen wischte. Kreuthner stand mit gesenktem Kopf neben ihr und sagte, es tue ihm leid, das mit ihrer Schwester. Die Angesprochene machte nicht den Eindruck, als habe sie Kreuthner gehört.
Wallner kam dazu. Auch er sagte, es tue ihm leid.
»Sind Sie in der Lage, mir Fragen zu beantworten? Wenn nicht, fahren wir Sie nach Hause oder in ein Hotel und befragen Sie morgen.«
Durch Daniela Kramm ging ein Ruck, als habe sie einen leichten elektrischen Schlag bekommen. Sie sah Wallner ausdruckslos an, überlegte, schüttelte schließlich den Kopf und wischte einen Rest Feuchtigkeit aus den Augenwinkeln. »Es geht schon.«
Wallner setzte sich auf einen Klappstuhl und bedeutete Janette und Mike, sich dazuzusetzen. Auch Kreuthner wurde eingeladen. Doch der blieb stehen und lehnte sich an das Geländer der Treppe, die zu den Seilbahngondeln führte.
»Sie heißen Daniela Kramm und sind die Schwester der verstorbenen Sophie Kramm?« Sie nickte. »Wie es aussieht, hat sich Ihre Schwester das Leben genommen. Gab es irgendwelche Anzeichen dafür, dass sie aus dem Leben scheiden wollte?«

Daniela Kramm schüttelte den Kopf. »Sie hat sich nicht umgebracht.«

Wallner studierte Daniela Kramms Gesicht und versuchte abzulesen, ob sie einfach nicht wahrhaben wollte, was offensichtlich war, oder ob ihre Einschätzung einen rationalen Grund hatte. Es lag mehr Wut als Verzweiflung in ihrem Gesicht, weshalb Wallner die zweite Möglichkeit für wahrscheinlicher hielt.

»Was macht Sie so sicher?«

»Das ist nicht ihre Art.«

»Was genau?«

»Wegzulaufen. Sie hätte uns nie im Stich gelassen.«

»*Uns* ist Ihre Familie?«

»Die Tiere und mich. Wir haben einen Gnadenhof. Sophie hat gewusst, dass ich das nicht alleine schaffe. Das hätte sie uns nie angetan.«

»Ihre Schwester hat also nie etwas angedeutet? Sie war auch nicht depressiv oder hat mal gesagt, dass ihr alles zu viel wird, dass sie nicht mehr will?«

»Nein.« Daniela Kramm wischte neue Tränen aus ihren Augen, ihre Stimme bebte. »Natürlich, sie hat sich oft Sorgen gemacht, wie es weitergeht. Es war jeden Monat ein Kampf, bis wir wieder das Geld für den Hof zusammenhatten. Aber sie hätte sich nie umgebracht.«

»Hätte jemand einen Grund gehabt, Ihre Schwester umzubringen?«

»Es gibt genug Verrückte.«

Wallner gab Daniela Kramm noch ein paar Sekunden. Aber mehr sagte sie nicht.

»Wir müssen das Ergebnis der Obduktion abwarten. Dann wissen wir mehr darüber, wie Ihre Schwester gestorben ist.« Wallner dachte einen Moment nach,

schien unschlüssig. »Wir haben etwas in der Jacke Ihrer Schwester gefunden. Ein Foto.« Er zog das Foto, das Tina bei der Leiche gefunden hatte, aus seiner Daunenjacke. Es steckte noch in der Plastikhülle. »Was auf dem Foto abgebildet ist, ist ziemlich ... verstörend. Ich möchte trotzdem, dass Sie sich das Foto ansehen. Wenn Sie wollen, können wir das aber auch morgen machen, wenn es Ihnen etwas bessergeht.«
»Was ist auf dem Foto drauf?«
»Eine Leiche.«
Daniela Kramm überlegte eine Weile. »Zeigen Sie mir das Foto.«
Wallner reichte es ihr. Sie warf einen kurzen, aber nicht flüchtigen Blick darauf. Auf dem Bild war eine halbverweste Leiche zu sehen, die in einer Art Grab lag. Es sah aus, als habe jemand die Leiche exhumiert. An einigen Stellen, an denen die Haut dünn war, kam der blanke Knochen durch. Soweit man erkennen konnte, hatte die Leiche lange Haare und war mit einem Rock bekleidet. Außerdem befand sich eine Damenhandtasche mit im Grab.
Daniela Kramm schüttelte den Kopf. »Wo war das Foto?«
»In der Jacke, die Ihre Schwester anhatte.«
»Ich kenne das Foto nicht. Und ich wüsste auch nicht, wo meine Schwester das Foto herhaben sollte. Ist das aus irgendeinem Krieg?«
»Keine Ahnung. Das kann überall sein.«
»Vielleicht gehörte das Foto gar nicht meiner Schwester. Vielleicht hat es ihr der Täter in die Jacke gesteckt.«
»Wenn es einen Täter gibt.«
»Warum glauben Sie, dass es Selbstmord war?«

»Es spricht im Augenblick viel für Suizid. Das kann sich aber ändern. Wir müssen die Untersuchungsergebnisse abwarten.«

Die KIT-Dame bot Daniela Kramm Tee an. Sie nahm ihn leise dankend entgegen. Die anderen in der Runde lehnten das Angebot ab.

»Nehmen wir an, es war kein Selbstmord. Kennen Sie jemanden, der einen Grund hatte, Ihre Schwester zu töten?«

Daniela Kramm nippte an dem dampfenden Plastikbecher und wärmte sich die Hände daran, sie fröstelte, obwohl die Heizungen liefen und es so warm war, dass sogar Wallner seine Mütze abgenommen hatte.

»Glaub nicht.« Mit einem Mal füllten sich ihre Augen wieder mit Tränen, die kurz darauf ihre Wangen hinunterliefen und vom Kinn tropften. Kreuthner reichte ihr ein Papiertaschentuch.

»Entschuldigung«, sagte sie und schneuzte sich. Dann ging ein Ruck durch die junge Frau, und die Tränen versiegten so plötzlich, wie sie gekommen waren.

»Doch ...«, sagte sie. »Es gibt jemanden, dem ich es zutraue.« Daniela Kramm nickte auf eine sehr bestimmte Art und sah an Wallner vorbei nachdenklich in die Ferne.

12

Es ist noch nicht so lange her. Vielleicht zwei Wochen. Am Nachmittag so gegen fünf stand sie auf einmal im Stall. Es war schon dunkel. Ich hatte gerade die Pferde von der Weide geholt. Sie stand da und hat nach Sophie gefragt und gesagt, sie wäre eine alte Freundin Ich hab sie rüber ins Haus geschickt.«
»Die Frau hat ihren Namen nicht genannt?«
»Doch. Stalin.«
»Stalin?«
»Das wird ihr Spitzname gewesen sein.«
»Was war verdächtig an der Frau, außer ihrem Namen?«
»Sie war ungefähr eine halbe Stunde bei Sophie. Als ich im Stall fertig war und auf den Hof raus bin, ist sie gerade gegangen. Sie hat beim Abschied zu Sophie gesagt: Ihr könnt euch echt 'ne Menge Ärger ersparen. Überleg's dir!«
»Was hat sie damit gemeint?«
»Ich weiß es nicht. Natürlich hab ich meine Schwester gefragt. Aber sie hat nur gesagt, das wär eine Verrückte. Sie kannte sie vom Studium, hatte aber länger nichts mit ihr zu tun gehabt.«
»Was meinte sie mit ›Verrückte‹?«
Anstatt zu antworten, zog Daniela Kramm die Schultern hoch und fröstelte. Schließlich verfiel sie wieder in Apathie.
»Frau Kramm? Geht es Ihnen nicht gut?«

Sie sah Wallner an, als hätte er sie aus einer Trance gerissen. »Nein, es geht schon. Wie ... wie war die Frage?«
»Was Ihre Schwester mit ›Verrückte‹ meinte.«
»Was hat sie damit gemeint?« Daniela Kramm sah Wallner versonnen in die Augen. »Ich denke mal, dass sie ... dass sie verrückt war. Geistig gestört.«
»Und sie hat Ihnen nicht gesagt, worauf sich die Drohung bezog? Oder wer sich da Ärger ersparen kann?«
»Sie hat nur gesagt, die ist nicht richtig im Kopf. Ich solle mir keine Sorgen machen. Aber sie selber hat sich Sorgen gemacht. Das habe ich gesehen. Sie war die letzten zwei Wochen nervös und schreckhaft.«
»Haben Sie Ihre Schwester darauf angesprochen?«
»Ja. Aber sie hat ausweichend geantwortet und gesagt, da sei nichts.«
»Hat sie Ihnen nicht vertraut?«
»Ich glaube, sie wollte mich nicht in die Sache hineinziehen.«
»Könnten Sie die Frau beschreiben?«
»Eher nicht. Ich hab sie nur kurz gesehen. Und sie hat eine Mütze aufgehabt. Vielleicht würde ich sie wiedererkennen.« Sie besann sich für einen Moment. »Sie glauben mir also, dass es Mord war?«
»Ich glaube Ihnen, dass diese Frau Ihre Schwester besucht hat. Ob sie etwas mit dem Tod Ihrer Schwester zu tun hat, weiß ich nicht. Wenn wir Hinweise finden, dass Ihre Schwester sich nicht das Leben genommen hat, werden wir der Spur natürlich nachgehen.« Wallner beendete damit die Befragung.
»Wollen Sie in ein Hotel? Wir würden Sie hinfahren«, sagte Mike.
Daniela Kramm wollte nicht ins Hotel.

»Kein Problem. Sie können natürlich nach Hause fahren. Morgen früh kommen allerdings die Kollegen von der Spurensicherung. Wir würden Sie bitten, in den Räumen Ihrer Schwester nichts anzufassen und auch möglichst nichts wegzuwerfen. Vor allem keine Schriftstücke.«

Daniela Kramm versprach, sich daran zu halten. Dann ging sie zu ihrem Wagen. Kreuthner sah ihr nach und wirkte besorgt.

13

Auf dem Gnadenhof Riedern lebten zu dem Zeitpunkt, als Sophie Kramm starb, zehn Pferde, sieben Esel, acht Hunde, vierunddreißig Katzen, ein Dutzend Hasen, zwei Rehe, vier Hausschweine, ein Truthahn, eine Truthenne, sechs Gänse, zweiundzwanzig Hühner unterschiedlicher Rassen, davon drei Masthühner, die ihre genormte Lebenserwartung von dreißig Tagen um ein Vielfaches überschritten hatten, vier Enten sowie zwei Igel, die zum Winterschlaf in Pappkartons auf dem Heuboden eingelagert waren. Die meisten Tiere waren alt oder krank oder beides, und sie hatten ausnahmslos traurige Lebensgeschichten. Auf dem Gnadenhof durften sie alt werden und sterben, ohne dass sie gemolken, geritten, als Gebärmaschinen benutzt oder zum Schlachthof gefahren wurden.
Schon als Jugendliche hatte Sophie Kramm das Verlangen verspürt, anderen zu helfen, und nach dem Abitur Sozialpädagogik studiert. In den neunziger Jahren arbeitete sie einige Zeit als Erzieherin in einer Einrichtung für lernbehinderte Kinder. 1996 vermachte ihr eine Tante einen Bauernhof, der vier Kilometer nördlich des Tegernsees in dem Weiler Riedern lag. Auf dem Hof hatte es seit den sechziger Jahren kein Milchvieh mehr gegeben. Die Tante hatte stattdessen Zimmer an Urlaubsgäste vermietet. Um die Kinder der Gäste zu unterhalten, hatte die Tante zwei Zwergesel

angeschafft sowie eine Ziege und mehrere Katzen und Hunde. Vier Jahre vor ihrem Tod war sie an schwerer Arthrose erkrankt und musste das Vermieten von Ferienzimmern aufgeben. Als Sophie Kramm ihr Erbe antrat, hatte die Ziege eine Infektion an den Hufen und starb bald. Auch die Zwergesel, Hunde und Katzen waren in schlechtem Zustand. Die Tante hatte sie infolge ihrer eigenen Gebrechlichkeit nur noch notdürftig versorgt. Neben dem landwirtschaftlichen Anwesen erbte Sophie eine sechsstellige D-Mark-Summe. Sie beschloss, sich um die Tiere zu kümmern und den Hof weiterzuführen.

Im Lauf der Zeit sprach sich herum, dass Sophie ein Herz für bedürftige Tiere hatte, und man brachte ausgesetzte Hunde und Katzen zu ihr und Pferde, die man vor dem Abtransport in italienische Schlachthäuser retten wollte. Als jemand erfuhr, dass in Tschechien ein Lastwagen mit Eseln aus dem Nahen Osten stand, die wegen mangelhafter Papiere nicht weiterreisen durften und kurz davor waren zu verenden, setzte sich Sophie ins Auto, um auch sie zu retten. Die zwei Rehe wiederum waren als Kitze gefunden und von Menschen aufgezogen worden. An Auswildern war nicht zu denken, denn die Tiere fühlten sich zu den Menschen hingezogen, was ihnen bei der ersten Begegnung mit dem Jäger schlecht bekommen wäre.

Daniela kam im Schneetreiben vor dem Haus an und löste den Bewegungsmelder aus. Eine gelbliche Lampe über der Stalltür schaltete sich ein. Der Hof bestand aus einem langgestreckten Haus mit dem für die Gegend typischen flachen Satteldach. Das Erdgeschoss war gemauert, vorn am Wohntrakt weiß verputzt, hinten im Stallbereich Naturstein, das Obergeschoss in Holz ausgeführt. Ein schlicht geschnitzter Balkon lief um den Wohnteil des Hauses. Stall und Heuboden bildeten eine L-Form. Gegenüber dem Haus lag ein Geräteschuppen, so dass ein auf drei Seiten nahezu abgeschlossener Innenhof entstand.

Die Hunde und einige der Katzen saßen vor dem Haus oder unter dem Dach des Geräteschuppens und sahen Daniela aufmerksam an, als sie aus dem Wagen stieg. Ihre Augen waren gerötet, ihr Blick leer, ihre Schultern hochgezogen. Kein Hund bellte, keine Katze gab ein Geräusch von sich. Alle saßen stumm, als hätte sich das große Unglück schon herumgesprochen. Der Kartäuserkater Joseph leckte sich hektisch und glotzte unsicher zu der Frau am Auto.

Als Daniela sich in Bewegung setzte, bewegten sich auch die Tiere von ihren Plätzen und begleiteten sie. Es war eine lautlose, pelzige Prozession, die zum Stall zog. Auch der Stall war stumm. Die Tür zu Kaspars Box stand offen wie immer, doch der schwarze Hengst drängte sich hinten an die Wand. Kein Schnauben war im Raum zu hören, nicht einmal die Hühner pickten in ihrem Gehege. William, der Truthahn, schritt zur Begrüßung heran, schien aber zu merken, dass heute ein Zupfen an Danielas Hose unangebracht war. Unentschieden trat er von einem Bein aufs andere, dann drehte er um und ging zum Hühnergehege, als wollte er mit dessen Bewohnern die sonderbare Lage besprechen.

Sophie hatte noch Heu in den Stall gebracht, bevor sie starb. Auch Schubkarre und Mistgabel standen anders als heute Morgen. Sie hatte ausgemistet. Daniela nahm die Heugabel in die Hand, und unvermittelt liefen ihr die Augen über, die Tränen kamen wie ein Schwall, als hätte jemand auf die Spültaste gedrückt, strömten über ihr Gesicht und tropften auf den Boden. Es war, als stünde sie neben diesem warmen, salzigen Wasserfall, ohne dass sie etwas tun konnte, um ihn aufzuhalten. Sie tropfte auf Joseph und eine rote Katze mit Geschwür an der Nase. Die Tiere blieben, wo sie saßen, rührten sich nicht, unternahmen es nicht einmal, die Tropfen abzulecken. Als Daniela das bemerkte, flossen noch mehr Tränen. Lange Zeit stand sie auf der gleichen Stelle und weinte, bis sie sich daranmachte, das Heu in den Pferdeboxen zu verteilen. Danach fütterte sie die Katzen und Hunde. Die sensibleren unter ihnen rührten das Fressen nicht an, die weniger einfühlsamen Hofbewohner nutzten die Gelegenheit, sich den Bauch vollzuschlagen.

Als in der Küche der Ofen brannte, setzte sich Daniela im Dunkeln an den Küchentisch und stellte eine Flasche Pflaumenschnaps und ein Glas vor sich. Es war halb neun und still im Haus. Auch von draußen war nichts zu hören. Der Hof lag sechshundert Meter vom nächsten Anwesen entfernt. Manchmal, wenn sie nachts allein waren, hatte sich Sophie geängstigt. Dann hatte Daniela gesagt, es traue sich bestimmt keiner auf den Hof, die Hunde würden sie schützen. Aber die Hunde waren alt und froh, wenn man sie in Ruhe ließ. Der blinde Boxer Tacitus hatte eine furchterregende Stimme, wenn er bellte. Aber das tat er nur selten und nicht unbedingt, wenn sich Fremde näherten, denn er hörte auch schlecht. Und so waren die Hunde keine wirkliche Beruhigung für Sophie gewesen.

Der Schnaps wärmte Daniela. Als sie sich das dritte Glas einschenkte, kam ein Geräusch von draußen. Ein

Bellen. Tacitus. Heiser, aber laut. Auch das Licht war angegangen im Hof. Das passierte öfter, denn der Bewegungsmelder reagierte auch auf die Tiere. Daniela überlegte, ob sie nachsehen sollte. Das Bellen des Boxers war wieder verstummt. Drei Katzen saßen jetzt auf dem Fensterbrett und blickten gebannt in den Hof hinaus. Doch im Hof war für Daniela nichts zu erkennen. Sie beschloss, nach dem Rechten zu sehen, und sei es nur, um sich zu beruhigen.

Es schneite nicht mehr. Das Thermometer zeigte zwölf Grad unter null. Daniela blies Kondenswolken in die Nacht und schlich mit einem alten Jagdgewehr in der Hand durch den gelb erleuchteten Hof. Zunächst konnte sie nichts Ungewöhnliches entdecken. Dann sah sie die Fußspuren. Es waren nicht ihre eigenen. Es waren große Schuhe. Sie kamen von dem Feldweg, der zum Hof führte. Der Feldweg wurde von der Lampe über dem Stalleingang nur schwach beleuchtet. Genug aber, um zu erkennen, dass dort etwas war. Als Daniela den Kopf bewegte, bemerkte sie einen Widerschein. Sie erschrak. Am Feldweg stand ein Auto, und das war nicht da gewesen, als sie nach Hause gekommen war. Der Fahrer hatte den Wagen stehen lassen, sich zu Fuß in Richtung Hof aufgemacht und den Bewegungsmelder ausgelöst.

Die Spuren im Schnee führten zum Geräteschuppen. Er war nach vorn hin offen und bildete einen großen Unterstand für den Traktor und anderes landwirtschaftliches Gerät, das auf dem Hof benötigt wurde. In dem dunklen Bereich hinter den Maschinen konnte Daniela nichts erkennen. Sie hielt sich am Gewehr fest und fragte: »Hallo? Ist da jemand?«

Ein leises Knurren kam als Antwort. Dann tauchte

Tacitus aus der Dunkelheit auf und sah Daniela mit seinen blinden Augen an, als mache er sie für die Störung seiner Nachtruhe verantwortlich. Im Schuppen bewegte sich etwas. Im Licht der Hoflampe, das den Boden des Schuppens erhellte, sah Daniela mit einem Mal zwei Bergschuhe.
»Kommen Sie da raus!«, sagte sie. Die Schuhe setzten sich in Bewegung.

14

Langsam trat der Mann aus dem Schatten der Scheune. Der Hund drängte sich an Danielas Seite, hechelte und gab grunzende Geräusche von sich. Ihr Herz raste, die Hände, mit denen sie das alte Gewehr umklammerte, wurden feucht. Noch bevor sie sein Gesicht sehen konnte, sagte der Mann in der Scheune: »Hallo, ich bin's! Pass mit dem Gewehr auf!« Es war Kreuthner.
»Spinnst du, mich so zu erschrecken?« Sie ließ das Gewehr immer noch nicht sinken.
»Tut mir leid. Ich wollt ja klingeln. Aber dann ist der Hund gekommen.«
»Der heißt Tacitus.«
»Schön. Darf ich jetzt wieder raus?«
»Komm einfach raus. Tacitus ist harmlos.«
Kreuthner drückte sich dennoch in respektvollem Abstand zum Hund nach draußen in den Hof.
»Was willst du?«, fragte Daniela.
»Nichts. Nur schauen. Ich hab gedacht, vielleicht kann ich was helfen.«
»Was denn?«
»Weiß auch net ... Irgendwas.« Kreuthner sah sich im Hof um und wurde seinerseits von hundert Augen beobachtet. Bei den Tieren des Hofes hatte sich herumgesprochen, dass ein Fremder gekommen war. Das geschah nicht oft. »Hast du schon die Verwandtschaft angerufen?«

»Nein. Ich will heute niemanden sehen.«
»Ist aber meistens besser, man hat wen zum Reden.«
Daniela ließ das Gewehr sinken und ging zum Haus zurück. Vor der Tür blieb sie stehen und drehte sich zu Kreuthner um. »Danke, dass du vorbeigeschaut hast. Aber ich komm klar.« Sie öffnete die Tür und rief den Hund. Es dauerte eine Zeit, bis er die Strecke mit schaukelnden Lefzen zurückgelegt hatte. Dann fiel die Tür zu, und es wurde still auf dem Hof. Kreuthner blickte zum Himmel auf, sah zwischen den Wolken ein paar Sterne und dachte an seinen Onkel Simon. Vielleicht war es keine schlechte Idee, an diesem Abend dem ererbten Anwesen einen Besuch abzustatten und nachzusehen, was der Onkel an geistigen Getränken versteckt hatte.
»Magst einen Tee?«, sagte eine Stimme in die Stille hinein. Daniela stand am offenen Küchenfenster.

Sie saßen eine Weile zwischen Hunden und Katzen und sagten nichts. Daniela vor einer Tasse Früchtetee, Kreuthner vor einer Flasche Bier, die er dem angebotenen Tee vorgezogen hatte.
»Schöner Hof«, sagte Kreuthner, obwohl es nicht stimmte.
»Danke«, sagte Daniela. »Er ist ziemlich runtergekommen. Aber wir haben kein Geld, um was machen zu lassen.«
»Wie kommst du dazu? Ich mein, dass du hier am Hof lebst? Ist der von deinen Eltern?«
»Von einer Tante. Die hat ihn der Sophie vererbt. Ich bin irgendwann hier raus gezogen, um ihr zu helfen. Sollte eigentlich nur vorübergehend sein. Dreizehn Jahre ist das her.«

»Deine Schwester war einiges älter?«
»Elf Jahre. Sie war eigentlich meine Mutter. Meine richtige Mutter hat immer gearbeitet und keine Zeit gehabt. Alles, was ich weiß und kann, hab ich von Sophie. Irgendwie kann das gar nicht sein, dass sie nicht mehr da ist.« Daniela versank wieder in Gedanken. Sie rührte in ihrem Tee, in dem sich der Löffel Honig schon vor langer Zeit aufgelöst hatte. Ihre Hände waren nicht grob, aber kräftig, so wie es zu erwarten war, wenn jemand täglich Ställe ausmistete. Sie strich eine hellblonde Strähne aus ihrem Gesicht und legte sie hinters Ohr, schluckte und wischte sich ein Auge aus. Kreuthner überlegte, ob er einen Schluck Bier trinken sollte, fand das aber irgendwie unangebracht und betrachtete das Etikett der Flasche, bis er merkte, dass er selbst beobachtet wurde. Eine riesige, außergewöhnlich pelzige Katze, die neben ihm auf der Küchenbank lag, hatte die Augen halb geöffnet und fixierte ihn.
»Es is alles für was gut«, sagte er schließlich. »Ich weiß, das klingt im Augenblick ziemlich daneben. Aber es is so.«
»Nein. Das ist für gar nichts gut, dass sie gestorben ist. Für absolut nichts.« Daniela goss sich noch einen Schnaps ein und hielt Kreuthner fragend die Flasche hin. Der lehnte dankend ab. Er musste vorsichtig sein. Denn es waren neue Kollegen gekommen, bei denen er nicht sicher war, wie sie sich im Fall einer Kontrolle verhalten würden.
»Das siehst erst später. Im Augenblick is es natürlich total schlimm. Aber man muss nach vorn schauen. Vielleicht net heut oder morgen. Aber irgendwann. Und dann sagt man: Mei – ganz umsonst war's doch net.«

»Du hast doch keine Ahnung. Kannst du dir auch nur ansatzweise vorstellen, wie ich mich fühle?«
»Logisch.«
Daniela schüttelte den Kopf. »Wie kannst du das sagen? Ich meine, vor ein paar Stunden ist meine Schwester gestorben. Und du sagst: Klar, kann ich mir vorstellen, wie du dich fühlst. So ganz selbstverständlich. Das macht man nicht.«
»Wenn's wahr ist.«
»Niemand weiß, wie sich ein anderer fühlt.«
»Wieso nicht?«
»Weil du du bist und nicht jemand anderes. Jeder fühlt anders. Du steckst doch nicht in meinem Kopf.«
Kreuthner wischte mit dem Daumen die Feuchtigkeit vom Etikett der Bierflasche und nahm einen Schluck. Sie schwiegen; zwanzig Katzen- und Hundeaugen beobachteten sie. Unversehens stand die Riesenkatze auf, ging geschmeidig auf Kreuthner zu und sprang ihm auf den Schoß. Es dauerte eine Zeit, bis sie die ideale Stellung gefunden hatte, um mit geschlossenen Augen vor sich hin zu brummen.
»Wie heißt die?«
»Troll. Ist ein Kater.«
»Troll?«
»Er kommt aus Norwegen. Deswegen Troll. Stellst du bitte die Flasche auf den Bierdeckel. Sonst gibt es Flecken auf dem Tisch.«
Kreuthner stellte die Flasche auf den Bierdeckel und kraulte Troll am Kopf, bis der Kater sein Maul aufriss und ausgiebig gähnte. Zwischen den Reißzähnen hatte zwar die Parodontose gewütet. Kreuthner vermutete, dass Troll dennoch Angst und Schrecken unter den Mäusen des Hofes verbreitete.

»Wie ich siebzehn war, ist meine Mutter gestorben«, sagte er.
»Das tut mir leid. An was?«
»Blutvergiftung. Hat sich an am Blatt Papier geschnitten.«
»Daran kann man sterben?«
»Kann man.«
Daniela schenkte sich einen Schnaps nach. »Da hast du bestimmt nicht gedacht, dass das zu was gut ist.«
Kreuthner blickte in die Flasche und betrachtete den dünnen Schaum auf dem Bierrest. Hopfengeruch stieg ihm in die Nase. »Ich hab damals Autos geknackt und noch schlimmere Sachen gemacht. An dem Abend, als meine Mutter gestorben is, hätt ich eigentlich bei am Einbruch mitgehen sollen. Große G'schicht. Autohaus. Na ja – dann ist eben meine Mutter gestorben, und ich bin net mitgangen. Und was glaubst? Alle anderen, die dabei waren, ham s' erwischt. Da hab ich mir gedacht: Des is a Zeichen! Jetzt hörst auf mit dem Scheiß und machst was ganz anderes. Dann bin ich Polizist geworden.«
Daniela nickte und biss die Lippen aufeinander. »Hast Glück gehabt, wie?«
»Ja. Hab ich«, sagte Kreuthner und wurde leicht melancholisch. »Tut mir leid«, sagte er schließlich, hob Troll von seinen Knien und setzte ihn auf den Boden. »Ich bin wahrscheinlich keine große Hilfe. Das nächste Mal bring ich dir an Selbstgebrannten mit. Da hast mehr davon.«
Daniela streichelte eine weiße Katze, die neben ihr auf der Bank lag. »Es war nett, dass du vorbeigeschaut hast. So hab ich mal eine halbe Stunde an was anderes gedacht.«

»Na dann.« Kreuthner deutete auf die angebrochene Schnapsflasche. »Trink die aus und leg dich ins Bett.«
Er war schon im Hof, als Daniela noch einmal ans Fenster trat. »Leo ...« Kreuthner sah sich um. Sie erschien ihm wie ein Geist mit den dunklen Ringen um die Augen und den fast weißen Haaren um ihr Gesicht. »Die Sophie hat sich nicht umgebracht.«

15

Wallner war um halb sieben zu Hause. Er brachte Katja ins Bett und las ihr zum Einschlafen sechs Seiten aus »Wenn kleine Tiere müde sind« vor, was eineinhalb Minuten dauerte. Dann gähnte Katja und wollte nichts mehr vorgelesen haben, sondern selbst lesen. Eine weitere Minute später entglitt das Buch ihren Händen, und Wallner löschte das Licht.
Während Manfred in der Küche das Abendessen bereitete, setzte sich Wallner zu Vera ins Wohnzimmer.
»Und? Schläft sie?«
»Wie ein Stein. Sie war auch viel draußen heute.«
»Ja. Manfred war mit ihr im Garten.«
Es trat eine kleine Pause ein, die Wallner signalisierte, dass Vera jetzt ein schwieriges Thema ansprechen würde.
»Du weißt, dass ich wieder arbeiten will«, sagte sie schließlich.
»Natürlich. Ich kann das verstehen, dass man mehr braucht als den ganzen Tag nur Kind – so schön das ist. Ich hab's ja selber erlebt.« Wallner hatte vier Monate Elternzeit genommen und sich ganz seiner kleinen Tochter gewidmet. Fast ganz. Tatsächlich hatte er immer wieder Zeit gefunden, im Büro anzurufen oder auf einen Kaffee in der Carl-Fohr-Straße vorbeizuschauen und sich mit harmloser Miene zu erkundigen, wie es denn so laufe. Mike, der in dieser Zeit als Wallners Stellvertreter das Sagen hatte, war reichlich

genervt gewesen und hatte allen verboten, Wallner irgendetwas Dienstliches mitzuteilen. Wallner bekam trotzdem mehr Informationen aus seinen Mitarbeitern heraus, als Mike lieb war. Wallner war nicht umsonst seit über zwanzig Jahren erfolgreicher Ermittler.
»Willst du wieder in deinen alten Job?«
»Jedenfalls zum LKA. Da wird gerade ein Forschungsprojekt für Bildauswertung eingerichtet. Ich könnte das leiten. Ist mit A 13 dotiert.«
»Nicht schlecht. Das hab ich ja.«
Sie streichelte ihm übers Haar. »Nicht neidisch werden.«
»Das heißt?«
»Das heißt, dass wir eine Lösung für Katja brauchen.«
»Manfred kümmert sich gern um Katja. Er liebt das Kind.«
»Das weiß ich. Und er macht das auch ganz toll, wirklich. Es ist nur ...«
»Was ...?«
»Er ist in letzter Zeit ein bisschen zerstreut. Ich meine, ganz im Rahmen des Normalen. Er wird eben älter. Heute Mittag hat er zum Beispiel Essen gekocht, und bevor ich gehe, frage ich, wo ist denn Katja? Da hat er einen Augenblick gezögert und dann gesagt, sie ist im Garten. Aber ich hatte den Eindruck, er musste erst mal nachdenken. Und ich weiß nicht, was passiert wäre, wenn ich nicht nach ihr gefragt hätte.«
»Du meinst, er hätte sie im Garten vergessen?«
»Ich glaube, er hatte vergessen, dass das Kind im Garten ist.«
»Und ich glaube, du interpretierst da ein bisschen viel hinein.«
»Wenn es jetzt nur das eine Mal gewesen wäre – da

gebe ich dir recht. Aber es ist schon öfter vorgekommen, dass er einfach seine Gedanken nicht beisammen hat. Deswegen kommt er immer noch gut zurecht. Für sich selbst. Aber Katja ist ein Jahr alt. Wenn ihm da irgendein Fehler passiert, kann das furchtbare Folgen haben.«
»Du machst dir also Sorgen?«
»Erzähl mir nicht, dass du nicht auch schon darüber nachgedacht hast. Jemand wie du gibt nicht ohne weiteres die Kontrolle über sein Kind an jemanden ab, der ... nicht zu hundertfünfzig Prozent zuverlässig ist. Das ist jetzt wirklich nicht gegen deinen Großvater gerichtet. Aber er wird einfach älter.«
Wallner dachte kurz nach. Ja, er hatte sich auch schon Gedanken gemacht. »Ich gebe zu, dass ich manchmal Sorge habe, ob es nicht zu viel ist für Manfred. Aber dass es für Katja gefährlich werden könnte ... Ja, es stimmt. Es reicht ein kleiner Fehler. Es ist nur so, dass ich Manfred nie so gesehen habe. Für mich ist er nur der liebende Urgroßvater, der alles tun würde, damit es dem Kind gutgeht.« Wallner sah zur Tür. Man hörte Musik aus der Küche. Manfred hatte das Radio angemacht. »Was heißt das jetzt für uns?«
»Ich hab mir überlegt, wir brauchen jemanden für Katja. Eine Kinderfrau. Für die Zeit, bis sie in den Kindergarten geht. Das ist natürlich teuer. Aber wenn wir beide verdienen ... und es ist ja auch nur für eine begrenzte Zeit.«
»Okay. Ich hab kein Problem damit. Wir müssen es nur irgendwie Manfred beibringen?«
»Meinst du, er hat was dagegen?«
Wallner sah recht unglücklich drein.

Manfred stand an einem Topf und hatte den Salzstreuer in der Hand, als Wallner und Vera den Raum betraten.

»Und, wie schaut's aus mit dem Pichelsteiner?«, fragte Wallner.

»Fertig. A bissl Salz fehlt noch.«

»Lass gut sein. Es kann sich ja jeder nachsalzen.«

Manfreds Geschmackssinn hatte in den letzten Jahren stark nachgelassen. Deswegen neigte er zum Überwürzen. Leider auch zur Halsstarrigkeit. Daher sagte er: »Des muss ja a bissl nach was schmecken, wenn's auf'n Tisch kommt«, und ließ den Streuer über dem Topf tanzen.

»Die Vera wird wahrscheinlich bald wieder arbeiten«, begann Wallner das Gespräch, während sie gemeinsam versalzenen Pichelsteiner Eintopf löffelten. »Sie hat da eine sehr gute Stelle in Aussicht.«

»Des is ja kein Problem. Ich mein, wegen der Katja. Ich bin ja da.«

»Ja, du machst das wirklich ganz toll mit der Kleinen. Und sie hängt auch sehr an dir. Im Bett hat sie mir erzählt, dass ihr einen Schneemann gebaut habt.«

»Des hat sie erzählt?«

»Na ja – sie hat *Opa Sneema* gesagt. War aber zu verstehen.«

»Mei – sie is so zuckersüß, oder?« Manfred schmolz ein bisschen dahin.

»Ja, ist sie. Und du machst das, wie gesagt, ganz hervorragend mit der Katja. Aber wir können dir das natürlich nicht die ganze Zeit aufhalsen.«

»Aufhalsen! Ich mach das doch gern.«

»Irgendwann wird dir das zu viel werden. Und das können wir auch verstehen«, schaltete sich Vera ein.

Manfred sah von seinem Teller auf und blickte Wallner und Vera argwöhnisch an. »Wie kommt's ihr jetzt da drauf, dass mir des zu viel wird? Schau ich aus, wie wenn's mich demnächst vom Stangerl haut?«

»Nein. Ich weiß doch, dass du fit bist. Nur – du brauchst ja auch mal Ruhe in deinem Alter. Das ist doch völlig normal.«

Manfred hielt beim Essen inne. »Ich hab so a komisches Gefühl, wie wenn ihr mich loswerden wollts. Ich weiß net. Irgendwas stimmt doch da net.«

»Es ist alles in bester Ordnung. Wir wollten dir nur vorschlagen, dass wir zusätzlich eine Kinderfrau einstellen. Du kannst dann jederzeit mit der Katja spielen und zusammen sein. Musst aber nicht, wenn du mal deine Ruhe haben oder was anderes machen willst. Wär doch ideal.«

»Jetzat kommt's raus!« Manfred legte seinen Löffel in den Teller und lehnte sich zurück. »Ihr traut's mir des nimmer zu, oder?«

Vera sah langsam ein, dass Wallner recht gehabt hatte. Die Sache mit Manfred würde nicht einfach werden. »Es ist doch die vernünftigste Lösung. Das hat nichts damit zu tun, dass wir dir das nicht zutrauen.«

Manfred nickte und starrte vor sich hin. Ein Hauch von Verbitterung spielte um seine Mundwinkel.

»Jetzt nimm das halt nicht persönlich.« Wallner ging die Geduld aus.

»Wie soll ich's sonst nehmen? Von der komischen Seite?«

»Okay«, sagte Wallner. »Legen wir ein paar Wahrheiten auf den Tisch. Auch wenn sie hier vielleicht nicht jeder hören will.«

Manfred zuckte ein wenig zusammen und nahm eine abwehrende Körperhaltung ein.

»Erstens: Der Pichelsteiner ist versalzen. Wenn ich das nächste Mal sage: Es kann sich jeder nachsalzen, dann hör auf mich. Du tust nämlich doppelt so viel Salz rein wie andere Menschen, weil du es nicht mehr schmeckst. Schade um den ansonsten ausgezeichneten Pichelsteiner.«

Manfred quittierte Wallners Rede mit einem indignierten Gesicht, die Arme hatte er verschränkt, das Kinn lag auf der Brust.

»Zweitens: Einer muss es dir sagen – du bist *nicht* der einzige Mensch auf der Erde, der mit den Jahren immer jünger wird. Nein, du wirst wie wir alle älter. Und da lassen manche Dinge ganz natürlich nach. Unter anderem Gedächtnis und Konzentration. Du lässt immer mal wieder die Herdplatte an, du hast neulich deine Brille ins Brotfach getan und andere Dinge mehr. Nichts Beunruhigendes. Wird mir wahrscheinlich früher passieren als dir. Und bis jetzt hast du keinen Fehler bei Katja gemacht. Weil du dir unendlich viel Mühe gibst mit ihr, ganz klar. Aber stell dir vor, es passiert Katja tatsächlich etwas, weil du was vergessen hast, nicht aufgepasst oder einfach einen altersbedingten Fehler gemacht hast, wie er jedem unterlaufen kann. Und dann musst du dir deine letzten Jahre über sagen, du hättest es verhindern können.« Wallner sah seinem Großvater in die Augen und versuchte, Verständnis zu wecken. »Denk einfach drüber nach. Wir sind alle dankbar, dass du dich so um Katja kümmerst. Und niemand will sie dir wegnehmen. Es geht nur darum, dass noch jemand da ist, der sich auch ein bisschen um sie kümmert. Um nichts anderes.«

Manfred stocherte in seinem Eintopf und schob sich einen Löffel voll in den Mund. »Hättst halt mal gesagt, dass er versalzen is.« Dann kaute er still vor sich hin. Schließlich ließ er den Löffel wieder in den Teller sinken und schaute Vera und Wallner an. »Habt's ihr schon jemand?«

16

Miesbach war an diesem Morgen im Schnee versunken, und Wallner ging zu Fuß ins Büro. Die eisige Morgenluft belebte seinen Kreislauf, der zu Tagesanfang gewöhnlich schwer in die Gänge kam. Dann fror Wallner noch heftiger als zu anderen Tageszeiten. Es ließ sich nur aushalten, wenn er die Daunenjacke hochgeschlossen trug und darunter mehrere Lagen Pullover und andere Kleidungsstücke.
Im Büro war wenig Betrieb. Viele Kollegen steckten im Schneechaos. Mike war schon da, Janette und Oliver trafen kurz darauf ein. Gegen elf berief Wallner die drei zu einer Besprechung.
»Zum einen will ich wissen, ob es neue Erkenntnisse zu der Toten von gestern Abend gibt. Vor allem Anhaltspunkte für ein Fremdverschulden. Zum anderen haben wir dieses Foto mit der Leiche. Das kann alles Mögliche sein. Schlimmstenfalls wurde die Frau auf dem Foto ermordet. Dann müssen wir dem natürlich nachgehen. Die Wohnung der Toten ist untersucht worden?«
»Ja, heute Morgen«, sagte Oliver. »Hat aber wenig gebracht. Eigentlich gar nichts.«
»Was ist mit ihrem Computer?«
»Den haben unsere Leute untersucht«, sagte Janette. »Ich war dabei. Es gibt keine Hinweise darauf, dass sie einen Abschiedsbrief geschrieben oder irgendwelche Suizid-Websites besucht hat. Sie hat eh kaum

was mit dem Computer gemacht. Ein paar E-Mails pro Woche. Es ging fast immer um den Gnadenhof und dessen Finanzierung. Fast nie privat. In sozialen Netzwerken war sie auch nicht. Fotos hat sie einige. Aber die sind fast alle von den Tieren auf dem Hof. Die hat sie anscheinend für die Gnadenhof-Website gemacht. Sind alles Handyfotos. Da ist nichts, was uns bei diesem Leichenfoto weiterbringt.«

»In beiden Fällen wissen wir also bis dato nicht, ob überhaupt ein Verbrechen vorliegt. Haben wir schon ein Obduktionsergebnis?«

»Die Autopsie wurde heute Morgen durchgeführt.« Oliver hatte den gefaxten Bericht in der Hand und blätterte darin. »Der Tod ist, grob gesagt, durch Verbluten eingetreten. Interessant sind dabei folgende Punkte: Die Schnitte wurden relativ fachgerecht gesetzt. Das ist nicht ganz einfach. Aber das kann man sich aneignen, wenn man seinen Suizid sorgfältig vorbereitet. Oder einen Mord.«

»Das heißt: Falls wir einen Mörder suchen, dann jemanden mit medizinischen Kenntnissen?«

»Nein, das kann auch ein interessierter Amateur gewesen sein. Der zweite Punkt ist allerdings um einiges bedeutender. Sophie Kramm hatte eine Substanz im Körper, die da nicht unbedingt hingehört: Gamma-Hydroxy-Buttersäure, kurz GHB.«

»GHB – ist das nicht Liquid Ecstasy?«, fragte Janette.

»Richtig. In der hohen Dosierung, wie sie im Körper der Toten vorhanden war, führt das Zeug zu einer tiefen Ohnmacht.«

»Das heißt, es war kein Selbstmord?«

»Das habe ich nicht gesagt. Es gibt zwei Möglichkeiten: Entweder Sophie Kramm hat ihren Suizid selbst sehr sorgfältig geplant und wollte nichts dem Zufall überlassen und möglichst schmerzfrei sterben. Das heißt, sie hat die GHB genommen, bevor sie sich die Pulsadern aufgeschnitten hat. Oder jemand hat sie betäubt und ihr dann die Pulsadern aufgeschnitten.«

»Kann man nicht feststellen, wann sie dieses Ecstasy eingenommen hat?« Mike umklammerte seine leere Kaffeetasse.

»Sie hat es in jedem Fall eingenommen, bevor die Pulsadern geöffnet wurden. Die Frage ist, ob sie zu diesem Zeitpunkt schon ohnmächtig war, also überhaupt selbst dazu in der Lage war. Und das kann man anscheinend nicht ohne weiteres bestimmen.«

»Mit anderen Worten: Wir wissen immer noch nicht, ob es Mord oder Selbstmord war.« Wallner hielt dem nervösen Mike die gläserne Kaffeekanne hin. Der nahm das Angebot dankend an.

»Nein«, sagte Oliver. »Das wissen wir nicht. Es gibt keinen Abschiedsbrief. Die Schwester der Toten hat jedenfalls keinen gefunden.«

»Was ist mit dem Foto?«

Janette bat, Wallners Computer benutzen zu dürfen, und rief eine Datei mit dem Foto auf. Das Foto der exhumierten Leiche erschien vergrößert und etwas körnig auf dem Bildschirm. »Das Foto liefert uns einige Fakten. Aber wir müssen die richtigen Schlüsse daraus ziehen. Man sieht, dass die Leiche nicht besonders tief eingegraben war. Vielleicht einen halben Meter unter der Erde, plus/minus. Es fehlt ein Sarg.«

»Du meinst, sie ist einfach verscharrt worden. Nicht wirklich beerdigt.«

»Das ist zumindest kein normales Grab. Aber die Leiche wurde durchaus in gewisser Weise beerdigt. Sie ist ordentlich in ihr Grab gelegt worden. Die Hände sind über der Brust gefaltet, und was man da undeutlich oberhalb der Hände sieht, ist wohl ein Kreuz. Wir sind nicht ganz sicher. Aber es ist ein metallener Gegenstand, der ihr offenbar mit ins Grab gelegt wurde. Da hat also jemand so was wie eine Bestattung versucht.«

»Gibt es Hinweise darauf, wo das Foto aufgenommen wurde?«

»Das müssen die im LKA noch genauer untersuchen. Aber der Sennleitner meint, das wäre Lehmboden, wie man ihn bei uns findet. Den gibt's natürlich auch an tausend anderen Stellen auf der Erde. Aber immerhin. Da am oberen Rand ist eine rosafarbene Blume.«

»Krokus?«

»Herbstzeitlose. Das Foto wurde höchstwahrscheinlich im September oder Oktober aufgenommen. Ich hab es auch mal nach München an die Kollegen in der Gerichtsmedizin gemailt. Einer von denen war vor kurzem erst auf einer Fortbildung in Knoxville.«

»Die Bodyfarm? Die Burschen in München haben echt zu viel Geld«, sagte Mike und sah, Zustimmung erwartend, zu Wallner.

»Jedenfalls ist er oberschlau wieder zurückgekommen und meint, der Zustand der Leiche deutet darauf hin, dass sie etwa drei bis sechs Monate in der Erde war – falls sie im Sommer eingegraben wurde. Natürlich unter Vorbehalt, weil's ja nur ein Foto ist.«

»Sommer käme hin, wenn das Bild im Herbst gemacht wurde.« Wallner betrachtete das Foto auf dem Bildschirm und deutete mit dem Finger auf etwas, das die Hüfte der Leiche teilweise bedeckte. »Was ist das?«

»Das ist das Interessanteste an dem ganzen Bild. Eine

Handtasche.« Janette vergrößerte den entsprechenden Bildausschnitt. Er wurde körniger. Mit dem Wissen, dass es sich um eine Handtasche handelte, erkannte man einen Verschluss, an dem eine kleine Metallplatte, vermutlich aus Messing, angebracht war. Darauf sehr undeutlich ein Logo oder Schriftzug. Janette ließ das Bild durch ein spezielles Programm bearbeiten, und es wurde schärfer. Der Schriftzug war lückenhaft. Halbwegs lesbar waren die Buchstaben V..V.T, dann ein Abstand, gefolgt von A...ON.A.

»Ich habe einiges ausprobiert bei Google. Es gibt ein kleines Modelabel unter dem Namen *Velvet Anaconda*. Die stellen auch Handtaschen her und beliefern nur eine Handvoll Läden in München. Ich hab denen das Foto geschickt. Also nur die Handtasche. Das Modell wurde von Sommer 2007 bis Frühjahr 2008 hergestellt.«

»In welcher Stückzahl?«

»Es wurden einhundertzweiunddreißig dieser Taschen ausgeliefert.«

»Wow«, sagte Wallner. »Wenn wir Glück haben, gibt's für jede davon noch einen Kreditkarten- oder EC-Kartenbeleg.«

»Und wenn wir noch mehr Glück haben, wird eine der Käuferinnen vermisst.« Janette lächelte ihren Chef eine Spur zu frech an.

»So in etwa hatte ich mir das vorgestellt. Spricht was dagegen?«

»Es gibt keine passende Frau, die in Bayern verschwunden ist – und noch gesucht wird. Habe ich schon gecheckt.«

»Sehr löblich. Aber es muss ja niemand aus Bayern sein. Jeder kann die Tasche in München gekauft ha-

ben. Wir sollten auf alle Fälle die anderen Bundesländer und das europäische Ausland einbeziehen.«
Janette nickte und notierte es sich.
»Wie gehen wir weiter vor?«, fragte Mike.
»Ich werde erst mal eine Ermittlungsgruppe installieren. Hauptsächlich wegen des Fotos. Wir müssen rauskriegen, was das ist, und vielleicht hängt es ja auch mit dem Tod von Sophie Kramm zusammen. Wir vier und Tina werden die Gruppe bilden. Als Erstes müssen wir sämtliche Taschenkäufer checken. Entweder ist die Tote auf dem Foto dabei oder jemand, der sie kennt. Außerdem veröffentlichen wir eine Suchmeldung. Wir können ja reinschreiben, dass die Tote vermutlich zwischen Sommer 2008 und Sommer 2011 verschwunden ist. Kann man sagen, wie alt sie ist?« Wallner sah Janette an.
»Sie ist etwa einen Meter siebzig groß, also ausgewachsen. Den Haaren und der Kleidung nach nicht älter als, sagen wir, fünfunddreißig. Eher jünger. Auch die Handtasche ist eher was für Jüngere.«
»Gut. Das geht an die gesamte lokale Presse in Oberbayern Süd. An die Arbeit.«

17

Krugger fror an den Füßen. Die Halbschuhe waren falsch gewählt für einen längeren Spaziergang am verschneiten Isarufer – der im Übrigen nicht vorgesehen gewesen war. Wenn es nach Krugger gegangen wäre, hätte man sich in einem Wirtshaus oder dem Foyer eines großen Hotels getroffen, hätte in angenehm beheiztem Ambiente Kaffee getrunken und geredet. Aber Frank hatte darauf bestanden, im Freien zu reden. Krugger vermutete, dass das eine überflüssige Vorsichtsmaßnahme war, die den einzigen Sinn hatte, ihm, Krugger, zu beweisen, dass Frank die Sache wie ein Profi anging. Kruggers Schuhe waren aufgeweicht, der eisige Wind blies ihm gelegentlich eine Schneeflocke ins Gesicht. Es war ein beschissener, grauer Tag.
Frank hieß vermutlich nicht Frank. Und das war in Ordnung. Krugger wollte nichts über Frank wissen. Und je weniger Frank über Krugger wusste, desto besser. Leider war Krugger gezwungen, Frank die zur Erfüllung seines Auftrages nötigen Informationen zu geben, was auch einiges Wissen einschloss, über das bislang Krugger allein verfügt hatte. Es blieb ihm nur zu hoffen, dass er mit Frank eine gute Wahl getroffen hatte.
»Sie wissen, worum es geht?«
»Um a verschwundenes Geld. Und um Leut, die wo Ihnen gefährlich werden könnten.« Der äußerliche Eindruck von Frank war der eines altgedienten Mafia-

Killers. Ein Meter siebzig, kompakt und von bemerkenswerter Körperspannung für jemanden, der vermutlich in seinen Fünfzigern war. Das Gesicht kantig, lebenserfahren; Brutalität und Abgeklärtheit blitzten aus den graublauen Augen. Franks schwerfällig bayerische Aussprache jedoch machte all das zunichte und warf ihn auf die Stufe eines tumben Wirtshausschlägers zurück. Dennoch – es blieben diese graublauen Augen, die einem das Gefühl gaben, man könne sich unbedingt auf Frank verlassen, wenn es darum ging, anderen Menschen etwas anzutun.

Krugger hielt eine zusammengefaltete Zeitung in der Hand und deutete mit dem Finger darauf. »Die Frau vom Wallberg ist wahrscheinlich einer dieser Leute.«

»Sie kennen die Tote?«

»Nein. Na ja, irgendwo schon. Es ist kompliziert. Ich erkläre Ihnen das später. Wichtig ist jetzt, herauszufinden, wer die anderen sind.«

Frank nickte, obwohl er nicht zur Gänze verstand. Aber die fehlenden Informationen würde ihm Krugger noch geben. Frank war keiner, der viel redete und die Leute aushorchte. Wer ihn beauftragte, musste schon selbst reden. »Und dann?«

»Es geht um das Geld. Das hätte ich gern wieder.«

»Mein Anteil wär eine Million, wenn's klappt? Ist das richtig?«

»Das ist richtig. Aber stellen Sie sich das nicht zu einfach vor.«

»Das sehn wir dann schon.«

»Außerdem muss sichergestellt werden, dass mir diese Leute nicht mehr gefährlich werden können.«

»Sagt sich so leicht. Was heißt das konkret?« Frank blieb stehen und sah sich um. Sie waren in das heikelste Stadium ihrer Unterhaltung getreten. Es war jetzt besser, andere Menschen außer Hörweite zu wissen.

»Ich mache Ihnen keine Vorgaben, wie Sie die Aufgabe erfüllen. Sie haben mehr Erfahrung in diesen Dingen. Tun Sie, was nötig ist. Ich muss das nicht im Detail wissen.«

»Was ist, wenn ich das Geld nicht wiederbeschaffen kann?«

»Dann bekommen Sie Geld für den zweiten Teil des Jobs. Das bewegt sich natürlich in anderen Dimensionen. Die Million ist ja eine Provision. Wenn ich mein Geld nicht wiederbekomme, kann ich auch keine Provision zahlen.«

»Wie viel?«

»Für den zweiten Teil? Fünfzig.« Krugger erschauderte in diesem Moment über die Abgebrühtheit, mit der ihm die Worte über die Lippen kamen. Als er das erkannte, gewissermaßen sich selbst einen Moment lang von außen betrachtend, fing sein Herz an zu pochen, denn ihm wurde klar, dass er etwas lostrat, das er nicht kontrollieren und möglicherweise auch nicht mehr anhalten konnte.

»Hundert«, sagte Frank. »Man weiß ja nie, was nötig ist. Will sagen, es muss ja quasi der größte Leistungsumfang abgedeckt werden.«

»Wollen wir nicht erst mal abwarten, was erforderlich ist?«

Frank holte ein ordentliches Stück Schleim aus den Tiefen seiner vermutlich von Zigarettenrauch verteerten Lunge und spuckte es in den Neuschnee, wo es ein geheimnisvolles Loch hinterließ. Dann blickte er Krugger aus Charles-Bronson-Augen und mit zer-

furchtem Gesicht an. »Sie wollen doch gar net wissen, was erforderlich ist.«
Krugger fühlte sich wie ein Schulbub, der versucht hatte, bei den Erwachsenen mitzureden. »Gut, hundert«, sagte er. »Kann ich Ihnen die Details im Auto erklären?«

18

Die Inhaberin des Bekleidungsgeschäfts Dirndl-Rausch in München-Schwabing mochte Mitte vierzig sein und trug eine enganliegende Kniebundhose sowie ein Bustier, das passend zur Hose aus Hirschleder gefertigt war und den straff trainierten Bauch der Trägerin frei ließ, was Wallner und Mike mit einer Mischung aus Erstaunen (es war drei Wochen vor Weihnachten) und Interesse registrierten. Das Haar der Frau war voll und in einem Maße blond, dass es nicht mit rechten Dingen zugehen konnte. Das Gleiche galt für den Herrn, der ebenfalls im Laden bediente und von der Inhaberin mit »Schatzi« angeredet wurde. Schatzi trug eine lange, rustikal anmutende, enge Lederhose und ein weit geschnittenes Leinenhemd, Howard Carpendale im Gewand eines d'Artagnan.
Eine der Handtaschen war im Dirndl-Rausch übriggeblieben. Man hatte die Hoffnung, dass sie, da zeitlos schön, eines Tages ihre Käuferin finden werde. Im Augenblick beanspruchten Wallner und Mike die Tasche für polizeiliche Zwecke. Im Original war die Tasche weitaus heller als auf dem Foto. Der Schließmechanismus war aus gebürstetem Antik-Messing, der Körper aus besticktem Wildleder. Ein Renner beim Oktoberfest 2007. Vierundvierzig Taschen waren damals allein im Dirndl-Rausch über die Theke gegangen.
Darunter war auch die Tasche, für deren Käufer sich

die Kommissare interessierten. Janette hatte inzwischen mit Unterstützung von zwei anderen Beamten die Daten zu den Taschenverkäufen ausgewertet. Von den hundertzweiunddreißig ausgelieferten und nicht retournierten Taschen waren hundertneunundzwanzig mit Karten unterschiedlicher Art bezahlt worden, was bei einem Preis von dreihundertneunundfünfzig Euro nicht Wunder nahm und der Polizei die Arbeit wesentlich erleichterte. Von den hundertzwölf Käufer*innen* waren hundertzehn noch am Leben, eine war im Klinikum Großhadern an Krebs, die andere auf der A 8 in einem Lamborghini verstorben. Von den lebenden Frauen wurde keine vermisst. Alle hatten ihre Handtasche noch, wenngleich die wenigsten sie benutzten. Von den siebzehn männlichen Käufern waren zwölf noch mit der Frau zusammen, für die sie die Handtasche gekauft oder bezahlt hatten. Vier weitere konnten die damalige Handtaschenempfängerin immerhin benennen. Drei Ex-Freundinnen und eine Ehefrau im Trennungsjahr. Vierzehn der siebzehn beschenkten Frauen hatten ihre Handtaschen noch, eine hatte sie auf dem Oktoberfest 2010 verloren, eine weitere ihr Exemplar diesen Sommer im Ammersee versenkt. Abgesehen von den drei bar bezahlten Stücken blieb somit eine Tasche übrig. Sie war mit der Kreditkarte eines Werbetexters namens Herbrand bezahlt worden.

Herbrand konnte sich nicht erinnern, eine Trachtenlederhandtasche gekauft zu haben, wie er auf telefonische Anfrage zu Protokoll gab. In der fraglichen Zeit sei ihm seine Kreditkarte gestohlen worden, was er auch angezeigt habe. Leider habe er keine Unterlagen mehr zu diesem Vorfall. Zur Sicherheit zeigten die Kommissare der Inhaberin des Dirndl-Rausch und Schatzi ein Foto von Roland Herbrand. Beide kannten den Mann nicht. Zwar lag der Kauf vier Jahre zurück, doch hatte Herbrand ein markantes Gesicht, nicht unattraktiv, aber mit zusammengewachsenen Augenbrauen und schiefer Nase. Das hätte er sich gemerkt, sagte Schatzi.

Die Herbrands lebten in einer teuer sanierten Altbauwohnung in Haidhausen, zweiter Stock, mit kleinem Balkon auf den Hinterhof. Im Flur der Wohnung fochten ein paar Einrichtungsstücke aus Designerhand einen verlorenen Kampf gegen Kinderkleidung und Sportgeräte, die in großer Zahl herumlagen. Das Kind selbst war nicht zu sehen. Die Frage nach seinem Alter wurde mit neun beantwortet, ohne dass Herbrand mehr erzählte. Er führte die Kommissare in ein Arbeitszimmer, ließ sie auf einer Couch Platz nehmen und setzte sich auf seinen ergonomischen Bürostuhl.
»Ich fürchte, ich kann Ihnen nicht weiterhelfen«, sagte Herbrand, als die Sprache auf seine Kreditkarte kam, und fuhr mit den Handflächen über seine Oberschenkel.
»Möglicherweise schon.« Wallner überließ Mike das Gespräch, während er selbst sich darauf beschränkte, Herbrands Körpersprache zu beobachten. »Es wäre für uns von großem Nutzen zu wissen, wo Ihnen die Karte abhandengekommen ist.«
»Das war ja das Problem. Ich habe es erst nach zwei Tagen bemerkt. Ich benutze die Karte eigentlich nur auf Reisen für Hotels.«
»Aber Sie haben sie immer dabei?«

»Damals. Inzwischen nehme ich sie nur noch mit, wenn ich weiß, dass ich sie brauche.«
»Wo haben Sie die Karte damals aufbewahrt?«
»In meinem Portemonnaie.«
»Haben Sie das Portemonnaie noch?«
Herbrand zog aus der Gesäßtasche seiner Jeans einen alten Geldbeutel, der so dick war, dass sich Wallner fragte, wie man mit so etwas in der Hose gerade sitzen konnte. Mike ließ sich das Fach zeigen, in dem die Kreditkarte einst gesteckt hatte. »Da kann sie eigentlich nicht rausfallen, oder?«
»Kaum«, musste Herbrand zugeben.
»Das heißt, jemand hat sie rausgenommen. Sie wurde gestohlen.«
»Ja. Vermutlich. Was weiß ich – Taschendiebe. Gibt's die noch?«
»Ja, die gibt's noch. Aber die nehmen den ganzen Geldbeutel und schmeißen alles weg, was sie nicht brauchen können.«
»Dann weiß ich nicht.«
»Sie müssen damals in einer Situation gewesen sein, wo man Ihnen die Kreditkarte entwenden konnte. Überlegen Sie doch bitte.«
»Das ist vier Jahre her. Ich weiß das nicht mehr.« Herbrand hatte die Füße unter den Bürostuhl gezogen, wischte erneut die Hände an den Oberschenkeln ab und fasste sich an den Hals.
»Denken Sie nach«, sagte Mike.
Herbrand zuckte mit den Schultern. »Vielleicht ... im Fitnessstudio. Keine Ahnung.«
Mike schwieg, ließ Herbrand Zeit. »Es tut mir wirklich leid. Ich würde es Ihnen ja sagen, wenn ich's wüsste.«
Frau Herbrand steckte den Kopf herein. Sie wollte

fürs Abendessen einkaufen und fragte ihren Mann, ob er besondere Wünsche habe. Herbrand verneinte.
»Wir reden grad über die Kreditkarte, die Ihrem Mann vor vier Jahren weggekommen ist. Haben Sie noch eine Erinnerung, wo die vielleicht gestohlen wurde?«
»Das war damals ziemlich merkwürdig. Mein Mann wusste überhaupt nicht, wie das passiert war. Die Karte war irgendwann einfach weg.«
»Ich hab in meinem Leben schon so viel verloren ...« Herbrand saß mit verschränkten Armen und hochgezogenen Schultern auf seinem Bürostuhl und war sichtlich bemüht, ahnungslos auszusehen.

Die Kommissare warteten im nahe gelegenen Café am Wiener Platz bei einem Cappuccino auf Roland Herbrand. Sie hatten ihn beim Verlassen der Wohnung gebeten, sie dort in einer Viertelstunde zu treffen. Sie würden gerne außerhalb seiner Wohnung etwas mit ihm bereden und seien sicher, dass dies auch in seinem Sinne sei. Herbrand hatte gelogen. Seine Körpersprache während der Vernehmung ließ nur diesen Schluss zu. Außerdem hatte er auf Mikes penetrantes Nachfragen ohne Ungeduld oder gar Aggression reagiert. Jemand, der nichts zu verbergen hatte, wäre genervt gewesen und hätte das in irgendeiner Form gezeigt.
Als Herbrand ins Café kam, setzte er sich wortlos zu den Kommissaren. Wallners Frage, ob er etwas trinken wolle, verneinte er mit einem Kopfschütteln.
»Sie sagen uns nicht die Wahrheit.« Wallner bestellte bei der vorbeikommenden Bedienung noch zwei Cappuccino.
»In Bezug auf was?« Herbrands Schultern waren nach

vorn gefallen, und Blickkontakt suchte er allenfalls mit der Tischplatte.

»Sie wissen sehr wohl, bei welcher Gelegenheit Ihre Kreditkarte abhandengekommen ist.«

»Warum sollte ich Ihnen das nicht sagen?«

»Weil es Ihnen unangenehm ist, dass jemand davon erfährt. Vor allem – Ihre Frau«, meldete sich Mike von der Seite.

Herbrands Gesichtsfarbe kippte in ein peinliches Rot. Er schwieg.

»Jetzt hören S' mal auf mit der Lügerei. Wir sind ja auch net ganz blöd. Sie waren bei einer Prostituierten, und dabei hat man Ihnen die Karte geklaut.«

Herbrand presste die Lippen aufeinander und knetete seine Hände unter der Tischplatte. Mike hatte sich weit aus dem Fenster gelehnt, aber anscheinend ins Schwarze getroffen.

»Die Sache ist für uns äußerst wichtig. Das heißt, wir werden dranbleiben. Wenn Sie nicht wollen, dass wir die Sache in einem offiziellen Verfahren untersuchen, dann sollten Sie kooperieren.«

Herbrand atmete tief durch. »Unser Kind ist sehr krank«, sagte er schließlich. »Sofia hat Leukämie. Der Kampf dauert jetzt schon einige Jahre.«

»Das tut mir leid, und ich hoffe inständig, Ihre Tochter wird wieder gesund. Ich kann auch verstehen, dass die Beziehung darunter leidet. Aber das geht uns weder etwas an noch wollen wir irgendetwas moralisch bewerten. Wir wollen nur wissen, wo man Ihnen Ihre Karte gestohlen hat.«

19

Roland Herbrand war im Herbst 2007 im Apartment einer Prostituierten gewesen. Dort sei ihm die Karte vermutlich gestohlen worden. Die Kommissare hätten eher eine Straßendirne vermutet. Eine Prostituierte mit fester Wohnung riskierte viel, wenn sie ihre Freier bestahl. Zumindest war sie den Kunden los. Sie musste aber auch damit rechnen, dass er die Polizei einschaltete. Der Nachweis des Diebstahls war zwar kaum zu führen, doch legte man in diesen Kreisen wenig wert darauf, überhaupt mit der Polizei zu tun zu haben. Sollte ein weiterer Freier Anzeige erstatten, war mit einigem Ärger zu rechnen.
Natürlich war Herbrand der Nachname der Frau nicht bekannt. Und »Amanda« war mit einiger Sicherheit auch nicht der Vorname, den die Eltern ihr gegeben hatten. Aber es ließ sich feststellen, wer im Herbst 2007 unter der fraglichen Adresse gewohnt hatte. Derzeit arbeitete sie nicht mehr in dem Apartment, das Herbrand angegeben hatte. Die Suche nach der Frau delegierte Wallner an die Kollegen in München.

Es war bereits dunkel, als sie sich der Autobahnraststätte Holzkirchen näherten. Die weibliche Stimme am anderen Ende der Leitung hatte einen leichten osteuropäischen Akzent. Sie wisse etwas zu der Tasche, die in der Zeitung abgebildet war, sagte die Frau, und wollte sich mit Wallner treffen. Sie sei gerade am Tegernsee. Man vereinbarte auf Vorschlag der Frau ein Treffen im Strandbad Seeglas.

Das Strandbad Seeglas lag, von München kommend, kurz hinter Gmund. Es bestand neben einer großen, mit Eschen bestandenen Liegewiese, einem Steg samt Badefloß und der Rettungssstation der Gmunder Wasserwacht in der Hauptsache aus einem Restaurant, das im Sommer die Gäste des Strandbads beköstigte und für den Rest des Jahres als Speiselokal für die Einheimischen diente.

Die Frau war aus Polen und gab an, als Zimmermädchen in einem Münchner Hotel zu arbeiten. Sie hatte die Tasche auf dem Foto erkannt, als sie bei einem Friseurbesuch in Rottach die Lokalzeitung las. Zwar sei es ein paar Jahre her, dass sie das Mädchen mit ebendieser Tasche getroffen habe. Sie könne sich aber noch genau erinnern, weil sie damals auf der Suche nach einem Accessoire für ihr Wies'n-Outfit war und die Tasche gut gepasst hätte. Die Kommissare waren erstaunt über diese Gedächtnisleistung. Wenn es um Mode ging, entwickelten Frauen offenbar exorbitante Fähigkeiten.

»Wer war das Mädchen?«

»Weiß nicht mehr. Ich weiß nur, sie hat Elisabeta geheißen und war aus Tschechien.«

»Hat sie in einem Bordell gearbeitet?«

»Nein. Wir haben uns in einer Disco getroffen. Im Nachtwerk.«

»Hat die Frau irgendetwas erzählt, wo sie arbeitet? Oder was sie macht?«

»Ich glaube, sie hat auch in einem Hotel gearbeitet. In München.«

»An den Namen können Sie sich nicht mehr erinnern?«

»Kann Hilton gewesen sein. Oder Vier Jahreszeiten. Es war ein großes Hotel. Glaub ich.«

»Als was war sie dort angestellt?«

Die Frau zuckte die Schultern.

»Wann haben Sie Elisabeta das letzte Mal gesehen?«

»Nach Oktoberfest.«

»2007?«

Sie dachte nach. »Ja, war mein erstes Jahr hier. 2007. Oktober. Oder November. Bestimmt vor Weihnachten.«

Während sich die Kommissare mit der Polin unterhielten, war ein Mann von seinem Tisch aufgestanden und in den Vorraum des Lokals zur Garderobe gegangen. Dutzende Mäntel und Jacken hingen dort übereinander, denn es war Winter. Bis man seine Jacke oder seinen Mantel wiedergefunden hatte, konnte es dauern. Vor allem, wenn andere Gäste ihre Sachen darübergehängt hatten. Und so war es kein ungewöhnlicher Anblick, dass sich jemand etwas länger an der Garderobe zu schaffen machte. Der muskulös gebaute Mitfünfziger brauchte nicht lange. Er war zusammen mit den Kommissaren hereingekommen und hatte sich gemerkt, wo Wallners Daunenjacke hing. Mit routinierten Handgriffen stülpte er einen Ärmel auf links, ritzte das Futter mit einem Skalpell auf, zwei Zentimeter, nicht länger. Dann plazierte er eine Wanze im Innenfutter des Jackenärmels und verschloss den Schlitz mit einem Stück Klebeband. Der ganze Vorgang dauerte nicht länger als eine halbe Minute.

Auf der Straße von Gmund nach Hausham war Schneeregen, und Mike fuhr sechzig. Er sah nachts nicht sehr gut, bei dem Wetter schon gar nicht.
»Diese Elisabeta kann natürlich eine der Frauen gewesen sein, denen die Tasche geschenkt wurde«, sagte Mike.
»Das stimmt. Aber wenn das so ist, finden wir's raus. Ich werde Janette bitten, alle Taschenbesitzerinnen zu checken. Ich glaube, wir wissen von allen die Namen. Außer bei den Barzahlern.«
»Wenn sie nicht dabei ist, muss jemand bei sämtlichen Münchner Hotels anfragen, ob 2007 eine Tschechin mit dem Vornamen Elisabeta dort gearbeitet hat. Da kannst du jemanden ein paar Tage ausschließlich dafür abstellen.«
»Ich weiß. Aber was willst du machen? Wenn das stimmt, was die Dame gerade gesagt hat, dann werden wir die Taschenfrau auf die Weise finden.«

Zweihundert Meter hinter dem Dienstwagen mit dem Miesbacher Kennzeichen fuhr Frank in seinem SUV und registrierte befriedigt, dass sich die Polizei in Sachen Leichenfoto in eine arbeitsreiche Sackgasse begeben hatte. Er ließ seinen Wagen zurückfallen. Nicht, weil er fürchtete, entdeckt zu werden. Frank wollte testen, wie weit der Sender in Wallners Daunenjacke reichte. Als er einen halben Kilometer zwischen den Polizeiwagen und sich gebracht hatte, konnte er das Gespräch der Kommissare immer noch mitverfolgen. Es war Franks Devise, lieber ein paar Euro mehr auszugeben und beste Qualität einzukaufen. Er tat gut daran, wie er soeben wieder feststellte.

20

Auch am nächsten Morgen kämpfte sich Wallner durch frisch gefallenen Schnee zur Polizeistation in der Carl-Fohr-Straße. Um zehn versammelten sich Mike, Janette und Tina in Wallners Büro, um die Lage zu besprechen.

»Gibt es neue Hinweise, ob das ein Mord war am Wallberg?«, begann er das Gespräch.

»Wir können es immer noch nicht mit Sicherheit sagen«, lautete Tinas unbefriedigende Antwort. »Man bräuchte mehr Leute, um effizient zu recherchieren.«

»Ich weiß. Aber ich scheue mich ein bisschen, eine Soko einzurichten. Im Augenblick spricht viel für Selbstmord und sehr wenig für Mord. Eigentlich nur, dass es keinen Abschiedsbrief gibt und dass die Schwester nicht an Selbstmord glaubt.«

»Ich hab noch was im Computer von Sophie Kramm gefunden. Eine Mail. Vielleicht von der Frau namens Stalin, deren Besuch Sophie Kramm so beunruhigt hat.«

»Hast du sie da?«

Janette rollte mit ihrem Bürostuhl zu Wallners Schreibtisch und holte die Mail auf den Bildschirm. Mike, Tina und Wallner stellten sich um den Computer herum. Der Text lautete:

Liebe sophie, seit wir uns wiedergesehen haben, sind ein paar tage ins land gegangen. Ich hoffe, du hattest zeit, deine gedanken zu ordnen und über meine vorschläge nachzudenken. Bisschen schockierend, klar. Da bin ich euch doch noch auf die schliche gekommen (dumme geschichte, feix!), und jetzt will ich auch noch was ab. Aber warum sich so zieren. Wer hat, soll geben. Zum teufel mit diesem kapitalistengeiz – nach allem, was wir jahrelang diskutiert haben! Ich find's ja irgendwie geil, dass ihr auf die alten tage noch ein leben in gefahr gewählt habt. Aber darin kann man auch umkommen, wie es so schön heißt. Also schön aufpassen! Darf mich mit meinem lieblingssatz verabschieden: »Die Forderung, die Illusion über seinen Zustand aufzugeben, ist die Forderung, einen Zustand aufzugeben, der der Illusionen bedarf!!!« Hab den satz nie kapiert, glaube aber, dass er ganz essenziell ist. Zum nachschlagen: mew 1, s. 378. Mit sozialistischem gruß

»Kein Absender«, stellte Wallner fest. »Was ist mit der IP-Adresse?«
»Wurde in einem Internetcafé abgeschickt. Und der gmx-Account ist anonym. Da war einer vorsichtig.«
»Was ist ›mew‹?«, wollte Tina wissen.
»Marx-Engels-Werke, erster Band, Seite 378.« Wallners schnelle Antwort verblüffte die anderen drei.
»He, du Hund! Da arbeitet man jahrelang Seite an Seite mit dem Mann. Und dann stellt sich raus, dass er Dinge weiß, das glaubst du nicht. Darf ich dir an Kaffee nachschenken, Massa?«
Wallner hielt Mike seine Kaffeetasse hin. »Was glaubt ihr Nasen eigentlich, warum ich Kripochef bin und nicht ihr?«

»Mit so was kann er nicht umgehen, Mike«, sagte Tina. »Ich warne seit Jahren davor, ihn zu loben.«

»Ach deswegen! Ich wunder mich seit Jahren, dass keiner ein freundliches Wort für mich findet.«

»Trink deinen Kaffee, bevor er kalt wird. Was halten wir von der Mail?« Mike schenkte sich selbst nach. »Noch jemand Kaffee?«

»Morddrohung ist es eigentlich keine«, sagte Janette und lehnte den Kaffee ab. »Hört sich mehr nach Wichtigtuerei an.« Die anderen nickten. »Meine Meinung: eine, die reden kann, aber nicht wirklich gefährlich ist.«

»Ich geb dir recht«, sagte Wallner. »Ist aber trotzdem seltsam. Warum hat Sophie Kramm eine *gefährliche Lebensweise* gewählt? Und die Andeutung, dass, wer sich in Gefahr begibt, darin umkommt. Kurz darauf war sie tot. Schon sehr prophetisch. Und was wollte die Mail-Schreiberin abhaben und von wem. Es scheint sich da nicht nur um Sophie Kramm zu handeln. Es heißt: *ihr, wir, euch.*« Da niemand in der Runde eine Antwort wusste, wurde es still. Wallner stöhnte, weil ihm die Last der Entscheidung auf die Brust drückte. »Und dann die Geschichte mit dem Foto von der exhumierten Leiche. Kinder – irgendwas stimmt da nicht. Was ist? Gehen wir richtig rein oder nicht? Soko oder keine? Was meint ihr?«

»Hat das irgendeinen Einfluss auf deine Entscheidung?«, fragte Mike.

»Nein, natürlich nicht. Ich will's nur wissen.«

Tina war gegen eine Ausweitung der Mordermittlung. Die Indizien für Suizid waren ihrer Meinung nach zu eindeutig. Janette war für eine Sonderkommission, Mike schlug vor abzuwarten, was die Ermittlungen

in Sachen Handtasche erbrachten. Wallner zögerte. Das war nicht seine Art. Aber die Einrichtung einer Sonderkommission war keine Kleinigkeit. In die Stille seiner Überlegungen klingelte das Telefon. Wallner überlegte, ob er abheben sollte, sah dann aber Kreuthners Handynummer auf dem Display.
»Servus, Leo. Bist du nicht krank?« Wallner lauschte, und sein Gesicht nahm einen ungläubigen Ausdruck an. »Bist du sicher, dass es das Foto ist?« Wallner schüttelte den Kopf und verabschiedete Kreuthner. Seine Mitarbeiter warteten gespannt auf eine Erklärung.
»Das war die Entscheidung für die Soko«, sagte Wallner.

21

Die Nachricht von Sophie Kramms Tod hatte Jörg Immerknecht, Vorstandsmitglied einer Münchner Privatbank, ins Mark getroffen. Bis zu diesem Tag hatte es ausgesehen, als würde er sein Leben in den Griff bekommen. Sicher – Noras Alkoholproblem musste er mal angehen. Und dass Stalin hinter ihr Geheimnis gekommen war, trug auch nicht zu Immerknechts Wohlbefinden bei. Andererseits – war Stalin ihnen wirklich dahintergekommen? Nein, das mochte er nicht glauben. Stalin hatte ins Blaue geschossen. Sie hatte in Wahrheit nichts als Vermutungen. Clevere Vermutungen, mochte sein. Aber Beweise hatte die nicht. Nie im Leben. Die würde die Folterwerkzeuge doch vorzeigen, wenn sie was in der Hand hätte.
Ob Stalin etwas mit Sophies Tod zu tun hatte? Schwer zu sagen. Sehr schwer. Die Frau hatte immer eine unangenehme Aura gehabt. Was wohl daran lag, wie Immerknecht jetzt reflektierte, dass sie bei aller Eloquenz etwas durch und durch Verschlossenes ausstrahlte. Sie verfügte über ein gewisses Charisma. Doch Stalin war nicht echt, nichts an ihr. So wie sie sich den Namen einer anderen Person übergestülpt hatte, so schien ihre ganze Existenz etwas Übergestülptes zu sein. Irgendwo in den innersten Windungen ihres Gehirns mochte ein echter Charakter stecken. Aber den hatte noch niemand zu sehen bekommen. Jedenfalls niemand, den Immerknecht kannte. Kurz gesagt:

Eine falsche Schlange war Stalin auf alle Fälle. War sie auch eine Mörderin? In den letzten Jahren hatte Stalins Persönlichkeit etwas Psychotisches angenommen. Immerknecht war eigentlich davon ausgegangen, dass sie in einer geschlossenen Abteilung enden würde.

Er war in seinem Landhaus in Otterfing (bequeme fünfundvierzig Minuten vom Lenbachplatz in München entfernt, wo sich die Bank befand) am Frühstückstisch gesessen und hatte im Lokalblatt gelesen, dass eine Sophie K. unter unklaren Umständen ums Leben gekommen war. Nora hatte sich, während er Zeitung las, heimlich Wodka in den Orangensaft gegossen – in Immerknechts Rücken, doch er beobachtete ihr Spiegelbild in der offen stehenden Glastür zum Flur, sah, wie sie die Flasche kaum halten konnte vor Zittern und sich für den ersten Schluck zum Saftglas hinunterbückte, damit sie es nicht verschüttete. Es brach ihm das Herz zu sehen, wie weit unten sie schon war. Und er verfluchte sich, dass er mitspielte, statt das Problem anzugehen. Irgendwie hatte er Angst davor. Lea steckte den Kopf herein und verabschiedete sich zur Schule, wie üblich ohne Frühstück. Immerknecht fragte sich, ob sie wusste, was mit ihrer Mutter los war. Eine rhetorische Frage, wenn er es recht bedachte. Natürlich wusste sie es. Hinter ihrer gleichgültig-genervten Teenagerfassade steckte ein wacher Verstand. Lea hatte es vermutlich schon gewusst, bevor er selbst es sich eingestanden hatte.

Eine Sophie K. war also am Wallberg umgekommen. Er hatte bei der Meldung zunächst nicht die geringste Vermutung, um wen es sich handelte. Erst als erwähnt wurde, dass die Tote einen Gnadenhof betrieben hatte, traf es ihn wie ein Faustschlag, und Panik erfasste ihn. So große Panik, dass er alle Vorsichtsmaßnahmen außer Acht ließ und Sophies Schwester anrief. Was soll's, dachte er. Die Bullen würden ohnehin darauf kommen, dass sie sich kannten. Es wäre unter diesem Aspekt eher verdächtig, wenn er nicht anrufen und sein Beileid bekunden würde.

»Jörg ...?«, hatte Daniela gesagt. »Du bist der ...«
»Ich kannte Sophie vom Studium«, half er ihrer Erinnerung auf die Sprünge. »Ich hab dich mal gesehen, als du sie besucht hast. Du warst damals fünfzehn. Ich wollte nur sagen, dass es mir wahnsinnig leid tut. Wie ... wie ist es passiert?« Daniela erzählte es ihm. Und was sie erzählte, beruhigte ihn nicht. Es sah aus wie Selbstmord. Aber Daniela glaubte nicht daran. Er auch nicht.

Und er war offenbar nicht der Einzige, der sich Sorgen machte. Abends fand er im Briefkasten einen Zettel mit einer Einladung zum Skifahren. Der Treffpunkt war unheimlich, aber sinnig. Ja, sie hatten einiges zu besprechen. Der Zettel im Briefkasten war eine Vorsichtsmaßnahme, die sie seit Jahren praktizierten. Alles, was über Internet oder das Telefonnetz kommuniziert wurde, hinterließ Spuren für die Ewigkeit. Echte Datensicherheit gewährleistete nur der gute alte Zettel: Burn after reading!

Es schneite an diesem Morgen. Immerknecht hatte keine rechte Freude am Skifahren. Abgesehen von dem unerfreulichen Anlass war er längere Zeit nicht gefahren, und die elend steile Abfahrt verlangte ihm alles ab. Deshalb steuerte er ohne Umwege auf den vereinbarten Treffpunkt zu. An einem der Bäume hing

noch ein Stück Flatterband. Er schnallte die Skier ab und setzte sich auf die Bank, auch wenn es ein seltsames Gefühl war. Es kamen ihm Zweifel, ob es schlau war, sich ausgerechnet hier zu treffen. Egal. Das Treffen musste sein.
Immerknecht wartete. Es schneite unablässig. Bald waren seine Skier verschwunden, und auf den Schultern des Skianoraks blieben weiße Häufchen liegen. Und still war es. Unglaublich still. Kein Auto war aus dem Tal zu hören, keine Skifahrer, nichts. Totenstille – musste Immerknecht denken. Scheiß Totenstille. Ob es bei Sophie auch so still gewesen war? Ein Rascheln drang aus dem Wald, und es kam Leben in die Fichten, Schnee fiel aus den Bäumen. Dann fuhr jemand auf Skiern heran. Immerknecht war erstaunt. Es war nicht die Person, mit der er verabredet war.

22

Kreuthner stand am Wallberghaus, um ihn herum fünfzehn Frauen meist mittleren Alters. Er hielt seinen Skistock hoch, um einer Nachzüglerin anzuzeigen, wo die Gruppe war.

Kreuthner hatte gestern in der Schießstätte vorbeigeschaut, dem Wirtshaus, in dem sich die Mitglieder des Schützenvereins trafen (zu denen Kreuthner nicht gehörte, er war bei den Eisstockschützen). Gestern war Frauenabend gewesen, und die Sennleitnerin hatte Kreuthner an den Tisch gebeten, damit er etwas über die Tote am Wallberg erzählte. Das Vorkommnis war auf bestem Weg zur Legende und kam in immer neuen Versionen mit unglaublichen Details daher. In einer Fassung gab es sogar zwei Leichen mit aufgeschlitzten Bäuchen. Damit hatte Kreuthner nicht dienen können. Dafür aber mit vielen anderen Einzelheiten (wahren und frei erfundenen), die die Damen auf das Äußerste erregten. Allgemein war zutiefst bedauert worden, dass man nicht selbst dabei gewesen war, so packend hatte Kreuthner von dem Leichenfund berichtet. Das wiederum hatte Kreuthner auf eine Idee gebracht: Er bot an, die Frauen zum Tatort zu führen – und zwar auf der Originalroute. Das Angebot war frenetisch begrüßt worden, und wer konnte, hatte sich den Tag freigenommen, um mit Kreuthner auf den Wallberg zu fahren.

»So, jetzt horcht's amal her, Madln«, begann Kreuth-

ner seine erste Ansprache als Fremdenführer. »Ihr kennt's den Wallberg. Vorn runter is koa Kindergeburtstag. Die Abfahrt is net präpariert und so heiß wie die Sennleitnerin, wenn s' ihren Hamperer dahoam lasst.«
»Des sag ich ihm fei. Da mach dich auf was gefasst.«
»Red net dazwischen. Also: schwarze Piste. Wer sich das nicht zutraut, den müss ma leider jetzt verabschieden.«
Ein Blick in die Runde. Die eine oder andere rang sichtlich mit sich, ob sie dem Abenteuer gewachsen war. Doch lediglich eine Frau um die vierzig, die erst vor zwei Jahren aus dem Saarland hergezogen und auf den Skiern noch nicht so sicher war, gab auf. Unter großer Anteilnahme und der Beteuerung, es sei wirklich besser so, wurde sie zurückgeschickt.
»Kommen wir jetzt zu einem nicht so angenehmen, aber trotzdem wichtigen Teil der Veranstaltung: dem Führerlohn.«
»Der was?«, blökte die Sennleitnerin.
»Zehn Euro, hab ich mir denkt, sind angemessen. Ich lass jetzt diese Mütze herumgehen. Bitte nix rausnehmen, nur reinlegen.«
»Ja bist jetzt völlig damisch?« Die Sennleitnerin hatte offenbar noch Diskussionsbedarf. »Ham mir irgendwas von Geld g'sagt?«
»Ham mir g'sagt, dass es umsonst is? Hast du schon mal a Führung gemacht, wo nix kost hat?«
Anneliese Sennleitner hatte noch nie in ihrem Leben eine Führung mitgemacht und würde voraussichtlich den Kürzeren ziehen, wenn die Diskussion ins Empirische abdriftete. »Wieso sollten mir dir was zahlen? Des kost dich doch auch nix.«

»Was is'n des für a Argument? Erstens hab ich mir extra für euch an Tag freigenommen ...«
»Schmarrn! Du hast dich krankgemeldet«, unterbrach ihn die Sennleitnerin. Es war klar, dass sie die Information von ihrem Mann hatte, der nicht nur ein enger Freund von Kreuthner, sondern auch dessen Kollege war.
»Zweitens«, Kreuthner beschloss, die erste Argumentationslinie nicht weiterzuverfolgen, »bin ich der Einzige, der weiß, wie die Tote gefunden wurde.«
»Und dafür gibt's a Geld, oder was?«
»Ja logisch. Ich gib dir mal a Beispiel: Jed's Jahr zahlen Millionen Touristen a Menge Geld, damit sie sich Neuschwanstein anschauen können. Die könnten sich auch die Bruchbude von meinem Onkel Simon anschauen.« Kreuthner schlug ein Kreuz. »Aber die interessiert keinen – im Gegensatz zu Neuschwanstein. Und warum? Weil Neuschwanstein das einzige Neuschwanstein ist. Bruchbuden gibt's an jedem Eck.«
»Du willst uns also sagen, dass du Neuschwanstein bist.«
»Ich bin«, Kreuthner überlegte kurz, ob der Vergleich standhalten würde, »das Neuschwanstein unter den Polizisten, wenn du so willst.«
»Du bist einfach größenwahnsinnig.«
»Wenn's dir zu teuer ist, dann lass es halt. Es wird keiner gezwungen.«
Das war freilich keine Option für die Sennleitnerin. Die Aussicht, nicht über den Ausflug zum grausigen Leichenfundort mitreden zu können, war so deprimierend, dass sie schließlich klein beigab und ihren Obulus entrichtete.
Bereits die Abfahrt auf der steilen, nicht präparier-

ten Piste überforderte einige der Teilnehmerinnen bei weitem. Die Neugier hatte sie mutig, aber nicht zu besseren Skifahrerinnen gemacht. Mit zitternden Knien rutschten sie den verspurten, zum Glück nicht vereisten Hang Meter für Meter hinunter, so dass die Gruppe fast vierzig Minuten brauchte, bis sie an der Stelle ankam, wo Kreuthner in jener Nacht in den Wald abgebogen war. Als die Frauen erfuhren, dass es jetzt durch richtigen Tiefschnee und dichten Wald gehen sollte, gaben sechs von ihnen auf. Kreuthner erstattete ihnen die Hälfte der Teilnahmegebühr zurück und wünschte ihnen Glück für die restliche Abfahrt, die auch nicht einfach sein würde, aber doch leichter als das, was die anderen erwartete. Mit dem Rest der Truppe, darunter der Sennleitnerin, fuhr Kreuthner in den Wald.
Auch hier gab es Schwund. Immer wieder wurde eine der Frauen Opfer der Fährnisse, die sich unter dem kniehohen Schnee verbargen. Mal geriet eine mit ihren Skiern unter einen Ast, mal tat sich ein Loch auf und eine Teilnehmerin musste von Kreuthner herausgezogen werden. Am schlimmsten traf es Anneliese Sennleitner. Sie stürzte – oder treffender: sackte – in ein trockenes Bachbett und rumpelte dabei mit ihren hundertachtzehn Kilo gegen einen jungen Baum, der sich aufgrund der enormen Erschütterung vollständig seiner Schneelast entledigte. Es schaute nur noch ihr Kopf heraus. Kreuthner kehrte, als er schrille Schreie hinter sich hörte, um und begutachtete das Schlamassel. Die Ärmste steckte nicht nur bis zum Hals im Schnee, sondern war auch fast zwei Meter tief in das Bachbett hinuntergefallen und damit für ihre Kameradinnen nicht erreichbar. Zudem fingen die ersten an

zu weinen und wollten möglichst schnell ins Tal, weil ihnen kalt war oder sie aufs Klo mussten.

»Du musst die Händ freikriegen und dich ausgraben«, rief Kreuthner der Sennleitnerin zu.

»Was glaubst denn, was ich grad versuch, du hirnamputierter Hornochse! Hol mich hier raus!!« Anneliese Sennleitners Stimme sprang eine Oktave höher.

»Normal tät ich ja zu dir runterkommen ...«

»Was heißt normal? Hol mich raus! Hilfää!!« Sie riss die Augen panisch auf und hätte angefangen zu hyperventilieren, hätte ihr nicht der viele Schnee schwer auf den Brustkorb gedrückt.

»Du musst dich beruhigen und deine Kräfte sparen. Des kann jetzt a bissl dauern. Die gute Nachricht is: Erfrieren kannst net. Der Schnee isoliert.«

»Leo?! Was hast du vor? Du lasst mich doch net z'ruck?«

»Wer spricht denn von z'rucklassen! Ich kann nur net zu dir runter, weil ich eine Verantwortung hab für die anderen. Verstehst? Wenn ich auch noch stecken bleib – dann finden die nie wieder raus hier.« Dieser Satz zauberte den umstehenden Frauen einen Ausdruck in die erschöpften Gesichter, dass Kreuthner sich fast selbst gruseln musste.

»Leo ...«, wimmerte Anneliese Sennleitner. »Lass mich net allein. Das kannst net machen!«

»Ich hol doch nur Hilfe. A Stund Maximum, dann is die Bergwacht da. Vielleicht bleibt ja eine von den andern da?« Kreuthner sah sich im Kreis seiner Schutzbefohlenen um. Es riss sich niemand um den Job. Allen war kalt, alle hatten Angst, und alle mussten pinkeln. Schlechte Karten also für Anneliese Sennleitner. Die Aussicht, im dunklen Wald weit abseits der Piste eingeschneit zu werden, mochte eine enge Freundin nicht davon abhalten, ihr in dieser Stunde der Prüfung Beistand zu leisten. Unter den Anwesenden leider fand sich niemand, was Anneliese Sennleitner eigentlich anders eingeschätzt hatte. Man musste freilich ganz allgemein sagen, dass Außen- und Innensicht, was ihre Beliebtheit anbetraf, signifikant auseinanderlagen.

Es schneite dichter und dichter, als sich Kreuthner und die sieben übrig gebliebenen Frauen weiter den Berg hinabkämpften. Die gellenden Verzweiflungsschreie, die hinter ihnen durch den Wald hallten, ließen alle erschauern. Aber man hoffte, sie bei zügigem Vorankommen bald nicht mehr hören zu müssen. Einige Frauen hatten sich die Kopfhörer ihres iPods in die Ohren gesteckt, um dem akustischen Ungemach beizukommen.

Als es im Wald endlich wieder still geworden war, hielt Kreuthner an und sagte: »Den Tatort schauen mir aber schon noch an, oder?« Er erntete zustimmendes Gemurmel. Schließlich wollte man die Strapazen nicht umsonst auf sich genommen haben. Da Kreuthner über eine gute Orientierung verfügte, machte es ihm keine Mühe, den Platz mit der Bank wiederzufinden. Auch wenn er bei Tag ganz anders aussah. Er ließ alle anhalten, bevor sie auf die kleine Lichtung kamen.

»Jetzt müsst's euch amal vorstellen, wie des bei mir war. Stockdunkle Nacht. Nix gesehen, nur dass da a kleine Lichtung war, weil's a ganz kleins bissl heller herg'schaut hat. Und ich hab ja mit nix gerechnet. Ich war ja *völlig* ahnungslos.« Kreuthner sah in den Gesichtern der Frauen Aufregung, ja, Sensationsgier, die

Pupillen geweitet, der Atem ging schneller. Die Vorstellung, jetzt selbst unvermutet auf eine Tote zu stoßen, war anscheinend äußerst erregend.

»Da schaut's her.« Kreuthner deutete auf einen kleinen Baum am Rand der Lichtung. »Da hängt noch a Stück Flatterband. Des war zum Absperren vom Tatort.« Der Grusel steigerte sich auf bislang unerreichte Werte. »Ich fahr jetzt zu der Bank, wo der Schneemann gesessen hat.«

»Schneemann?«, fragte eine der Frauen.

»Des war doch des Grausliche. Ich hab erst gedacht, des is a Schneemann.« Leises Raunen folgte, und Kreuthner fuhr, nachdem er eine kleine Pause eingelegt hatte, um die Stimmung zur Entfaltung zu bringen, mit zwei, drei kräftigen Stockeinsätzen in die Lichtung ein.

Unglauben ist das Wort, das Kreuthners Zustand am besten beschreibt, als er vor der verschneiten Bank stand. Es war einer dieser Augenblicke, in denen wir uns fragen, warum unser Gehirn solch seltsame Kapriolen schlägt und uns die unmöglichsten Dinge vorgaukelt. Erst als er nach langem Zögern seinen Skistock an den Schneemann heranführte und ein wenig lockeren Flaum abgeschabt hatte, konnte Kreuthner glauben, dass dort vor ihm fast der gleiche Schneemann saß wie in der Nacht vor zwei Tagen. Nicht nur, dass da eine eisige Skulptur auf der Bank saß, sie saß auch in exakt der gleichen Haltung wie das Original. Der rechte Arm war nach vorn gestreckt, der Kopf lag im Nacken. Zumindest sah es so aus.

Inzwischen waren die sieben Frauen näher gekommen. Eine fragte, was das sei. Kreuthner erklärte, dass es ganz genau so ausgesehen habe in jener gruseligen

Nacht. Wer den Schneemann auf der Bank gebaut hatte, wusste er nicht. Noch weniger, aus welchem Grund. Wollte sich jemand einen makabren Spaß erlauben?

Kreuthner fiel auf, dass es an der Stelle, an der er den Schnee weggeschabt hatte, blau schimmerte. Er trat näher und beseitigte noch mehr Schnee mit der Hand. Textil kam zum Vorschein. Es dauerte nicht lange, und der neue, teure Skianorak war in seiner ganzen nachtblauen Schönheit zu sehen. Allerdings war der rechte Ärmel bis über die Armbeuge aufgeschnitten – wie auch der rechte Unterarm. Unter der Bank entdeckte Kreuthner eine große, gefrorene Blutlache, die vom Neuschnee locker bedeckt war.

Auf den Gesichtern der Frauen zeigte sich ebenjener Unglauben, der Kreuthner kurz zuvor ergriffen hatte.

»Was ist das?«, fragte eine.

23

Die Ähnlichkeit hatte etwas Frappierendes, wenn man davon absah, dass es Tag war. Wallner stand in einiger Entfernung zum Tatort, an dem Tina, Oliver und andere Beamte der Spurensicherung ihrer Arbeit nachgingen. Es schneite immer noch, und man näherte sich meteorologischen Rekordmarken. Die Leute vom K3, der Abteilung für Spurensicherung, hatten ihren legendären Klapptisch mitgebracht. Darauf eine Thermoskanne Früchtetee (Wintertraum), eine Thermoskanne Kaffee und zwei Weihnachtsteller. Einer mit Plätzchen – unter anderem von Manfred persönlich gebackene, die er selbst wegen wackelnder Zähne nicht mehr essen konnte und deswegen der Polizei spendete. Der Teller war zum Schutz vor dem Schnee mit Stanniol abgedeckt. Auf dem anderen lagen Orangen und Mandarinen sowie eine Südfrucht, deren Namen niemand kannte, weil man sie erst vor wenigen Jahren in einem Kibbuz gezüchtet hatte.

Wallner besah sich den Tatort im schneeweißen Tageslicht. Ihm wurde klar, dass er schon zwei Abende zuvor ein komisches Gefühl gehabt hatte. Irgendwie lag es in der Luft, dass es kein Selbstmord war. Zu künstlich hatte die Szenerie angemutet. Oder etwa nicht? Nein, da belog er sich selbst. Wallner hatte, wenn er ehrlich war, kaum einen Zweifel daran gehabt, dass Sophie Kramm freiwillig aus dem Leben geschieden war. Einzig das Foto der exhumierten Leiche hatte an dem offensichtlichen Befund geruckelt. Er sah sich um und versuchte, die Chaoswellen, die der Mord im Gefüge des Kosmos ausgelöst hatte und die hier am Tatort nachhallten (das jedenfalls war Wallners Theorie), in sich aufzunehmen. Und tatsächlich – er spürte sie ganz deutlich, die Wellen des Bösen. Leider musste er sich eingestehen, dass er diese Wellen nur wahrnahm, wenn er wusste, dass ein Verbrechen passiert war. Und so verschwanden die Wallnerschen Chaoswellen in der Mülltonne für enttarnte Legenden.

»Ich hab's mir irgendwie gedacht«, sagte Mike.

»Einen Scheiß hast du dir gedacht«, sagte Wallner.

»Okay, ich hab mir einen Scheiß gedacht«, sagte Mike und hüstelte in seinen Handschuh. »Woher willst du eigentlich wissen, was ich mir gedacht hab?«

»Weil ich das Gleiche gedacht hab.«

Tina kam mit zwei durchsichtigen Plastikbeuteln. In einem befand sich ein Teppichmesser, im anderen ein Foto. »Es scheint das gleiche Teppichmesser zu sein wie bei Sophie Kramm«, sagte sie. »Wenn der Mörder mehrere gekauft hat, haben wir vielleicht Glück und finden den Laden, wo er sie herhat.« Sie hielt das andere Plastiktütchen hoch. »Tja – und das ist das Foto.«

»Das genau gleiche?« Wallner nahm den Plastikbeutel in die Hand und warf einen Blick auf das Bild.

»Würde sagen, ja.« Tina nahm ihm das Foto ab und reichte es an Mike weiter. Der schüttelte ungläubig den Kopf.

»Wenn dieser Selbstmörder hier kein Trittbrettfahrer ist, dann war's wohl Mord.« Mike gab das Foto zurück.

»Mal Spaß beiseite«, sagte Wallner. »Wir müssen jetzt davon ausgehen, dass wir es mit einer Mordserie zu

tun haben. Das heißt, wir werden eine Soko einrichten und jede Menge Arbeit haben. Wir sollten auch noch mal mit der Schwester der ersten Toten reden. Wie hieß die?«
»Daniela.«
»Daniela Kramm ... sie hatte recht. Jemand hat ihre Schwester ermordet.«

24

Wallner hatte die Aktivitäten im Zusammenhang mit der Einrichtung einer Sonderkommission auf Mike übertragen. In erster Linie musste das Polizeipräsidium Oberbayern Süd in Rosenheim verständigt werden, denn für die Soko benötigte man etwa dreißig Beamtinnen und Beamte. Die Kripo Miesbach selbst verfügte insgesamt nur über fünfzehn, von denen einer krank und eine Kollegin in Urlaub war.
Wallner begab sich in einen Gasthof nahe der Talstation der Wallbergbahn. Hier hatte man in einem Hinterzimmer eine provisorische Ermittlungszentrale eingerichtet. Die Frauen, die mit Kreuthner zusammen auf die Leiche gestoßen waren, wurden in diesem Hinterzimmer vernommen, soweit sie vernehmungsfähig waren (drei von ihnen waren mit Schock-Diagnose ins Krankenhaus Agatharied verbracht worden). Das hatte Wallner Janette überlassen, und es war auch nicht viel dabei herausgekommen. Interessanter würde sicher das Gespräch mit Kreuthner werden. Seit einigen Jahren war bei der Polizei im ganzen Oberland bekannt, dass Leonhardt Kreuthner eine irgendwie symbiotische Beziehung zu Mordopfern pflegte. Den Spitznamen »Leichen-Leo« trug er jedenfalls mit Stolz.
»Ich hab auch keine Ahnung, warum immer ich. Des is a Gabe. Das hast du, oder du hast es nicht.« Kreuthner saß breitbeinig und gelöst auf dem Wirtshaus-

stuhl, den ihm Wallner angeboten hatte, offenkundig mit sich und dem Tag zufrieden.

»Schon erstaunlich«, sagte Wallner. »Ich beneide dich nicht drum.«

»Mei – was willst machen. Irgendeinen trifft's halt. Stell dir vor, ich hätt des net im G'spür gehabt, dass da wieder einer hockt auf dera Bank. Den hätt ma am End erst im Frühjahr gefunden. Halb derfault mit Maden und ohne Augen.«

»Wahrscheinlich.« Wallner zapfte aus einer Pumpkanne Kaffee in einen Porzellanbecher mit Marienkäfern, der von der Gastwirtschaft bereitgestellt worden war, und reichte ihn Kreuthner. »Milch? Zucker?«

»Wie immer«, sagte Kreuthner.

»Ich mach dir sonst keinen Kaffee. Also sag, was du willst.« Kreuthner wollte drei Stück Zucker ohne Milch. Da Wallner sozusagen Gastgeber war, erfüllte er den Wunsch ohne Murren. »War irgendwas anders als vorgestern Nacht?«

»Du meinst mit der Leiche?«

»Ja. Du warst als Erster da. Du hast vielleicht Dinge gesehen, die die Spurensicherung nicht mehr vorgefunden hat.«

Kreuthner schüttelte den Kopf. »Des war wirklich verblüffend. Alles genau so wie beim ersten Mal. Dieselbe Stelle auf der Bank, wo er gesessen ist. Die Haltung. Auch die Zauderschnitte. Alles wie bei der Kramm. Außer, dass er mit Skiern da war. Die Kramm war ja zu Fuß gegangen.«

»Das ist wirklich seltsam. Ich meine, die Zauderschnitte.« Wallner pumpte auch sich selbst Kaffee aus der Kanne. Zauderschnitte entstanden für gewöhnlich, wenn jemand versuchte, sich die Pulsadern zu öffnen. Bei den ersten Schnitten waren die meisten Menschen überrascht, wie schmerzhaft sie waren, und zuckten zurück. Die Entschlossenen arrangierten sich nach ein paar Versuchen mit dem Schmerz und gingen dann beherzter zu Werke.

»Warum legt der Täter so viel Wert darauf, es wie Selbstmord aussehen zu lassen? Beim ersten verstehe ich es ja noch. Aber bei der zweiten Tat weiß er doch, dass wir von Mord ausgehen müssen.«

»Und wenn's doch zwei Selbstmorde waren? Zwei Leute, die uns verarschen wollen und das so ausgemacht haben, dass sie es beide genau gleich machen?«

»Ich glaube, Selbstmörder haben andere Interessen, als die Polizei an der Nase herumzuführen. Und so exakt, das kannst du gar nicht verabreden.«

»Na gut. Dann hat der Täter vielleicht so an Spleen, dass er es wie Selbstmord aussehen lasst, obwohl er weiß, dass wir wissen, dass es Mord ist.«

»Ja. Das muss es sein. Vielleicht entspringt es einer wirren Verknotung in seinen Synapsen. Aber vielleicht hat es auch was zu sagen. Etwas, das uns zu ihm führen könnte.«

Kreuthner zuckte die Schultern.

»Wir stehen ja noch am Anfang. Ach übrigens – es geht mich ja nichts an. Aber du hast dich heute Morgen krankgemeldet. Ich sag's nur. Das könnte Ärger geben.«

»Ich hab mich abgemeldet, weil ich, äh, in diesem Mordfall was recherchieren hab wollen. Und – das wollen mir mal nicht vergessen – ich hab ein weiteres Verbrechen aufgedeckt. Ich weiß wirklich net, was du mir da vorschmeißen willst.«

»Ich werf dir gar nichts vor. Ich bin ja nicht dein Vor-

gesetzter. Ich geb dir bloß einen freundlichen Tipp. Und hier gleich noch einen: Jeder im Büro weiß, dass du den Frauen vom Schützenverein den Tatort zeigen wolltest. Das hat der Sennleitner schon rumerzählt, bevor du dich krankgemeldet hast.«
»Scheiße«, sagte Kreuthner und wurde mit einem Mal kalkweiß im Gesicht.
»Na, darauf kommt's auch nicht mehr an«, sagte Wallner. »Wieso wirst du so blass?«
Kreuthner sah Wallner mit dem Ausdruck höchster Verzweiflung an, schluckte und brachte nur noch zwei Worte über die Lippen: »Die Sennleitnerin!«

25

Sie hatte die Pferde und Esel auf die Weide gelassen. Dort gab es natürlich nichts zu fressen, es lagen sechzig Zentimeter Schnee. Aber die Tiere mochten es. Einige wälzten sich im Schnee. Es war einsam, jetzt, wo Sophie nicht mehr da war, und ständig schossen ihr die Tränen in die Augen. Daniela musste unablässig an ihre Schwester denken. Am liebsten hätte sie sich ins Bett gelegt und wäre nie wieder aufgestanden. Aber die Tiere mussten versorgt werden. Sie hatte keine Wahl. Und das war gut. Das war gut, um nicht im Schmerz oder gar in Selbstmitleid zu versinken. Aber es war hart. Die Arbeit, die sie vorher zu zweit gemacht hatten, musste sie jetzt allein bewältigen. Ab und zu kamen freiwillige Helfer, mal für einen Vormittag, mal für einen ganzen Tag. Aber die Arbeit musste jeden Tag gemacht werden. Und es war viel Arbeit.
Sie hatte die Pferdeställe ausgemistet und zum Teil neu eingestreut. Die Hühner und Katzen hockten auf den Trennwänden zwischen den Boxen und sahen ihr bei der Arbeit zu. Dann ging sie hinaus in den Hof und schnitt einen der in Plastik eingeschweißten 400-Kilo-Ballen Heu auf, um den Inhalt auf die Boxen zu verteilen.
In diesem Augenblick hörte sie etwas. Sie konnte es nicht genau bestimmen. Der Schnee dämpfte alle Geräusche. Aber es kam näher, vermutlich ein Auto. Sie trat zwei Schritte zurück, um einen Blick auf die

Zufahrtsstraße zu werfen. Tatsächlich fuhr ein Geländewagen auf den Hof zu. Vielleicht war es einer der Besucher, die gelegentlich kamen, weil sie das Hinweisschild an der Bundessstraße gesehen hatten und dachten, sie könnten Tiere besichtigen.

Als der Wagen näher kam, sah Daniela, dass nur ein einzelner Mann im Wagen saß. Und der sah nicht aus wie ein Tourist, der seinen Kindern Esel zeigen wollte. Der Mann wirkte eher klein, als er aus dem Wagen stieg, aber sehr muskulös, obwohl er schon einiges in den Fünfzigern sein mochte. Sein Gang war kraftvoll, sein Gesicht zerfurcht. Daniela fühlte sich an Charles Bronson erinnert, und für einen Moment überkam sie ein ungutes Gefühl bei dem Gedanken, allein mit diesem Mann auf dem Hof zu sein. Jetzt lächelte der Mann, grüßte und reichte ihr die Hand.

»Grüß Gott«, sagte er mit bayerischer Färbung. »Ich bin der Frank.«

»Grüß Gott«, sagte Daniela und schaute Frank unsicher und fragend an. »Was kann ich für Sie tun?«

Frank sah sich um. »Des is also der Gnadenhof?«

»Ja«, sagte Daniela. »Wir machen hier aber keine Besichtigungen.«

»Nein, nein«, sagte der Mann und lachte. »Ich bin net zum Besichtigen hier. Ich würd hier gern arbeiten.«

»Wie kommen Sie darauf?«

»Ich hab Erfahrung. Bin am Bauernhof aufgewachsen. Mir ham auch Rösser gehabt. Schöne Haflinger. Zu Leonhardi bin ich immer mitgegangen. Und im Winter hamma in Rottach beim Schlittenrennen mitgemacht.«

»Das ist schön, dass Sie mit Pferden aufgewachsen sind. Aber ich kann leider niemanden anstellen.«

»Ich will kein Geld.«

»Sie wollen hier freiwillig arbeiten?«
»Genau.«
Daniela betrachtete den Mann eine Weile. Er entsprach in keiner Weise dem Typus Mensch, der freiwillig auf einem Gnadenhof arbeitete. Beginnend damit, dass er ein Mann war und nicht von seiner Frau oder Freundin mitgebracht worden war. »Sind Sie arbeitslos?«, fragte sie schließlich.
»Nein. Warum fragen Sie?«
»Verstehen Sie's nicht falsch. Aber es kommt manchmal vor, dass Leute hier arbeiten wollen, die ... Probleme mit sich selber haben. Die das hier als Therapie betrachten. Ich sag nicht, dass Sie so jemand sind. Aber ich weiß immer gern die Gründe, warum jemand sich für die Arbeit hier interessiert.«
»Versteh ich«, sagte Frank und schwieg.
»Also? Was ist es bei Ihnen?«
»Ich mag Tiere.«
»Aber Sie haben doch sicher was anderes zu tun?«
»Ich hab was geerbt. Eigentlich bin ich gelernter Elektriker. Dann hab ich lang bei einem Sicherheitsdienst gearbeitet. Und jetzt hab ich genug Geld, dass ich nicht mehr arbeiten muss. Jetzt mach ich nur noch, was mir Spaß macht.«
»Sie sind Elektriker?«
»Wenn Sie hier was Elektrisches zum Montieren haben – kein Problem. Ich kann alles anschließen, Leitungen verlegen, Steckdosen montieren ...«
Danielas Misstrauen schmolz dahin. Ein Freiwilliger ohne Probleme, mit viel Geld und einer Ausbildung als Elektriker – das war der Sechser im Lotto. Fast zu schön, um wahr zu sein. »Wann können Sie anfangen?«
»Jetzt«, sagte Frank.

26

Jobst Tischler war der Herr des Ermittlungsverfahrens, jedenfalls wenn es geeignet war, ein gewisses Medieninteresse zu wecken. Genau genommen, war die Staatsanwaltschaft die Herrin des Ermittlungsverfahrens. Jobst Tischler als ihr Vertreter hatte das aber so sehr verinnerlicht, dass Institution und Mensch in ihm untrennbar verschmolzen waren. Das deutsche Justizsystem funktionierte in Tischlers Augen so, dass die Staatsanwälte vor den Kameras die Ermittlungserfolge verkündeten, während die Polizei als Hilfsorgan der Staatsanwaltschaft für die Pannen verantwortlich war. Einen großen Teil seiner Energie verbrauchte Tischler wie alle nach oben strebenden Leute damit, Schuldige zu finden – was ja in gewisser Weise der Daseinszweck eines Staatsanwalts war.

Die erste Sitzung der neu eingerichteten »Soko Wallbergmorde« fand um Viertel nach drei statt. Tischler war eigens aus München angereist und hatte dafür eine Pressekonferenz sausen lassen, bei der es um den Mord an einem Telenovela-Schauspieler ging. Seine Chefin, die Oberstaatsanwältin, würde ohnehin die Gelegenheit nutzen, ihr eigenes Gesicht in die Kameras zu halten. Er wäre wie ein Depp zwei Stühle neben ihr gesessen und hätte in Akten geblättert, um Wichtigkeit vorzutäuschen. Da waren zwei skurrile Morde am Tegernsee verlockender.

Nachdem Wallner die Beamten der Sonderkommission begrüßt hatte, in Sonderheit diejenigen, die von außerhalb des Landkreises dazugestoßen waren, bedeutete ihm Tischler zappelig, dass er das Wort ergreifen wolle.

»Die meisten kennen mich«, sagte Tischler und schob die Ärmel seines Jacketts nach oben, denn seine Arme waren für Tischlers Konfektionsgröße ein wenig zu kurz geraten. »Ich bin kein Freund von großen Worten. Was ich sagen will, ist schnell gesagt: Ich freue mich auf unsere Zusammenarbeit und bin sicher, dass wir bald Ermittlungserfolge vorweisen werden. Herr Wallner ist als hervorragender Polizist bekannt. Und so denke ich, werden wir auch schnell die Zeit wieder hereinholen, die wir dadurch verloren haben, dass zunächst in Richtung Suizid ermittelt wurde. Beziehungsweise eben nicht ermittelt wurde. Nun – ich gebe zu, ich hatte schon bei der ersten Toten ein starkes Gefühl, dass es sich um ein Verbrechen handelt. Aber wer mich kennt, weiß: Ich lasse die Ermittlungsarbeit, soweit das geht, gerne in der Verantwortung der örtlichen Polizei. Deswegen habe ich mich vorgestern darauf beschränkt, meine Bedenken lediglich mitzuteilen, und nicht auf einen anderen Ermittlungsansatz bestanden. Und natürlich: Im Fall des ersten Opfers wäre fast jeder Ermittler von Suizid ausgegangen. Insofern mache ich niemandem einen Vorwurf. Aber vielleicht sollten wir daraus lernen, ein bisschen mehr Intuition und ein bisschen weniger Routine unsere Arbeit bestimmen zu lassen. Und jetzt sage ich einfach: Auf geht's! Die Zeit drängt. Der Mörder ist irgendwo da draußen und wird keine Ruhe geben, bis wir ihn haben.«

Der Applaus für Tischlers Rede war gedämpft. Alle

waren gespannt, ob Wallner das auf sich sitzen lassen würde.
»Vielen Dank, Herr Staatsanwalt. Freunde, ihr habt gehört, was Herr Tischler gesagt hat: Gott möge es verhüten, aber das nächste Opfer kann schon bald auftauchen. Und auch, dass der Staatsanwalt besorgt ist, wir könnten Zeit verloren haben. Ja, ich muss zugeben, ich war mir fast sicher, dass es sich bei Sophie Kramm um Suizid handelt. Aber eben nur fast. Und so habe ich beim Staatsanwalt angerufen und gefragt, wie es denn mit einer Soko aussieht. Und Herr Tischler hat mir geantwortet – ich hab mir eine Telefonnotiz gemacht, damit ich nichts Falsches erzähle …« Wallner nestelte in einigen losen Papieren herum. Schließlich fand er den gelben Vordruck mit der handgeschriebenen Notiz. »Herr Tischler hat also wörtlich gesagt: ›Sie sind ja nicht ganz bei sich. Wegen einem Suizid machen wir doch keine Soko.‹ Auf meinen Einwand, dass es ja möglicherweise doch Mord sein könnte, hat der Staatsanwalt geantwortet (ich zitiere wieder wörtlich): ›Wenn das Mord war, dann lass ich mich freiwillig an die tschechische Grenze versetzen.‹« Der letzte Satz erzeugte Heiterkeit bei den anwesenden Beamten – Jobst Tischler ausgenommen, dem sich Wallner jetzt freundlich zuwandte. »Machen Sie sich nichts draus. Ich vergess auch ständig Sachen. Meine Mitarbeiter erzählen mir manchmal Dinge, die ich gesagt haben soll – unglaublich. Trotzdem würde ich Sie am hoffentlich erfolgreichen Ende unserer Ermittlungen gern an Ihr Versprechen erinnern.«
»Ich bezweifle, dass ich das so gesagt habe.«
»Das wusste ich, dass Sie das sagen würden. Deshalb hab ich ja mitgeschrieben. Aber keine Angst. Ich wer-

de Sie nicht drauf festnageln. Ihren Satz mit der Routine und der Intuition fand ich übrigens sehr schön. Kann ich voll unterschreiben.«

Janette kam herein und steuerte direkt auf Wallner zu, trat neben ihn und flüsterte ihm ins Ohr: »Entschuldige. Aber wir brauchen dich. Auf Mike ist geschossen worden.«

»Auf Mike? Wieso? Wer?«

»Ist alles ein bisschen unübersichtlich. Kannst du hier weg?«

Etwa zur selben Zeit zog ein Trupp Bergwachtler Anneliese Sennleitner aus ihrem Schneeloch am Wallberg, in dem sie vier Stunden festgesteckt war. Sie hatte eine leichte Unterkühlung erlitten, war aber noch so weit bei Kräften, dass sie Kreuthner eine SMS schreiben konnte, deren Ausdrucksweise selbst langgediente Zuhälter hätte erröten lassen.

27

Mehrere Polizeifahrzeuge standen vor dem Einfamilienhaus in Otterfing, als Wallner zum Ort des Geschehens kam. Die Verwirrung war groß. Keiner wusste recht, warum man das Feuer auf die Polizei eröffnet hatte. Mike hatte ein Streifschuss am linken Oberschenkel getroffen.
»Keine Ahnung, was die gegen uns hat«, begann er seine Schilderung. »Ich klingel an der Tür und sag höflich, wir würden uns gern im Haus umsehen. Den Durchsuchungsbeschluss hab ich ihr gezeigt. Aber der hat sie nicht interessiert. Dann sagt sie: Einen Moment bitte. Und kurz darauf steht sie oben am Fenster und schreit, wir sollen verschwinden. Ich hab ihr gesagt, dass wir leider reinmüssen. Ja, und dann hat s' g'schossen.« Mike verwies auf das linke Hosenbein seiner Jeans, das man hatte aufschneiden müssen, weil sonst der Verband nicht daruntergepasst hätte.
»Hat sie getrunken?«
»Scheint so.«
Wallner sah hinauf zu dem Sprossenfenster im ersten Stock. Es war einen Spaltbreit offen, der Vorhang dahinter war zugezogen. Man hatte die Polizeiwagen so geparkt, dass sie nicht im Schussfeld waren. »Habt ihr mit jemandem vom KIT gesprochen?« Das Kriseninterventionsteam hatte die Aufgabe, Angehörigen Todesnachrichten zu überbringen und sie im Anschluss daran psychologisch zu betreuen. Ein KIT bestand aus

geschulten ehrenamtlichen Kräften und wurde vor allem eingesetzt, wenn es um den Tod von Kindern, Eltern, Ehegatten oder Verbrechensopfern ging. Mike verwies Wallner auf eine Frau von etwa fünfzig Jahren, die bei einem der Streifenwagen stand. Sie hieß Veronika Keller und war schon seit einigen Jahren im Einsatz.

»Sie war erst apathisch, als ich ihr gesagt hab, dass ihr Mann verstorben ist«, erzählte die Frau. »Dann hat sie angefangen zu weinen. Sehr heftig. Aber das ist normal in so einer Situation. Ich hab ihr angeboten zu reden. Aber sie wollte nicht reden. Sie hat mich gebeten zu gehen. War nix zu machen. Ich kann die Leut net zwingen.«

»Hat sie was getrunken?«

»Nicht, solang ich da war. Aber sie hatte schon was intus. Das hat man gerochen. Und da stand ein Glas rum mit irgendwas drin. Ich glaub, Whisky. Fragen Sie die Tochter.«

»Ach, da gibt es noch eine Tochter?« Wallner bahnte sich seinen Weg durch die Beamten, die teilweise darauf warteten, das Haus zu durchsuchen, teilweise hier waren, um Ordnung zu wahren, denn halb Otterfing war gekommen, um das Spektakel zu genießen. Janette fragte, ob sie ein SEK anfordern solle. Wallner verneinte. Er wollte sich zunächst ein Bild von der Frau machen, die im ersten Stock hinter dem Fenster lauerte.

Es war kurz nach vier, und die Dämmerung brach herein. Am Himmel waren dunkelgraue Wolken, und es fing ganz sachte zu schneien an. Mit einem Mal schien das belagerte Haus zu zucken und verwandelte sich innerhalb einer Sekunde in einen mit Sternen übergossenen Palast. Die Weihnachtsbeleuchtung hatte sich eingeschaltet, und alle konnten sehen, dass der Hausherr nicht gespart hatte. Die verschwenderische Pracht, mit der die Lichterketten um Türen, Fenster und Balkone gelegt worden waren und sich in rauschenden Kaskaden vom Dach des Hauses in den verschneiten Garten ergossen, war ehrfurchtgebietend und ließ keinen der Anwesenden unberührt. Auch Wallner verharrte einen Augenblick in kindlichem Staunen. Dann bestieg er den Polizeitransporter, in dem Lea Immerknecht von Tina und Oliver betreut wurde.

Lea war vierzehn Jahre alt. Ihren Augen sah man an, dass sie geweint hatte, ansonsten war ihr Verhalten beherrscht. Wallner stellte sich vor, bekundete ihr sein Beileid und fragte, ob sie in der Lage sei, ihm Fragen zu beantworten. Lea nickte.

»Wie viel hat deine Mutter getrunken?«

»Eine Flasche Whisky, nachdem die Leute weg waren.«

»Die vom Kriseninterventionsteam?«

»Ja.«

»Ich nehme an, sie verträgt einiges.«

»Ja«, sagte Lea, und man konnte sehen, dass sie wütend auf ihre Mutter war, weil sie sich für sie schämen und der Polizei von ihren Trinkgewohnheiten berichten musste.

»Weißt du, wie lange sie schon trinkt?«

»Seit ich in der Schule bin, hat sie vormittags nichts mehr zu tun und trinkt.«

»Das ist wahrscheinlich sehr schwer für dich.«

»Ich bin ein ganz normaler Co-Alkoholiker«, sagte Lea, als sei sie ihre eigene Therapeutin, und sah Wall-

ner erschöpft an. »Ich versteck das Zeug, ich achte drauf, dass keine Leute ins Haus kommen, wenn sie betrunken ist, ich versuche, ihre Sucht geheim zu halten, so gut es geht, und ich tue ihr gegenüber, als wäre nichts.«
Wallner sagte erst mal nichts und versuchte, sich in das Mädchen hineinzuversetzen. Lea gestand sich anscheinend nicht zu, um ihren Vater zu trauern, weil einer in der Familie funktionieren musste. Die Coolness, die sie jetzt an den Tag legte, würde irgendwann in einem Zusammenbruch enden.
»Okay. Dann sag mir, wie wir das hier beenden, ohne dass Blut fließt.«
»Gute Idee. Bis jetzt hat mich nämlich noch keiner gefragt. Die wollten mich alle nur verarzten.«
»Du wirst Hilfe nötig haben, auch wenn es im Augenblick nicht danach aussieht. Aber solange du noch nicht zusammengebrochen bist, sag uns, was wir tun müssen.«
»Warten«, sagte Lea.
»Worauf?«
»Ich hab das Bad von außen abgeschlossen. Sie kann also nicht raus und sich mit Alkohol versorgen. In ein paar Stunden ist sie auf Entzug. Dann macht sie alles für ein Glas Whisky.«
Wallner inspizierte die Lage rund um das Haus und wog die Folgen von Leas Rat ab. Möglicherweise beschäftigte er ein halbes Dutzend Beamte für einen halben Tag, bis Frau Immerknecht aufgab. Außerdem mussten die Häuser in der Schusslinie evakuiert werden. Andererseits war das ein geringes Opfer, wenn dafür niemand verletzt wurde. Er hoffte, dass Lea recht behalten und ihre Mutter friedlich die Waffen

strecken würde, wenn der Alkoholspiegel sank. Es war aber auch möglich, dass die Frau rabiat wurde und um sich schoss, wenn der Entzug ihr zusetzte.
Schließlich entschied Wallner, dass die Leute von der Spurensicherung das Haus durch den außerhalb der Schusslinie gelegenen Seiteneingang betreten und ihre Arbeit beginnen sollten, damit sie nicht noch mehr Zeit verloren. Die Tür zum Bad lag im ersten Stock auf einer Galerie. Zur Sicherheit postierte Wallner einen Beamten davor. Die Tür war zwar abgeschlossen, aber man wusste nicht, was passieren würde. Diese Vorsichtsmaßnahme erwies sich als ausgesprochen weitsichtig und sollte auf unerwartete Weise die Ermittlungen voranbringen.

28

Für die Bewachung der Badezimmertür hatte Wallner Kreuthner abgestellt. Der war überraschend in Uniform aufgetaucht und vertrat einen Kollegen. Er hielt es sich zugute, dass er ungeachtet seiner Krankschreibung seinen Dienst versah, und hoffte, dass das Thema damit erledigt war. Kreuthner wurde an die Tür beordert, weil er einerseits erfahren war und ruhig bleiben würde, sollte es brenzlig werden. Andererseits wollte Wallner nicht, dass Kreuthner den Spurensicherern auf den Füßen stand und sie mit Fragen zum Stand der Ermittlungen oder (schlimmer noch) mit seinen Heldengeschichten nervte.
Wallner selbst saß mit Janette und Lea in der Küche. Das Mädchen hatte einen scharfen Verstand und eine Beobachtungsgabe, die ihren Vater beunruhigt hätte, hätte er auch nur die geringste Ahnung davon gehabt.
»Was ist das für eine Pistole, mit der deine Mutter geschossen hat? Angemeldet ist sie nicht«, sagte Janette.
»Die hat meinem Vater gehört.« Lea atmete schwerer, Erinnerungen kamen hoch. »Er hat sie immer schon gehabt. Meine Eltern haben sich manchmal deswegen gestritten. Meine Mutter wollte, dass er sie wegschmeißt. Aber mein Vater hat gesagt, das geht nicht. Das war für ihn so eine Art Erinnerungsstück.«
»Erinnerung an was?«
»Seine Studentenzeit.«
»Eine Pistole?«

»Er hat immer davon erzählt, dass sie damals alle möglichen Aktionen gemacht haben und den Kapitalismus abschaffen wollten. Und dass das eigentlich sehr vernünftig war.«

»Dein Vater hat im Vorstand einer Bank gearbeitet und einen ziemlich teuren Wagen gefahren.«

»Das war für ihn kein Widerspruch. Andreas Baader stand auch auf schnelle Autos, hat er gesagt. Aber ich glaube, er wollte den Kapitalismus gar nicht mehr abschaffen. Ihm war wichtig, dass sich nicht alles nur um Geld dreht und dass man was verändert. Irgendwas Gutes in der Welt hinterlässt.«

»Hat er das?«

»Er hat einige Projekte in der Dritten Welt unterstützt. Ich glaube, mit ziemlich viel Geld.«

»Was genau?«

»Irgendwelche Kooperativen in Nicaragua und so Sachen, wo sich die Leute selber helfen und von den Kapitalisten unabhängig werden.«

»Wie haben sich deine Eltern kennengelernt?«

»In Wackersdorf. Ende der Achtziger.«

»Auf Demos gegen die Wiederaufarbeitungsanlage?«

»Ja. Angeblich haben die sich richtige Schlachten mit den Bullen geliefert. Tschuldigung.«

»Bulle ist okay. Kommt daher die Abneigung deiner Mutter gegen Polizisten?«

»Einer hat sie mit dem Gummiknüppel im Gesicht getroffen. Seitdem hat sie eine kleine Narbe und hasst die Polizei.«

»Verstehe«, sagte Wallner und warf einen Blick durch die offen stehende Tür Richtung Arbeitszimmer, wo die Spurensicherung dabei war, nach Hinweisen auf Jörg Immerknechts Mörder zu suchen. Oben auf der

Galerie lehnte Kreuthner mit den Ellbogen auf dem Geländer und betrachtete das Treiben. »Schau lieber Richtung Badezimmertür«, rief ihm Wallner zu.
Lea hatte für die Beamten eine Maschine Kaffee aufgesetzt und machte ein Tablett mit Tassen, Löffeln, Milch und Zucker zurecht. Wallner sah ihr nach, wie sie das Tablett aus der Küche trug. Es war nichts Linkisches in ihren Bewegungen, wie man es von einem Teenager erwarten würde. Lea sah sehr erwachsen aus.
»Hast du irgendeine Vermutung, wer deinen Vater getötet hat?«, fragte Wallner, als Lea wieder in die Küche gekommen war und sich einen Orangensaft aus dem Kühlschrank nahm. Sie schüttelte stumm den Kopf.
»Ist hier mal eine Fremde aufgetaucht in den letzten Wochen? Vielleicht jemand mit dem Spitznamen Stalin?«
»Stalin?« Der Name schien eine Erinnerung zu wecken. »Vor zwei oder drei Wochen bin ich abends nach Hause gekommen. Ich war bei einer Freundin gewesen. Und da ist gerade jemand gegangen. Das Gesicht hab ich nicht erkannt. Sie war groß und dünn. So im Alter von meinen Eltern, schätze ich. Ich hab gefragt, wer das war. Aber meine Eltern haben nur gesagt, das sei jemand von früher. Und dass sie nervt. Ich glaube, sie haben sie mal Stalin genannt, als sie sich alleine unterhalten haben.«
»Dann weiß deine Mutter vielleicht mehr über die Frau?«
»Ist die Frage, ob sie es Ihnen sagt.«
»Ich werd's rausfinden. Kannte dein Vater eine Sophie Kramm?«
Lea dachte nach, kam aber auf nichts.

»Sie kommt aus Riedern. Das ist kurz vor Gmund, bei Moosrain. Sie hatte einen Gnadenhof.«
»Ne, nie gehört. Wer ist das?«
»Das ist eine Frau, die wir vorgestern am Wallberg gefunden haben.«
»Oh«, sagte Lea. »Nein, ich kenn sie nicht. Und wenn mein Vater sie gekannt hat, dann hat er's mir nicht gesagt.«
»Hat dein Vater erzählt, dass er zum Skifahren fährt?«
»Nein. Ich weiß nur, dass er in der Bank angerufen und gesagt hat, dass er nicht kommt. Das war heute Morgen. Ich hab mich zwar gewundert. Aber morgens reden wir nicht viel. Ich hab da Kreislaufprobleme.«
»Kenn ich«, sagte Wallner und sah auf die Uhr. »Was glaubst du, wie lange dauert es, bis deine Mutter wieder Alkohol braucht?«
»Kann nicht mehr lange dauern«, sagte Lea.
Von draußen hörte man einen Schuss.

29

Nora Immerknecht drückte die Klinke der Badezimmertür. Das bestätigte nur, was sie schon wusste: Die Tür war abgeschlossen. Sie verlangte lautstark, dass man die Tür öffnete. Niemand habe das Recht, sie im eigenen Haus gefangen zu halten. In den wenigen Sätzen, die sie durch die Tür schrie, verwendete sie elf Mal das Wort »Scheißbullen«. Kreuthner sandte von der Galerie ein beschwichtigendes Zeichen nach unten, wo sich die alarmierten Kollegen versammelten, um zu schauen, was los war. Er habe das im Griff, sagte Kreuthner, und sie sollten weiterarbeiten. Dann bot er Nora Immerknecht an, die Tür zu öffnen – wenn sie zuvor die Pistole aus dem Fenster werfe, was Nora Immerknecht jedoch ablehnte, weil sie dann vollkommen unbewaffnet wäre, und das sei keine Option bei einem Haus voller Scheißbullen. Kreuthner sperrte folglich die Tür nicht auf, fragte aber, ob Frau Immerknecht nicht einen Drink wolle. Das erzürnte die Gefangene im Badezimmer derart, dass sie sich mit ihrem ganzen Gewicht gegen die Tür warf. Da die Tür nach innen aufging, führte das zu einer geprellten Schulter. Die Tür blieb zu. Kreuthner deutete das Stöhnen, das aus dem Bad kam, richtig und bot neben einem guten Glas Bier, Whisky oder was immer gewünscht werde auch eine Schmerztablette, vorausgesetzt, Frau Immerknecht entledige sich ihrer Waffe. Was dann kam, erstaunte nicht nur Kreuthner.

Unvermittelt zerriss ein Schuss das Türschloss, und die Tür öffnete sich. Kreuthner griff nach seiner Pistole, doch die hing nicht da, wo sie hängen sollte: an seiner rechten Hüfte. Das Projektil, welches das Türschloss zerfetzt hatte, war um Millimeter an Kreuthners Hüfte vorbeigeschossen und hatte das Pistolenhalfter weggerissen. Und so stand Kreuthner der schlechtgelaunten, gut bewaffneten und zu allem entschlossenen Nora Immerknecht gegenüber.

»Tun S' die Waffe weg!« Kreuthner legte die ganze Autorität eines erfahrenen Streifenpolizisten in diese Worte. Als Antwort schoss Nora Immerknecht den Kronleuchter von der Decke. In der Eingangshalle stoben die Beamten auseinander, als er am Boden zerschellte.

»Da lang«, sagte die schwitzende, nervös wirkende Frau und deutete mit dem Pistolenlauf auf eine Tür. Kreuthner öffnete sie und trat in den dahinterliegenden Raum. Es war Leas Zimmer. »Ich hab jetzt eine Geisel!«, schrie Nora Immerknecht den Beamten im Erdgeschoss zu und verschwand ebenfalls in Leas Zimmer. »Unter's Bett!«, befahl sie Kreuthner, der etwas konsterniert war ob dieser Anweisung. »Na, auf geht's! Ich brauch was, das ist da.«

»Was denn?«, wollte Kreuthner wissen.

»Das geht dich einen Scheißdreck an, Bulle. Mach!« Als Kreuthner zögerte, schoss sie in die Decke und rief zur Tür: »Er lebt noch. Macht euch nicht ins Hemd!«

Kreuthner war mit einer gewissen Eile unters Bett gehechtet und fand dort eine erstaunliche Ansammlung von Flaschen mit geistigen Getränken vor. »Whisky oder Wodka?«, fragte er.

»Wodka«, war die Antwort. »Ich muss einen klaren Kopf behalten.«
Kreuthner kam mit einer halbvollen Wodkaflasche wieder hervor. »Trinkt Ihre Tochter?«
»Nein. Die versteckt das Zeug vor mir. Aufmachen.«
Kreuthner drehte den Verschluss auf, wozu Nora Immerknecht selbst nicht mehr in der Lage war, der Tremor setzte ihr schon arg zu. Sie nahm die Flasche mit beiden Händen, wobei sie die Pistole weiter umfasst hielt, und trank mehrere Schlucke. Danach schien es ihr besserzugehen. Kreuthner sah interessiert zu.
»Glotz nicht so. Noch nie 'ne Frau trinken sehen?«
»Glauben Sie mir: Mit Trinken kenn ich mich aus.«
Von draußen rief Mike: »Ist alles in Ordnung, Leo?«
»Ja, ja«, rief Kreuthner zurück. »Ich regel das. Net nervös werden.«
Kreuthner hatte sich aufs Bett gesetzt, Nora Immerknecht fläzte im Schreibtischstuhl ihrer Tochter. Sie sagten eine Weile nichts. Sie trank. Er sah ihr zu. Schließlich reichte sie Kreuthner die Flasche. Er nahm einen Schluck, dann noch einen, dann reichte er sie zurück.
»Was soll das?« Kreuthner deutete auf die Pistole.
»Ich verteidige mein Haus.«
»Wir müssen ermitteln, wer Ihren Mann umgebracht hat. Und dazu müssen wir in Ihr Haus.«
»Seh ich grundlegend anders.« Sie trank. Und als sie die Flasche absetzte, begann ihr Kinn zu zittern. Sie weinte. Erst sachte, eine Träne aus jedem Auge, dann floss es ohne Halten, ihr Körper zuckte, und sie vergrub ihr nasses Gesicht in den Händen. Die Pistole ließ sie trotzdem nicht los. Kreuthner sah an ihr vorbei zur Wand, wo neben Leas Schreibtisch eine

Straßenkarte des Landkreises hing. Weinende Frauen machten ihn hilflos. Er räusperte sich und vermied Blickkontakt, was unnötig war. Nora Immerknecht war in ihrer eigenen Schmerzenswelt versunken und schien nichts mehr wahrzunehmen.
»Krieg ich noch an Schluck?«, sagte Kreuthner nach einer Weile, um irgendwas zu sagen und weil er gern noch einen Schluck haben wollte. Die Flasche wanderte zu Kreuthner. »Wissen Sie, wer Ihren Mann umgebracht hat?«, fragte er und bediente sich aus der Flasche.
Nora Immerknechts Tränen versiegten, ihr verhangener Blick heftete sich an Kreuthners Schirmmütze. »Keine Ahnung. Ich hab die letzten Jahre nichts mehr mitgekriegt. Ich hab Jörg gar nicht mehr gekannt.« Sie verschränkte die Arme, als sei ihr mit einem Mal schrecklich kalt geworden. »Unsere Ehe gab's eigentlich nicht mehr. Jetzt ist er tot. Und meine Tochter verachtet mich.« Sie versuchte, sarkastisch zu lachen, aber nicht einmal das wollte ihr noch gelingen. »So kann's enden. Wir wollten die Welt verändern. Ja, echt. Wackersdorf. Mann, da war was los. Warst du da auch?«
»War vor meiner Zeit.«
»Vielleicht hätten wir uns da getroffen, und du hättst mir deinen Gummiknüppel auf die Nase gehauen.«
»Gut möglich. Ich war aber net da.«
»Okay, du warst nicht da. Aber macht's einen Unterschied?«
Kreuthner zuckte die Schultern. Er verstand nicht, worauf sie hinauswollte. Der Alkohol hatte ihr offenbar vollständig den Verstand benebelt.
»Das macht alles keinen Unterschied. Jetzt nicht

mehr. Und weißt du was? Ich hab's verbockt. Mach's gut, Bulle. Ich verpiss mich.«
Sie hob die Pistole, und einen Moment hatte es den Anschein, als wolle sie auf Kreuthner zielen. Doch der Lauf wanderte weiter nach oben und fand schließlich den Weg in ihren Mund.
Kreuthner überlegte kurz, ob er das ernst nehmen sollte. »Was soll denn das! Hören S' auf mit dem Scheiß. Und hören S' mit der Sauferei auf.«
Nora Immerknecht schien überrascht, nahm die Pistole aus ihrem Mund und lachte heiser. »*Sie* sagen, ich soll mit dem Saufen aufhören? Ich glaub's nicht!« Sie schüttelte den Kopf, lachte, begann, während sie lachte, wieder zu weinen, und zog den Rotz hoch.
»Ja, okay. Ich sauf selber. Ich hab aber auch keinen Grund aufzuhören.«
»Ich vielleicht?«
»Sie haben a Kind.«
»Klar. Sie würden aufhören, wenn Sie ein Kind hätten!«
»Ja, das tät ich. Keinen Tropfen würd ich mehr trinken. Ich schwör's Ihnen.«
Sie sah ihn mit glasigen Augen an und rülpste leise.
»Na ja – vielleicht doch. Was weiß ich!« Er stand auf und schlenderte zum Schreibtisch. Kreuthner betrachtete die Karte des Landkreises, die ihm schon vorher aufgefallen war. »Aber versuchen würd ich's«, sagte er zu der Frau, die in seinem Rücken saß und eine Pistole in der Hand hielt. »Jeden Tag. Jeden g'schissenen Tag!«
Er hörte hinter sich die Pistole zu Boden fallen und drehte sich um. Sie hatte die Flasche wieder an sich genommen.

»Die trinken wir noch in Ruhe aus«, sagte sie. »So viel Zeit muss sein.«

Als Leas Mutter Kreuthner als Geisel genommen und sich in ihrem Zimmer verschanzt hatte, war der Nervenzusammenbruch gekommen. Lea Immerknecht verwandelte sich innerhalb eines Augenblicks von einem gespenstisch gelassenen Teenager in ein schluchzendes Bündel Elend. Wallner veranlasste, dass sie nach Haar in die Nervenklinik gebracht wurde, und gab ihr Janette mit. In einem klareren Moment bat Lea, dass man auch ihre Mutter nach Haar schicken möge. Sie sei dort bereits mehrfach wegen ihrer Alkoholprobleme behandelt worden. Man kenne sie also.
Wenig später folgte Nora Immerknecht ihrer Tochter nach. Sie war ruhig und gefasst, wenn auch etwas schwankend, mit Kreuthner aus dem Zimmer gekommen und hatte sich ohne Widerstand in einen Polizeiwagen setzen lassen. Mike und Wallner mussten zugeben, dass Kreuthner in manchen Situationen sehr brauchbar war. Kreuthner fuhr mit Nora Immerknecht nach Haar, um sie dort sicher abzuliefern. In der Innentasche seiner Uniformjacke steckte die Straßenkarte des Landkreises, die in Leas Zimmer gehangen hatte. Jemand hatte in die Karte eine Fahrtroute eingezeichnet. Und diese Route hatte Kreuthners Interesse geweckt.

30

Gisela Burger war von einnehmendem Wesen und freundete sich schnell mit Katja an. Nach einer halben Stunde schon durfte sie die Kleine ins Bett bringen. Wallner und Vera schauten zur Sicherheit noch einmal zu Katja ins Zimmer. Aber es war alles bestens und Katja zufrieden mit der fast sechzigjährigen Dame, die künftig auf sie aufpassen sollte, wenn weder Wallner noch Vera im Haus waren.

Der schwierige Teil des Abends stand noch bevor: Manfred. Kurz bevor Frau Burger gekommen war, hatte er unbedingt einkaufen gehen müssen. Als sie alle drei aus Katjas Zimmer zurück in die Küche kamen, saß er am Tisch und starrte Frau Burger durchaus verwundert an.

»Hallo, da bist du ja«, eröffnete Wallner, bemüht aufgeräumt, das Gespräch. »Herr Wallner, mein Großvater. Das ist Frau Burger, von der wir dir erzählt haben.« Manfred sah Wallner an, als verstehe er nicht ganz.

»Frau Burger«, sagte Wallner. Immer noch bestens gelaunt, auch wenn sich bereits ein Hauch von Ungeduld in seinen Ton verirrt hatte. »Die Dame, die sich ein bisschen um Katja kümmern wird.«

»Ah, die!«, sagte Manfred und kniff die Augen zusammen. »Die hätt ich jetzt gar nicht mehr erkannt. Wahrscheinlich liegt's dran, dass ich meine Brille verlegt hab.«

»Aber du kennst die Frau Burger doch gar nicht«, sagte Vera, ebenfalls betont freundlich und fürsorglich im Ton. »Ich meine, du würdest sie auch mit Brille nicht wiedererkennen.«

»Ist denn die Frau Burger nicht mit mir verwandt?«

»Wieso soll sie mit dir verwandt sein?«

»In letzter Zeit sind alle möglichen Leut mit mir verwandt, wo ich's gar net gewusst hab.« Er beugte sich zu Frau Burger hin. »Er da«, gemeint war Wallner. »Er ist mein Enkel, haben sie mir neulich gesagt. Das hab ich gar net gewusst.«

»Manfred! Was redest du da?« Wallner sah fassungslos zu Vera, die gleichermaßen konsterniert war.

»Ich mein, das hätten sie mir auch vorher sagen können.«

»Das hat man Ihnen sicher mal gesagt. Aber vielleicht haben Sie es vergessen. Das kommt vor«, sagte Frau Burger. Eine gewisse Routine im Umgang mit Demenzpatienten sprach aus ihren Worten. »Meine Mutter hat sogar vergessen, dass ich ihre Tochter bin.«

»Das hätten Sie Ihrer Mutter sagen sollen. Dann wär's klar gewesen. Wenn Sie heimkommen, machen Sie es gleich, gell!«

»Meine Mutter ist leider vor einem Jahr verstorben.«

»Macht nix«, sagte Manfred. »Irgendwann haut's an jeden vom Stangerl. Wo ist denn jetzt meine Brille hi'kemma, zefix!« Manfred stand auf und suchte die Küche ab.

»Ich versteh nicht, was heut mit ihm los ist«, flüsterte Wallner Frau Burger zu.

»Ich versteh das sehr gut«, flüsterte sie zurück. »Es ist oft so, dass es die Angehörigen zuletzt bemerken. Aber das ist normal, weil man täglich zusammen ist und die Veränderung nicht so mitbekommt. Ich kann

Ihnen die Nummer der Neurologin geben, die meine Mutter behandelt hat.«
»Mein Großvater ist weit davon entfernt, Alzheimer zu haben. Das müssen Sie mir glauben.«
»Wenn Sie es sagen. Sie kennen ihn ja besser.« Sie lächelte ihn an, und Wallner hatte den Eindruck, als würde Frau Burger auch ihn selbst wie jemanden behandeln, der Probleme mit der Realität hat. Manfred öffnete inzwischen geräuschvoll sämtliche Küchenschränke.
»Wo hast du denn die Brille zuletzt gehabt?«, fragte Vera.
»Ich hab mir an Orangensaft aus dem Kühlschrank genommen. Da hab ich auf die Packung geschaut, ob er noch gut ist.«
»Und? War er noch gut?«
»Nein. Abgelaufen. Ich hab ihn trotzdem getrunken.«
»Das heißt, da hast du deine Brille noch aufgehabt?« Manfred zuckte mit den Schultern, Vera öffnete den Kühlschrank. Dort neben einer Wurstpackung lag Manfreds Brille. Vera sah sich kurz um, ob Frau Burger das mitbekommen hatte. Hatte sie.
»Wieso tust denn du meine Brille in den Kühlschrank?«, fragte Manfred seine Schwiegerenkelin.
»Ich glaube, die hast du selber da reingetan.«
»Ich? Jetzt wird's aber hint höher wie vorn! Die hat mir jemand gestohlen und dann in den Kühlschrank gelegt. Damit ich mir die Ohrwascheln verkühl. Des is ja ausg'schamt!«
Frau Burger senkte die Stimme und raunte Wallner zu: »Sagten Sie, Ihr Großvater hat bis jetzt auf Katja aufgepasst? Ich meine, war er alleine mit dem Kind?« Wallner bekam langsam, aber sicher einen dicken

Hals. »Entschuldigen Sie mich«, sagte er zu Frau Burger. Und: »Kommst du mal bitte!« zu Manfred.

»Was soll das Theater?«, stellte Wallner seinen Großvater im Wohnzimmer zur Rede. »Mit Alzheimer macht man keine Späße.«
»Des war auch kein Spaß. Des war a ernsthafter Test.«
»Wie bitte?«
»Ja, willst du die Katze im Sack kaufen? Mir müssen doch wissen, wie die sich anstellt, wenn's mal dahingeht mit mir. Sagst ja selber, dass es schon losgeht bei mir im Kopf.«
»Ach komm. Das hab ich doch nicht gemeint.«
»Natürlich hast es gemeint. Und vielleicht hab ich's ja schon. Wie der Froscheder. Die letzten drei Jahre hat der ganz schlimm abgebaut. Und dann schaut das so aus wie bei mir eben.«
»Hast du die Brille absichtlich in den Kühlschrank gelegt?«
»Des war super, oder?«
»Ja, toll. Frau Burger glaubt jetzt, wir lassen Katja den ganzen Tag mit meinem dementen Großvater alleine. Ich kann froh sein, wenn sie nicht das Jugendamt einschaltet.«
»Tut mir leid. Ich erklär's ihr.«
»Ah ja? Bin echt gespannt.«

Frau Burger setzte ein Krankenschwesternlächeln auf, als Manfred in die Küche zurückkam.
»Frau Burger, ich muss Ihnen was sagen«, begann Manfred und versuchte, großen Ernst in seine Stimme zu legen. »Es ist nämlich so: Ich hab gar keinen Alzheimer.«

»Aber natürlich nicht«, sagte Frau Burger und half Manfred, auf dem Küchenstuhl Platz zu nehmen. »Das hat doch keiner gesagt.« Sie sah in Erwartung einer Bestätigung zu Wallner und Vera. Wallner widerstand der Versuchung, sich einzumischen. Die Suppe hatte sich Manfred eingebrockt. Sollte er schauen, wie er aus der Sache rauskam.
»Ich glaub aber schon, Sie glauben das.«
»Aber nein doch. Und jetzt beruhigen Sie sich erst mal wieder. Es ist immer ein bisschen aufregend, wenn fremde Leute ins Haus kommen, nicht wahr?« Frau Burger nahm Manfreds Hand und tätschelte sie.
»Sagen mir mal so: Ich bin kurz davor, dass ich mich aufreg!« Manfred klang gereizt. Wallner machte hinter Frau Burgers Rücken eine beschwichtigende Geste in seine Richtung. »Was ich sagen will, ist ...«, Manfred versuchte, seiner Verärgerung Herr zu werden. »Ich hab die Brille mit Fleiß in den Kühlschrank gelegt, verstehen S'? Damit's so ausschaut, wie wenn ich Alzheimer hätt. Ich hab aber gar keinen.«
»Ah! Sie tun die Brille absichtlich in den Kühlschrank!«
»Net immer. Aber heute. Nur heute.«
»Natürlich. Ich wollte auch gar nicht sagen, dass Ihnen das immer passiert.«
»Also noch mal: Ich bin net blöd im Kopf. Ich glaub auch nicht, dass Sie mit mir verwandt sind. Und der da ist mein Enkel, der Clemens, und seine Frau, die Vera. Das weiß ich alles. Verstehen S'?«
»Das kenne ich von meiner Mutter«, sagte Frau Burger zu Wallner und hielt immer noch Manfreds Hand. »Zwischendurch ist alles ganz klar. Diese Momente werden leider immer seltener. Nutzen Sie sie.«

»Herrschaft, jetzt reicht's aber!« Manfred entzog Frau Burger seine Hand. »Ich hab keinen Alzheimer. Ich hab nur so getan! Geht des net in Ihr Hirn?«
»Es gibt keinen Grund, aggressiv zu werden, Herr Wallner.« Sie wandte sich wieder an den jungen Wallner. »Meine Mutter war zum Schluss leider auch sehr aggressiv.«
»Mein Großvater ist wirklich nicht dement.« Wallner fühlte sich bemüßigt, endlich Stellung zu beziehen. »Er hat das alles nur vorgespielt. Es stimmt, was er sagt.«
Auf Frau Burgers Gesicht zeigte sich endlich Erstaunen. »Wie bitte? Warum macht er so was?«
»Das wird er Ihnen jetzt selber erklären.« Wallner konnte sich einen Tropfen Süffisanz nicht verkneifen.
»Es war a Spaß, verstehen S'? A bissl a Humor muss ja auch sein, wenn S' verstehen, was ich mein.«
Frau Burger verstand offenkundig nicht. »Meine Mutter hatte jahrelang Alzheimer. Ich kann Ihnen sagen, das war überhaupt nicht witzig.«
»Nein, natürlich is des net witzig. Es war nur so, dass ... ich weiß auch net, warum ich das gemacht hab. Ich wollt einfach schauen, wie Sie reagieren. Das ham S' übrigens sehr gut gemacht. Also – Respekt! Ganz souverän.«
Frau Burger machte einen etwas verstörten Eindruck, als sie das Haus verließ. »Das war jetzt nicht sehr hilfreich«, sagte Vera. Manfred sagte, es tue ihm leid. Aber wenn die Frau gar keinen Spaß vertrage, dann sei sie auch nichts für Katja.

31

Auf dem Weg nach Haar erfuhr Kreuthner von Nora Immerknecht, dass die Straßenkarte im Zimmer ihrer Tochter früher wohl ihrem Mann gehört hatte. Soweit sie sich erinnern konnte, hatte Lea die Karte aus dem Altpapier. Sie liebte Karten und Atlanten, in die sie sich zuweilen stundenlang vertiefte. Möglicherweise gaben sie ihr die Orientierung, die ihr im Leben fehlte.

Auf dem Rückweg zum Tegernsee kam Kreuthner eine jener brillanten Ideen, wie er sie so oft hatte, wenn er guter Stimmung war und schon ein wenig getrunken hatte. In dem alten Bauernhaus, das er von seinem Onkel Simon geerbt hatte, befanden sich einige Plastiktonnen mit Obstmaische. Die hatte Simon zu dem Zweck eingelagert, sie im Verlauf des Winters in Obstbrand zu verwandeln. Kreuthner gedachte allerdings nicht, die Schwarzbrennerei seines Onkels fortzuführen. Das machte Arbeit, und das Risiko, dass irgendein Depp eines Tages herumerzählte, er beziehe seinen schwarzgebrannten Fusel vom Polizisten Kreuthner, war einfach zu hoch. Die Kundschaft für schwarzgebrannte Produkte neigte naturgemäß zu übermäßigem Trinken und im Gefolge auch zur Schwatzhaftigkeit. Da also Kreuthner für die Maische keine vernünftige Verwendung hatte, andererseits die Tiere auf dem Gnadenhof schon seit einiger Zeit kein Obst mehr gekostet hatten, weil Daniela das Geld dafür fehlte, beschloss Kreuthner, die Maische dem Gnadenhof zu spenden.

Frank leistete gute Arbeit. Er mistete die Ställe aus, als habe er sein Lebtag nichts anderes getan, und er installierte eine elektrische Heizung, damit das Wasser für die Pferde und Esel im Winter nicht mehr einfror, und besorgte auch noch die benötigten Teile auf eigene Kosten im Baumarkt. Er war still und trank keinen Alkohol. Fast ein wenig zu still war er Daniela, irgendwie seltsam. Alles in allem aber war Franks Anwesenheit auf dem Hof erfreulich, und Daniela kam zu dem Schluss, dass Frank sich einfach langweile, seit er nicht mehr arbeiten musste, und seine Tage mit etwas Sinnvollem füllen wollte.

Frank hatte acht Stunden ohne Pause an der Heizung für die Tränke gearbeitet, und es war schon einige Zeit dunkel, als Daniela anbot, nach Dürnbach zu fahren und etwas zu essen einzukaufen. Als Danielas Wagen außer Sichtweite war, begab sich Frank auf direktem Weg zum Wohnhaus. Im Flur zog er seine Schuhe aus. Nicht, um Danielas strengen Reinlichkeitsvorstellungen zu entsprechen, sondern um keine Spuren zu hinterlassen.

Als Erstes erkundete er Sophies Zimmer. Hier hatte die Polizei gründlich gearbeitet. Doch vielleicht hatten sie einen Zettel übersehen, irgendein unauffälliges Stück Papier, das den Beamten der Spurensicherung nicht von Bedeutung schien, auf dem vielleicht mit der Hand eine Nummer notiert war. Es war vermutlich nicht das, wonach die Polizei suchte. Auch nach Konten in der Karibik würde man nicht suchen. Wenn Unterlagen darüber auftauchten, würde allerdings auch die Polizei stutzig werden. Aber hier war nichts. Auch der Computer war nicht mehr da. Den hatten die Kripobeamten mitgenommen.

Danielas Zimmer hingegen war unberührt. Darauf hatte sich der Durchsuchungsbeschluss nicht bezogen. Es gab einen Computer und eine Reihe von Aktenordnern. Alle waren auf das Ordentlichste beschriftet. Wenn es hier etwas gab, das ihn interessierte, dann würde er es finden. Er ging die Aktenordner der Reihe nach durch. Es fanden sich Unterlagen aus mehreren Jahrzehnten darin. Allerdings nichts, was ihn weiterbrachte. Er schaltete den Computer ein. Nicht das neueste Modell. Aber er funktionierte. Es gab kein Passwort, das ihm den Zugang erschwerte. Hier draußen in der Einöde musste die Frau ihre Daten allenfalls vor ihrer Schwester schützen. Aber das war ihr anscheinend nicht wichtig gewesen. Während der Rechner hochfuhr, hörte Frank, wie die Haustür ins Schloss fiel.

Daniela hatte es sich auf der Fahrt anders überlegt und war ins näher gelegene Hauserdörfl gefahren. Um die dortige Metzgerei machte sie für gewöhnlich einen so großen Bogen, wie Vegetarier ihn um einen Ort des Todes nur machen können. Aber es gab hier auch Käsesemmeln zu kaufen. Genau das tat sie und fuhr wieder zurück.

Im Hausflur fielen ihr Franks Schuhe auf, was sie zunächst nicht weiter beunruhigte. Vielleicht war ihm kalt geworden. Sie schaute in die Küche. Aber dort war niemand, wenn man von zwei Dutzend Katzen und Hunden absah. Auch in der Toilette war Frank nicht. Sie verharrte einen Augenblick bewegungslos und lauschte. Es war still im Haus. Doch dann meinte sie, ein Geräusch zu hören, elektronische Töne wie von einem Computer. Sie konnte nicht lokalisieren, wo das Geräusch herkam. Sie ging weiter bis zu Sophies Zimmer. Die Matte vor dem Zimmer lag ein wenig schief. Jemand anderer musste darauf getreten sein. Sie selbst hätte die Matte in jedem Fall wieder exakt ausgerichtet. Sie öffnete die Tür, das Zimmer war leer. Neben Sophies Zimmer lag ihr eigenes. War Frank in ihrem Zimmer?

Frank hatte den Computer nicht mehr daran hindern können hochzufahren. Die unerwartete Situation hatte ihn in Stress versetzt, und er war erst, nachdem der Bildschirm schon Geräusche von sich gegeben hatte, auf den naheliegenden Gedanken gekommen, das Stromkabel zu ziehen. Von draußen hörte er, wie Daniela näher kam. Frank überlegte fieberhaft, was er machen sollte, wenn sie ins Zimmer kam. Seine Zeit auf dem Gnadenhof wäre mit seiner Entdeckung zu Ende. Er hatte in Danielas Zimmer nichts zu suchen. Wenn er weg war, würde sie vermutlich Sicherheitsvorkehrungen treffen. Und dann gab es hier für ihn nichts mehr zu finden. Ihm blieb also nur übrig, die Sache zu Ende zu bringen. Und das bedeutete Gewalt. Das Dumme war nur: Er wusste nicht, was Daniela wusste und ob sie überhaupt etwas wusste. Am Ende war sie tot und er so schlau wie vorher. Nur dass er dann die Polizei aufgescheucht hatte und die Sache noch schwieriger wurde. Frank zog sein Jagdmesser mit der fünfundzwanzig Zentimeter langen Klinge aus dem Gürtel und nahm es locker in die Hand. In diesem Augenblick wurde die Türklinke nach unten gedrückt.

32

Ein Lichtschein huschte durch die Küche. Er kam von außen. Jemand war auf den Hof gefahren. Daniela zog die Tür zu ihrem Zimmer wieder zu und begab sich vors Haus, um zu sehen, wer zu Besuch gekommen war.
Es war Kreuthner, der einen Anhänger hinter seinem alten Passat herzog, auf der Ladefläche sechs helle Plastikfässer. Die freilaufenden Tiere des Hofes versammelten sich, um zu sehen, was los war.
»Servus«, sagte Kreuthner. »Ich hab was mitgebracht.«
»Das ist nett. Was ist es denn?«
»Obst.«
»Obst?«
»Hab ich geerbt. Von meinem Onkel Simon. Der hätt wahrscheinlich an Obstler draus gemacht. Aber jetzt kriegen's die Pferde.«
»Ist das auch ungefährlich für die Tiere?«
»Ja logisch. Obst ist Obst. Wenn's schlecht wär, täten die's gar net fressen.« Kreuthner rollte eine der Tonnen vom Hänger. Sie schien recht schwer zu sein, wie sie auf den verschneiten Boden plumpste. »Das probieren mir jetzt gleich mal aus.«
»Ich warne dich! Wenn den Tieren irgendwas passiert, kriegst du echt Ärger.«
»Da passiert nix! Warum immer so misstrauisch?«
»Weil ich vorsichtig bin.« Sie starrte auf die Plastiktonne. »Weißt du was? Ich möchte das nicht.«

»Ah geh! Die Viecher sterben noch an Skorbut, weil sie keine Vitamine kriegen.«

»Ich hab nein gesagt. Und dabei bleibt's. Das ist mein Hof. Und hier bestimme ich, was gemacht wird.«

Kreuthner wollte etwas erwidern, da bemerkte er, dass jemand aus dem Haus gekommen war. Der Mann stellte sich hinter Daniela und sagte: »Macht er Ärger?« Der Blick des Mannes war furchteinflößend. Er war zwar bei weitem nicht so groß wie Kummeder, als der zu seinen Lebzeiten das Tegernseer Tal unsicher machte, wirkte aber um einiges abgebrühter. Selbst nach einer verlorenen Runde Schafkopf hatte Kummeder weniger gefährlich gewirkt.

»Nein. Ist schon okay.« Daniela deutete auf den Mann hinter sich. »Das ist der Frank. Er hilft mir hier. Und das ist der Leo.«

»Ich helf auch, so gut ich kann«, sagte Kreuthner.

»Warst du im Haus?«, fragte Daniela Frank.

»Ich hab den Sicherungskasten gesucht.« Frank warf einen Blick zu Kreuthner. Er wusste nicht, was der Mann hier wollte. Aber es passte Frank nicht, dass er da war. »Ich muss dann mal wieder.«

»Was ist mit deiner Käsesemmel?«

»Kann ich ja mitnehmen.«

Kreuthner sah dem Geländewagen nach, bis dessen Rücklichter um eine Kurve verschwanden. »Gefällt mir nicht, der Bursche. Wo hast denn den her?«

»Der ist gekommen und wollte hier arbeiten. Da ist er nicht der Erste.«

Kreuthner sagte nichts dazu. Er kannte den Blick von Leuten, die gewohnheitsmäßig mit dem Gesetz in Konflikt gerieten. Und wenn er nicht völlig danebenlag, dann hatte Frank diesen Blick. »Weißt was? Wir tun a bissl a Maische in einen Eimer und schauen, ob die Viecher das überhaupts mögen.«

Daniela zögerte. »Na gut. Aber nur ganz wenig.«

Kaspar war das größte Pferd im Stall, ein bulliger Wallach, den so schnell nichts aus der Ruhe brachte, vorausgesetzt, man ließ die Tür zu seiner Box offen. War sie zu, geriet er in Panik. Kreuthners Maische mochte Kaspar sehr. Sie hatten nur ein bisschen davon in den Eimer gegeben, den der Wallach in kürzester Zeit leer fraß und anschließend mit beinahe besorgniserregender Hingabe ausleckte. Das überzeugte auch Daniela, die sich Kaspars Freude mit dem langen Frischobstentzug erklärte, unter dem die Tiere litten. Und so wurde die Maische in Eimer abgefüllt und den nach Obst lechzenden Tieren gereicht. Dass die Pferde gar so sehr nach der faulig-süßen Pampe gierten, hätte Daniela eigentlich stutzig machen müssen.

33

Daniela lud Kreuthner auf einen Tee ins Haus ein. Und auch die Käsesemmel durfte er essen, nachdem Frank vergessen hatte, sie mitzunehmen.
»Warum isst du kein Fleisch?«, wollte Kreuthner wissen, während er in die Käsesemmel biss.
»Weil ich Tiere mag.«
»Ich mag auch Tiere. Aber ich mag auch einen Schweinsbraten. Da muss man Kompromisse machen.«
»Ich kann das nicht. Wenn ich daran denke, dass das Tiere sind wie hier am Hof – wie kann ich die essen? Ich hab gelesen, du kannst dir jetzt im Internet ein Schwein aussuchen und mitverfolgen, wie es aufwächst, bevor es geschlachtet wird. Wie pervers ist das denn? Ich meine, du kennst das Schwein, findest es lustig, wie es im Dreck wühlt und sich seines Lebens freut, und dann lässt du es umbringen?«
»Meine Mutter hat Kaninchen gehabt. Das war immer a bissl komisch, weil die hat denen Namen gegeben. Den Namen hat sie dann draufgeschrieben, wenn die toten Viecher in die Kühltruhe gekommen sind. Und zu mir hat sie dann gesagt, du Leo, geh amal in den Keller und hol den Seppi. Oder die Lisa. Oder wie sie geheißen haben.«
»War das nicht schrecklich für dich als Kind?«
»A bissl komisch war's schon.« Kreuthner nippte an seinem Tee. »Hast vielleicht noch a Bier? Des is ja ve-

getarisch.« Daniela ging zum Kühlschrank. »Ja, mit dem Seppi«, fuhr Kreuthner fort. »Des war schon so a G'schicht, wennst du den aus der Gefriertruhe geholt hast. Ich mein, man hat ihn ja persönlich gekannt sozusagen. Aber geschmeckt haben sie dann doch. So ein Hasenpfeffer schaut ja nicht mehr aus wie der Seppi, verstehst? Des is wie bei die Inder.«

»Inder?« Daniela hatte eine Flasche Bier aus dem Kühlschrank genommen und stellte sie, nicht ohne vorher einen Bierdeckel auf den Tisch gelegt zu haben, vor Kreuthner.

»Bei denen wennst stirbst, wirst als Kuh wiedergeboren. Oder als Regenwurm, wennst Pech hast. Jedenfalls als was ganz anderes, wie wo du gelebt hast. Und so is der Seppi eben als Hasenpfeffer wiedergeboren worden. Es is irgendwo immer noch der Seppi aber eben – anders.«

»Siehst du, für mich ist es eben immer noch der Seppi, wie er gelebt hat.«

»Des is natürlich blöd. Und was machst Weihnachten? Weihnachten ohne Gans – des is doch nix.«

»Weißt du: Weihnachten freuen sich alle, und für viele ist es die schönste Zeit des Jahres. Aber warum muss man immer Tiere umbringen, wenn sich alle freuen?«

»Mei«, Kreuthner dachte nach und trank zur Unterstützung seiner Gedanken einen kräftigen Schluck Bier. »Das war schon immer so. Auch in der Bibel ham s' Tiere geopfert und gegessen.«

»Was nur beweist, dass die Bibel ein ziemlich fragwürdiges Buch ist.«

»Es steht schon viel Schmarrn drin. Wasser in Wein verwandeln! So ein Kas. Wenn er's in Bier vewandelt

hätt, dann hätt ich gesagt: Respekt. Pff – Wein!« Wie er die Flasche wieder ansetzte und den Alkohol roch, kam ihm Nora Immerknecht in den Sinn, und er hielt inne. »Mei – jetzt hätt ich das Wichtigste fast vergessen. Kennst du einen Jörg Immerknecht?«
»Jörg ... Vorgestern hat ein Jörg bei mir angerufen. Weil er was über Sophie in der Zeitung gelesen hatte.«
»Ja kennst du den?«
»Nicht wirklich. Er war ein Bekannter von Sophie. Die haben sich vom Studium gekannt. Warum?«
»Der Mann ist tot.«
»Was?!«
»Er ist auf der gleichen Bank gesessen wie ... also da halt am Wallberg. Pulsadern aufgeschnitten.«
Danielas Hände fingen an zu zittern. Sie musste ihre Teetasse absetzen, und es wollte nicht ein einziges Wort über ihre Lippen. Entsetzt und mit hundert Fragen im Gesicht, starrte sie Kreuthner an.
»Das ist jetzt klar«, sagte Kreuthner. »Es war Mord. Die Frage ist: Was hatten deine Schwester und Jörg Immerknecht miteinander zu tun?«
»Ich weiß es nicht. Sie haben zusammen studiert. In München. Ich war damals fünfzehn. Und ich hab ihn auch mal getroffen. Aber ich kann mich nicht mehr an ihn erinnern. Das ist zwanzig Jahre her.«
»Warum sollte jemand diesen Jörg und deine Schwester umbringen wollen?«
»Ich weiß es nicht. Ich weiß nur: Vor ein paar Jahren ist irgendwas passiert, da wollte Sophie nicht drüber reden. Kann sein, dass das was mit Jörg zu tun hatte. Und mit Stalin.«
»Die Frau, die vor kurzem bei euch war?«
»Ja. Das ist eben auch eine Bekannte von früher. Aber

ich krieg nicht zusammen, was damals los war. Sophie hat mir nie was davon erzählt.«
Kreuthner musste an die Straßenkarte denken, die er aus Leas Zimmer hatte mitgehen lassen. Er war sich inzwischen ziemlich sicher, dass er Sophie Kramm schon mal getroffen hatte. Und es war auf dem Weg gewesen, der auf dieser Karte eingezeichnet war.
»Ich krieg raus, was damals passiert ist«, sagte Kreuthner. Daniela wollte ihn fragen, wie er das zu tun gedachte. Aber dazu kam es nicht mehr, denn von draußen hörte man ein dumpfes Rumpeln.

34

Kaspar lehnte mit glasigen Augen am Stalltor und rülpste, dass die Hühner auseinanderstoben. Die gescheckten Ponys torkelten durch ihre Box und warfen sich gegenseitig um, wenn einem von ihnen die Beine wegknickten. Auch in den anderen Boxen ging es recht seltsam zu. Die zwei Kaltblüter schwankten wie Seebären und rumpelten immer wieder gegen die Trennwand, die Fuchsstute glotzte Daniela und Kreuthner x-beinig an, und bei den Eseln war der Teufel los. Da wurde gebissen und getreten, dass man es kaum glauben mochte, waren die Grautiere doch sonst durchaus friedliche Gesellen. Jetzt aber fielen sie wie eine Bande Trunkenbolde übereinander her. Die Schäden hielten sich freilich in Grenzen, denn die langen Zähne schnappten immer wieder ins Leere, ja, es hatte den Anschein, als bewegten sich die Tiere in Zeitlupe. Da wurde der Kopf auf die Seite gelegt und Maß genommen, dabei langsam das Maul aufgemacht, der Kopf reckte sich in Richtung eines grauen Hinterns, aber so wenig treffsicher, dass es eher Glückssache war, wenn mal ein Stück Eselskeule zwischen die Kiefer geriet. Auch das Auskeilen verlief nicht in der gewohnten Routine. Sobald die Hinterläufe in der Luft waren, verloren die Tiere das Gleichgewicht und sackten zur Seite weg oder fielen ganz um und kämpften sich nur unter Mühen wieder auf die Beine. Das Huhn Henry (es war für einen Hahn gehalten worden, bis man vier Eier unter ihm entdeckt hatte) war das erste Opfer dieser apokalyptischen Zustände. Tot und platt lag es auf dem Boden zwischen den närrischen Eseln.

»Was ist hier los?« Daniela war entsetzt. »Das ist das Zeug, das du mitgebracht hast. Was hast du da reingetan?«

»Ich hab da nix reingetan. Des is bloß Obst.« Kreuthner wurde nachdenklich. »Es könnt natürlich sein, dass die Maische schon das Gären angefangen hat.«

»Was heißt das?«

»Dann entsteht Alkohol.«

»Wir haben den Pferden Alkohol gegeben?«

»Ja logisch«, freute sich Kreuthner. »Deswegen waren s' ja so scharf auf des Zeug. Aber da musst dir keine Sorgen machen.«

»Ich mach mir aber Sorgen, die sind alle krank.«

»Geh, Schmarrn. Die san net krank, die ham an Spaß. Schau, des is total lustig, wie die schaut.« Kreuthner zeigte auf die Fuchsstute. »Die is happy. Das kannst mir glauben, ich kenn mich da aus.«

»Und was ist mit dem Huhn? Ist das auch happy?«

»Des tut mir leid. Aber es gibt halt immer wieder Leute, die vertragen koan Alkohol net. Die fangen das Schlägern an. Also mein Tipp: Den Eseln gibst nix mehr. Die san charakterlich noch nicht gefestigt genug, dass sie mit am Alkohol umgehen können täten.«

In diesem Moment plumpste ein Huhn wie ein nasser Sack von der Trennwand zur Eselsbox auf den Boden. Jetzt erst fiel auf, dass auch die Hühner Probleme hatte, sich auf ihren Plätzen zu halten.

»O Gott! Die Hühner haben es auch gefressen.«

»Die ham natürlich schnell amal drei Promille bei-

nand. Weil die wiegen ja nix. Aber da musst dir jetzt keine Gedanken machen. Morgen ham's alle an leichten Kater. Dann gibst ihnen noch a bissl was von der Maische. Des is a alter Trick: Wennst die Nacht durchgesoffen hast – morgens mit am Weißbier weitermachen. Wirst schauen, wie fit die wieder werden.«
Daniela funkelte Kreuthner aus zusammengekniffenen Augen an und sagte: »Raus!«

35

Der nächste Vormittag war von derart dunklen Wolken verhangen, dass sich die Straßenbeleuchtung einschaltete. Es ging auf den kürzesten Tag des Jahres zu, und man hatte den Eindruck, das Tageslicht wolle sich gänzlich aus dem Voralpenland zurückziehen. Es schneite nicht, aber es wehte ein steifer Wind bei minus sieben Grad.
Wallner machte seine Runde durch die Soko. Es gingen ständig Anrufe von Leuten ein, die irgendjemanden am Wallberg gesehen haben wollten. Die Anrufer wurden registriert, ihre Aussagen aufgenommen, und, soweit tunlich, wurde dem Hinweis nachgegangen.
Eine Gruppe unter der Leitung von Janette widmete sich der Aufgabe, eine Verbindung zwischen den beiden Opfern zu finden. Zwei IT-Fachleute werteten die Festplatten der Computer aus, die man bei den Opfern sichergestellt hatte.
Um elf berief Wallner seine Leute zu sich ins Büro: Mike und Janette sowie Tina und Oliver von der Spurensicherung.
»Ich fürchte, wir müssen uns beeilen«, sagte Wallner zur Begrüßung. »Wenn ich das richtig sehe, haben wir es mit einer Mordserie zu tun. Und das Unangenehme an Mordserien ist, dass man nie weiß, wann sie zu Ende sind. Liegt der Obduktionsbericht vor?«
Oliver händigte Wallner den Bericht aus. »Überraschung! Jörg Immerknecht hatte Gamma-Hydroxy-

Buttersäure im Blut, genau wie Sophie Kramm. Die Pulsadern an seinem rechten Arm waren fachmännisch aufgeschlitzt. Also, ich leg mich mal fest: Wir müssen nur nach einem Täter suchen.«

»Danke, Oliver. Deine Einschätzung macht es uns unendlich leichter. Haben wir irgendeine Ahnung, warum es der Täter ausgerechnet auf diese beiden Opfer abgesehen hatte?«

»Das hat möglicherweise etwas mit der toten Frau auf dem Foto zu tun. Vielleicht haben die beiden Mordopfer die Frau auf dem Foto umgebracht. Und irgendwer will Rache dafür.« Janette betrachtete noch einmal das Foto in ihrer Akte.

»Wie kommen ein Jurist und Vorstandsmitglied einer Bank und eine Sozialpädagogin mit einem Gnadenhof dazu, jemanden zu ermorden?« Nachdem keiner auf die Frage antworten wollte, wandte sich Wallner an Janette. »Okay. Janette, du fährst nachher noch mal zu diesem Gnadenhof und fragst Daniela Kramm nach Jörg Immerknecht.« Dann drehte er sich Tina zu, die mit den Computerleuten gearbeitet hatte. »War irgendetwas auf den Computern, was uns weiterbringt?«

»Gar nichts. Die haben sich keine Mails geschrieben, sind nicht auf Facebook befreundet, nichts. Aber in der Schublade von Jörg Immerknechts Schreibtisch waren Tischkalender aus fünfzehn Jahren.«

»Die habt ihr schon ausgewertet?«

»Ich hab sie mit nach Hause genommen und mal durchgeblättert.« Tina hatte eine ausgedruckte Liste in der Hand und gab sie Wallner. »Das sind sämtliche Termine mit einer Sophie. Ob das Sophie Kramm ist, wissen wir natürlich nicht. Bei diesen Terminen ist oft noch eine Annette dabei und drei Mal ein Stalin.«

»Stalin!«

»Die Frau, die sich Stalin nannte, hat sowohl die Kramms auf dem Hof besucht als auch die Immerknechts.«

»Na gut. Dann hätten wir das Bindeglied.«

»Haben wir eben nicht«, wandte Oliver ein. »Es gibt nur eine vage Beschreibung und nicht den Hauch eines realen Namens.«

»Sowohl Daniela Kramm als auch Lea Immerknecht sagten, dass Stalin eine Bekannte von früher sei. Vielleicht aus Studententagen. Wissen wir, wo die Opfer studiert haben?«

Janette blätterte in ihren Unterlagen. »Sophie Kramm hat in München studiert. Und Jörg Immerknecht – Moment ...« Sie blätterte weiter. »Auch.«

»Na gut. Das heißt noch nichts. Göttingen wär vielleicht interessanter gewesen. Aber recherchiert mal, ob es aus der Zeit irgendwelche Verbindungen gibt. Wo haben sie gewohnt, waren sie im AStA, Studentengruppen und so weiter. Die Mail von Stalin lässt darauf schließen, dass Sophie Kramm politisch aktiv war.«

»Was meinst du da speziell?«

»Na ja, ›mit sozialistischem Gruß‹ und dieses Zitat aus den Marx-Engels-Werken. Außerdem hat Immerknechts Tochter ihren Vater als jemanden geschildert, der immer noch irgendwelchen linken Idealen nachhing.«

»Der Bankvorstand?«

»War vielleicht so einer, der den Marsch durch die Institutionen angetreten hatte. Jedenfalls sollten wir in der Richtung nachhaken. Fragt auch mal in Rosenheim beim K 5.«

»Was ist das?«, wollte Oliver wissen, der noch nicht so lange in Miesbach war, dass er sämtliche Organigrammteile des Polizeipräsidiums Oberbayern Süd hätte kennen müssen.

»Staatsschutz«, klärte ihn Mike auf. »Der Verfassungsschutz hat früher die linke Studentenszene beobachten lassen. Damals, als die RAF noch aktiv war. Das könnte in die Zeit fallen, als Immerknecht und Kramm studiert haben.«

»Ich kümmer mich drum«, bot Janette an.

»Es gibt übrigens noch etwas Interessantes an den Tischkalendern.« Tina deutete auf die Liste in Wallners Hand. »Die Termine mit dieser Sophie hören im Jahr 2008 auf. Der letzte ist im September 2008.«

»Du meinst, seitdem haben sie sich nicht mehr getroffen?«

»Scheint so.«

»September 2008 – da war doch was?«

»Bankencrash. Lehman-Pleite«, steuerte Oliver sein zeitgeschichtliches Wissen bei.

»Die Lehman-Pleite war im September 2008? Bist du sicher?«

Oliver tippte etwas in Wallners Computer. Es war eine Google-Suche. »Exakt am fünfzehnten September 2008.« Oliver lächelte und versuchte, dabei nicht überheblich zu wirken.

»Hattest du als Kind eigentlich Freunde?«, fragte Wallner.

»Ach, Freundschaft! Freundschaft ist ein irrationales und verlogenes Konzept und wird vollkommen überschätzt.«

»Danke, Oliver. Dem ist nichts hinzuzufügen. Aber mal abgesehen von Lehman – gab es da nicht noch was

anderes, das uns an den September 2008 erinnert?«
Bei den anderen wollte keine Erinnerung aufkommen.
»Das Foto mit der Leiche! Es wurde im Herbst aufgenommen. Die Tasche auf dem Foto wurde ab Sommer 2007 verkauft. Die Leiche aber lag vermutlich mehrere Monate im Boden. Das heißt, das Foto kann frühestens auf den Herbst 2008 datieren.«

»Also ein weiteres Indiz, dass die Mordopfer, die Tote auf dem Foto und das Jahr 2008 irgendwie zusammenhängen. Vielleicht haben sie sie im September 2008 umgebracht«, spekulierte Tina.

Janette klappte ihre Akte zusammen und schüttelte den Kopf. »Nein, das muss vorher gewesen sein. Die Leiche lag ja schon mehrere Monate im Boden.«

»Ich krieg das alles nicht zusammen.« Wallner hatte sich an seinen Computer gesetzt und seine Mails aufgerufen. »Vielleicht also wurde im September 2008 das Foto dieser Leiche gemacht. Gehen wir mal davon aus, dass es so war, und gehen wir weiter davon aus, dass die jetzigen Mordopfer dieses Foto gemacht haben.«

»Oder jemand anderer hat das Foto gemacht. Immerhin scheint es ja vom Täter zu stammen. Vielleicht wussten die Opfer gar nichts von der Existenz des Fotos. Oder von der Leiche.«

»Alles möglich. Aber erstaunlich ist doch, dass die beiden Opfer ihren Kontakt abbrechen, und zwar ziemlich genau zu dem Zeitpunkt, als das Foto vermutlich entstanden ist.« Wallner öffnete eine Mail. »Das passt ganz gut. Ich hab eine Mail von den Kollegen in München bekommen. Sie haben die Adresse der Prostituierten ausfindig gemacht.« Im ersten Moment schienen die meisten damit nichts anfangen zu können.

»Die Frau, die dem Werbetexter wahrscheinlich die Kreditkarte geklaut hat«, ergänzte Mike. »Mit der ist die fehlende Tasche bezahlt worden.« Er wandte sich an Wallner. »Die Adresse ist vermutlich kein Friedhof?«

»Nein«, sagte Wallner. »Die Frau lebt.«

»Schade eigentlich«, sagte Mike. »Dann ist sie also nicht die Tote auf dem Foto.«

»Sie wohnt inzwischen in Wasserburg und betreibt dort ein Tattoo-Studio.«

»Okay«, sagte Mike. »Da kann man das Angenehme mit dem Nützlichen verbinden.«

Als Wallner die Versammlung auflösen wollte, steckte Kreuthner seinen Kopf herein. »Hallo, Freunde. Ihr habt's irgendwie vergessen, mich einzuladen.«

»Verdammt«, sagte Wallner. »Wer hat jetzt das wieder verbockt?«

»Lass gut sein, Clemens. Ich weiß schon, ich bin grad mal gut genug, dass ich euch die Leichen herbring. Gestern war ich übrigens bei der Daniela Kramm. Die erzählt, dass ihre Schwester und Jörg Immerknecht zusammen studiert haben.«

»Bist du sicher?«, fragte Janette. »Immerknecht hat Jura studiert, Kramm Sozialpädagogik.«

»Abgesehen davon«, Wallner war zu Kreuthner an die Tür gegangen. »Es wäre mir lieber, du würdest die Befragungen uns überlassen. Versteh mich nicht falsch, aber die Leute sind zum einen genervt, wenn dann noch mal einer von uns kommt. Und außerdem haben wir hier den Überblick und wissen, was wir den Zeugen sagen können und was nicht.«

»Ja, hockt's nur weiter auf euerm hohen Ross. Ihr wisst's doch überhaupts net, was hier g'spielt wird.

Und ihr werdet's euch noch umschauen, was ich alles rausfind. Ich weiß Dinge, davon könnt's ihr nur träumen. Man sieht sich.« Kreuthner rauschte ab.
»Der baut Scheiße, ich sag's dir.«
»Mike – er baut jedes Mal Scheiße. Sei so gut und fahr den Wagen vor. Wir müssen nach Wasserburg.«

36

Das Städtchen Wasserburg liegt, umgeben von einer Innschleife, etwa dreißig Kilometer nördlich von Rosenheim und bietet fast das ganze Jahr über einen ausgeprägt idyllischen Anblick. Die gesamte vom Inn umgebene Insel ist mittelalterliche Altstadt mit engen Gassen, Spitzbogenarkaden, einem gotischen Rathaus, mehreren ebenso alten Kirchen und einer Burg, die über allem thront. Es war Weihnachtsmarkt. Wallner und Mike ließen den Wagen deshalb im Parkhaus vor der Brücke, die in die Stadt hineinführte. Man gelangte zu Fuß innerhalb von fünf Minuten an jeden beliebigen Punkt des historischen Stadtkerns.
In einem steinalten, dunklen Innenhof, der von einer Gasse abzweigte, befand sich das Tattoo-Studio »Born to be wild«. Als Mike und Wallner eintraten, hatte die Studiobesitzerin einen schmächtigen Teenager in Bearbeitung. »A halbe Stund brauch ma noch. Könnt's euch inzwischen a Motiv aussuchen. Kataloge liegen auf'm Tisch.«
»Danke«, sagte Mike. »Aber wir haben nur ein paar Fragen.«
Stefanie Hussvogel, eine Frau Ende dreißig mit ansprechenden, aber leicht verlebten Zügen, vielen Ringen an den Fingern, noch mehr im Gesicht, Tattoos auf den Armen und langen, schwarzen Haaren, die am Scheitel graue Ansätze hatten, brauchte keine Sekunde, um Wallner und Mike einzustufen. »Polizei?«

Wallner nickte. Frau Hussvogel beendete ihre Sitzung und schickte den schmächtigen Junge weg, auf dessen Unterarm das Wort »Lissy« zu lesen war.

»Deine Freundin?«, fragte Mike, um die Stimmung zu lockern.

»Na, die Mama«, murmelte der Teenager, zog einen dünnen Mantel über, bei dessen bloßem Anblick Wallner Gänsehaut bekam, und ging.

»Nehmen S' Platz.« Frau Hussvogel deutete auf eine alte Ledercouch. Wallner und Mike nahmen Platz, die Tätowiererin holte sich einen Bürostuhl mit Rollen.

»Schön haben Sie es hier«, log Wallner. »Sie haben sich ein neues Leben aufgebaut?«

»Ja. Seit drei Jahren. Und auch in meinem alten Leben hab ich nix gemacht, was Sie was angeht.«

»Nun – leider eben schon.« Wallner öffnete vorsichtig den Reißverschluss seiner Daunenjacke, während Stefanie Hussvogels Haltung mit einem Mal angespannt wirkte.

»Die G'schicht mit dem Koks müsst schon längst gelöscht sein. Was soll des?« Ihr Blick war herausfordernd, argwöhnisch und wachsam.

»Haben Sie so eine Tasche?« Mike zog das Foto, das er im Trachtengeschäft Dirndl-Rausch von der Handtasche gemacht hatte, aus der Jacke und reichte es der Frau. Sie betrachtete das Foto und schien ernsthaft nachzudenken, ob sie die Tasche schon einmal gesehen hatte.

»Ich kenn die Tasche nicht.«

»Tatsächlich? Die Tasche wurde mit einer Kreditkarte bezahlt.«

»Mit meiner?!«, fragte Hussvogel ungläubig.

»Nein«, sagte Mike. »Mit der Karte eines Ihrer damali-

gen Kunden. Das war im Herbst 2007. Der Kunde vermisste die Karte nach einem Besuch bei Ihnen.«
»Spinnt der? Ich hab dem seine Kreditkarte net g'stohlen. Ich hab meine Kunden nie bestohlen. Ich bin doch net blöd.«
»Das ist in der Tat eher ungewöhnlich. Aber es kommt vor. Und im vorliegenden Fall ist es praktisch die einzige Möglichkeit.« In Hussvogels Gesicht spielten sich interessante Dinge ab. Zunächst meinte Wallner, so etwas wie echte Empörung zu erkennen. Aber anscheinend hatte er sich geirrt. Die Frau wirkte jetzt nachdenklich und irgendwie schuldbewusst auf ihn.
»Wieso kommen S' jetzt mit dem Scheiß an?«
»Weil die Sache in einem Mordfall von Bedeutung ist.« Die Panik war im Gesicht der Frau abzulesen. Wer wollte schon in einen Mordfall verwickelt sein. Die Sache wurde unangenehm ernst.
»Ich hab die Karte nicht gestohlen. Und selbst wenn – das könnten S' mir eh net nachweisen.«
»Das bleibt abzuwarten. Wir haben noch gar nicht angefangen zu ermitteln. Es geht uns auch nicht darum, Ihnen den Diebstahl nachzuweisen. Es geht uns um die Tasche. Wir müssen wissen, ob Sie die Tasche mit der Karte gekauft haben und was mit der Tasche passiert ist. Wenn Sie uns das sagen, besteht kein Bedarf, in der Sache weiter zu ermitteln.«
Frau Hussvogel betrachtete die zahlreichen Ringe an ihren Händen. Wallner ließ ihr Zeit. Als sie wieder aufsah, sagte sie: »Okay, ich hab die Tasche mit der Karte gekauft. Zufrieden?«
»Haben Sie sie noch?«
Sie zögerte einen Moment. »Nein.«

»Haben Sie sie an jemanden weitergegeben?«
»Ich hab sie weggeschmissen. Beim Umzug. Da hab ich einiges zum Sperrmüll gefahren.«
»Die Tasche hat dreihundertfünfzig Euro gekostet. Die haben Sie weggeschmissen?« Mike schüttelte ungläubig den Kopf.
»Mich hat sie gar nichts gekostet.«
»Sie haben die Tasche zum Sperrmüll gefahren?«
»Ja. Warum?«
»Wissen Sie noch, ob Sie sie in den Container geworfen haben – oder ist die in den Verkauf gegangen? Die besseren Stücke werden ja wieder verkauft.«
»Ich glaub, die wollten sie verkaufen.«

Wallner und Mike schlenderten enttäuscht durch die winterlichen Gassen. Schmutziger Schnee mit Streugut lag auf den Gehsteigen, von irgendwoher kam der Geruch nach gebrannten Mandeln und Glühwein. Die Wahrscheinlichkeit, dass sich auf dem Sperrmüllplatz jemand an die Tasche erinnerte oder gar daran, an wen sie verkauft wurde, lag bei null. Wenn die Tasche auf dem Foto die Tasche vom Sperrmüll war, dann waren die Ermittlungen hier zu Ende. Es sei denn, ein unglaublicher Zufall fiel, vom Himmel. Wallner blieb stehen und zog seine Mütze noch ein Stück weiter über die Ohren. »Ich hab einen dummen Fehler gemacht«, sagte er unvermittelt.
»Nämlich?«
»Hast du sie beobachtet?«
»Was meinst du genau?«
»Wie hat sie am Anfang gewirkt? Als wir ihr gesagt haben, sie hätte die Karte gestohlen?«
»Sie war ziemlich sauer.«

»Richtig. Und das ist meistens ein Zeichen, dass sich jemand ungerecht beschuldigt fühlt.«
»Aber sie hat es zugegeben.«
»Da kommt mein Fehler ins Spiel. Ich hab ihr gesagt, wenn sie es zugibt, lassen wir die Sache auf sich beruhen.«
»Du meinst, das war der schnellste Weg, um uns loszuwerden?«
»Vielleicht.« Wallner dachte nach, eine Schwade Glühweinduft zog vorbei. »Nein«, sagte er schließlich, »da war noch was anderes. Am Ende hatte ich den Eindruck, sie hat was ausgefressen und panische Angst, dass wir es rausfinden.«
»Passt aber nicht mit ihrem Verhalten am Anfang zusammen.«
»Das heißt?«
»Du redest wieder mal Unsinn.«
»Völlig falsch. Richtige Antwort: Im Verlauf des Gesprächs ist irgendetwas passiert.«
»Was soll da passiert sein?«
»Ihr ist was eingefallen. Ist dir das noch nie passiert? Dass dir jemand sagt, du hast irgendwas verbockt. Und du bist überzeugt, das ist Unsinn. Das kann gar nicht sein. Und dann fällt dir ein: Scheiße, das könnte vielleicht doch sein!«
»Ich weiß, was du meinst. Aber wenn sie die Karte geklaut hat, dann weiß die das doch. Wenn sie so was öfter gemacht hat, dann hat sie eh ein schlechtes Gewissen. Und wenn's nur einmal war, kann sie sich mit Sicherheit erinnern.«
»Da hast du recht. Aber vielleicht gibt es noch eine andere Möglichkeit, lass uns doch mal kurz nachdenken.«

»Spricht was dagegen, bei einem Glühwein nachzudenken?«
Wallner schüttelte den Kopf, und sie setzten sich wieder in Bewegung. Doch kaum waren sie zehn Schritte gegangen, blieb Mike stehen. »Letzthin hat sich ein Nachbar beschwert, ich hätte auf seinem Grundstück geparkt. Der hat ein Stück Wiese neben unserem Haus. Aber mir war klar: Der verwechselt mich, ich war das nicht. Ich weiß nämlich, dass das ein Arschloch ist, und würde mich im Traum nicht auf seine Wiese stellen. Entsprechend hab ich dem Bescheid gegeben. Er soll bloß vorsichtig sein, wenn er Lügen über andere Leute verbreitet, und wie wär's mal mit Augenarzt und so weiter. Und plötzlich denk ich mir: Au verdammt!«
Wallner hing gespannt an Mikes Lippen. »Was war's?«
»Ich hatte den Wagen zwei Tage vorher an einen Freund verliehen, und der hatte offenbar auf dem Grund vom Nachbarn geparkt.«
Wallner zog ein Blatt Papier aus seiner Daunenjacke. Es war ein kurzes Dossier über Stefanie Hussvogel, in dem die wichtigsten Daten über sie zusammengefasst waren. Wallner tippte auf eine Zeile in der unteren Hälfte des Blattes. »Da schau: Frau Hussvogel hat einen jüngeren Bruder.«

Als die Kommissare erneut den Hof betraten, in dem das Tattoo-Studio lag, konnten sie bereits die Stimme der Studiobesitzerin hören. Sie beschwerte sich bei ihrem Gesprächspartner über dessen Dummheit und gab zu verstehen, dass sie nicht länger gewillt war, seine Scheiße wegzuräumen, wie sie sich ausdrückte. Da der Angesprochene nichts sagte, stand zu vermuten, dass Frau Hussvogel telefonierte. Mike und Wallner warteten das Ende des Gesprächs ab, das allerdings nur weitere Beschimpfungen und keine neuen Fakten hervorbrachte.

»Sie haben gerade telefoniert?«, fragte Wallner, nachdem sie das Studio betreten hatten. »Mit Ihrem Bruder?«

Frau Hussvogel schwieg.

»Gehe ich recht in der Annahme, dass nicht Sie, sondern Ihr kleiner Bruder die Kreditkarte gestohlen hat? Während der Kunde bei Ihnen war?«

Hussvogel schwieg weiter. Aber an ihrem Gesichtsausdruck war recht deutlich abzulesen, dass Wallner auf der richtigen Fährte war.

»Sehr edel, dass Sie die Schuld auf sich nehmen, zumal Ihr Bruder aktuell eine Bewährung laufen hat.«

»Ich sag jetzt gar nichts mehr. Würden Sie bitte mein Studio verlassen.«

»Es gibt zwei Möglichkeiten: Entweder wir müssen alles selber rausfinden. Dann wird zwangsläufig gegen Ihren Bruder ermittelt. Mit welchem Ausgang, wissen wir nicht. Oder Sie sagen es uns. Dann müssen wir gegen niemanden ermitteln. Also noch mal: Ihr Bruder hat die Karte geklaut und damit wahrscheinlich die Tasche gekauft. Wissen Sie, für wen?«

Stefanie Hussvogel wog einen Augenblick lang die Optionen ab und sagte: »Er war damals mit einer Stripperin befreundet. Ich bin sicher, dass er ihr die Tasche geschenkt hat.«

Ein Anruf bei Stefanie Hussvogels Bruder bestätigte, dass er im Herbst 2007 einer Franziska Michalski in einem Trachtengeschäft eine Handtasche gekauft hatte. Wo die Frau sich heute aufhielt, wusste er nicht. Die

Affäre sei bald vorbei gewesen. Franziska Michalski habe gesagt, sie hätte einen anderen Mann kennengelernt. Sie sei damals in gehobener Laune gewesen, teuer gekleidet und mit einem Sportwagen unterwegs. Danach habe er nichts mehr von ihr gehört, obwohl er versucht habe, sie zu kontaktieren. Aber sie sei wie vom Erdboden verschluckt gewesen. Das sei im Frühsommer 2008 gewesen.
Mike hatte während des Telefonats den Namen Franziska Michalski im Internet ins Telefonbuch eingetippt. Es gab nur einen Eintrag, und die Frau wohnte nicht in München.
»Ruf sie an«, schlug Wallner vor.
Am anderen Ende meldete sich eine junge Frau, die nicht Michalski hieß. Sie war die Pflegerin von Frau Michalski, einer Dame ehrwürdigen Alters, die vor kurzem einen Schlaganfall erlitten hatte, weshalb Mike darauf verzichtete, mit ihr zu reden.
Wallner wandte sich wieder Stefanie Hussvogels Bruder zu, der immer noch in der Leitung war. »Sie haben seit 2008 nichts mehr von der Frau gehört?«
»Sommer 2008 war Schluss. Keine Anrufe, keine Mails. Ich hab später mal zufällig eine Freundin von ihr getroffen. Die hat aber auch nichts mehr von ihr gehört. Die war wie vom Erdboden verschluckt.«
Wallner bat um den Namen der Freundin.

37

Im Eingangsbereich der Polizeistation traf Kreuthner auf Sennleitner. »Servus«, sagte Kreuthner und schlürfte an dem Kaffee, den er in der Hand hielt. Sennleitner nickte nur. Seit den Vorkommnissen am Wallberg war die Stimmung zwischen den beiden etwas verkrampft. »Du, sag mal. Ich versuch die ganze Zeit, dass ich die Anneliese erreich. Die ruft auch nicht zurück.«
»Wundert dich aber net, oder?«
»Ach, wegen der ... G'schicht da, am Wallberg?«
»Am besten gehst ihr die nächste Zeit aus dem Weg. Die is gar net gut auf dich zu sprechen.«
»Das tut mir leid. Aber ich kann ja auch nix dafür, dass da schon wieder a Leich auf'taucht is.«
»Sie is vier Stund in dem Schneeloch g'steckt. Vier Stund! Is fei a lange Zeit.«
»Okay, okay. Ich schick ihr Blumen. Aber ich muss irgendwie mit ihr reden. Wegen der Weihnachtsfeier.«
Kreuthner hatte wie jedes Jahr die Organisation der Weihnachtsfeier übernommen. Etwas sprang immer für ihn dabei heraus, je nachdem, welchem Wirt er die Einnahmen verschaffte. Dieses Jahr sollte in einem Gemeindesaal der katholischen Kirche gefeiert werden. Das hatte Anneliese Sennleitner, die über vielfältige Kontakte verfügte, eingefädelt und dabei Kreuthner ein bisschen ausmanövriert. Wenigstens konnte der noch einen befreundeten Getränkehändler ins Spiel

bringen. Auch für die vierhundert Liter Obstbrand, die er jüngst geerbt hatte, sah Kreuthner jetzt eine profitable Verwendungsmöglichkeit.

»Ach, richtig! Hab ich dir das noch gar net gesagt?« Sennleitner schien mit einem Mal deutlich kleiner zu werden, was daran liegen mochte, dass seine Schultern nach vorn fielen und er den Kopf einzog.

»Was?«

»Das mit dem Gemeindesaal hat sich ... zerschlagen.«

»Wie – zerschlagen?«

»Mir können da nicht mehr rein. Kannst dir ja denken, warum.«

»Ah geh!« Kreuthner war sauer, dass Sennleitner seine rachsüchtige Frau so gar nicht im Griff hatte. Der zuckte entschuldigend die Schultern.

»Und was mach' ma jetzt? Um die Zeit krieg ich doch keinen Wirt mehr her. Die san doch alle dicht mit Weihnachtsfeiern.«

Die Zurechtweisung durch Wallner hatte Kreuthner getroffen. Er stand mit seiner Tasse Kaffee auf dem Parkplatz, um im Schneetreiben eine Zigarette zu rauchen und nachzudenken. Die Straßenkarte ging ihm nicht aus dem Kopf. Warum war dort die Route eingezeichnet, auf der er damals dem blauen BMW gefolgt war? Das Kennzeichen des Wagens war falsch gewesen, was wahrscheinlich kein Polizist außer Kreuthner bei einer Kontrolle herausgefunden hätte. Doch Kreuthner hatte es herausgefunden. Weil er gespürt hatte, dass an dieser Baustellenampel im Wald etwas nicht gestimmt hatte. Wenn ihn Kummeder damals nicht so unter Druck gesetzt hätte und er nicht so dringend Geld gebraucht hätte – vielleicht hätte er

herausgefunden, was faul war. Vielleicht wären Sophie Kramm und Jörg Immerknecht noch am Leben. Wie das Ganze zusammenhing, davon hatte Kreuthner nicht die entfernteste Vorstellung. Aber dass es zusammenhing, davon war er überzeugt. Kreuthner machte sich nicht etwa Vorwürfe, weil er bei korrektem Verhalten möglicherweise zwei Morde verhindert hätte. Das war nicht Kreuthners Art. Die Morde hatten andere begangen. Damit war die Schuldfrage geklärt. Aber das seltsame Wirken des Schicksals und die gewundenen und sich kreuzenden Wege, die es manchmal nahm, faszinierten ihn sehr.
Was war zu tun? Die Karte Wallner geben? So wie der ihn gerade behandelt hatte? Und dann fanden andere heraus, was das Geheimnis dahinter war? Nein, das war keine Option. Kreuthner zückte sein Handy, rief eine Bekannte im Grundbuchamt an, ließ seinen Charme spielen und studierte zehn Minuten später das Grundbuch. Der Ausgangspunkt der in die Straßenkarte eingezeichneten Linie war nicht eindeutig einem Grundstück zuzuordnen. Er lag in einer Gegend am Ortsrand von Miesbach, die in den siebziger Jahren mit Einfamilienhäusern bebaut worden war. Auf der anderen Seite, nordöstlich von Miesbach, schien die Linie im Niemandsland zu enden. Jedenfalls nicht in einer Ortschaft. Die Katasterkarten zeigten, dass es in dem in Frage kommenden Areal nur ein einziges Flurstück mit einem Wohnhaus gab. Dieses Haus gehörte seit dem Jahr 2007 einem Baptist Krugger, der ausweislich des notariellen Kaufvertrags in Miesbach wohnte. Die Adresse lag in der Gegend, in der die Linie ihren Anfang nahm.

38

Die Kerzenfabrik Krugger hatte die unruhige Zeit nach 2008 mit Ach und Krach überstanden, nicht zuletzt wegen eines Darlehens der Diözese, das über eine persönliche Verbindung des alten Joachim Krugger zustande gekommen war. Baptist Krugger war, noch bevor er sein Studium beendet hatte, in die Firmenleitung gewechselt. Er galt bei den Mitarbeitern als verschlossen und unkommunikativ. Entscheidungen wurden der Belegschaft per E-Mail mitgeteilt. Die Entlassungen, die im Gefolge eines Sanierungskonzepts notwendig wurden, musste der alte Krugger mit den Betroffenen und dem Betriebsrat verhandeln. Baptist Krugger setzte sich ungern mit anderen auseinander. Er fühlte sich am wohlsten, wenn er allein an seinem Laptop saß und die Firma regierte wie in einem Computerspiel. Auf Baptists Initiative wurde ein Teil der Produktion nach Osteuropa vergeben, wofür man die guten Kontakte der Kirche nach Polen und in die Slowakei nutzte. Die Finanzen der Firma befanden sich nach kurzer Zeit in guter Verfassung, so dass nach Jahren des Verlustes wieder schwarze Zahlen geschrieben wurden, wenn auch in bescheidenem Umfang. Vor vier Jahren hatte es für Baptist Krugger noch so ausgesehen, als würde er sich nie mit Stearinpreisen und den Absatzerwartungen für Ewiglichtölkerzen befassen müssen. Doch dann hatte sich seine Welt mit einem Schlag geändert. Eine Firma zu besitzen, die Dinge zum Anfassen herstellte, schien ihm inzwischen als annehmbare, wenn auch nicht besonders aufregende Option.

Kreuthner hatte sich umgezogen und trug Zivil, als er an der Tür des Kruggerschen Anwesens klingelte. Eine Frau von knapp sechzig Jahren öffnete ihm und erschrak ein wenig, als Kreuthner sich als Kriminalhauptkommissar vorstellte und ihr seinen Polizeiausweis vors Gesicht hielt. Der Unterschied zu einem echten Kripoausweis war für den Laien bei flüchtigem Hinsehen kaum zu erkennen.
»Um was geht es denn?«, fragte Frau Krugger besorgt.
»Ich würde gern mit Ihrem Sohn sprechen. Darf ich reinkommen?« Die Frau ließ Kreuthner herein und führte ihn ins Wohnzimmer, in dem ein Kachelofen wohlige Wärme verbreitete. Der Raum war weihnachtlich dekoriert und enthielt viele Devotionalien, die vermutlich auch zu anderen Jahreszeiten hier standen. Auffällig waren die vielen Kerzen, die man aufgestellt hatte. Der süßlich-klebrige Duft von Bienenwachs hing im gesamten Haus.
»Ich hole meinen Sohn. Warten Sie bitte.« Kurz darauf kam Frau Krugger mit ihrem Sohn Baptist und ihrem Mann Joachim zurück. Joachim war nicht erfreut über Kreuthners Besuch. Nicht nur, weil Polizeibesuch allgemein kein Grund zur Freude war, sondern weil Kreuthner um vierzehn Uhr gekommen war. Im Haus Krugger war die Mittagspause, die man stets zu Hause verbrachte, heilig. Besuche oder auch nur Anrufe in dieser Zeit wurden als grob ungebührlich angesehen.
»Was können wir für Sie tun?«, fragte Krugger, ohne seine Verärgerung zu verbergen.

»Ich würde gern mit Ihrem Sohn reden. Es geht um sein Haus.«

»Das Haus gehört nicht meinem Sohn, sondern meiner Frau und mir.«

»Ich meine nicht dieses Haus. Ich meine das Haus am Taubenberg.«

Befremden zeigte sich auf Joachim Kruggers Gesicht. Und Verärgerung. »Das muss eine Verwechslung sein. Mein Sohn hat kein Haus.« Er sah Baptist nicht einmal an, so sicher war er.

»Im Grundbuch steht's a bissl anders.«

Das Befremden in Joachim Kruggers Miene verwandelte sich in ungläubiges Erstaunen, jetzt ging der Blick doch zum Sohn. Der zuckte zaghaft mit den Schultern. »Von was für einem Haus redet der?«

»Des is a Missverständnis. Ich ... ich erklär's dir nachher.« Er wandte sich Kreuthner zu. »Wir können in mein Zimmer gehen.«

»Ihr bleibt's hier! Das geht mich ja wohl auch was an. In meinem Haus gibt's keine Geheimnisse.«

»Um was für ein Haus geht es denn?«, fragte Frau Krugger leise ihren Mann.

»Halt du dich mal raus, ja? Und du«, er hatte sich wieder seinem Sohn zugewandt, »du erklärst mir das jetzt. Und zwar schnell. Wieso hast du ein Haus, von dem wir nichts wissen?«

»Die Befragung führe ich durch, Herr Krugger. Ihr Sohn ist volljährig und kann sich Häuser kaufen, so viel er will. Das nur nebenbei. Wir gehen jetzt in Ihr Zimmer.«

»Sie gehen gar nirgends hin! Das ist mein Haus! Da sag ich, wer wo hingeht!«

»Sie, geben S' a bissl Obacht. Es geht hier um Mord.

Und wenn Sie das nicht in der Zeitung lesen wollen, dass die Familie Krugger da drin verstrickt ist, dann tät ich an Ihrer Stelle den Ball flachhalten.«
Joachim Krugger starrte Kreuthner mit offenem Mund an. Von hinten winselte Frau Krugger: »Um Himmels willen, was ist denn nur passiert? Ich versteh das alles nicht.«
»Mord?«, fragte Krugger leise.
»Ja«, sagte Kreuthner und genoss für einen Moment die Angst im Auge des Gegners.

Baptist Kruggers Zimmer zierte ein großes Poster von Steve Jobs mit Trauerflor. Ansonsten lagen Ausdrucke verschiedener Charts auf dem Schreibtisch und dem Boden oder hingen an Magnetpinnwänden. Vom Hang-Seng-Index bis zur Entwicklung der Biopalmöl-Preise war alles Mögliche darunter.
»Sie sind seit dem Jahr 2007 Eigentümer dieses Grundstücks?« Kreuthner zeigte Krugger den Ausdruck einer Flurkarte, auf der die Grundstücksgrenzen mit Kugelschreiber blau nachgezogen waren. Krugger nickte.
»Wie kommen Sie an das Grundstück?«
»Ein Freund von mir hat es geerbt und brauchte Geld. Da hab ich's ihm abgekauft. Es sollte eigentlich so eine Art Kredit werden. Er wollte es mir später für einen höheren Preis wieder abkaufen. Aber da kam die Finanzkrise dazwischen. Danach hat er das Geld nicht mehr gehabt.«
»Wieso haben Sie es Ihren Eltern nicht erzählt?«
»Mei – ich hab auch a Privatleben.«
»Aber Sie leben doch hier, net in Ihrem Haus.«
»Und?«

»Wozu kauft man sich ein Haus, wenn man da nicht wohnt?«

»Ich hab früher tagsüber dort gewohnt. Wozu wollen Sie das alles wissen?«

»Kennen Sie einen Mann namens Jörg Immerknecht?«

»Nein«, sagte Krugger.

»Der hat zu Hause eine Straßenkarte, da ist Ihr Haus eingezeichnet.«

»Wie – eingezeichnet?«

»Der Weg von hier, vom Haus Ihrer Eltern, bis zu dem Haus am Taubenberg ist da genau eingezeichnet. Komisch, oder?«

Krugger zuckte mit den Schultern. »Schon komisch. Aber ich ... na ja, ich hab auch keine Erklärung dafür.«

»Schade. Ich hab gedacht, Sie könnten uns weiterhelfen. Der Herr Immerknecht ist nämlich tot.«

»Ist das der vom Wallberg?« Krugger tat, als denke er nach. »Ja, ich hab davon gelesen. Ist schon der zweite Tote da.«

»Richtig.« Kreuthner ließ Krugger ein wenig schmoren und sah sich im Zimmer um. »Sie beschäftigen sich mit der Börse?«

»Ja. Das ist mein Beruf. Oder sagen wir, es gehört zu meinem Beruf.«

Kreuthner hob einen der Chart-Ausdrucke vom Boden auf und betrachtete ihn. »Der Ausdruck erinnert mich an was.«

Krugger schwieg.

»Ist schon ein paar Jahre her. Was fahren Sie für einen Wagen?«

»Einen großen Volvo. Verbraucht wenig und hat viel Platz. Ich muss manchmal Kerzen ausliefern.«

»Wie lange haben Sie den Volvo schon?«

»Müsst ich nachsehen. Was spielt das für eine Rolle?«
»Im September 2008 hatten Sie ihn noch nicht, oder?«
»Nein, da hatte ich ihn noch nicht.«
»Hatten Sie da einen alten Golf?«
Krugger war sichtbar verunsichert. Wieso wusste der Kommissar das? Vielleicht hatte er geraten. Ein Golf war ja kein seltenes Fahrzeug. Oder er hatte das recherchiert. Das dürfte für einen Polizisten kein Problem sein. Aber wieso tat er das? »Ja, da hatte ich einen Golf. Ich hab damals noch studiert.«
»In einem alten Golf hab ich solche Ausdrucke damals gesehen. Die sind da überall im Wagen herumgelegen. Und wissen Sie, warum ich mir das gemerkt hab drei Jahre lang?«
Krugger schwieg.
»Weil der Fahrer hat zwar zu dem Golf gepasst, aber nicht zu den Börsenkursen. War schon a bissl komisch damals. Ende September 2008 war das. Weil an dem Wochenende war Italienerwochenende auf der Wies'n. Is Eahna da noch was in Erinnerung? September 2008?«
»Finanzkrise. Lehman-Pleite.«
»Und sonst? Persönlich?«
Krugger zuckte mit den Schultern und schüttelte den Kopf. »Tut mir leid. Da kann ich Ihnen nicht weiterhelfen.«
Kreuthner holte ein Kärtchen aus seiner Brieftasche und gab es Krugger. Darauf war Kreuthners Handynummer handschriftlich notiert. Seine Polizeivisitenkarte konnte er aus naheliegenden Gründen nicht verwenden. »Ich bin mir sicher, Ihnen wird noch was einfallen.«

39

Bereits auf dem Weg nach Wasserburg hatte Wallner mit dem Kommissariat für Staatsschutzsachen in Rosenheim gesprochen. Wallner hatte den Fall geschildert und die Vermutung geäußert, dass die beiden Opfer möglicherweise auffällig geworden waren. Man hatte versprochen, schnellstens einen Kontakt zum Verfassungsschutz herzustellen. Als Wallner und Mike auf dem Rückweg zum Parkhaus waren, meldete sich das Rosenheimer Kommissariat zurück und bot einen Termin noch am gleichen Nachmittag in München an. Die Strecke war um die Uhrzeit in einer guten Stunde zu schaffen.
Das Bayerische Landesamt für Verfassungsschutz kann es nicht mit anderen Behörden des Freistaats aufnehmen, wenn es um Kriterien wie idyllische Lage und Schauwert der Baulichkeiten geht. Es liegt im Münchner Norden, umgeben von breiten Straßen, die Industrie- und Verwaltungsgebäude an die Hauptverkehrsadern anbinden. Das Bürogebäude selbst hat eine im Sommer mit Wein bewachsene Ziegelfassade, für deren Machart jemand vor ein paar Jahren die Bezeichnung »Münchner Klinker« erfunden hat. Das Haus hat einen eigenartig s-förmigen Grundriss und wird von einem hohen Antennenmast überragt.
Bernd Hauser hatte die sechzig bereits überschritten und strebte seiner Pensionierung entgegen. Zu Zeiten der RAF hatte er V-Leute in der sogenannten linken

Szene geführt. Diese Aktivitäten waren, nachdem sich die RAF 1998 aufgelöst hatte, naturgemäß rückläufig. Was er im Augenblick für einen Aufgabenbereich hatte, war unklar, und er hatte offenbar auch nicht vor, sich mit Mike und Wallner darüber zu unterhalten. Hauser machte, davon abgesehen, einen sehr lockeren, nachgerade hemdsärmeligen Eindruck und strahlte die Souveränität eines Mannes aus, der sein Metier beherrscht. Er hatte einen Besprechungstisch mit Kaffee und Weihnachtsgebäck vorbereitet und bat die Kommissare, Platz zu nehmen. Nachdem er Kaffee eingeschenkt und Wallner zu seinen Ermittlungserfolgen in den letzten Jahren beglückwünscht hatte und damit offenkundig war, dass er seine Hausaufgaben als Geheimdienstler erledigt hatte, bat er sie, ihr Anliegen vorzutragen.

»In den letzten Tagen sind zwei Personen am Tegernsee unter merkwürdigen Umständen zu Tode gekommen. Eine Sophie Kramm und ein Mann namens Jörg Immerknecht. Beide wurden an der gleichen Stelle am Wallberg mit aufgeschlitzten Pulsadern und einem Betäubungsmittel im Blut aufgefunden. Wir vermuten, dass es eine Verbindung zwischen den beiden Mordopfern gibt und dass diese Verbindung uns möglicherweise zum Täter führt oder zumindest weitere Hinweise liefert. Bislang haben wir nur herausgefunden, dass beide etwa zur gleichen Zeit in München studiert haben. Die Frau Sozialpädagogik, der Mann Jura. Und sie haben eine mysteriöse gemeinsame Bekannte aus dieser Zeit, die gern aus den Werken von Marx und Engels zitiert und E-Mails mit sozialistischem Gruß unterschreibt. Es scheint uns daher nicht ganz fernliegend, dass die beiden, sagen wir, in der linken Studentenszene aktiv waren und von Ihrer Behörde erfasst wurden.«

»Das Vertrauen ehrt mich. Aber wir haben natürlich nicht jeden Studenten observiert, der mal auf einer Anti-Pershing-Demo war. Auch wenn das gerne behauptet wird. Ich habe noch nicht ganz verstanden, was wir zur Aufklärung des Falles beitragen könnten – mal vorausgesetzt, es gibt hier Material über die beiden.«

»Das hängt von den Informationen ab, die wir von Ihnen bekommen. Aber nehmen wir mal an, jemand hat es – aus welchem Grund auch immer – auf Leute abgesehen, die damals in der Szene waren. Möglicherweise können wir weitere Morde verhindern, potenzielle Opfer warnen. Aber dazu müssten wir wissen, wo die Verbindung zwischen Kramm und Immerknecht zu suchen ist. Vielleicht wissen Sie auch Dinge, die sonst niemand weiß. Dinge, die ein Mordmotiv abgeben. Straftaten, für die sich jemand rächen will. Oder jemand ist ins Gefängnis gekommen und will jetzt Vergeltung.«

»Ja, wäre schön, wenn wir so was beisteuern könnten. Irgendwelche Geschichten von Untreue und Verrat, und nach zwanzig Jahren kommt einer aus dem Gefängnis und meuchelt die feigen Verräter. Nun gut, mag alles schon vorgekommen sein. Aber Sie müssen bedenken, dass wir es hier mit ganz normalen Menschen zu tun haben, nicht mit Schwerkriminellen. Mord ist in den Kreisen eher ungewöhnlich.«

»Wurden da nicht Bomben gelegt und Leute in die Luft gesprengt?«, wandte Mike ein.

»Ach, die Kreise meinen Sie!«

»Ja.«

»Ich glaube, da steigen Sie ein bisschen hoch ein.«
»Kann sein«, sagte Wallner. »Aber wir haben bei dem männlichen Opfer eine Waffe gefunden, die, wie wir inzwischen wissen, in den achtziger Jahren aus einem Bundeswehrdepot gestohlen wurde. Das war eine Aktion, die der RAF zugerechnet wird.«
»Nun – wenn Sie in diesen erlauchten Kreisen ermitteln wollen, können wir Ihnen leider wenig weiterhelfen.«
»Ich dachte, Sie haben die Szene beobachtet.«
»Das hätten wir gern.«
Wallner war leicht irritiert. »Was meinen Sie damit?«
»Ich meine damit, dass wir nie bis zur Kommandoebene der RAF vorgedrungen sind.«
»Was haben Ihre V-Leute dann gemacht? Sie hatten doch welche im Einsatz.«
Hauser nahm ein Blatt Papier und einen Kugelschreiber und malte drei konzentrische Kreise auf das Papier. In den innersten Kreis schrieb er ein K. »Dieser innerste Kreis war die Kommandoebene. Da weiß man bis heute relativ wenig drüber. Die Terroristen, die man festgenommen hat, schweigen beharrlich.«
»Und da ist nie ein V-Mann eingedrungen?«
»Ein gewisser Klaus Steinmetz hat es Anfang der neunziger Jahre geschafft, Kontakt mit Birgit Hogefeld und Wolfgang Grams aufzunehmen, was dann etwas unrühmlich in Bad Kleinen endete. Aber immerhin. Ich glaube, so nah ist der Verfassungsschutz dem Kern der RAF weder vorher noch nachher gekommen.«
»Wie lange hat der Mann dafür gebraucht?«, wollte Mike wissen.
»Bad Kleinen war 1993. Steinmetz hatte seit Mitte

der achtziger Jahre als V-Mann gearbeitet. Acht Jahre etwa.«
»Waren Sie auch mal V-Mann?«
»Nein. In Bayern haben wir nicht mit Beamten gearbeitet. Es ist schwierig, aus einem Polizeibeamten einen linken Studenten zu machen.«
»Das heißt, Sie haben mit Amateuren gearbeitet.«
»Ja, haben wir. Da waren aber verdammt gute dabei. Frauen und Jurastudenten waren die besten.«
»Die haben aus lauter Vaterlandsliebe als Informanten gearbeitet?« Wallner begann das Thema zu faszinieren.
»Ich kann Sie beruhigen. Aus Überzeugung hat das, glaube ich, keiner gemacht.«
»Warum dann?«
»Geld. Ganz simpel.«
»Wie viel verdient man da?« Mike hatte sich interessiert nach vorn gelehnt.
Hauser lächelte ihn an. »Was wollen Sie jetzt konkret von mir wissen?«
»Hat der Verfassungsschutz Sophie Kramm oder Jörg Immerknecht oder beide unter Beobachtung gehabt? Wenn ja, was können Sie uns an Informationen überlassen?«
Hauser nickte und schien nachzudenken, was er Wallner geben konnte.
»Ich lasse Ihnen noch heute alle Daten mailen, die wir über die beiden haben«, sagte Wallner.
»Danke, aber das wird nicht nötig sein.« Wallner sah Hauser überrascht an. »Sophie Kramm und Jörg Immerknecht haben von 1984 bis 1989 zusammen in einer WG gewohnt. Wir hatten die WG unter Beobachtung. Sie zählte zum Sympathisantenkreis der RAF.«

Wallner und Mike waren über die plötzliche Offenbarung so erstaunt, dass ihnen die Worte fehlten. Hauser nahm noch einmal seine Zeichnung zur Hand und deutete auf den äußeren Kreis. »Dieser äußere Kreis war das Sympathisantenumfeld der RAF. Das hatten wir relativ gut im Griff. Oft haben sich diese Leute in sogenannten linken WGs zusammengetan.«
»Das heißt, sie haben Waffen beschafft oder Ausweise? Oder Autos geklaut?«
»Nein, nein. Um Gottes willen. Das haben die in der Kommandoebene schon selber erledigt. Die haben vielleicht mal organisiert, dass Leute aus der linken Szene ihre Personalausweise als gestohlen gemeldet haben. Und die sind dann umgearbeitet worden. Oder man hat Demos organisiert und generell das politische Umfeld bearbeitet.«
»Das heißt, die hatte gar keinen Kontakt zur RAF?«
»Direkt nicht. Es gab Kontaktleute. Musste es ja geben. Für die Kommunikation zwischen der Kommandoebene und dem Sympathisantenumfeld. Das waren die.« Hauser deutete auf den mittleren Kreis.
»Kam man über die nicht an die Kommandoebene?«
»Wir wussten nicht mal genau, wer die Kontaktleute waren. Wir kannten die natürlich. Die verkehrten ja auch in der linken Szene. Aber die hatten kein Schild um den Hals. Wir hatten einige in Verdacht. Es gab da Leute, die mal zwischendurch verschwanden oder plötzlich nicht auf einer Sitzung erschienen. Da wurde auch nicht nachgefragt. Die hatten so eine Aura um sich, weil man nicht wusste, was machen die. Aber gleichzeitig wusste man, die machen was unglaublich Wichtiges. Die haben Kontakt mit *denen*. Wow, das war für den kleinen linken Stu-

denten schon aufregend. Übrigens auch für unsere V-Leute.«
»Warum haben Sie diese Leute nicht beschattet?«
»Haben wir. Es gab auch Situationen, wo sie sich mit Leuten aus der Kommandoebene getroffen haben. Vermuten wir zumindest.«
»Und warum ging's da nicht weiter?«
»Beobachtet heißt: aus ein paar hundert Metern Entfernung, an einem Ort, mit dessen Topographie man nicht vertraut war. Da war dann irgendein Typ mit Kapuze und Sonnenbrille. Und der war ganz schnell verschwunden. Da hätten Sie hundert Mann gebraucht, um den zu observieren. Im Kino sieht das immer so aus, als würden die Geheimdienste alles in Echtzeit und Großaufnahmen über Satellit verfolgen. Das ist natürlich Quatsch. Warum glauben Sie, hat die CIA zehn Jahre gebraucht, um Osama bin Laden zu finden? Und das mit den modernen technischen Mitteln. In den Achtzigern haben wir ja noch in der Steinzeit gelebt.«
»Gut. Zurück zu unseren Leuten. Die haben also in einer linken WG gewohnt, waren aber nicht direkt bei der RAF?«
»Nein. Sympathisanten.«
»Wer hat noch in der WG gewohnt?«
Hauser nahm einen Aktenordner zur Hand. Offenbar hatte es einiges zu berichten gegeben über die WG, denn der Ordner war prall gefüllt. Er blätterte ein wenig in den Berichten und Aktenvermerken herum, obwohl sich Wallner sicher war, dass er die Namen auswendig wusste. »Die Bewohner haben gewechselt. Wir wissen nicht über alle etwas.«
Das bezweifelte Wallner. »Wir sollten diese Leute auf

jeden Fall kontaktieren. Vielleicht können sie uns irgendwie weiterhelfen. Und man müsste sie natürlich auch warnen.«
»Sie kriegen die Adressen. Besonders interessant dürfte Annette Schildbichler für Sie sein. Die war zusammen mit Kramm und Immerknecht von Anfang bis Ende in der WG. Sie hat Sozialpädagogik studiert und zusammen mit Sophie Kramm ihren Abschluss gemacht. Nach dem Studium haben sich ihre Wege getrennt.«
»Sie haben die Leute später auch noch beobachtet?«
»Das wäre zu viel gesagt. Wir haben sie im Auge behalten. Die Lage hat sich ja entschärft, nachdem die RAF einen Gewaltverzicht erklärt hatte. Das war – warten Sie: zweiundneunzig.«
»Wer war denn für die Beobachtung der WG damals zuständig?«
»Das kann ich gerne recherchieren«, sagte Hauser und klappte die Akte zu.
»Hören Sie, ich hab keine Lust auf diese Geheimdienstspielchen. Ich muss zwei Morde aufklären und möglicherweise weitere verhindern. Sie wissen, wer damals zuständig war. Und Sie wissen auch, wer damals als V-Mann gearbeitet hat.«
»Ihre Anfrage war sehr kurzfristig. Wir müssen das prüfen. Und wir müssen unsere Leute schützen. Wir können sie nicht enttarnen, wenn sie nicht wirklich etwas zu Ihrem Fall beizutragen haben. Bis jetzt gibt es, wenn ich das richtig verstehe, nur vage Vermutungen, dass die Sache einen politischen Hintergrund hat.«
»Gab es in der WG einen V-Mann?«
»Ich würde Sie bitten, uns etwas Zeit zu geben. Und

vielleicht ein paar Anhaltspunkte, damit wir nicht jemanden völlig umsonst auffliegen lassen.«
»Na gut. Andere Frage: Sagt Ihnen der Name Stalin etwas?« Wallner versuchte, im Gesicht von Hauser eine Reaktion abzulesen. Aber der Mann übte das Lügen seit vierzig Jahren als Beruf aus. Er hatte seine Gesichtszüge im Griff. Ohne etwas preiszugeben, sagte Hauser: »Sollte es?«
»Das war die mysteriöse gemeinsame Bekannte der Mordopfer. Offenbar kannten sie sich aus ihrer Studentenzeit. Und Stalin hat sie kurz vor ihrem Tod besucht, was bei beiden zu einer gewissen Besorgnis geführt hat.«
»Ich lass recherchieren, ob der Name in dem Zusammenhang aufgetaucht ist. Nur Stalin? Ein Spitzname, nehme ich an?«
»Herr Hauser«, sagte Wallner genervt. »Fragen Sie einfach Ihren Vorgesetzten, ob Sie uns sagen dürfen, wer das ist, okay?«
»Ich kümmer mich drum«, sagte Hauser und setzte ein unverbindliches Lächeln auf.

40

Wallner beendete sein Telefonat mit der Bestätigung, dass man sich in einer halben Stunde auf dem Weihnachtsmarkt an der Münchner Freiheit treffen werde. Die Frau am anderen Ende der Leitung nannte sich Tiffany. Ihre Nummer hatten sie vom Bruder der Wasserburger Tattoo-Frau. Tiffany war eine Freundin von Franziska Michalski gewesen, dem verschwundenen Mädchen mit der Handtasche. Vermutlich jener Frau also, deren Überreste auf dem Foto zu sehen waren, das die Mordopfer bei sich hatten.
Zwei Autos hinter ihnen beschloss Frank, nachdem Wallner das Ziel genannt hatte, seinen Wagen stehen zu lassen und mit der U-Bahn zu fahren. In Schwabing würde er ohnehin keinen Parkplatz finden, und es war unnötig, den Polizisten hinterherzufahren und Gefahr zu laufen, dabei entdeckt zu werden. Wenn die Frau oder die Kommissare ihre Pläne in der nächsten halben Stunde änderten, hätte er Pech gehabt. Aber das war unwahrscheinlich.
»Der Bursche verheimlicht uns was«, sagte Mike und meinte damit Bernd Hauser vom Verfassungsschutz.
»Das ist ziemlich eindeutig. Fragt sich, was.«
»Irgendwer war da noch in der WG, da bin ich mir ziemlich sicher.«
»Da bin ich mir auch sicher. Und ich glaube auch, ich weiß, warum Hauser uns nicht verraten will, wer.«

Mike nickte. Offenbar hatte er den gleichen Gedanken. »Der V-Mann?«
»Macht doch Sinn, oder?« Wallner fingerte noch einmal sein Handy aus der Daunenjacke und tippte die Nummer von Janette ein. Er gab ihr die Daten von Annette Schildbichler durch mit der Bitte, sie zu kontaktieren und sobald wie möglich aufs Revier zu bitten. Die Frau lebte mittlerweile in Herrsching am Ammersee und arbeitete an einer Sonderschule.

Tiffany war vierundzwanzig Jahre alt, kam aus Rötz im Bayerischen Wald und war dort unter dem Namen Annika Plungauer bekannt. Sie arbeitete in einer Tabledance-Bar am Ostbahnhof, war hübsch anzusehen, lange blonde Haare zu einem Pferdeschwanz gebunden, großer Mund und lachende Augen. Die Kleider, die sie trug, waren teuer. Sie gefiel Mike ganz offensichtlich. Jedenfalls war er ein wenig hippelig, wozu möglicherweise die Vorstellung beitrug, dass sie sich jeden Abend in ihrer Bar auszog. Zu Mikes Leidwesen interessierte sich Tiffany alias Annika Plungauer eindeutig für Wallner. Sie strahlte ihn von der ersten Minute an und hatte nur Augen für ihn. Die drei standen an einem Stehtisch auf dem Weihnachtsmarkt und tranken Glühwein (Tiffany und Mike) und Tee (Wallner). Wallner hatte sich in unmittelbarer Nähe eines Heizpilzes postiert.
»Ja, die Franzi«, sagte Tiffany mit der unverdorbenen Färbung der Waldler. »Des war a Wuide. Das letzte Mal, wo ich sie gesehen hab, da is sie BMW gefahren. So a Cabrio.«
»Wann war das?«
»Paar Jahr her. Ich weiß nimmer, welches Jahr.«

»2008?«

»Scho möglich.«

»Was wissen Sie über ihr Verschwinden?«

»Mei, sie hat auch in der Tabledance-Bar gearbeitet. Und irgendwann hat sie gekündigt. Und ich frag noch: Hast was Besseres? Und sie sagt: Kannste aber von ausgehen. Die war von irgendwo im Norden. Brandenburg oder so.«

»Wissen Sie was über ihre Familie?«, schaltete Mike sich ein.

Tiffany pustete nachdenklich über den heißen Glühwein. »Familie ... na, da war nix. Sie is, glaub ich, im Heim aufgewachsen. Neuruppin – gibt's des?«

»Ja. Liegt, glaub ich, in Brandenburg. Haben Sie mal die Telefonnummer der Bar?«

»Klar«, sagte Tiffany und lächelte Wallner an, dass ihm ganz anders wurde. Sie fingerte eine Visitenkarte der Tabledance-Bar aus ihrer Handtasche und schob sie über den Tisch. Ihre Fingernägel, die man beim Karterüberschieben gut betrachten konnte, waren mehrfarbige Kunstwerke mit winzigen Glitzersteinen. Wallner lächelte etwas bemüht und legte die Karte vor sich auf den Tisch.

»Was hat sie denn erzählt, warum sie weggegangen ist?«

»Sie hat an Mann kennengelernt. Ich hab gesagt, super, bring ihn doch mal mit. Aber da ist irgendwie nie was draus geworden. Der war scheint's sehr beschäftigt.«

»Der hat ihr den Wagen gekauft?«

»Hat so ausgeschaut. Wo soll die sonst das Geld hergehabt haben?« Tiffany deutete auf Wallners Teetasse. »Sie trinken nix im Dienst, gell? Find ich gut«, sagte sie und strahlte Wallner an.

Wallner machte eine unbestimmte Geste, die in etwa besagte, dass er das zwar auch gut fand, aber nicht der Erwähnung wert.

»Wenn Sie mich alles gefragt haben, sind Sie dann immer noch im Dienst?«

»Warum fragen Sie?« Wallner war amüsiert.

»Kommen Sie doch nachher vorbei bei uns.« Sie deutete auf die Visitenkarte vor Wallner. »Sagen S', Sie sind ein Freund von Tiffany. Dann brauchen S' nix zahlen.«

»Danke, das ist sehr freundlich. Aber ich muss leider nach Hause.«

»Ich überleg's mir vielleicht«, sagte Mike.

Tiffany sah ihn an, etwas überrascht, nicht unfreundlich, aber auch nicht wirklich begeistert. »Ja«, sagte sie. »Warum nicht? Entschuldigen Sie mich kurz.« Sie verabschiedete sich in ein nahe gelegenes Café auf die Toilette.

»Das gibt's doch wohl nicht!« Mike war verärgert.

»Was denn?«

»Die steht auf dich. Und zwar nur auf dich.«

»Ist, glaub ich, eher dein Fall. Nicht, dass ich sie nicht nett finde. Aber ich hab ja Frau und Kind.«

»Nützt mir aber nix. Die tät mich mit'm Arsch net anschauen, wenn du net dabei wärst.«

»Tja – entweder man hat das gewisse Etwas, oder man hat's nicht. Lernen kann man so was nicht.«

Mike gab Wallner einen Klaps auf den Oberarm und lächelte. Wallner hatte den Eindruck, als liege ein Hauch von Spott in diesem Lächeln.

Am Rand des Weihnachtsmarktes stand im Schneeregen ein Mann in einem Hauseingang und blickte in das Treiben. Er konnte Wallner und Mike an ihrem Tisch sehen, auch wenn sie immer wieder von Passanten verdeckt wurden. Frank hatte einen Stecker im Ohr, dessen Kabel zu einem kleinen Empfangsgerät in der Manteltasche führte. Frank war genervt. Es war kalt und nass, und er fragte sich, ob er nicht doch besser mit dem Wagen hätte kommen sollen. Er hätte ihn in eine Einfahrt stellen können, gleich hier, keine zehn Meter weiter. Schlimmstenfalls hätte er kurz wegfahren müssen, wenn jemand kam. Stattdessen musste er sich in der Kälte und im Stehen das substanzlose Geflirte der Polizisten mit der jungen Stripperin anhören. Es war jetzt leider nicht mehr zu verhindern, dass die Polizei hinter die Identität der vermissten Frau kam. Ein Anruf bei der Tabledance-Bar, und die Sache war geklärt. Allerdings bezweifelte Frank, dass es die Polizei weiterbringen würde. Mehr als Tiffany oder wie immer sie hieß wusste wahrscheinlich niemand.

Tiffany hatte auf der Toilette den Lippenstift nachgezogen und eine Spur dicker aufgetragen. »Mir ist gerade noch was eingefallen«, sagte sie, als sie sich zu den Kommissaren stellte. »Geht Ihnen das auch so, dass Ihnen wichtige Sachen immer auf'm Klo einfallen? Wenn ich zum Beispiel nimmer auf einen Namen komm – da wenn ich nur aufsteh und aufs Klo geh, is er mir schon eingefallen.«
»Ja, geht mir ähnlich.«
»Gell?«, sagte Tiffany und strahlte Wallner an. Mike studierte die Christbaumkugeln, die am Stand nebenan verkauft wurden.
»Sagen Sie«, Wallner versuchte, locker zu bleiben, was aber schwerfiel, wenn eine junge hübsche Frau

einen so offensichtlich anstrahlte. »Vielleicht ist es ja nur Ihr ausgesprochen freundliches Wesen. Aber kann es sein, dass Sie mich die ganze Zeit ... anstrahlen?«
»Tu ich das?«
»Ja, das tun Sie«, sagte Mike. »Mein Selbstvertrauen ist auf Monate erschüttert.«
»Tut mir leid. Ich hab Sie net anstarren wollen.«
»Kein Problem. Ich hab auch nicht anstarren gesagt, sondern anstrahlen.« Es vergingen einige Sekunden, in denen keiner etwas sagte. Tiffany dachte offenbar über etwas nach, und dabei wollte Wallner sie nicht stören. Sorgfältig faltete er das Zuckertütchen, dessen Inhalt er eine Viertelstunde zuvor in seinen Tee gekippt hatte.
»Sie erinnern mich an wen. Jemand, den ich sehr gern gehabt hab.«
»Wahrscheinlich an Ihren Vater«, sagte Wallner lachend und mit einem Schuss Koketterie. Tiffany sagte nichts darauf, und es wurde peinlich. Mike verzog sein Gesicht, Wallner hörte auf zu lachen. »Ach so«, sagte er schließlich.
»Vor vier Jahren ist er gestorben. Er hat genauso mit der Brille gespielt wie Sie. Und er war auch so ein Ruhiger, wo man immer gedacht hat, er hat alles im Griff. Alles wird gut. Wenn ich als Kind geweint hab, bin ich immer zu ihm, net zur Mama. Immer zum Papa. Dann hat er mich angeschaut und gelacht. Und dann war alles nimmer so schlimm. Das war so a Fels in der Brandung. Den hat nix erschüttert.«
»Hört sich an wie sein Zwillingsbruder«, sagte Mike mit Blick auf Wallner.
»Nur den Krebs, den hat er nicht im Griff gehabt.« Tiffany starrte zu den Christbaumkugeln.

»Das tut mir leid, dass Ihr Vater nicht mehr lebt«, sagte Wallner und ließ eine kleine Pause, bevor er sagte: »Was ist Ihnen denn auf der Toilette eingefallen?«
»Ach ja, richtig! Sie, ich glaub, das ist ganz wichtig!« Sie legte ihre Hand auf Wallners Unterarm. »Die Franzi hat mir mal eine Telefonnummer gegeben, wo ich sie erreichen kann. Und zwar war das eine Festnetznummer. Weil sie hat gesagt, dass es da, wo sie jetzt ist, keinen Handyempfang gibt.«
»Haben Sie die Nummer da?«
»Nein, die müsst ich raussuchen. Ich bin grad umgezogen. Die ist in einer Kiste, wo ich meinen ganzen Papierkram drinhab. Ich such sie aber noch heut Nacht raus, wenn ich von der Arbeit heimkomm, und ruf Sie morgen an. Wenn Sie mir Ihre Nummer geben.«
»Macht er gern«, sagte Mike.

41

Der Franchise-Vertrag des McDonald's Restaurants an der Autobahnraststätte Irschenberg war eine Lizenz zum Gelddrucken. Es gab so gut wie keine Tages- oder Jahreszeit, zu der das Lokal nicht brechend voll war. Jetzt, kurz vor Weihnachten, bei schlechtem Wetter und abends um halb neun, ging es verhältnismäßig ruhig zu. Es erschien Baptist Krugger als guter Ort, sich mit Frank zu treffen. Bekannte aus dem Landkreis würden hier nicht herkommen, es war immer noch genug Betrieb, um in der Masse nicht aufzufallen, und wenn man in den ersten Stock ging, gab es geschützte Ecken, in denen man ungestört reden konnte. Frank hatte das Big-Mac-Menü genommen, Krugger ein Stück Schokoladenkuchen und eine Tasse Kaffee.
»Und? Wie läuft's?«, fragte Krugger.
»Ganz gut.« Frank biss herzhaft in den Burger und steckte sich ein paar Pommes in den Mund.
»Es hat noch einen Toten am Wallberg gegeben, hab ich gelesen.«
»Ja. Ziemlicher Mist.«
»Wissen wir, was die Polizei darüber denkt?«
Frank legte bedächtig seinen Burger auf das Tablett und spülte das, was er noch im Mund hatte, mit einem Schluck Cola runter. »Die geht von einer Mordserie aus.« Er öffnete den Ketchup-Beutel und presste den Inhalt auf die Pommes.

Krugger nickte und sah Frank zu, der mit gesegnetem Appetit seinen Big Mac verzehrte. »Ist dieser Mann, den sie da gefunden haben ... hat der auch was mit der Sache zu tun?«

»Der war damals vermutlich dabei. Er und Sophie Kramm haben während des Studiums zusammen gewohnt.«

»Auch so ein Sozialmensch?«

»Nein.«

»Sondern?«

»Banker.«

»Banker? Sind Sie sicher? Ich meine, wieso sollte ein Banker ...?«

»Keine Ahnung. Das ist alles ziemlich absurd.«

»Wissen Sie, bei welcher Bank er war?«

»Hab's mir irgendwo aufgeschrieben. Südbayerische irgendwas. Münchner Privatbank. Sitzt am Lenbachplatz.«

In Kruggers Miene kämpfte Fassungslosigkeit mit einer Erkenntnis, die ihn wie ein Hammerschlag ins Gesicht traf. »Diese elende Drecksau! Das ist meine Bank! Daher wusste der ...« Krugger schob seinen Schokoladenkuchen zur Seite. Der Hunger war ihm vergangen.

»Ja, die Welt ist schlecht«, sagte Frank, der selten ins Philosophieren geriet. »Wenn man nicht mal mehr seiner Bank trauen kann.«

»Verdammt! Das kann alles nicht wahr sein. Ich versteh das nicht.«

»Wir müssen das nicht verstehen. Es ist jetzt jedenfalls wieder einer weniger.«

»Ja. Wieder einer weniger. Mein Mitleid hält sich in Grenzen. Sie haben auch keine Ahnung«, Krugger zögerte kurz, »wie es dazu kam?«

Seinen Burger kauend, sah Frank sein Gegenüber mit graublauen Augen an, als habe Krugger etwas unendlich Langweiliges gesagt.
»Schon okay. Ich will's gar nicht wissen. Was ist mit der dritten Person? Es waren drei. Ein Mann, dieser Banker, nehme ich mal an. Und zwei Frauen.«
»Es gibt eine Frau namens Annette Schildbichler. Die hat mit den beiden anderen in einer WG gewohnt. Das war in den achtziger Jahren. Könnte sein, dass das die andere Frau ist.«
»Was ist mit dem Geld?«
»Bin dran.« Frank sah aus dem Fenster nach unten. Aus einem Reisebus ergossen sich Scharen von Jugendlichen. Frank fragte sich, wo die um diese Jahreszeit wohl hinwollten. Vielleicht Skifahren in Österreich, günstiges Vorsaison-Angebot.
»Ich hatte heute Besuch von der Polizei«, sagte Krugger unvermittelt und riss Frank aus seinen Gedanken. »Ein Kommissar Kreuthner. Der wusste, dass ich das Haus am Taubenberg habe, und hat mir komische Fragen gestellt.«
»Was für Fragen?«
»Ob im September 2008 irgendetwas vorgefallen ist.«
Frank war erstaunt. »Woher weiß der von Ihrem Haus?«
»Keine Ahnung. Es war ziemlich peinlich für mich. Meine Eltern wissen nämlich auch nichts von dem Haus. Aber die haben das mitgekriegt.«
»Was haben Sie denen gesagt?«
»Dass das nur pro forma ist, dass ich einem Freund einen Gefallen getan und das Haus offiziell gekauft habe, aber mit seinem Geld. Wegen der Steuer.«
»Wegen der Steuer? Ist auch egal. Was wollte der Kommissar noch von Ihnen wissen?«

Krugger erzählte es ihm. Auch, dass man bei Immerknecht eine Straßenkarte gefunden hatte, auf der der Weg von Kruggers Elternhaus bis zum Taubenberg eingezeichnet war.

»Das ist nicht gerade schön. Aber da wird sich bei der Polizei keiner einen Reim drauf machen können. Wie hieß der Kommissar?«

»Kreuthner.«

»Es gibt fünfzehn Beamte bei der Kripo in Miesbach. Keiner davon heißt Kreuthner.«

»Aber er hat seinen Ausweis vorgezeigt.«

»Vielleicht einer von der Soko. Jemand aus Rosenheim. Ich check das mal. Ist jedenfalls ziemlich merkwürdig.«

»Allerdings«, sagte Krugger und atmete schwer durch. »Ich gebe zu, ich werde langsam nervös.«

Frank hatte seinen Big Mac aufgegessen. Von den Pommes lag die Hälfte erkaltet auf dem Tablett. »Ich will Sie nicht nervöser machen, als Sie ohnehin schon sind. Aber ich muss Ihnen das sagen.«

»Was denn noch?« Krugger klang fast weinerlich.

»Wussten Sie, dass Franziska die Festnetznummer des Hauses weitergegeben hat?«

»Was?«

»Hat sie wohl einer Kollegin in der Bar gegeben. Vielleicht auch noch wem anders. Das weiß ich nicht. Hat jemals jemand da angerufen?«

»Kann mich nicht erinnern. Scheiße, ich hab ihr doch gesagt, sie soll die Nummer nicht rausgeben.« Krugger sah nachdenklich zu dem Reisebus hinunter. Der Platz davor war jetzt leer. Es schneite in dicken Flocken. Richtiger Schnee, kein Schneeregen. Der Irschenberg lag einhundertfünfzig Meter höher als München.

»Wenn die Polizei das rausfindet, dann kommen die doch auf mich.«

»Die Polizei hat es schon rausgefunden.« Krugger riss vor Schreck die Augen auf. »Aber sie haben die Nummer noch nicht.«

»Das heißt ...?«

»Gar nichts. Regen Sie sich ab und überlassen Sie das mir. Dafür werde ich bezahlt. Ach – wo wir gerade darüber reden. Es ist mir sehr unangenehm, wenn ich es selber ansprechen muss.«

»Entschuldigung. Ich habe es im Stress ganz vergessen.« Krugger zog einen kleinen, weißen Briefumschlag aus seinem Jackett und legte ihn auf den Tisch. Frank nahm den Umschlag und steckte ihn, ohne hineinzusehen, in seine Manteltasche. Einige der Jugendlichen kamen jetzt die Treppe hoch und sahen sich lärmend nach Sitzmöglichkeiten um. Frank stand auf. »Ich muss wieder. Lassen Sie sich Zeit.« Er nahm sein Tablett, drückte im Vorbeigehen Kruggers Schulter nach unten, um ihm zu signalisieren, dass er noch eine Weile sitzen bleiben sollte, und verschwand zwischen den Jugendlichen.

Krugger betrachtete den Schokoladenkuchen, den er kaum angerührt hatte. Ein dicker Klumpen hatte sich in seinem Magen gebildet. Er hatte Angst. Außerdem quälte ihn zusehends ein Gedanke, den er bislang von sich geschoben hatte: Angenommen, es gelänge Frank tatsächlich, an das Geld zu kommen – was hätte der für einen Grund, es ihm herauszugeben? Wenn er ihn betrog, würde das Franks Ruf in seinem Metier unwiederbringlich beschädigen, gewiss. Aber das war Frank vielleicht egal bei der Summe. Das Problem hatte Krugger natürlich schon vorher gesehen, man

hatte ihm jedoch versichert, dass Frank in diesen Dingen zuverlässig sei. Was aber würde passieren, wenn Frank das Geld tatsächlich auftreiben würde? Frank müsste es ihm gar nicht sagen. Wozu auch? Er musste nur sagen: Sorry, hat nicht geklappt.
Der süßliche Geruch des Kuchens stieg Krugger in die Nase und verursachte ihm Übelkeit. Er stand auf und ging, ohne das Tablett mitzunehmen. Vor dem Eingang des Restaurants blieb er im Schneetreiben stehen und sah auf den nächtlichen Parkplatz. Er hatte nur diese eine Chance, sagte er sich. Er musste hoffen und beten.

42

Baptist Krugger hatte Angst. Mehr Angst, als gut für ihn war. Nun konnte man sagen, das sei egal, solange Krugger zahlte. Aber so einfach war das nicht. Frank würde sein Bestes tun, um Krugger vor der Polizei zu schützen. Nur liefen die Dinge im Augenblick in die falsche Richtung. Wallner war über Tiffany auf die Spur des Mädchens gekommen, der ominöse Kommissar Kreuthner (er musste sich erkundigen, wer das eigentlich war) hatte aus irgendeinem Grund die Ereignisse vom September 2008 im Visier. Die Geschichte konnte durchaus schiefgehen. Was dann? Nun – dafür musste man kein Hellseher sein: Krugger würde singen wie ein Kanarienvogel. Krugger durfte infolgedessen keinesfalls in die Hände der Polizei fallen. Frank musste ein Auge auf die Entwicklung haben und im richtigen Moment Maßnahmen ergreifen, bevor ihm die Sache entglitt. Bis dahin blieb ihm wohl nicht mehr viel Zeit.
Um diese und ähnliche Probleme kreisten Franks Gedanken, als er sich auf der A 8, vom Irschenberg kommend, der Ausfahrt Holzkirchen näherte. Zum Gnadenhof hätte er jetzt abfahren müssen. Er war nah dran am Geld. Das spürte er. Daniela konnte ihm das Geld vielleicht beschaffen oder ihn zumindest hinführen. Danach wäre sie leider eine gefährliche Zeugin. Irgendwie mochte er das Mädchen und überlegte, ob es eine Möglichkeit gab, sie am Leben

zu lassen. Es fiel ihm keine ein. Frank fuhr in dieser Nacht nicht bei Holzkirchen von der Autobahn ab.

Es hatte aufgehört zu schneien, als der rote Passat auf den Hof fuhr. Der Bewegungsmelder über dem Stall schlug an, und im Stall selbst brannte Licht. Kreuthner schaute zuerst durchs Küchenfenster, sah dort aber niemanden und wandte sich dem Stall zu. Dort war es still. Die Hühner saßen auf den Trennwänden der Boxen und rührten sich nicht. Hier und da hockte eine Katze im Heu oder auf einer erhöhten Fläche. Tacitus lag auf dem Boden vor einer offenen Pferdebox, wandte Kreuthner kurz den Kopf zu und legte ihn wieder auf seine gewaltigen Pfoten, als sei Kreuthners Ankunft das unwichtigste aller denkbaren Ereignisse. Kreuthner hörte nichts außer ein paar Hühnern, die das Scharren nicht lassen konnten. Die Pferde standen wie unter Drogen in ihren Boxen und rührten sich nicht. Als er zu einer der offenen Boxen trat, sah er Danielas Kopf. Sie drehte sich zu Kreuthner um, ihr Gesicht wirkte erschöpft.
»Ach, du bist das«, sagte sie. Ohne Vorwurf, ein wenig überrascht. »Ich hab gedacht, es ist die Tierärztin.«
Kreuthner trat noch näher. Daniela kniete auf dem Boden. In ihrem Schoß der Kopf von Kaspar, der neben ihr lag, schwer atmete und mit seinem nach oben gerichteten Auge glasig zur Decke starrte. »Was ist mit ihm?«, fragte Kreuthner.
»Nichts. Er stirbt.« Daniela strich mit der Hand über Kaspars nassen Hals.
»Ist es ... wegen der Maische?« Kreuthner kam in die Box und kniete sich neben Daniela.
Sie schüttelte den Kopf. »Er ist alt. Irgendwann ist es

eben so weit.« Ein leichtes Zucken ging durch den Körper des Wallachs. »Kannst du mir das Handy bringen? Es liegt auf dem Tisch neben der Tür.«
Kreuthner brachte Daniela das Handy. Sie rief die Tierärztin an, die schon längst da sein sollte. Doch sie war im Neuschnee stecken geblieben und musste von einem Traktor herausgezogen werden. In fünf Minuten werde sie da sein.
»Ich hab ein paar Mal versucht, dich anzurufen.«
»Ich weiß. Du hast mir draufgesprochen. Ich hatte keine Lust zurückzurufen.«
»Es tut mir leid wegen gestern.«
»Schon okay. Ich glaube, den Tieren hat's gefallen.« Sie tätschelte das Pferd. »Dein erster Rausch, Kaspar. Dann hast du das auch noch mitgenommen in deinem Pferdeleben.« Daniela atmete schwer durch.
»Wie alt ist er?«
»Vierzig. Er war das erste Pferd hier am Hof. Das ist viele Jahre her. Es hat gebrannt in seinem Stall, und sie haben ihn in seiner Box vergessen, weil irgendwie keiner für ihn zuständig war. Er war so ein Pferd, das sich fünf Leute geteilt haben.«
»Er hat's überlebt.«
»Ja. Aber da hinten hat ihn ein glühender Balken getroffen.« An der Kuppe sah man ein etwa fünfzig Zentimeter langes Brandmal. »Er hatte eine offene Wunde. Und statt sich bei ihm zu entschuldigen, dass sie ihn fast haben verbrennen lassen, ist er zum Schlachter gekommen. Weil er mit der offenen Wunde nicht mehr zum Reiten getaugt hat. Da hat ihn meine Schwester gesehen und dem Schlachter abgekauft.«
Danielas Erzählung schien Kaspar mit neuem Leben zu erfüllen. Er hob seinen Kopf und versuchte aufzu-

stehen, brach aber auf halbem Weg zusammen, versuchte es erneut und scheiterte wieder. »Wir müssen ihm helfen«, sagte Daniela, als das Pferd zum dritten Mal aufstehen wollte. Zu zweit stemmten sie sich mit den Schultern gegen Kaspars Seite. Die kleine Stütze reichte ihm, um ganz auf die Beine zu kommen. Er stand mit hängendem Kopf und zitternden Beinen schwitzend in der Box.
»Wie geht's dir?«, sagte Daniela zu dem Pferd. »Kannst du ein paar Schritte gehen?« Sie zog vorsichtig am Halfter. Kaspar machte einen Schritt zur Seite und geriet aus dem Gleichgewicht. Sie mussten ihn wieder stützen.
»Glaubst du, er packt's noch mal?«
»Nein. Aber es wäre besser, wenn er draußen stirbt. Dann muss ihn der Abdecker nicht durch den ganzen Stall ziehen. Das ist kein schöner Anblick.«
Kreuthner hatte eine Hand am Körper des Tieres. »Du gibst ihn zum Abdecker?«
»Das ist nur noch seine Hülle. Kaspar ist dann schon im Pferdehimmel.« Sie striegelte mit einer Bürste über Kaspars Hals. Von draußen hörte man einen Wagen vorfahren.
Die Tierärztin hatte schon viele Tiere in den Himmel geschickt. Dennoch stand Kerstin mit großem Bedauern vor Kaspar. Sie redete leise mit Daniela und sagte, dass Kaspar ein schönes Leben gehabt habe, dass es irgendwann ein Ende haben müsse und dass sie wisse, wie Daniela zumute sei. Dann bereitete sie die Spritze vor und fragte Daniela, ob sie bereit sei. Daniela nickte. Kerstin sagte zu Kreuthner, sie müssten dem Tier helfen, sich auf die Seite zu legen, wenn die Spritze ihre Wirkung entfalte. Auch Kreuthner nick-

te. Es vergingen einige Augenblicke, nachdem Kerstin den Inhalt der Spritze injiziert hatte, dann kam Kaspar ins Wanken, die Beine wurden schwach und gaben schließlich nach. Zu dritt stützten sie ihn so weit, dass er sich sanft auf die Seite legen konnte. Daniela behielt eine Hand unter dem Kopf, bis Kaspars Herz aufgehört hatte zu schlagen. Kerstin sagte, das sei nicht nötig. Daniela sagte: »Ich weiß, dass er nichts mehr spürt. Aber ich hab das Gefühl, es ist leichter für ihn.«

Sie saßen in der Küche, Kreuthner trank ein Bier, Daniela Kirschbrand aus der Hinterlassenschaft von Onkel Simon. Kerstin, die Tierärztin, war wieder gefahren, und sie hatten eine Decke über Kaspar gelegt. Der Abdecker würde erst morgen kommen.
»Bist gar net traurig?«, fragte Kreuthner. Es wunderte ihn, dass Daniela nicht weinte.
»Das ist ein Gnadenhof. Hier wird jede Woche gestorben.«
»Ich mein ja nur – weil er schon so lang da war.«
»Ja«, sagte sie und kraulte Troll, die Norwegische Waldkatze, auf ihrem Schoß. »Der Kaspar war der Erste hier am Hof. Ein ganz lieber Kerl. Aber ihm geht's gut.«
»Im Pferdehimmel?«
»Ich wünsch es ihm.« Daniela entfernte die kurz aufjaulende Katze von ihrem Schoß und ging zum Kühlschrank, um sich Essiggurken zu holen. »Magst du auch welche?«
»Nein danke. Die gehen net mit dem Bier z'samm.«
Daniela setzte sich mit dem Essiggurkenglas an den Tisch und biss in eine Gurke.

»Vielleicht ist der Kaspar ja bei deiner Schwester. Könnt ich mir vorstellen, dass sie denen im Himmel gesagt hat: Sie – da unten gibt's noch a Pferd, das hätt ich gern wieder. Und dann hat wer gesagt: Du, Boandlkramer, hol amal den schwarzen Gaul da, dass die Sophie eine Gesellschaft hat, bis die andern kommen.«

Daniela lächelte, um die Augen unter ihren dünnen, weißblonden Haaren bildeten sich kleine Falten und wurden tief und dunkel. »Das stell ich mir auch manchmal vor. Und dass sie dann durch blühende Wiesen reiten und die Sonne scheint, und es ist immer Frühling und so.«

»Frühling ist gut. Oder Sommer. Immer nur Winter wär nix fürs Paradies. Zwei Monate Winter, wenn sie hätten, ohne Herbst, des wär's. Gleich vom Sommer – zapp – nei in' Winter. Nix dazwischen. Heut dreißig Grad, morgen minus zehn. Und so was wie den Wallberg müsst es auch geben. Nachts schneit's immer an Meter. Und am Tag is Sonne und Pulver. Und wenn's nach zwei Monat fad wird – zapp –, dreißig Grad, und weiter geht's mit dem Sommer.« Kreuthner holte sich noch ein Bier. Die Vorstellung vom Jenseits machte ihm Laune. »Also wenn's a Paradies gibt, dann schaut des so aus. Da bin ich mir sicher.«

»Gibt's aber nicht«, sagte Daniela und biss auf eine Gurke.

»Ah so?« Kreuthner sah Daniela mit einer gewissen Verwunderung an. »Ich denk, der Kaspar kommt in den Pferdehimmel?«

»Der schon. Aber für Menschen gibt's keinen Himmel.« Danielas dunkle Kinderaugen blickten ins Nichts.

»Für Tiere gibt's einen, aber nicht für Menschen?«

»Was weiß ich. Aber mein Gefühl sagt mir, dass für uns Schluss ist, wenn Schluss ist. Da kommt nichts mehr.«
»Mir is des ja wurscht, ob noch was kommt. Ich glaub's eigentlich auch net. Aber wieso dann für Pferde?«
Daniela zuckte mit den Schultern. »Tiere haben's verdient, dass sie in den Himmel kommen. Die haben keinem was getan.«
Kreuthner sog nachdenklich an seiner Bierflasche, setzte sie ab (Daniela schob ihm einen Bierdeckel unter) und schüttelte schließlich den Kopf. »Unsere Katze hat damals jeden Tag Mäuse umgebracht. Mehrere. Und einmal a junges Eichhörnchen. Kommen Katzen nicht in den Himmel?«
Troll, der inzwischen wieder seinen Platz auf Danielas Schoß eingenommen hatte, räkelte sich, schnurrte und krallte sich kurz in der Tischdecke fest, um sich anschließend mit dem Tischbein zu befassen. »Wenn sie Möbel zerkratzen, nicht«, sagte Daniela und verwies den Kater des Schoßes. »Tiere haben noch nie einen Krieg angefangen.« Daniela füllte ihr Schnapsglas mit einer Geste nach, als sei dieser Satz die Erklärung für die letzte aller Fragen. »Ich sag's dir: Wenn wer in den Himmel kommt, dann die Tiere. Wir Menschen sind doch nur ein hässlicher Ausrutscher der Schöpfung. So was wie uns will doch keiner aufheben. Am besten zum Abdecker und Seife draus machen. Im Jenseits, mein ich. Bildlich gesprochen, verstehst du?«
»Schad. Ich hab gedacht, mein Onkel Simon schaut vom Himmel runter, ob ich auch alles so mach, wie er sich das vorgestellt hat.«
Daniela nippte am Kirschwasser. »Du hast ihn sehr gemocht, deinen Onkel Simon?«

»Schmarrn. Des war a alter Depp. Jedes Mal an blöden Spruch auf der Lippe, wenn er mich gesehen hat.« Kreuthner blickte ins Innere seiner Bierflasche. »Ja, gut. Manchmal geht er mir ab. Aber es geht mir auch ab, wenn sie ein Haus in der Nachbarschaft abreißen oder an Baum abschneiden. Ich mag das net, wenn sich was ändert. Wenn ich selber was änder, dann geht's. Aber wenn *es* sich ändert, verstehst? Wenn irgendwer was ändert in meiner Welt, ohne mich zu fragen. Das kann ich auf'n Tod net ausstehen. Und je länger was da war, umso weniger magst es, wenn's wegkommt. Wie der Kaspar. Der war zwanzig Jahre da. Klar, des gibt a Loch, wenn er jetzt nimmer da is. Und deine Schwester war noch viel länger da. Immer schon.«

»Ja«, sagte Daniela und setzte sich zu Kreuthner auf die Bank. »Sie fehlt mir«, sagte sie. »Rück mal ein Stück.«

Kreuthner rückte zur Seite. Daniela legte ihren Kopf in seinen Schoß und schloss die Augen. »Ich bin manchmal sehr müde, seit sie nicht mehr da ist. Furchtbar müde.« Kreuthner spürte das Gewicht ihres Kopfes auf seinen Oberschenkeln und die Wärme, die von Daniela ausging, betrachtete ihre Wimpern, die manchmal zuckten, ihre dünnen, fast weißen Haare und ihren Mund, der sich langsam öffnete, als sie einschlief.

43

Die Frau saß im Empfangsbereich der Kanzlei, gelegentlich kamen Anwaltssekretärinnen und (seltener) Anwälte vorbei und verschwanden gedämpften Schrittes mit Unterschriftenmappen in Büros, deren Türen sonst geschlossen blieben. Das Gebäude in der Nymphenburger Straße war modern, eingerahmt von Altbauten und in unmittelbarer Nachbarschaft zur CSU-Landesleitung. Im Sommer war die Straße grün und lebhaft. Jetzt lag Schnee.

»Es dauert nicht mehr lang. Dr. Sperber hat noch eine Telefonbesprechung. Aber die müsste bald zu Ende sein.«

»Kein Problem«, sagte die Frau. Sie hatte ohnehin Glück, dass der Anwalt kurzfristig Zeit hatte. Der Empfangsbereich war in Weißtönen gehalten. Nüchtern. Wahrscheinlich sollten die Gedanken der Beschäftigten nicht durch den Anblick antiker Möbel oder interessanter Holzmaserungen von der Arbeit abschweifen. Hier gab es nichts, was sie ablenken konnte, bis auf einen kleinen Weihnachtsbaum auf dem weißen Rezeptionstresen, gegen den sich offenbar niemand einzuschreiten traute. Sie hatte Angst. Scheißangst. Ihr Leben war in Gefahr, und sie hatte niemanden, den sie um Hilfe bitten konnte.

»Kommen Sie bitte mit, Frau Schildbichler. Herr Dr. Sperber ist jetzt frei.« Die Dame von der Rezeption stand mit einem Mal vor ihr und lächelte. Annette

Schildbichler hatte sie nicht kommen sehen, sie war ganz von ihrer Angst vereinnahmt.

Dr. Sperber war Ende vierzig, sportlich, voll ergraut und sehr groß. Er bot Annette Schildbichler einen Platz am Besprechungstisch an und setzte sich dazu. Bei der Dame von der Rezeption orderte er Kaffee.
»Ich habe leider nicht viel Zeit, weil ich den Termin zwischen zwei andere schieben musste. Aber Sie sagten, es gehe um Jörg Immerknecht.«
»Das ist richtig«, sagte Annette Schildbichler und atmete tief durch. Sie entnahm ihrem Jackett ein kleines Kuvert und überreichte es dem Anwalt. Darin befand sich ein an Sperber gerichtetes Schreiben.

Lieber Martin,
im Falle meines Todes, oder falls ich nicht mehr in der Lage sein sollte, mich klar zu äußern und Entscheidungen eigenverantwortlich zu treffen, bitte ich Dich, den Brief, den ich am 6. Oktober 2008 bei Dir hinterlegt habe, an die Überbringerinnen dieses Schreibens auszuhändigen. Es handelt sich um Annette Schildbichler, geboren am 31.07.1962, sowie um Sophie Kramm, geboren am 04.02.1964. Du müsstest beide noch aus meiner Studien-WG kennen. Für den Fall, dass eine von ihnen zu dem Zeitpunkt, an dem Dich dieses Schreiben erreicht, nicht mehr lebt, erhält die Überlebende den hinterlegten Brief. Die zahlreichen Fragen, die Du wahrscheinlich haben wirst, können Dir Annette und/oder Sophie beantworten. Ob sie es tun wollen, überlasse ich ihrer Entscheidung. Sollten sie sich Dir anvertrauen, bitte ich Dich, ihnen jede (vor allem juristi-

sche) Unterstützung zukommen zu lassen, die Dir möglich ist, ohne in Interessenkonflikte zu geraten. Es war schön, Dich zum Freund gehabt zu haben. Bis irgendwann in einem anderen Leben.
Jörg

Sperber sah von dem Brief auf. Er war leicht blass geworden, atmete durch und legte das Schreiben vor sich auf den Besprechungstisch. »Tut mir leid, dass ich dich nicht gleich erkannt habe. Ist ja über zwanzig Jahre her.«
»Wir haben uns damals nicht oft getroffen. Ich hätte dich, ehrlich gesagt, auch kaum erkannt.«
»Jörg ist gestorben?«, fragte er schließlich nach einer Pause.
Annette Schildbichler nickte. »Ja. Gestern.«
»Das tut mir sehr leid. Ich hab ihn seit drei Jahren nicht mehr gesehen. Wir hatten nur wenige Berührungspunkte. Aber wir haben uns Mails geschrieben. War er krank?«
»Nein. Er ist …« Sie zögerte, sah aus dem Fenster auf die verschneite Nymphenburger Straße. »Er wurde ermordet.«
Durch Sperber ging ein Ruck. »Wie bitte?«
»Jemand hat ihn ermordet. Ebenso wie … Sophie.«
Sperber saß eine ganze Weile mit halboffenem Mund da, als fiele ihm nichts Intelligentes ein, das er auf diese Eröffnung sagen könnte. »Weiß man, wer es war?«, fragte er schließlich mit belegter Stimme.
»Nein.«
»Und warum …? Und Sophie …? Ich meine, hängt das zusammen? Ich versteh das nicht. Was ist da los?« Er deutete auf das Schreiben.

»Das möchte ich dir im Augenblick noch nicht sagen. Ich steh selbst unter Schock und muss erst mal nachdenken. Und ich hab, offen gesagt, eine Scheißangst, dass ich die Nächste bin.«
»Annette, um Himmels willen! Ich glaube das alles nicht. Läuft da ein Verrückter draußen herum, der eure damalige WG auslöschen will?«
»Ob es ein Verrückter ist, weiß ich nicht. Ich habe einen Verdacht. Aber ich weiß es nicht.«
»Du musst zur Polizei gehen. Sag ihnen, was du vermutest. Die müssen das überprüfen. Aber geh bitte zur Polizei. Und in der Zwischenzeit nimm dir ein Hotelzimmer, oder meinetwegen kannst du auch bei mir wohnen. Wir haben ein Gartenhaus.«
»Danke, das ist sehr nett von dir. Aber ich muss erst mal schauen, was ich eigentlich selber will.« Vor dem Fenster fiel Schnee vom Ast eines der Alleebäume und riss weitere Schneekissen mit sich. Eine Amsel flog davon. »Wenn ich zur Polizei gehe, brauche ich einen Anwalt. Würdest du mir helfen?«
»Natürlich. Jörg hat mich in dem Schreiben ja darum gebeten. Ich muss mir die Sache allerdings genau ansehen. Es kann sein, dass ich für Jörgs Familie tätig werde. Nicht, dass es da Interessenkonflikte gibt.«
»Du machst Strafrecht?«
»Hauptsächlich.« Er sah Annette Schildbichler nachdenklich an. »Ich hab mich immer gewundert, warum er mir den Brief übergeben hat. Nachlasssachen sind sonst nicht mein Gebiet. Ich schätze, er wusste, warum.«
Annette Schildbichler kaute auf ihrer Unterlippe und schien zu überlegen, ob sie dem Anwalt ihr Geheimnis anvertrauen sollte.

»Wartest du kurz draußen? Ich muss ein paar Telefonate führen. Wer ermittelt bei den Morden?«
»Ich denke, die Polizei am Tegernsee. Beide Leichen wurden am Wallberg gefunden.«
»Dann ist Miesbach zuständig.« Er wirkte unschlüssig. »Sei so gut und warte draußen. Du kannst ja in der Zwischenzeit überlegen, ob du mir was sagen willst.«

Ein paar Telefonate später hatte Sperber ausreichende Gewissheit, dass Sophie Kramm und Jörg Immerknecht nicht mehr lebten. Er begab sich zum Firmensafe der Kanzlei, der in mehrere Boxen unterteilt war, über die die einzelnen Partner verfügen konnten. In Sperbers Box befanden sich eine Handvoll Briefe und Päckchen von Mandanten, die in Haft saßen und für bestimmte Fälle verfügt hatten, dass die hinterlegten Sachen an jemanden übergeben wurden. Sperber interessierte sich nicht für den Inhalt dieser Briefe und Päckchen und hoffte, dass er sich nicht der Beihilfe zu allzu schlimmen Verbrechen schuldig machte. Jörg Immerknechts Brief hatte Normalformat und war mit Siegellack verschlossen.
Annette Schildbichler betrachtete den Brief mit einer gewissen Sorge und wog ihn in der Hand. Er war sehr dünn, ein einziges Blatt Papier würde er vermutlich enthalten, höchstens zwei. Sie steckte den Brief in ihre Jacke, ohne ihn zu öffnen. Sperber schenkte ihr währenddessen Kaffee ein.
»Ich will dich zu nichts drängen«, sagte er. »Aber nach dem, was du mir erzählst, solltest du zur Polizei gehen. Ich weiß nicht, worum es geht. Du kannst besser abschätzen, in welcher Gefahr du dich befindest. Aber nimm's nicht auf die leichte Schulter. Wenn jemand

schon zwei Mal gemordet hat, kommt es ihm auf ein drittes Mal nicht an.«
Annette Schildbichler nickte. »Wenn ich dir erzähle, was hinter der Sache mit dem Brief steckt, wirst du es wahrscheinlich kaum glauben. Es ist einfach zu abstrus.« Sie sah sich im Raum um. »Gespräche zwischen Anwälten und ihren Klienten sind vertraulich, oder?«
»Absolut. Ich mach mich strafbar, wenn ich mein Schweigen breche.«
Sie schien nachzudenken und Luft zu holen für den großen Befreiungsschlag, der ihr den Druck nehmen sollte, dem sie nicht länger standhalten konnte. Da läutete ein Handy. Zunächst schien Annette Schildbichler irritiert, sah Sperber fragend an.
»Meins ist es nicht«, sagte er.
Zwei Griffe, und sie hatte ihr eigenes Handy aus der Jacke gezogen. Die Nummer auf dem Display kannte sie nicht. »Schildbichler«, sagte sie. »Ja, das geht. Wenn Sie wollen, können wir uns in München treffen ... Ich bin in Nymphenburg. Wie wär's am Platz der Freiheit, in dem Café? ... Gut. Bis dann.« Sie legte auf. Sperber sah sie fragend an. »Das war die Polizei. Ich melde mich morgen.«

44

Kreuthner war gut gelaunt in der Polizeistation eingetroffen. Obwohl nicht viel passiert war in dieser Nacht. Daniela war in seinem Schoß eingeschlafen, und irgendwann hatte er ihren Kopf vorsichtig zur Seite gelegt und sich auf den noch freien Teil der Küchenbank gelegt. Morgens hatte er Feuer gemacht und Kaffee gekocht, während Daniela im Bad war. Sie hatten zusammen gefrühstückt (vegetarisch, Semmeln mit Marmelade), zusammen den Stall ausgemistet und zusammen auf den Abdecker gewartet, der Kaspar holen sollte. Es war ein eisiger Morgen gewesen, der Himmel klar, und die Sonne, im Südosten flach über dem Horizont, tauchte die Landschaft in helle Pastelltöne. Man konnte den Wallberg sehen und den Setzberg daneben, dahinter das Massiv des Gufferts das aus dieser Entfernung viel höher über dem Wallberg aufragte, als wenn man näher dran war. Westlich vom Setzberg dann Ross- und Buchstein und der Zeltsattel des Hirschbergs. Alles makellos weiß vom Schnee der vergangenen Nacht. Kreuthner hatte mit einer dampfenden Tasse Kaffee auf dem Zaun der Pferdekoppel gesessen, neben ihm Daniela. Sie hatten nicht geredet, nur über die schneebedeckten Wiesen nach Süden geschaut, wo der See hinter der eiszeitlichen Endmoräne verborgen lag. Die Pferde und Esel standen auf der weißen Koppel und schnaubten dicke Dampfwolken. Auch die Tiere liebten diese Tage, an denen sie die kalte Luft atmeten, alles war klar und rein und der Himmel beinahe wolkenlos. Es war ein friedvoller Morgen im Dezember und Weihnachten nicht fern. »Eine schöne Zeit zum Sterben«, hatte Daniela gesagt und dabei wehmütig an Kaspar gedacht. Ja, hatte Kreuthner gesagt, wenn er schon sterben müsse, dann im Dezember.

Bei der Abfahrt hatte Kreuthner Daniela seine Idee mitgeteilt, die Weihnachtsfeier der Polizei auf dem Gnadenhof zu veranstalten. Da würde nicht nur Geld herausspringen, sondern auch Werbung für den Hof und vielleicht die eine oder andere Tierpatenschaft. Zu Kreuthners Überraschung hatte Daniela eingewilligt. Allerdings unter der Auflage, dass niemand das Haus betrat, und auch im Stall wollte sie keinen haben, weil die meisten Leute dazu neigten, Unordnung zu stiften, und sie fand, ihr Leben sei auch so schon arg in Unordnung. Man könnte die Tiere – vor allem die Pferde und Esel – während der Feier draußen lassen, schlug Kreuthner vor. Das würde der Feier ein ganz eigenes Flair geben, da man doch den Esel mit Weihnachten und der Heiligen Familie in Verbindung bringe. Auch das akzeptierte Daniela für den Fall, dass es nicht zu kalt sei in der betreffenden Nacht.

Wallner rief gleich am Morgen, mit der ersten Tasse Kaffee in der Hand, Annette Schildbichler an und bat sie um ein Treffen, dem sie zustimmte. Doch kurz bevor er sich auf den Weg nach München machte, rief sie an und sagte ab.
»Mir ist ein anderer wichtiger Termin dazwischengekommen. Es geht erst morgen bei mir«, sagte sie.

»Sie wissen, dass Jörg Immerknecht und Sophie Kramm ermordet wurden?«
»Ja, das weiß ich. Glauben Sie, das hat etwas mit mir zu tun?«
»Wir halten es für möglich. Ich will Sie nicht in Panik versetzen. Aber ich muss Ihnen sagen, dass Sie möglicherweise in Gefahr sind. Seien Sie also bitte vorsichtig und vermeiden Sie Situationen, in denen Sie mit jemandem alleine sind, dem Sie nicht hundertprozentig vertrauen.«
»Das hört sich nicht gut an.« Ihre Stimme klang belegt.
»Tut mir leid. Aber was Besseres kann ich Ihnen nicht sagen. Wann können wir uns morgen sehen?«
»Ich muss eigentlich arbeiten.«
»Unser Treffen ist wichtiger.«
Annette Schildbichler dachte kurz nach. »Kommen Sie morgen früh zu mir. Sie haben meine Adresse?«
Wallner bestätigte das und legte auf. Wohl war ihm nicht bei der Sache. Als Nächstes versuchte er, Tiffany, das Mädchen aus der Tabledance-Bar, anzurufen. Ihr Handy war ausgeschaltet. Und unter ihrer Festnetznummer meldete sich niemand. Auch das war nicht dazu angetan, Wallner zu beruhigen. Er bat Janette, es in regelmäßigen Abständen bei Tiffany zu versuchen.

Frank hatte sich die Nacht vor Tiffanys Haus um die Ohren geschlagen. Umsonst. Sie war nicht gekommen. Die Bar schloss um fünf Uhr morgens. Irgendwann zwischen fünf und sechs hätte sie kommen müssen. Vielleicht hatte sie jemand abgeschleppt. Äußerst ärgerlich, das Ganze. Er hatte überlegt einzubrechen. Aber das war riskant. Wer wusste, was für ein Saustall ihn in dem Apartment erwartete. Die verdammte Telefonnummer konnte überall sein. Vor ein paar Jahren hatte er für einen Auftraggeber eine Wohnung nach Kokain gefilzt. Drei Stunden lang hatte er alles auf den Kopf gestellt, bis ihm aufgefallen war, dass der Wohnungsbesitzer auffallend viele Aktenlocher sein eigen nannte. Acht Stück insgesamt. Das Kokain war in den Auffangbehältern für die Konfetti! Nein, das wollte sich Frank nicht noch einmal antun. Irgendwann musste die Frau nach Hause kommen. Frank holte sich in der Bäckerei, die ein paar Meter die Straße hinunter lag, einen Kaffee und ließ die Haustür nicht aus den Augen. Er setzte sich mit dem Kaffee in seinen Wagen, zündete eine Zigarette an, rauchte, trank und wartete. Das gehörte zum Job.

Tiffany war um fünf mit zwei Kolleginnen in eine Disco gefahren und von einem jungen Mann angesprochen worden. Er hatte gesagt, dass er im Gebrauchthandygeschäft tätig sei und unglaublich viel Geld verdiene. Jedenfalls glaubte Tiffany, dass er ihr ungefähr das ins Ohr geschrien hatte, als sie neben der Tanzfläche standen. Der Junge sah gut aus und war selbstsicher, was Tiffany gefiel. Aber er war sehr jung. Noch keine dreißig. Sie verglich ihn mit dem Kommissar vom Vorabend und musste sich eingestehen, dass sie ältere Männer attraktiver fand. Als sie ihm klarmachte, dass sie allein nach Hause gehen würde, wurde der Gebrauchthandyhändler aggressiv und fühlte sich in seiner männlichen Ehre getroffen. Da er einiges getrunken hatte, zog Tiffany es vor, bei einer Kollegin zu übernachten, die gleich neben der Disco wohnte. Das sollte ihr die Begegnung mit Frank zwar nicht ersparen, aber sie doch um einige Stunden hinauszögern.

Um zehn traf Wallner in der Teeküche auf Kreuthner. Er hatte auf Wallner gewartet, von dem bekannt war, dass er jeden Morgen um zehn seinen dritten Kaffee holte. Wallner hatte kurz überlegt, ob er seine Daunenjacke im Büro lassen sollte. Es waren nur ein paar Meter bis zur Küche. Aber die führten über einen Gang, in dem der Hausmeister immer ein Fenster offen stehen ließ, angeblich, um den störenden Kaffeegeruch nach draußen zu transportieren. Es konnte empfindlich kalt sein, wenn man dort ungeschützt durchging. Es siegte die Vernunft, und Wallner zog sich seine Daunenjacke über – immerhin ließ er sie, da er sich innerhalb des Gebäudes bewegte, offen, damit es nicht ganz so albern aussah.
»Und? Wie schaut's aus bei den Ermittlungen?«
»Ganz okay. Wir sind gerade mit dem Verfassungsschutz im Clinch. Die WG, in der die Opfer damals zusammen wohnten, wurde observiert. Wir vermuten, dass da noch ein V-Mann im Spiel war, den sie uns nicht verraten wollen.« Wallner sah keinen Grund, Kreuthner nicht über den Stand der Ermittlungen zu unterrichten, wenn er schon fragte. Er gehörte zwar nicht zur Soko, aber er hatte die Leichen entdeckt und Frau Immerknecht zur Vernunft gebracht. Außerdem wusste man nie, ob er nicht irgendetwas zur Lösung des Falles beitrug.
»Ihr habt's aber noch keine Ahnung, warum jemand die beiden ermorden hat wollen?«
Wallner schenkte sich den letzten Rest Kaffee ein und spülte die gläserne Kanne aus. »Wir vermuten, es hat was mit der Leiche auf dem Foto zu tun. Aber offen gesagt: Wir haben keine Ahnung.«
»Ich hätt vielleicht a Ahnung.«

»Würdest du uns die mitteilen?« Wallner füllte Wasser in die Kaffeemaschine.
»Is noch nix Konkretes. Aber ich sag euch Bescheid, wenn ich mehr weiß.«
»Mach keinen Scheiß, okay? Wenn du was weißt, sag es. Das könnte jemandem das Leben retten.«
Kreuthner zögerte.
»Leo – wir wissen, dass du ein kluger Kopf bist und Instinkt und gute Ideen hast. Ich weiß das zu schätzen. Ehrlich. Aber wir wissen auch, dass du schon einiges vergeigt hast. Also noch mal: Wenn du was hast, lass es uns wissen.«
»Wann hast du Zeit?«
Wallner sah auf seine Uhr. »Um zwölf?«
»Okay. Ich komm vorbei.«
»Und sonst? Was macht die Weihnachtsfeier?«
»Ach, richtig. Da gibt's a kleine Änderung.«
Wallner sah ihn fragend an.
»Das mit dem Gemeindesaal hat sich zerschlagen. Da hat die Sennleitnerin intrigiert.«
»Wegen der Geschichte am Wallberg?«
»Man sollt's net glauben. Aber es is so. Dabei hab ich da gar nix dafür können.«
»Du hast sie vergessen. Und sie ist stundenlang verschüttet gewesen. Da wär ich auch sauer.«
»Ich bin unter Schock gestanden. Das war die zweite Leiche auf der gleichen Bank. Den zeigst mir mal, der da noch alles im Griff hat.«
»Du musst dich nicht vor mir rechtfertigen. Ich hab damit kein Problem. Ich sage nur, dass ich die Anneliese irgendwo verstehen kann.« Wallner hatte die Kaffeemaschine mit Wasser und frischem Kaffeepulver bestückt und schaltete sie ein. Er nahm seinen

Kaffee und begab sich nach draußen. »Um zwölf bei mir.«

Als er schon fast auf dem Gang war, sagte Kreuthner: »Wart amal! Was is'n des?«

»Was?« Wallner drehte sich um.

»Da, an deiner Schulter.« Kreuthner ging zu Wallner und betastete die Daunenjacke. »Dreh dich mal um.« Am oberen Ende des Ärmels, dort, wo er in den Rücken überging, war etwas. Es sah aus wie ein kleines Stöckchen. Wallner zog die Jacke aus und betrachtete die Stelle.

»Vielleicht ein Federkiel.«

»Schmarrn. Da sind nur ganz kleine Federn drin.« Kreuthner betastete das Stöckchen, das die Dicke einer Kugelschreibermine hatte, und stellte fest, dass weiter unten etwas Größeres daran war. Auch Wallner konnte das ertasten.

»Hast recht. Da ist was. Wie kommt das da rein?« Er untersuchte die Jacke. Zunächst von außen. Aber hier waren keine Löcher zu sehen. Dann inspizierte er die Innenseite und fand im Ärmel ein kleines Stück Klebeband, unter dem ein Schlitz sichtbar wurde, durch den man den Gegenstand in den Jackenärmel praktiziert hatte. Nach einigem Gefinger gelang es Wallner, den Gegenstand auf eben jenem Weg ins Freie zu befördern. Es war ein schwarzes, rechteckiges Klötzchen mit einem dickeren Draht dran. Kreuthner und Wallner betrachteten den Gegenstand und sagten nichts. Als Kreuthner ansetzte zu reden, legte Wallner den Finger auf seinen Mund. Dann ging er zum Kühlschrank und verstaute den schwarzen Gegenstand im Gefrierfach.

Kurz darauf war die Wanze deaktiviert. Oliver kannte

sich mit Abhörgeräten ein wenig aus. Er hatte früher für den Berliner Verfassungsschutz gearbeitet.

»Seit wann hast du die?« Oliver wog das kleine Teil anerkennend in seiner Hand.

»Vermutlich, seit ich in München beim Verfassungsschutz war.«

»Unwahrscheinlich. Erstens dürfen die das gar nicht.«

»Sehr lustig. Und zweitens?«

»Das Teil kommt aus Israel. Ich schätze, hierzulande vertraut man eher auf deutsche Technik. So haben wir es in Berlin jedenfalls gehalten.«

»Scheiße. Ich hab keine Ahnung, seit wann ich abgehört werde.«

»War jedenfalls ein genialer Schachzug, die Wanze in deiner Daunenjacke zu verstecken. Damit ist praktisch eine Rund-um-die-Uhr-Überwachung sichergestellt.«

Oliver grinste unverschämt, und auch Kreuthner konnte sich ein spöttisches Lächeln nicht verkneifen.

»Ich weiß, dass hinter meinem Rücken ganz miese Scherze über meine Daunenjacke gemacht werden. Ich steh da drüber, okay?«

»Nein, Clemens, versteh das nicht falsch. Deine Jacke ist Kult. Und nach diesem«, Oliver deutete auf die Wanze, »Vorfall natürlich erst recht.«

»Bin ich damit wirklich die ganze Zeit abgehört worden?«

»Der Sender hat eine Reichweite von drei- bis vierhundert Metern. Je nach Wetter auch mehr. Wenn jemand also unten auf dem Parkplatz steht, kann er mithören, was bei dir im Büro gesprochen wird.«

»Und wenn er mir nach Wasserburg oder München nachgefahren ist ...«

»Dann natürlich auch. Selbst Gespräche im Auto.«

»Oder beim Verfassungsschutz.«
»Ja. Sehr witzig, dass man bei den Profispionen mit Wanzen reingelassen wird.«
Auch Mike war hinzugezogen worden. »Was wäre denn der Worst Case?«
»Was meinst du?«
»Was sind die sensibelsten Informationen, die jetzt in den falschen Händen sind?«
»Dass Annette Schildbichler mit den beiden anderen Opfern in einer WG gewohnt hat und dass wir Kontakt zu ihr aufgenommen haben.«
»Wenn die Morde wirklich mit der WG von damals zusammenhängen, dann weiß der Täter das. Zumindest, dass Schildbichler die dritte Bewohnerin war.«
»Richtig. Aber wenn er sie umbringen will, dann weiß er auch, dass er jetzt nur noch wenig Zeit hat.«
»Aber du hast sie gewarnt.«
»Ich hoffe, sie nimmt es ernst.«
»Was ist mit diesem V-Mann vom Verfassungsschutz?«, schaltete sich Kreuthner ein.
»Neu dürfte für den Täter sein, dass die WG beobachtet wurde. Und dass es einen V-Mann gibt, der uns möglicherweise mit Informationen versorgen kann. Gott sei Dank hat uns Herr Hauser nicht gesagt, wer das ist.«
»Der Täter kann es sich vielleicht denken. Er kennt vermutlich die Strukturen von damals besser als wir.«
»Das sind alles Spekulationen. Und wir gehen wie selbstverständlich davon aus, dass der Täter dem Kollegen Wallner die Wanze untergejubelt hat«, sagte Mike.
»Wer sonst sollte so etwas tun?«

»Keine Ahnung. Aber das mit der Wanze macht einen ziemlich professionellen Eindruck.«

»Was willst du damit sagen?«

»Ich will damit sagen: Der Mörder ist anscheinend ein Psychopath, der Morde nach einem bestimmten Ritual begeht, das er sich in seinem kranken Gehirn ausgedacht hat. Das sieht nicht nach einem Profikiller aus. Der Mann mit der Wanze hingegen scheint Berufsverbrecher zu sein.«

»Vielleicht zahlt der Mörder den Mann mit der Wanze«, wandte Kreuthner ein.

»Das könnte sein«, sagte Wallner. »Oder der Mörder ist Psychopath. Aber ein sehr sorgfältig arbeitender. Sonst kriegst du nicht zwei so völlig deckungsgleiche Morde hin. Und jemand, der so etwas hinkriegt, kriegt auch das mit der Wanze hin.«

»Kann sein.« Mike war nicht ganz überzeugt. »Wir haben gestern doch diese Stripperin getroffen, der du so gut gefallen hast. Hat die inzwischen mal angerufen?«

»Nein …« Wallners Ausdruck verdunkelte sich. »Was könnte da jemand mitgehört haben?«

»Dass wir dem toten Mädchen auf dem Foto auf der Spur sind.«

»Und dass uns Tiffany die Festnetznummer geben wollte, unter der die Tote zuletzt erreichbar war. Shit.« Wallner förderte Tiffanys Handynummer aus seinem Geldbeutel zutage und griff zum Telefon. Es war wieder nur die Box dran. Wallner bat um baldigen Rückruf. Es gehe um die Nummer, die Tiffany der Polizei mitteilen wollte. Als er aufgelegt hatte, suchte er Mikes Blick. »Ich hab kein gutes Gefühl bei der Sache. Wie geht's dir?«

»Ähnlich«, sagte Mike.

45

Als Tiffany gegen elf die Wohnung ihrer Freundin verließ, schaltete sie ihr Handy ein. Es war ein Anruf von Wallner auf der Box, der fragte, ob sie die Nummer gefunden habe, die Franziska Michalski, das verschwundene Mädchen mit der Tasche, ihr gegeben hatte. Sie entschied, mit dem Rückruf zu warten, bis sie zu Hause war und die Telefonnummer gefunden hatte.

Seit zwei Stunden überlegte Frank, ob er fahren und sich um Daniela Kramm kümmern sollte. Vielleicht war Tiffany ja den ganzen Tag weg. Dagegen sprach, dass sie gestern vom Weihnachtsmarkt direkt in die Tabledance-Bar hatte fahren wollen und weder Reisegepäck noch eine größere Tasche bei sich hatte. Sie würde nicht den ganzen Tag irgendwo verbringen, ohne ihre Unterwäsche zu wechseln. Das war zumindest Franks Vermutung auf Grundlage seiner Kenntnisse über Frauen.

Den Ausschlag gab schließlich die Überlegung, dass die Mädchen in Tabledance-Bars bis vier oder fünf Uhr morgens arbeiteten. Entsprechend lang würden sie schlafen. Frank richtete sich auf einige Stunden mehr ein. Gegen halb zwölf wurde seine Geduld belohnt. Tiffany erschien und ging ins Haus. Frank machte seine Zigarette aus und fuhr mit dem Wagen ein paar Straßen weiter.

Tiffanys Apartment war nicht groß. Dennoch gab es zahlreiche Orte, wo ein Zettel mit einer Telefonnummer sein vergessenes Dasein fristen konnte, zumal die junge Frau erst kürzlich umgezogen war und einige Kartons noch nicht ausgepackt hatte. Der alte Schreibtisch, den Tiffany aus ihrem Kinderzimmer mitgebracht hatte, erbrachte nichts. Es gab einen Ablagekorb mit alten Papieren, die Tiffany lediglich in zeitlicher Reihenfolge aufeinandergestapelt hatte. Der Zettel hätte ganz unten sein müssen, wenn er überhaupt da war. Aber ganz unten war er nicht. Ihr blieb nichts übrig, als jedes Papier einzeln in die Hand zu nehmen.
Es klingelte. Tiffany ging in gereizter Stimmung zur Tür und drückte auf die Gegensprechanlage.
»Grüß Gott, Frau Plungauer. Mein Name ist Grieser von der Kripo München.«
»Ja und?«
»Die Kollegen aus Miesbach haben uns gebeten, eine Telefonnummer bei Ihnen abzuholen. Sie haben gesagt, Sie wüssten, worum es geht.«
»Ich such sie gerade. Kann noch ein bisschen dauern. Wollen Sie warten?«
»Kein Problem. Kann ich raufkommen?«
»Im Erdgeschoss.« Der Türöffner summte.
Tiffany bot dem Kripokommissar einen Platz auf ihrer Couch an und fragte, ob er Kaffee wünsche. Der Kommissar lehnte dankend ab.
»Sie kommen mir irgendwie bekannt vor«, sagte Tiffany, während sie den Papierstapel sortierte.
»Ich glaube nicht, dass wir uns kennen. Es gibt Leute, die sagen, ich sehe Charles Bronson ähnlich.«
»Das kann sein. Vielleicht kommt mir Ihr Gesicht deswegen bekannt vor.«

»Was ist das eigentlich für eine Telefonnummer?«, fragte Frank, um das Thema zu wechseln. Er war vor einem Jahr für den Betreiber von Tiffanys Tabledance-Bar tätig gewesen. Genauer gesagt, hatte er einem Ex-Angestellten des Barbesitzers, der diesen bestohlen hatte (das behauptete zumindest der Barbesitzer, und es gehörte nicht zu Franks Aufgaben, die Angaben seiner Auftraggeber in Zweifel zu ziehen) –, jedenfalls hatte er dem Mann auftragsgemäß das Jochbein gebrochen, was sehr schmerzhaft war, einen langwierigen Heilungsprozess nach sich zog und in den entsprechenden Kreisen als Zeichen angesehen wurde, dass man den Barbesitzer nicht ungestraft bestehlen durfte. Das Vorgespräch zu dieser Maßnahme hatte in der Bar stattgefunden. Ein paar der Mädchen waren an ihrem Tisch vorbeigekommen oder hatten Frank aus der Entfernung angestarrt. Es war klar, dass der Chef unsaubere Sachen mit dem Mann verhandelte, dessen graublaue Augen so brutal funkelten. Gut möglich, dass auch Tiffany unter den Gafferinnen gewesen war.
»Es ist die Nummer einer ehemaligen Kollegin von mir. Die is vor a paar Jahr verschwunden, und keiner weiß, wo die steckt.«
»Die Nummer wissen Sie wahrscheinlich nicht mehr auswendig?«
»Nein, natürlich net. Des is über drei Jahr her. Die hat mir irgendwann amal den Zettel gegeben.«
»Verstehe. Sie wissen auch nicht ungefähr, wo die Adresse war. Ich meine, so von der Vorwahl her.«
»Tut mir leid. Ich hab den Zettel net amal ang'schaut.«
Frank beschloss, dass das so bleiben sollte. Falls sie den Zettel, nachdem sie ihn gefunden hatte, zu lange ansehen sollte, müsste er sie leider ... Wahrscheinlich

müsste er das ohnehin. Denn sie kannte jetzt sein Gesicht, und das war markant. Die Polizei würde sofort nach dem falschen Kollegen fahnden – wenn sie von ihm erfuhr. Er verfluchte seinen Auftraggeber Baptist Krugger. Dass der ganze Mist solche Weiterungen nach sich zog, war nicht vorauszusehen gewesen. Aber so war das eben, wenn die Polizei erst mal Witterung aufgenommen hatte. Während Frank Tiffany beim Durchblättern ihrer Papiere zusah, dachte er an Kreuthner, der, wie er recherchiert hatte, zwar bei der Miesbacher Polizei arbeitete, aber nicht als Kommissar, sondern als Streifenpolizist. Dem Foto nach war es der Mann, den er auf dem Gnadenhof getroffen hatte.
Ein Telefon klingelte. Tiffany unterbrach ihre Suche, ging zu ihrer Handtasche, die auf dem Sofa lag, und wollte ihr Handy herausholen. Das aber hatte bereits der Kommissar erledigt. Er sah auf das Display, dann zu Tiffany, die sehr erstaunt vor ihm stand.
»He, wie kommen Sie dazu, mein Handy zu nehmen? Geben Sie's mir. Das ist bestimmt Ihr Kollege aus Miesbach.« Frank entzog das Smartphone Tiffanys Griff. Er kannte die Nummer. Ja, es war der Kollege aus Miesbach, der da gerade anrief.
»Sie sollten jetzt erst mal die Telefonnummer finden.«
»Geht's noch? Ich such gar nichts mehr. Verlassen Sie meine Wohnung.«
»Regen Sie sich nicht so auf. Telefonnummer gegen Handy, so läuft das.«
»Was wird das hier? Kann ich mal ... Ihren Polizeiausweis sehen?« Tiffanys letzte Worte kamen zaghaft.
»Natürlich«, sagte Frank, griff in seine Jacke und zog ein Jagdmesser hervor. Tiffany wich zurück und rannte zur Wohnungstür. Frank war schneller und hatte

sie am Arm gepackt, kurz bevor sie die Tür erreichte. Dann schlug er ihr ins Gesicht. Nur ein Mal, aber gezielt und mit so ungeheurer Wucht, dass sich unter ihrem linken Auge sofort ein Hämatom zu bilden begann. »Such die verdammte Telefonnummer! Ich geb dir zehn Minuten.« Tiffany starrte voller Entsetzen auf das Messer in Franks Hand.

Sie suchte in ihren Papieren, zwischen ihren Büchern, in Schachteln und in Schalen, die alle möglichen Dinge enthielten. Tiffany suchte hektisch, atmete flach und hatte eine unglaubliche Angst. Sie hoffte, dass der Mann, der mit Sicherheit nicht von der Polizei war, gehen würde, wenn sie die Nummer gefunden hatte. Tränen der Wut liefen ihr übers Gesicht, weil sie die verfluchte Telefonnummer nicht finden konnte. Sie musste im Apartment sein, denn sie hatte die Nummer nicht weggeworfen. Das hätte sie nicht getan. Sie hatte immer vorgehabt, Franzi anzurufen. Irgendwann war so viel Zeit verstrichen, dass es peinlich gewesen wäre. Und sie hatte es auf unbestimmte Zeit verschoben.
Der Mann auf der Couch hatte das Messer vor sich auf den niedrigen Glastisch gelegt. Es hatte Löcher und Zacken und schien aus hartem, scharf geschliffenem Stahl zu sein. Was würde er damit machen, wenn sie die Telefonnummer nicht fand? Würde er sie umbringen oder ihr Gesicht entstellen? Wenn er sie tötete, müsste er die Nummer selbst suchen. Würde er das Risiko eingehen? Sie schüttete den Inhalt einer kleinen sechseckigen Schachtel auf den Boden. Es waren Schlüssel darin, alte S-Bahn-Tickets, eine abgelaufene Kreditkarte, zwei Trillerpfeifen aus gelbem Plastik, an

deren Herkunft sie sich nicht mehr erinnern konnte, ein Bierdeckel aus dem Bräustüberl in Tegernsee, ein einzelner Handschoner zum Inline-Skaten, ein halber Zettelblock einer Umzugsfirma ... Der Bierdeckel! Franzi hatte die Nummer auf den Bierdeckel geschrieben. Sie drehte ihn um, und da war sie. Die Nummer! Tiffany fiel eine so schwere Last vom Herzen, dass sie anfing zu zittern und vor Freude weinte. Verheult ging sie zur Couch und gab dem Mann den Bierdeckel. Der betrachtete ihn und nickte.
Frank hatte die Nummer erkannt. Es war tatsächlich die Nummer von Baptist Kruggers Haus am Taubenberg. Würde sie in die Hände der Polizei fallen, wäre die Sache gelaufen, und Franks Auftrag hätte sich erledigt. Und das wollte ja niemand. »Okay. Sehr schön«, sagte er und setzte einen freundlichen Blick auf, der Tiffany beruhigen sollte. »Passen Sie auf! Es läuft so: Sie drehen sich jetzt um und zählen bis hundert. Dann können Sie machen, was Sie wollen. Sollten Sie der Polizei von unserem Treffen erzählen, komme ich wieder. Und dann wird es sehr schlimm für Sie. Ist das klar?« Tiffany nickte. »Gut, dann drehen Sie sich jetzt um und sehen die Wand an. Sie können auch die Augen zumachen.«
»Ja, ja, gehen Sie einfach.«
»Was erzählen Sie der Polizei, wenn die wegen der Nummer fragt?«
»Dass ich sie nicht mehr finden kann.«
»So machen wir das. Ich darf mich verabschieden. Wir werden uns hoffentlich nicht wiedersehen.«
Tiffany pflichtete dem innerlich bei, sagte aber lieber nichts. Frank nahm das Messer vom Tisch, stand auf und betrachtete den Rücken der jungen Frau.

Ihr Rückgrat zeichnete sich unter dem hellblauen Kaschmirpullover ab, ja, man konnte fast die Rippen und den Brustkasten sehen, der sich mit schnellen, zuckenden Bewegungen vergrößerte und wieder zusammenzog. Er musste Tiffanys Stirn mit der linken Hand fassen und nach hinten ziehen, um ihr mit der Messerklinge den Hals zu durchtrennen, bevor sie Abwehrbewegungen mit den Händen ausführen konnte. Das mochte sich in der Theorie leicht anhören. Aber Frank war in diesen Dingen kein Routinier. Und er hatte Hemmungen, wenn es um Frauen ging (er war deswegen ein wenig stolz auf sich). Die Krux war: Wenn das Ganze nicht tausend Mal eingeübt war und automatisch ablief, musste man mit Überraschungen rechnen. Frank atmete tief in den Bauch und konzentrierte sich. Dann tat er einen Schritt nach vorn auf die junge Frau zu, streckte die Linke aus, um nach ihrer Stirn zu greifen, beherzt und ohne zu zögern. Doch etwas lief falsch. Die Frau schrie auf, duckte sich weg, er versuchte, ihren Kopf zu fassen, den sie aber wie von Sinnen schüttelte, dazu schlug sie mit den Händen um sich. Als letztes Mittel blieb ihm ein Tritt in die Rippen, der sie aus dem Gleichgewicht brachte. Nur das Bücherregal bot ihr noch Halt, um nicht zu Boden zu gehen. Dafür wankte das Regal, als sie sich an ihm festhielt, sie merkte es, zerrte absichtlich daran und brachte es in dem Augenblick zu Fall, als Frank ihr nachsetzen wollte. Das Regal entleerte seinen Inhalt auf den Teppichboden und versperrte Frank für einen Augenblick den Weg, lang genug, dass Tiffany im Bad verschwinden und von innen abschließen konnte.

»Kommen Sie raus. Ich tu Ihnen nichts«, sagte Frank zur Badezimmertür. »Das war ein Missverständnis.

Tut mir leid.« Er nahm nicht an, dass sie diesen Unsinn glaubte, und fragte sich, wo ihr Handy hingekommen war. Es lag auf der Couch, wie er feststellte. Das beruhigte ihn ein wenig, löste aber sein Problem nicht. Von der Badezimmertür zur gegenüberliegenden Wand war es ein knapper Meter. Die Tür ging nach innen auf. Frank nahm Maß, trat mit dem Absatz seines Stiefels auf die Stelle oberhalb der Türklinke und stemmte sich gegen die Wand. Schon mit dem ersten Tritt gelang es ihm, das Schließblech halb aus dem Türstock zu brechen. Mit dem zweiten Tritt fiel es vollständig heraus, und die Tür war offen. Allerdings versuchte Tiffany, die Tür von innen zuzuhalten, was letztlich zum Scheitern verurteilt war, denn Frank brachte das doppelte Kampfgewicht auf die Waage.
Als Frank im Bad war, stellte Tiffany ihre Taktik um und verschanzte sich hinter der offenen Tür, indem sie sie zu sich zog. Frank griff hinter die Tür und bekam Tiffanys Haare zu fassen. Sie schrie und kratzte. Frank zog sie unbarmherzig hinter der Tür hervor und drückte ihren Kopf zu Boden. In der Hektik hatte Frank das Messer fallen lassen. Es lag vor der Badezimmertür, außerhalb seiner Reichweite. Frank musste die Frau für einen Augenblick loslassen, um das Messer aufzuheben. In diesem Moment klingelte es an der Tür.

Mike drückte auf den Klingelknopf mit der Beschriftung »A. Plungauer«. Niemand meldete sich. »Vielleicht hat sie woanders übernachtet«, spekulierte Mike.
»Ja, vielleicht.« Wallner suchte die Straße ab, ob die junge Frau zufällig in dieser Minute nach Hause kam.

Da hörte er etwas. Ein leises, aber hallendes Geräusch. Es klang wie ein Schrei. »Was war das?«
»Das kam aus dem Haus«, sagte Mike. Beide Kommissare lauschten. Ein Wagen fuhr vorbei und übertönte alles andere. Als der Wagen weg war, hörten sie erneut das Geräusch.
»Schreit da jemand?«
Mike nickte und drückte sämtliche Knöpfe auf dem Klingelbrett. Nach endlosen Sekunden meldete sich eine missmutig klingende Frauenstimme in der Gegensprechanlage. Mike sagte: »Post.« Der Türöffner summte, und die Kommissare gingen ins Treppenhaus. Hier waren die Schreie lauter. Die Quelle lag hinter einer Tür im Parterre. Darauf der Name Plungauer.
Mike und Wallner stürmten zur Tür, hämmerten auf sie ein und gaben sich als Polizisten zu erkennen. Die Frau hinter der Tür schrie weiter. Mike nahm Anlauf und warf sich gegen die Tür. Sie blieb verschlossen. Mit schmerzverzerrtem Gesicht hielt sich Mike die Schulter. Wallner hatte keine Zeit für Mitleid. Die Schreie hatten aufgehört. Er zog seine Waffe und rief: »Gehen Sie hinter der Tür weg. Ich schieße jetzt auf das Schloss!« Er wartete einige Sekunden, und dann zielte er auf die Tür.
»Ist des wirklich a gute Idee?«, stöhnte Mike.
»Nein. Aber ich hab keine bessere.« Wallner rief noch lauter. »Ich schieße jetzt!«
In diesem Moment hörten sie das Geräusch eines sich im Schloss drehenden Schlüssels. Dann wurde die Türklinke nach unten gedrückt. Wallner zielte auf den Türspalt.

46

Frank rannte durch den Schnee und hinterließ Fußabdrücke. Ein Fehler mehr in dieser ganzen Scheiße, die er angerührt hatte. Er sprang auf einen Papiercontainer und von da aus über eine zwei Meter hohe Mauer in den Hinterhof eines Mietshauses, dessen Hausmeister offenbar weniger nachlässig war und ordentlich geräumt und Split gestreut hatte. Ein dünner Mann im Bademantel kam mit einem Müllsack aus dem Haus und starrte Frank an. Mit dem blutigen Messer in der Hand und dem gehetzten Blick sah er wenig vertrauenerweckend aus. Der dünne Mann machte auf der Stelle kehrt, um ins Haus zurückzulaufen, glitt auf einer glatten Stelle aus (ganz so gründlich war der Hausmeister wohl doch nicht gewesen) und schlug unter einigem Gezappel seiner schlacksigen Gliedmaßen der Länge nach hin. Es erstaunte Frank, dass der Mann seinen Müllsack nicht losließ, aber er hielt sich nicht lange bei dem Gedanken auf, sondern rannte durch die Toreinfahrt aus dem Hinterhof auf die angrenzende Straße.

Mit dem Schnee vom Bordsteinrand reinigte er hastig das Messer, steckte es ein und stieg auf der anderen Straßenseite in einen städtischen Bus, der gerade seine Türen schloss. Niemand im Bus sah Frank in die Augen. Er vermittelte wohl den Eindruck, dass er es nicht mochte, angesehen zu werden, und dass es Ärger geben könnte, wenn man diesen Wunsch nicht respektierte. Die meisten Menschen hatten ein feines Gespür dafür, ob jemand in der Lage war, einem mit voller Kraft ins Gesicht zu schlagen. Frank war immer stolz gewesen auf seinen Charles-Bronson-Blick. Momentan hätte er gern auf sein markantes Gesicht verzichtet.

Er griff in seine Jackentasche und holte den Bierdeckel hervor, betrachtete ihn und steckte ihn wieder weg. Die verfluchte Telefonnummer war in Sicherheit. Das würde seinem Auftraggeber zunächst den Arsch retten. Vermutlich nicht lange. Der Arsch von Baptist Krugger war Frank inzwischen aber herzlich egal. Er hatte ein sehr eigennütziges Interesse daran, dass Krugger möglichst lange unbehelligt blieb: So lange würde er der Polizei nichts von Frank erzählen. Er stieg nach drei Stationen aus dem Bus und wanderte durch die Straßen, die näher an der Innenstadt lagen und damit etwas belebter waren. Er musste seine Gedanken sortieren, die Dinge, die zu erledigen waren, in eine Reihenfolge bringen. Da die ganze Geschichte zwangsläufig in einem Desaster enden würde (eigentlich war sie schon mittendrin), gab es lediglich ein vernünftiges Ziel: das Geld. Es war klar, dass nur noch Annette Schildbichler die Macht über das Konto haben konnte. Sie musste die dritte Frau gewesen sein. Daniela war es nicht gewesen, so viel hatte er herausgefunden. In Danielas altem Computer gab es einen Kalender, der bis 2006 zurückreichte. Sie war am vierundzwanzigsten September 2008 auf einem dreitätigen Seminar für Pferdepflege gewesen. Also Annette Schildbichler! Er rief sie sofort aus einer Telefonzelle an.

»Mein Name ist Grieser. Ich bin ein sehr alter Bekann-

ter von Sophie Kramm. Eigentlich ein Freund ihrer Eltern. Als sie noch lebten. Ich habe erfahren, dass Sophie auf ganz schreckliche Weise gestorben ist.«
»Ja, ich weiß«, sagte Annette Schildbichler. »Ich hab sie aber seit langem nicht mehr gesehen.«
»Das tut mir leid. Sie schienen ja befreundet zu sein. Wie dem auch sei: Es ist so, dass mir Sophie vor kurzem einen Brief geschickt hat. In dem Brief war ein weiterer Brief, den ich Ihnen übergeben sollte, falls ihr etwas zustößt.«
»Ist der Brief nur für mich?«
»Ja. Nur für Sie. Sophie schreibt, es wäre lebenswichtig für Sie, dass Sie diesen Brief bekommen. Ich weiß nun wirklich nicht, was das alles zu bedeuten hat. Und ich habe den Eindruck, Sie sollten vielleicht zur Polizei gehen. Aber gut, das ist Ihre Sache. Ich möchte nur diesen Brief so schnell wie möglich weitergeben. Und ich möchte ihn nicht mit der Post schicken, wie Sie vielleicht verstehen.«
»Nein, nein, auf keinen Fall. Wo kann ich Sie treffen?«
»Ich kann zu Ihnen kommen. Ich bin heute Nachmittag am Ammersee.«
»Sehr gut. Können Sie so gegen drei kommen?«
»Ja, das lässt sich machen.«
»Und passen Sie bitte gut auf den Brief auf. Wissen Sie, was drinsteht?«
»Nein. Er ist verschlossen. Und ich will es auch gar nicht wissen.«
»Natürlich. Dann um drei. Sie wissen, wo ich wohne?«
»Das steht auf dem Brief.«
Frank steckte das Handy ein und sah zum Himmel auf. Durch eine dünne Stelle im winterlichen Hoch-

nebel konnte man die Sonnenscheibe sehen. Frank sog die kalte Luft ein und sah sich um. Kälte, Schnee, missmutige Menschen. Das würde er hinter sich lassen und den Rest seiner Tage irgendwo verbringen, wo es warm war und die Leute gute Laune hatten. Er durfte jetzt nur keinen Fehler machen.
Frank hatte die Angewohnheit, bei delikaten Aktionen seinen Wagen nicht unmittelbar am Tatort zu parken. Einmal war es ihm passiert, dass ein Nachbar die Polizei rief, während er jemanden in der Wohnung daneben verprügelte. Frank konnte zwar fliehen. Aber er kam nicht mehr an seinen Wagen, denn der stand direkt vor dem Haus, umrahmt von drei Streifenwagen mit Blaulicht. Als er den Wagen am nächsten Tag abholte, erkannte ihn der Nachbar und gab das Kennzeichen an die Polizei durch. Seine mangelnde Umsicht hatte Frank zwei Jahre wegen schwerer Körperverletzung gekostet. Aber er hatte etwas gelernt.
Als er in seinen Geländewagen stieg, konnte er in sicherer Entfernung die Blaulichter vor dem Apartmenthaus sehen.

47

Nachdem es an der Tür geklingelt hatte, hatte Frank hastig das Messer aufgehoben und war zurück ins Bad gegangen, wo sich Tiffany wieder hinter der Tür verschanzt hatte. Es war nicht einfach, den tödlichen Stich zu setzen, denn das Mädchen schlug um sich, als sei der Leibhaftige in sie gefahren, und bot keine Angriffsfläche. Das Messer schlitzte zwar ihre Arme auf, und der eine oder andere Stich ging in die Schulter. Aber das reichte nicht, um sie zu töten. In dem Chaos versuchte Frank, wenigstens ihre Halsschlagader zu treffen. Aber sie hatte Glück. Ein Schnitt ging wenige Zentimeter daneben. Als die Kommissare schließlich vor der Tür standen und ankündigten, auf das Schloss zu schießen, musste Frank unverrichteter Dinge von seinem Opfer ablassen und durch das Fenster fliehen. Die junge Frau saß auf dem Boden und blutete stark an den Armen und an der Schulter, als sie die Tür zum Apartment aufzog. Im Gesicht: blankes Entsetzen.
Tiffany wurde ins Krankenhaus gebracht. Sie stand unter schwerem Schock und würde für einige Zeit nicht vernehmungsfähig sein. Wallner und Mike bekamen daher weder eine Beschreibung des Täters noch eine Aussage, was er von Tiffany gewollt hatte. Wallner befürchtete, dass der Täter es auf die Telefonnummer abgesehen hatte, die Tiffany für Wallner heraussuchen wollte. Er bat die Spurensicherung der

Münchner Kripo, in dem Apartment sämtliche Notizen sicherzustellen, die auch nur im Entferntesten nach Telefonnummern aussahen.

»Wegen mir ist das Mädel fast umgebracht worden. Ich bin so ein Idiot.« Wallner stand mit Mike vor dem Apartmenthaus und überlegte, was als Nächstes zu tun war.

»Mach dir keine Vorwürfe. Wer rechnet denn damit, dass er abgehört wird? Das ist doch absurd.«

»Aber leider Tatsache. Wie kriegen wir raus, wer mir die Wanze in die Jacke gesteckt hat?«

»Lass uns mal überlegen. Du ziehst das Ding doch so gut wie nie aus. Und bei dir zu Hause oder im Büro – das wär doch zu dreist.«

»Okay. Lass uns überlegen, wo sonst jemand Gelegenheit dazu hatte.«

»Wir waren in München bei diesem Trachtenladen. Und danach bei dem Kerl, dem sie die Kreditkarte geklaut hatten.«

»Mit dem Kreditkartenmensch sind wir in das Café gegangen. Hab ich da die Jacke an die Garderobe gehängt?«

Mike zuckte mit den Schultern. »Keine Ahnung. Ich vermute, eher nein. In der Regel behältst du sie ja an.«

»Im Lokal? Jetzt red bitte keinen Unsinn.«

»Doch. Fakt. Außer es sind Frauen dabei. Dann ist es dir peinlich.«

»Ich weiß nicht, was du manchmal für einen Käse absonderst. Ich zieh meine Jacke ganz normal aus wie jeder andere.«

Mike meldete sich mit einem siegesgewissen Handzeichen. »Jetzt weiß ich's wieder: Wir mussten doch diesen Tisch an der Tür nehmen. An der Tür heißt:

Es waren ungefähr zehn Meter bis zur Tür. Jedenfalls hast du dich höllisch darüber aufgeregt, dass da jedes Mal ein eisiger Wind durchpfeift, wenn jemand reinkommt. Erinnern wir uns?«
Wallner dachte angestrengt nach. »Okay ... du könntest möglicherweise recht haben. In diesem Ausnahmefall hab ich die Jacke wohl angelassen.«
»Da ist noch die Bedienung gekommen«, kicherte Mike, »und hat gefragt, ob sie sie zur Garderobe bringen soll.« Er schüttelte den Kopf. »Gott, war das peinlich.«
»Das war überhaupt nicht peinlich. Ich hab gesagt, danke, aber wir gehen gleich wieder.«
»Und dann sind wir da eine Stunde gesessen. In der Daunenjacke.«
»Kommen wir zurück zum Thema«, sagte Wallner, leicht angefressen. »Bei dem Cafébesuch ist es also nicht passiert.«
»Nein. Vielleicht in Wasserburg?«
Wallner schüttelte den Kopf. »Da gab es keine Situation, wo ich die Jacke hätte ausziehen können.«
»Richtig.« Mike nickte und sah Wallner an.
»Ist das jetzt wieder ironisch oder wie?«
»Mann, sei nicht so empfindlich. Es ist überhaupt nicht ironisch. Du hast völlig recht. Du hast die Jacke in Wasserbug nicht aus der Hand gegeben.«
Wallner verzog sein Gesicht. Eine schmerzhafte Erkenntnis hatte ihn überkommen. »Fuck! Ich weiß, wo es passiert ist.«
»Nämlich?«
»Als wir nach dem Cafébesuch – also mit dem Kreditkartenmann – heimgefahren sind, hat mich doch diese Frau angerufen. Mit dem osteuropäischen Akzent. Dar-

aufhin sind wir nach Gmund gefahren und haben uns mit ihr in dem Restaurant am Strandbad getroffen.«
»Oh, ja! Ich erinnere mich. Da hast du die Jacke schön brav an die Garderobe gehängt. Obwohl der Tisch noch näher an der Tür war. Ja – die wunderbare Macht des Weiblichen.«
»Jetzt hör auf mit dem Schmarrn. Es hat einfach nicht so gezogen wie …« Mike bemühte sich gar nicht, ein ernstes Gesicht zu machen. »Ja, in Ordnung. Ich hab die Jacke an die Garderobe gehängt. Und das war übrigens der einzige Termin, wo uns jemand an einen bestimmten Ort bestellt hat. Ich vermute, irgendwer hat der Frau ein paar Scheine gegeben, damit sie uns ein bisschen beschäftigt, und in der Zwischenzeit hat er die Wanze plaziert.«
»Wenn ich mich richtig erinnere, hat sie uns irgendein Zeug erzählt, an dem wir uns totrecherieren.«
»Und? Ist da irgendwas rausgekommen?«
Mike zückte sein Handy. Er ließ sich mit der Mitarbeiterin der Soko verbinden, die die Aufgabe hatte abzufragen, ob in den Jahren 2007/2008 eine Tschechin mit dem Vornamen Elisabeta in irgendeinem Münchner Hotel gearbeitet hatte. Sie war bis jetzt nicht fündig geworden, was die Kommissare in Anbetracht der jüngsten Erkenntnisse nicht erstaunte. Mike sagte, sie könne die Recherche einstellen und sich mit etwas Vernünftigem beschäftigen.
Während Mike telefonierte, bekam Wallner einen Anruf. Es war die Sekretärin des Landrats, die sich für ihren Chef vorsichtig erkundigte, ob bei den Morden auch gegen einen Herrn Krugger ermittelt werde.
»Wir geben solche Informationen eigentlich nicht nach draußen. Warum will der Landrat das wissen?«

»Der Herr Krugger hat sich bei ihm beschwert, weil gestern jemand von der Kripo bei ihm war und sich wohl etwas merkwürdig verhalten hat.«
»Der Kerzen-Krugger?«
»Genau. Das ist jetzt auch keine offizielle Anfrage. Aber Herr Krugger sitzt nun mal im Kreistag. Und der Landrat ist ... sagen wir, ein bisschen besorgt.«
»Wie hieß der Mitarbeiter, der gestern bei Herrn Krugger war?«
»Ein Kommissar – warten Sie ... Kreuthner.«
Mike bemerkte Wallners genervten Blick und sah ihn fragend an.
»Alles klar. Sagen Sie dem Landrat, ich kümmer mich drum.« Wallner legte auf und schüttelte den Kopf.
»Was ist denn los?«
»Irgendwann erwürg ich ihn«, sagte Wallner.

48

Auf der Fahrt nach Miesbach beschlossen Wallner und Mike, ein Phantombild von der Frau mit dem osteuropäischen Akzent anfertigen zu lassen und der Münchner Polizei zu senden in der Hoffnung, dass irgendein Polizist oder V-Mann die Frau schon mal gesehen hatte.

»Es gibt also jemanden, der einen Mord begehen würde, damit wir nicht herausfinden, wer die Tote auf dem Foto ist. Korrekt?«, fasste Mike die bisherigen Erkenntnisse des Tages zusammen.

»Oder jemand hat einen Killer geschickt. Würde ich jetzt mal eher vermuten. Der Mann geht brutal und ziemlich überlegt vor, wie die Sache mit der Wanze zeigt.«

»Fragt sich, ob der auch die zwei am Wallberg ermordet hat.«

»Auf den ersten Blick würde ich sagen, nein. Das am Wallberg war ja doch etwas subtiler in der Ausführung.«

»Andererseits war die Situation heute eine andere. Vielleicht musste er improvisieren, und dann sind wir noch dazwischengekommen.«

»Weiß der Geier. Uns fehlt einfach das Missing Link. Die Verbindung zwischen den Toten vom Wallberg und der Toten auf dem Foto.«

»Vielleicht mal Kreuthner fragen. Der hat doch immer gute Ideen.« Mike grinste.

Wallner starrte missgelaunt auf die schneebedeckte Landschaft neben der Autobahn und versuchte, Annette Schildbichler zu erreichen. Es schaltete sich nur ihre Mailbox ein.

Kreuthner klopfte, obwohl die Tür offen stand. Wallner hatte gerade die Kollegen in Herrsching am Ammersee telefonisch gebeten, bei Annette Schildbichler vorbeizuschauen. Denn er erreichte sie weder auf dem Handy noch unter der Festnetznummer. Die Sache machte ihn nervös nach allem, was heute vorgefallen war. Er winkte Kreuthner herein.
»Komm rein und mach die Tür zu.« Kreuthner tat, wie ihm geheißen. »Magst einen Kaffee? Ich glaub, es ist noch was in der Kanne in der Teeküche.«
»Nein, dankschön. Was kann ich für dich tun?«
»Wir haben ein kleines Problem.« Kreuthner setzte sich auf den angebotenen Bürosessel. »Ich verlier irgendwie den Überblick über meine Mitarbeiter.«
»Wie kommt's?«
»Es gibt anscheinend einen Kommissar Kreuthner bei uns.«
»Ah geh. Is ja lustig. Is des a Auswärtiger von der Soko?«
»Nein. Bei der Soko gibt es keinen Kreuthner.« Wallner ließ das Gesagte einen Moment wirken. Kreuthner sagte nichts dazu. »Warst du gestern bei der Familie Krugger?«
»Ich? Was soll ich da?«
»Das wüsste ich eben auch gern.«
»Ich kenn die gar net.«
»Leo, ich kann die Leute auch herbestellen. Die kommen gerne. Der alte Krugger hat sich beim Landrat über dich beschwert.«

»Was geht uns des an? Der Landrat hat uns gar nix zum sagen.«
»Darum geht's nicht. Ich glaube, du verkennst den Ernst der Lage. Diesmal hast du's zu weit getrieben. Du hast dich als Kripokommissar ausgegeben.«
»Mein Gott! Is des jetzt a Katastrophe, oder was? Ich hab a bissl recherchiert. Is doch wurscht, als was. Ich bin bei der Polizei. Langt des net?«
»Nein, das reicht allerdings nicht. Du hast keinerlei Berechtigung, Recherchen anzustellen. Das weißt du auch. Und ich bin auch nicht bereit, das unter dem Deckel zu halten.«
»Sagst es dem Höhnbichler?« Höhnbichler war der Leiter der Schutzpolizei und damit Kreuthners direkter Vorgesetzter. Er stand auf der gleichen Hierarchiestufe wie Wallner, der disziplinarisch nicht für Kreuthner zuständig war.
»Nein. Ich sag's ihm nicht. Du sagst es ihm.«
Kreuthner sah genervt aus dem Fenster. »Meine Herrn! Des is a Bürokratenhaufen hier!«
»O ja. Wir sind Beamte. Haben sie dir das nicht gesagt bei der Einstellung?«
Kreuthner schwieg.
»So. Und jetzt hätt ich gern gewusst, was du da zu recherchieren hattest. Der Name Krugger ist nämlich noch überhaupt nicht aufgetaucht bei unseren Ermittlungen.«
»Ah geh! Das willst dann doch wissen.«
»Ja, das will ich wissen. Die Chancen stehen fifty-fifty, dass es tatsächlich von Interesse ist. So viel gestehe ich dir zu.«
»Ich bin gleich wieder da«, sagte Kreuthner und verließ Wallners Büro. Nach drei Minuten kam er wieder

und hatte eine Straßenkarte dabei, die er auf Wallners Schreibtisch ausbreitete.
»Was ist das?«
»Eine Straßenkarte vom Landkreis. Die hat Jörg Immerknecht gehört.«
»Und wie kommst du an die Karte?«
»Die is im Zimmer von der Tochter gehängt. Da hab ich sie gesehen und mitgenommen.«
Wallner vermochte seiner Fassungslosigkeit keinen adäquaten Gesichtsausdruck zu verleihen. Er sah Kreuthner nur mit offenem Mund an. »Die hast du geklaut?«
»Sichergestellt. Des is a Beweismittel.«
»Gut, dann nennen wir es: Beweismittel unterschlagen.«
»Des is a Schmarrn. Weil die Spurensicherung hätt des Teil nie mitgenommen. Erstens is es, wie gesagt, im Zimmer von der Tochter gehängt. Und zweitens – hättst du des mitgenommen? Schau's dir an.«
Wallner betrachtete die Karte. »Glaub nicht. Vielleicht, weil da eine Strecke eingezeichnet ist. Kann sein, dass ich zumindest mal nachgefragt hätte. Na gut. Wahrscheinlich hätt ich sie hängen lassen.«
»Eben«, sagte Kreuthner. »Eben!«
»Ja und? Klär mich auf. Was hat die Karte mit den Morden zu tun?«
»Der eingezeichnete Weg führt vom Haus der Kruggers in Miesbach zu am andern Haus am Taubenberg. Und das Haus, des hab ich recherchiert, gehört dem jungen Krugger. Baptist heißt der.«
Wallner sah Kreuthner ratlos an.
»Jetzt pass auf: Der alte Krugger hat gar net gewusst, dass der junge a eigenes Haus hat.«

»Irgendwie menschlich interessant. Aber noch mal: Was hat das mit unserem Fall zu tun?«

»Jetzt frag ich dich: Wieso hängt im Haus von dem Immerknecht a Straßenkarte, wo der Weg vom einen Haus Krugger zu dem anderen eingezeichnet is?«

»Das ist in der Tat eine interessante Frage. Die Tochter hast du nicht zufällig gefragt?«

»Doch. Ich hab die angerufen. Die sitzt immer noch in Haar. Die hat das Teil aus dem Altpapier und weiß auch net, wieso der Weg eingetragen is. Jetzt bist du dran.«

»Moment. Deine Intuition in Ehren. Aber wenn ich an der Wand eines Kinderzimmers so eine Karte sehe, und da ist diese Strecke eingezeichnet, und ich hab keine Ahnung, was der Anfangs- und der Endpunkt ist – so war's ja wohl, oder?«

Kreuthner nickte.

»Ich mein, da denk ich mir doch erst mal gar nichts. Oder denke bestenfalls, da hat jemand einen Weg eingezeichnet, der irgendeine Bedeutung für ihn hat. Ich komm aber im Leben nicht drauf, dass die Karte etwas mit dem Mord an dem Betreffenden zu tun hat. Und du auch nicht. Also?«

»Also was?«

»Du hast mir noch nicht alles gesagt?«

Kreuthner überlegte ein bisschen, ob er Wallner einweihen sollte. Letztlich musste er ihm wohl mehr gestehen – wenn auch nicht alles. »Na gut. Ich hab mal eine Straßenkontrolle gemacht. Und zwar genau an der Stelle, wo das Kreuz eingezeichnet ist.« Kreuthner deutete auf die entsprechende Stelle auf der Karte. »Da war eine Ampel im Wald, und da sind zwei Autos davorgestanden.«

»Eine Baustellenampel?«
»Hat so ausgeschaut. Aber die ist ewig nicht auf Grün gesprungen. Und überhaupt war da irgendwas faul an der Geschichte.«
»Ist das nur so ein unbestimmtes Bauchgefühl oder steckt da mehr dahinter?«
»Du kennst das vielleicht: Wenn so Sachen net z'sammpassen. Der Fahrer passt net zum Wagen. Die Klamotten net zu de Leut. Da war einiges, was einfach net passt hat. Natürlich, letztlich a Gefühl. Deswegen hab ich auch nix unternehmen können.« Die Sache mit dem Geld befand Kreuthner als zu nebensächlich, um sie in den Bericht aufzunehmen.
Wallner dachte nach, schien aber nicht so recht zu wissen, was er davon halten sollte.
»Ich hab dir noch net gesagt, wann das war.« Auf Kreuthners Gesicht zeigte sich ein Lächeln, wie es nur die Gewissheit eines nahen Triumphs hervorbringen kann. »Das war der vierundzwanzigste September 2008.«
Wallner war das erste Mal ernsthaft beeindruckt.
»Aha«, sagte er. »Aus der Zeit könnte das Foto mit der Toten stammen. Verstehe.« Wallner sah Kreuthner mit einem Mal argwöhnisch an. »Jetzt erzähl nicht, du hast eine Idee, wie das alles zusammenhängt?«
»Nein. Das hab ich ja versucht rauszufinden.«
»Und?«
»Die Kruggers schweigen wie die Sizilianer.« Kreuthner faltete die Karte wieder zusammen. »Wir müssten da mal a Hausdurchsuchung machen.«
Wallner war nicht abgeneigt. Aber ihm war klar, dass das bei Staatsanwalt Tischler auf wenig Begeisterung stoßen würde. »Abgesehen davon, dass es schwierig

sein wird, unser Gefühl Herrn Tischler zu vermitteln ...« Er zögerte.
»Abgesehen davon?«
»Muss ich Tischler natürlich sagen, dass sich Krugger beim Landrat beschwert hat. Ich möchte nicht, dass er's selber rausfindet. Ich denke, du verstehst mich.«
»Ja und?«
»Damit kriegt der Fall für Tischler eine politische Dimension. Das bedeutet, er will Gewissheit, bevor er sich in die Nesseln setzt. Gewissheit können wir ihm aber nicht geben.« Wallner nahm Kreuthner die Karte aus der Hand. »Die bleibt hier. Und vergiss nicht, zu Höhnbichler zu gehen.«
Als Kreuthner die Tür hinter sich geschlossen hatte, erhielt Wallner einen Anruf. Er kam aus Herrsching.

49

Die Gemeinde Herrsching verdankte vieles ihrer Lage am Ammersee unterhalb des Klosters Andechs. Der Ammersee hatte zahlreiche Vorzüge. Die Landschaft war weitläufiger als am kleineren Tegernsee, der in den Bergen lag. Dennoch waren die Alpen in Sichtweite, bei Föhn sogar zum Greifen nah. Und trotz Tourismus und der Nähe zu München hatte sich der Ammersee etwas Ursprüngliches bewahrt, das dem benachbarten Starnberger See von manchem Kenner Oberbayerns abgesprochen wurde, galt der doch als vom Geld verdorben.

Der Ort war verschneit und von Weihnachtsdekorationen erleuchtet, als Wallner und Janette gegen fünf Uhr nachmittags eintrafen. Es war bereits dunkel. Mike war in Miesbach geblieben, um die Suche nach dem Mann zu organisieren, der Annika Plungauer alias Tiffany fast umgebracht hätte. Auf der Fahrt an den Ammersee hatte Wallner Staatsanwalt Tischler wegen eines Durchsuchungsbeschlusses für die Krugger-Häuser angerufen. Tischler hatte sich in Anbetracht des von Kreuthner bereits zerschlagenen Porzellans über die Dreistigkeit des Vorschlags echauffiert: Das sei mit ihm auf gar keinen Fall zu machen. Jedenfalls nicht ohne konkretere Hinweise.

Das zweistöckige Mietshaus, vor dem sie hielten, stammte aus den siebziger Jahren und bestand aus acht Wohnungen, die entweder einen hölzernen Balkon oder einen Gartenanteil besaßen. Der Balkon von Annette Schildbichler im ersten Stock ging nach Westen auf den See hin und gewährte einen weiten Blick, denn das Anwesen lag am Hang. Nachdem sich die Miesbacher Kommissare einen Weg durch die Schaulustigen gebahnt und dem uniformierten Beamten, der hinter der Absperrung für Ordnung sorgte, ihre Ausweise gezeigt hatten, wurden sie von einem Kommissar der Kripo Fürstenfeldbruck empfangen, welche aus Gründen, die nur ein Verwaltungsfachmann begreifen konnte, für Herrsching zuständig war, obwohl der Ort im Landkreis Starnberg und Starnberg deutlich näher an Herrsching lag als an Fürstenfeldbruck. In Annette Schildbichlers Wohnung war im Augenblick die Spurensicherung tätig. Tina war vorausgefahren und hatte die Kollegen unterstützt, insbesondere durch ihre Kenntnis der zwei vorangegangenen Morde. Wallner und Janette trafen sie im Treppenhaus.

»Das gleiche Muster«, sagte Tina. »Pulsadern aufgeschnitten und verblutet. Sieht wieder aus wie Selbstmord. Aber ich schätze, die werden bei der Obduktion GHB finden.«

»Gibt's andere Gemeinsamkeiten – ich meine, außer der Todesart?«, fragte Wallner.

»Die Tote sitzt in einem Gartenstuhl und sieht auf den See hinaus. Vielleicht kam es dem Täter darauf an.«

»Kein Foto?«

»Ach so, ja! Natürlich. Wieder das Foto von der exhumierten Leiche mit der Handtasche.«

»Die Opfer sehen so aus, als hätten sie Selbstmord begangen, sie blicken auf einen See – jeweils von oben –, und sie tragen ein Foto in ihrer Kleidung, auf dem die exhumierte Leiche einer verschwundenen Frau zu sehen ist«, fasste Janette die Sachlage zusammen. »Gibt's schon eine OFA?« OFA stand für operative Fallanalyse, bekannter unter der Bezeichnung Profiling, und war Aufgabe einiger Spezialisten beim Landeskriminalamt.

»Die sind dran«, sagte Wallner. »Aber du weißt ja, wie lang das dauert.« Bei den Profilern wurde in Wochen und Monaten gerechnet.

»Gibt's Zeugen?«, fragte Janette.

Die Zweizimmerwohnung von Herrn Kohl war klein, sauber und im neubayerischen Stil mit bunten Relikten aus den achtziger Jahren eingerichtet. Sie besaß eine kleine Terrasse mit Gartenanteil. Um die Atmosphäre zu lockern, machte Wallner eine Bemerkung, dass der Garten im Sommer sicherlich von großem Reiz sei. Der Kollege aus Fürstenfeldbruck hatte Wallner die Gesprächsführung überlassen.

»Ach, wissen S'«, sagte Kohl und klang dabei geschwächt, so, wie auch seine ganze Erscheinung mit Morgenmantel und Hausschuhen im Ohrensessel gebrechlich wirkte, »der Garten is mehr a Last. Vielleicht für an gesunden Menschen, dass des schön ist, in der Natur zu sein und so. Aber ich bin ja frühverrentet, arbeitsunfähig.« Er lachte sehr bitter. »Aussortiert mit fünfundfünfzig! Zum Krüppel hab ich mich geschuftet. So blöd musst erst mal sein.«

»Das tut mir sehr leid«, sagte Wallner und nahm den Doppelsinn seiner Beileidsbekundung billigend in Kauf. »Aber wie ich sehe, haben Sie einen guten Blick auf den Hauseingang.«

»Oh, ja. Da seh ich jeden, wo ins Haus kommt. Fast

jeden. Und natürlich nur, wenn ich hier in dem Sessel sitz. Aber ich sitz ja fast immer hier. Außer wenn ich beim Arzt bin wie heut Vormittag. Der Rücken im Eimer, die Gelenke – *alles!* Wissen Sie, wie sich Rheuma anfühlt?«
»Ich hab gehört, es soll sehr schmerzhaft sein. Aber kommen wir zurück zu ...«
»Des san Schmerzen, da machen Sie sich *keinen* Begriff«, fiel Kohl dem Kommissar ins Wort. »Meinem ärgsten Feind wünsch ich das nicht. Nicht meinem *ärgsten* Feind! Da gehst du durch die Hölle! Und dann kannst du dich noch einen Simulanten schimpfen lassen. *Psychosomatisch* wär's. Bloß weil sie nix finden, die Kaschpern.«
»Ja, da ist man heute schnell mit bei der Hand.«
»Psychosomatisch! Die Dreckhammeln. Ein sauberes Land, in dem mir leben. Da wennst dich kaputtmachst für dein sauberes Land, dann treten s' dir noch in' Arsch – mal auf gut Deutsch g'sagt. Psychosomatisch!«
»Bei allem Verständnis für Ihre Lage – aber Sie wollten uns eine Beobachtung mitteilen.«
»Ach des! Ja, ja. Der Bursche von heut Nachmittag. Das war kurz vor drei. Da is einer gekommen. An Geländewagen hat er gehabt. Tät mich interessieren, wo die Leut des Geld immer herhaben. So a Kist'n, da zahlst du gut und gerne fuchzig Mille. Langt net. Sechzig, siebzig, wennst noch a bissl a Ausstattung drinhaben willst.«
»Konnten Sie den Wagen vom Sessel aus sehen?« Wallner, der auf einem Stuhl vor Kohl saß, hatte sich zum Fenster gedreht und bemerkt, dass man die Straße, die etwas tiefer lag als das Haus, gar nicht sehen konnte.

»Ich bin am Fenster gestanden, wie er gekommen ist. Ich muss regelmäßg aufstehen. Weil wennst an ganzen Tag sitzt, dann fangst du dir an Dekubitus wie nix.«

Wallner nickte. Aber es war klar, dass er mit dem Begriff nichts anfangen konnte. Er sah zu Janette. Der ging es nicht besser.

»A Druckstelle. Des is vielleicht a Teufelszeug. Das spürst du gar net am Anfang. A ganz a kleine Rötung. Schaut harmlos aus. Aber wehe, du übersiehst es oder tust nix dagegen. So schnell kannst du gar net schauen, da is des Ding offen. Und dann gute Nacht. An Freund von mir, den ham s' ins Krankenhaus mit offener Druckstelle. Drei Monate hat er's gemacht – dann Exitus. Und wenn ich sag offen, dann mein ich *faustgroße* Löcher im Fleisch. Da kannst du den Knochen sehen. Da verfaulst du bei *lebendigem* Leibe!«

»Das ist ja dann sehr vernünftig, dass Sie ab und zu aufstehen, Herr Kohl. Also, Sie standen da am Fenster, und dann kam ein Mann mit einem Geländewagen und ging zur Haustür.«

Kohl bejahte das.

»Können Sie den Mann beschreiben?«

»Ungefähr mein Alter. Einssiebzig. Kräftig. Also net dick. Bullig.« Kohl lachte wieder bitter. »Der hat bestimmt nix am Rücken.«

»Haben Sie gesehen, wo er geklingelt hat?«

»Nein. Aber gehört hab ich's, dass er in der Wohnung über mir geklingelt hat.«

»Haben Sie sonst noch was gehört?«

»Ich weiß nur, dass er eine Zeitlang da gestanden ist. Und er ist erst rein, wie jemand anderer aus dem Haus gekommen ist. Fragen S' mich aber nicht, wer das war.

Den hab ich hier noch nie gesehen. Also den, wo rausgekommen ist.«
»Haben Sie noch was aus der Wohnung von Frau Schildbichler gehört?«
»Gar nichts. Keine Kampfgeräusche. Nichts. Derschlagen hat er sie nicht, oder?« Aus Kohls ansonsten müden Augen blitzte unziemliche Neugier.
»Da müssen wir die Obduktion abwarten. Könnten Sie den bulligen Mann beschreiben? Ich meine, für ein Phantombild?«
»Schon. Aber der Zeichner müsst schon herkommen. Sie sehen ja, was mit mir los ist.«
»Das wird am Computer gemacht. Aber wir bezahlen Ihnen ein Taxi nach Fürstenfeldbruck.«

50

Es war kurz vor sechs, als Wallner Bernd Hauser vom Verfassungsschutz erreichte.
»Herr Wallner, was kann ich für Sie tun?«
»Annette Schildbichler wurde heute ermordet. Mit ziemlicher Sicherheit vom gleichen Täter.«
»Das tut mir leid. Und Sie wollen jetzt was?«
»Den Namen des V-Mannes und ein aktuelles Foto.«
Am anderen Ende der Leitung herrschte ein paar Sekunden Stille. »Steht er unter Mordverdacht?«
»Theoretisch ja. Praktisch müssen wir herausfinden, ob er potenzieller Täter ist oder ein wichtiger Zeuge oder das nächste Opfer. Ich bin mir sicher: Irgendwas davon ist er.«
»Ich schau, was sich machen lässt. Es ist natürlich schon etwas spät.«
»Herr Hauser – Sie sind der Geheimdienst. James Bond macht auch nicht um fünf Feierabend.«
»Oh, mal ein James-Bond-Scherz über uns.«
»Entschuldigen Sie meinen provinziellen Humor. Was ich sagen will, ist: Der Täter hat in den letzten Tagen drei Menschen umgebracht und möglicherweise eine Frau schwer verletzt. Sie hatte Glück, dass wir rechtzeitig gekommen sind. *Es eilt!*«
»Geben Sie mir eine Mail-Adresse.«
Wenige Minuten später hatte Wallner das Foto einer Frau namens Josepha Leberecht nebst einigen persönlichen Daten auf seinem Laptop – der V-Mann, der die

WG von Immerknecht, Kramm und Schildbichler ausspioniert hatte, war eine Frau. Das Foto wurde Herrn Kohl gezeigt wie auch anderen Hausbewohnern. Aber niemand konnte sich erinnern, die Frau gesehen zu haben. Wallner rief Hauser erneut an.

»Herr Hauser, vielen Dank für die prompte Lieferung. Hier am Tatort hat Frau Leberecht anscheinend niemand gesehen. Wir würden trotzdem gern mit ihr reden.«

»Warum rufen Sie sie nicht an?«

»Das habe ich schon. Es war nur die Box dran. Ich dachte, vielleicht haben Sie noch eine andere Nummer – für den Dienstgebrauch sozusagen.«

»Ich versuch mal auf anderem Weg, Kontakt mit Leberecht aufzunehmen. Kann sie Sie privat anrufen?«

»Ja. Ich geb Ihnen die Handynummer.« Als Wallner sein Gespräch beendet hatte, rief ihn Janette an.

»Wir haben ein Schreiben in der Wohnung gefunden. Die Sache wird langsam interessant«, sagte sie.

Die Polizeiinspektion in Herrsching stellte zwei Räume zur Verfügung, in denen die Mordermittler arbeiten konnten. Man kam überein, das Verbrechen an Annette Schildbichler von der Miesbacher Sonderkommission bearbeiten zu lassen. Denn es bestand kaum ein Zweifel, dass die drei Morde entweder vom gleichen Täter verübt worden waren oder es zumindest einen engen Zusammenhang zwischen den Taten gab. Janette saß mit anderen Beamten an einem längeren Tisch und tippte etwas in einen Computer. Neben ihr lag ein Handy sowie ein schnurloser Festnetzapparat.

»Was treibst du?«, fragte Wallner, der Janette einen

Becher Kaffee hinstellte und sich den vakanten Plastikstuhl von einem benachbarten Tisch heranzog.
»Danke«, sagte Janette mit Blick auf den Kaffee. »Ich mache eine Liste der gespeicherten Nummern. Sämtliche Gespräche, die Annette Schildbichler vor ihrem Tod geführt hat, Handy wie Festnetz. Und auch die Anrufe, die sie nicht entgegengenommen hat.«
»Ist was Interessantes dabei?«
»Ein Anruf von einer öffentlichen Telefonzelle in München. Keine zehn Minuten, nachdem deine Stripperin überfallen wurde.«
»In der Nähe ihrer Wohnung?«
»Nicht direkt. Wart mal ...« Sie rief Tiffanys Wohnungsadresse bei Google Maps auf. Dann vergrößerte sie den Ausschnitt und zeigte auf den Standort der Telefonzelle. »Da war das.«
»Wie weit ist das?«
Janette aktivierte den Entfernungsmesser und maß die Strecke ab. Es waren 1,7 Kilometer Luftlinie. »Ein bisschen weit zum Laufen. Der Anruf kam genau acht Minuten, nachdem ihr in die Wohnung gegangen seid.«
»Das liegt aber beides an der gleichen Buslinie. Das weiß ich noch von meiner Münchner Zeit.«
»Ja. Vielleicht hat er den Bus genommen. Allerdings müssten wir erst mal rauskriegen, wer das war.«
»Mike sitzt dran«, sagte Wallner. »Du wolltest mir aber eigentlich was anderes zeigen.«
Janette suchte aus einem Papierstapel eine Klarsichthülle heraus. In der Hülle steckte der Ausdruck eines Schreibens. Sie legte es vor Wallner. Es enthielt folgenden Text:

Netti, netti! Was sind das für geschichten? Ihr habt echt gedacht, ihr lasst mich außen vor? Und das nach allem, was wir an politischer arbeit auf dem buckel haben, inklusive gefühlter 3000 gespräche über gerechtigkeit und systemrelevanz. Ich wäre ja menschlich exorbitant enttäuscht, wenn ich auch nur irgendwas erwarten würde. Dieses gefühl, hintergangen worden zu sein, was 'ne scheiße! Aber ich erwarte ja nichts mehr von euch – und ist das nicht traurig? Frag dich mal, woher das kommt – nichts zu erwarten von menschen, die man so gut zu kennen glaubt wie sonst niemand. Mit denen man gelebt hat und gekämpft. Aber halt – ich werde sentimental. Liegt vielleicht dran, dass ihr mir so viel zu danken hättet, es aber nicht tut, mich stattdessen ausgrenzt. Jetzt mal hand aufs herz – wer hat euch gesagt: »Über die Möglichkeit von Aktionen reden ist zwecklos, man muss die Möglichkeit durch Taten beweisen.« Gut, erfunden hat es lenin, aber gesagt hab ich es – und das ist jetzt der dank? Ich fass es nicht! Ihr undankbaren geistigen kleingärtner! Nun denn, kommen wir zum punkt und lassen die höflichkeiten beiseite: Ich finde euer verhalten absolut scheiße und verlange deshalb eine entschuldigung in höhe von einer mio. Krieg ich die nicht, wird mein verhalten euch gegenüber ebenfalls scheiße werden, und zwar dergestalt, dass ich euch hochgehen lasse wie eine silvesterrakete. Das geld wird natürlich guten zwecken zugeführt. Aber erwartet bitte keine spendenbelege. Ihr antwortet mir bitte bis in einer woche.
Msg + bar

»Was glaubst du, bedeuten die Kürzel?«, fragte Janette.
»Mit sozialistischem Gruß – und *bar*? Burn after reading?«
»Könnte sein.«
Wallner trommelte mit seinen Fingern nervös auf der Klarsichthülle, während Janette den letzten Schluck Kaffee aus dem Pappbecher trank und dabei zu ihrem Vorgesetzten schielte.
»Sprache und Orthographie erinnern stark an die Mail, die wir bei Sophie Kramm gefunden haben«, sagte Wallner.
»Das ist der gleiche Schreiber. Vielleicht die mysteriöse Frau namens Stalin?«

51

Die Zugspitze lag im letzten Sonnenlicht, als der Geländewagen auf der B 2 Richtung Murnau nach Süden fuhr. Davon abgesehen, gab es für Frank an diesem Tag wenige Höhepunkte zu vermelden. Tiefschläge dagegen einige. Die Sache mit der Stripperin in München hallte noch nach. Und auch der Besuch am Ammersee war nicht sonderlich erfolgreich verlaufen. Gut, die Frau war jetzt tot und damit möglicherweise der letzte Mensch, der seinem Auftraggeber gefährlich werden konnte. Aber das wusste Frank nicht genau. Das konnte niemand wissen. Drei Leute, ein Geheimnis. Da fragte man sich, wie lange das Geheimnis unter den drei Leuten blieb.
In Murnau fiel Frank auf, dass er den ganzen Tag nichts gegessen hatte, und er kehrte in ein Wirtshaus ein. Dort verbrachte er zwei Stunden, in denen er über seine Lage nachdachte. Das Ergebnis fiel überraschend klar aus: Er musste sich das Geld holen und verschwinden. Wie viel Zeit ihm noch blieb, wusste er nicht. Vielleicht zwei Tage. Vorausgesetzt, Baptist Krugger verlor nicht die Nerven. Er nahm eins seiner drei Handys, die mit Karten ausgestattet waren, die man nicht zu ihm zurückverfolgen konnte, und rief Krugger an.
»Wo sind Sie?«, fragte er als Erstes.
»In meinem Haus«, sagte Krugger.
»Verschwinden Sie da. Sie haben das Haus nur pro

forma gekauft. Also wohnen Sie da nicht, okay? Die Polizei kann nicht in das Haus rein ohne Beschluss. Aber die können Sie beobachten. Und dann werden die sich fragen, was Herr Krugger in dem Haus zu schaffen hat.«

»Ja, ist gut. Ich fahr gleich nach Miesbach zurück. Mein Vater hat sich übrigens beim Landrat beschwert. Wegen diesem Kripokommissar.«

»Und?«

»Sie haben gesagt, sie werden der Sache nachgehen. Ich hab keine Ahnung, ob das gut oder schlecht ist.«

»Das weiß ich, offen gesagt, auch nicht. Diesen Kommissar Kreuthner gibt es nicht bei der Kripo Miesbach. Nur jemand bei der Schutzpolizei, der so heißt. Wenn der das war, dann kriegt der Mann erst mal eine Abreibung und wird in dem Fall sicher nicht mehr ermitteln.«

»Gut. Hoffen wir das Beste. Gibt es etwas Neues?«

»Allerdings. Ich hab die Telefonnummer.«

»Wie haben Sie die ...« Krugger hielt inne und wurde gewahr, dass er die Frage besser nicht stellte. Er hatte große Angst, dass Frank Menschen verletzen oder gar umbringen könnte. Aber ihm war klar, dass sein Auftragnehmer nicht mit Wattebäuschchen arbeitete. Solange er nicht wusste, was Frank konkret anrichtete, konnte er sich einreden, dass alles nicht so schlimm war. »Ist auch egal«, sagte er schließlich. »Sind Sie sicher, dass die Frau sich die Nummer nicht gemerkt hat?«

»Das kann ich so gut wie ausschließen.«

»Was heißt ›so gut wie‹?«

»98,79 Prozent.«

»Tut mir leid. Die Frage war ... dumm. Wie geht es jetzt weiter?«

Frank ersparte seinem Auftraggeber die Information, dass die Frau mit der Telefonnummer im Krankenhaus lag und irgendwann in der Lage sein würde, eine Aussage zu machen. »Ich bin immer noch auf der Suche nach dem Geld. Ich werde da jetzt etwas intensiver drangehen. Ach so, eins sollten Sie noch wissen ...« Frank spielte mit dem Bierdeckel, auf dem sein Wasserglas gestanden hatte, und knickte ihn in zwei Hälften. Jetzt kam es auf die richtige Formulierung an. »Annette Schildbichler ist gestorben. Die dritte Frau.«
»Oh. Bedauerlich.«
»Sie wurde umgebracht. Auf die gleiche Art wie die beiden anderen Opfer. Sie werden es ohnehin in der Zeitung lesen.«
»Okay. Dann weiß ich Bescheid. Das bedeutet ... nun ja, eine gewisse Sicherheit, denke ich mal.«
»Und ich denke, wir sollten nicht zu viel am Telefon quatschen. Ich melde mich, wenn es etwas Neues gibt.«

Gegen neunzehn Uhr setzte sich Frank in seinen Wagen und fuhr am Alpenrand entlang nach Bad Tölz, von dort aus weiter Richtung Tegernsee. Von der Straße aus sah er weihnachtlich erleuchtete Nadelbäume in den verschneiten Gärten, und in den Fenstern funkelten Lichterketten. Er hatte Weihnachten immer gehasst. Jedes Jahr am dreiundzwanzigsten Dezember kamen Eltern oder irgendwelche Verwandte ins Heim und holten die anderen Kinder ab. Wenigstens zu Weihnachten! Da wurde jeder sentimental. Vielleicht hätte auch ihn jemand abgeholt, ein Onkel, die Großeltern. Aber das passierte nicht. Seine Mutter war in einer psychiatrischen Anstalt, und sein Vater erzählte jedem, er werde den Jungen Weihnachten nach Hause holen. Und während am dreiundzwanzigsten für die anderen Verwandte kamen, kam für Frank ein Anruf vom Vater, dass er es dieses Jahr nicht schaffen würde. Jedes Jahr mit einer dümmeren Ausrede. Jedes Jahr klang er betrunkener. Nein, Frank konnte beim besten Willen nicht nachvollziehen, was an Weihnachten schön sein sollte. Die Lichter in den Häusern erinnerten ihn an nächtliche Strände in der Karibik. Zumindest stellte er sich das so vor. Die Lichterketten würden da nicht an verschneiten Tannen hängen, sondern an Palmen. Und unter den Palmen braune Mädchen, die lächelten und sich von Papa Frank bunte Drinks mit Papierschirmchen spendieren ließen. So ließe sich Weihnachten ertragen.

In dem kleinen, lichterkettenfunkelnden Ort Waakirchen ging es rechts nach Tegernsee. Frank fuhr geradeaus auf der B 472 Richtung Miesbach. Nach zwei Kilometern bog er rechts in einen Feldweg zwischen Kuhweiden. Die Höfe standen hier in großen Abständen voneinander. Der kleine Feldweg war geräumt, hatte aber eine feste Schneedecke. Links und rechts glitzerte es am Wegesrand im Scheinwerferlicht. Es hatte auf die Haufen geschneit, die der Schneepflug hinterlassen hatte. Und es war kalt. Minus vierzehn Grad.

Im Stall brannte Licht. Frank stieg aus dem Wagen und ging hinein. Es rührte sich wenig dort. Hühnergeräusche, eine Katze huschte vorbei. Die Pferde und Esel kauten still ihr Heu und betrachteten den Ankömmling mit geringem Interesse. Da hörte Frank Danielas Stimme. »Leo?« Daniela tauchte aus einer Pferdebox

auf und sah Frank überrascht an. »Hallo, Frank. Was machst du denn hier?«
»Hi. Ich dachte, ich schau mal vorbei, ob die Wasserheizung funktioniert. Ist kalt heute Nacht.«
»Sie funktioniert. Es ist nichts eingefroren. Das hast du super gemacht.«
»Danke.« Frank sah sich im Stall um und überlegte seine nächsten Schritte, die er auf der Fahrt mehrfach im Kopf geprobt hatte. In seiner Vorstellung passierten die entscheidenden Dinge im Haus. Dort, wo die Papiere waren und der Computer. Dort, wo das viele Geld war oder, genauer gesagt, der Zugang dazu – und es konnte eigentlich nur noch hier sein. »Ich würde gern a paar Sachen mit dir besprechen. Können wir ins Haus gehen?«
»Klar. Ich räum nur noch ein bisschen auf.«
Frank sah sich um und konnte beim besten Willen nichts entdecken, was hätte aufgeräumt werden müssen. »Was willst du denn aufräumen?«
»Die Heugabel neben dir steht zum Beispiel nicht da, wo sie eigentlich stehen sollte. Aber da musst du dich nicht drum kümmern. Willst du nicht schon reingehen?«
Frank grunzte sein Einverständnis und setzte sich in Bewegung.
»Denk bitte dran, die Stiefel auszuziehen. Gerade bei dem vielen Schnee …«
»Alles klar. Ich zieh sie aus.«
Zwanzig Minuten später kam Daniela in die Küche. Es war warm. Frank hatte im Ofen Holz nachgelegt. Seine Jacke hing über dem Küchenstuhl. »Soll ich deine Jacke an die Garderobe hängen?«
»Lass nur. Ich hab's ganz gern, wenn ich sie da hab.«

»Ich häng sie mal an die Garderobe«, sagte Daniela und verschwand mit der Jacke im Flur. Frank sah ihr stirnrunzelnd nach und stellte sich vor, wie das Haus aussehen würde, nachdem er es durchsucht hatte, und mit welchem Entsetzen Daniela auf das Chaos reagieren würde. Allerdings würde sie dann ganz andere Probleme haben. Er hoffte, dass die Sache glatt über die Bühne ging, und kontrollierte das Jagdmesser, das am Gürtel hing.
»Setz dich bitte«, sagte er, als Daniela wieder in die Küche kam.
»Ich mach uns erst mal einen Tee.«
»Nein, setz dich. Es ist wichtig.«
Daniela schien irritiert, wischte schnell und ohne ersichtlichen Grund die Spüle mit einem feuchten Lappen und setzte sich dann an den Tisch.
»Was gibt es denn? Du machst mich nervös ... Ist was passiert?«
»Pass auf: Wir müssen über ein paar Dinge reden. Und wir sollten das in aller Ruhe tun. Je weniger Stress wir uns machen, desto besser für uns beide. Okay?«
»Ich versteh nicht ganz?«
Frank zog mit großer Sorgfalt sein Jagdmesser aus der Scheide und legte es auf den Küchentisch, als sei es eine Opfergabe für die Götter. Danielas Gesichtsausdruck zeigte noch ein wenig mehr Irritation. Das Telefon klingelte.
»Das wird der Leo sein. Entschuldige.« Sie ging zur Anrichte und nahm den Telefonhörer ab. »Kramm ... aha ... ja, Daniela Kramm.« Sie sah auf die Uhr. »Ja, das ginge noch. Gut. Dann bin ich in zwanzig Minuten da.« Sie legte auf und ging zum Tisch zurück. Dort lag immer noch das Messer. »Das war die Polizei. Ich

muss nach Miesbach. Die brauchen irgendwas von mir. Was wolltest du mir denn sagen?«
Frank verfluchte diesen Tag. Wenn Daniela nicht in längstens einer halben Stunde in Miesbach war, würde die Polizei nachforschen, wo sie steckte. Und genau das konnte er jetzt überhaupt nicht gebrauchen. Er nahm das Messer vom Tisch und steckte es in die Scheide zurück. »Ich wollte dir ein paar Sachen bei der Elektrik erklären und wie du sie zur Not mit einem Messer reparieren kannst, wenn ich mal nicht da bin. Aber das hat Zeit bis morgen.«
Frank bog auf der Hauptstraße nach links ab in Richtung Waakirchen/Bad Tölz, Daniela nach rechts Richtung Miesbach. Nach gut einem Kilometer kam Frank an einen Verkehrskreisel, umrundete ihn einmal, um die Strecke wieder zurückzufahren, bis er erneut den kleinen Feldweg erreichte. Nach dreihundert Metern lag auf der rechten Seite der Geräteschuppen eines Bauernhofs. Frank stellte den SUV hinter den Schuppen, so dass man ihn nicht sehen konnte, wenn man zum Gnadenhof fuhr, und richtete sich auf eine lange Nacht ein.

52

Vor der Eingangstür der Polizeistation stand eine mit bunten Kerzen dekorierte Topffichte. Sie leuchtete jeden Abend bis zweiundzwanzig Uhr. Daniela wurde an der Pforte von Kreuthner abgeholt. Er zeigte ihr den Aushang am Schwarzen Brett, demzufolge die Weihnachtsfeier wegen »unüberbrückbarer Gegensätze mit gewissen Leuten« auf den Gnadenhof verlegt worden war.

»Ich sag's dir noch mal: Ich will niemanden im Haus haben. Wenn da jeder mit seinen Schuhen reingeht ...«

»Mach dir keine Sorgen. Das spielt sich alles draußen ab. Mit Bierbänken und Heizpilzen und so.«

»Und wo gehen die Leute aufs Klo?«

»Da tun mir zwei Dixi-Klos mieten. Ich kümmer mich morgen um alles.«

»Hast du Zeit dafür?«

»Mei, des trifft sich ganz günstig. Die ... ich bin beurlaubt.«

»Du hast extra Urlaub genommen?«

»Sagen mir mal so: Mein Chef hat gemeint, es wär besser, ich mal täu a paar Tage nicht kommen. Damit ich aus der Schusslinie bin.«

»Schusslinie hört sich gefährlich an.«

»Nein, nein. Des is politisch gemeint.«

Daniela sah Kreuthner erstaunt an.

»Tja mei – ich hab Dinge ermittelt, die wo dem Land-

rat und anderen wichtigen Leuten net passen, verstehst? Und da kennen die keinen Spaß.
»Hast du was wegen Sophie ermittelt?«
»Kann ich dir im Augenblick net sagen. Aber es könnt entscheidend sein.«
Wallner war mit Janette in seinem Büro und begrüßte Daniela. Kreuthner – obwohl nicht im Dienst – durfte ebenfalls bleiben. Daniela wurde sozusagen als seine Zeugin angesehen.
»Können wir Ihnen etwas anbieten? Kaffee? Plätzchen?«
»Nein danke. Wenn Sie Tee hätten. Aber keinen schwarzen. Früchtetee.«
»Ich schau mal«, bot Janette an.
»Wenn nicht, ist es auch nicht schlimm.«
Janette schickte einen Beamtenanwärter, der gehofft hatte, durch die Überstunden vertiefte Einblicke in die Mordermittlungen zu bekommen, zum Teekochen. Daniela nahm den angebotenen Platz an Wallners Besprechungstisch ein und ordnete reflexartig die dort liegenden Papiere zu einem kleinen akkuraten Stapel.
»Ich nehme an, Sie sind in etwa auf dem Laufenden, was die Entwicklung der letzten Tage anbelangt«, sagte Wallner mit Seitenblick auf Kreuthner. »Es wurden zwei weitere Personen tot aufgefunden, beide mit geöffneten Pulsadern. Beide haben während des Studiums mit Ihrer Schwester in einer WG gewohnt.« Wallner nahm den von Daniela geordneten Papierstapel, zog zwei Blätter mit Fotos von Jörg Immerknecht und Annette Schildbichler heraus, schob sie zu Daniela hinüber und ordnete den Stapel wieder so, wie Daniela ihn hinterlassen hatte. »Kennen Sie die beiden?«

»Ich glaube, ich habe sie schon mal gesehen. Aber das ist lange her. Ich war so um die fünfzehn, als Sophie studiert hat. Natürlich hab ich Sophie ab und zu besucht und dabei auch ihre Mitbewohner getroffen. Aber wie gesagt – das ist fast zwanzig Jahre her. Da haben die noch ganz anders ausgesehen.« Sie betrachtete das Foto von Jörg Immerknecht. »Ich glaube, der hat Jura studiert. Jörg.«
»Jörg Immerknecht.«
»Jörg war ganz in Ordnung. Sie hier mochte ich nicht. Die hatte so was fanatisch Alternatives und wollte politische Diskussionen mit mir anfangen.«
»Annette Schildbichler.«
»Annette! Ja, ich erinnere mich.«
»Hatte Ihre Schwester nach dem Studium keinen Kontakt mehr zu diesen Leuten?«
»In den ersten Jahren kann ich das nicht sagen. Da haben wir uns nicht so viel gesehen. Ab 1996 habe ich Sophie öfter auf dem Hof besucht, aber da war nie jemand von ihrer früheren WG.«
»Wann sind Sie auf den Hof gezogen?«
»Das war im Jahr 1998. Seitdem habe ich keinen von ihren Studienkollegen auf dem Hof gesehen. Bis auf diese Frau, die uns vor kurzem besucht hat. Aber ich weiß nicht genau, wo die einzuordnen ist.«
»Zu der kommen wir gleich. Hatte Ihre Schwester anderweitig Kontakt mit diesen Leuten?« Wallner deutete auf die Fotos. »Briefe, Anrufe, E-Mails?«
»Ist mir jedenfalls nichts in Erinnerung. Ich weiß aber, dass sie einmal im Jahr ein Treffen mit alten Freunden hatte. Sie ist dann nach München gefahren und über Nacht geblieben.«
»Hat sie nie von diesen Treffen erzählt?«

»Doch. Aber das war ziemlich uninteressant. Ich weiß, dass der Jurist zu einer Bank gegangen ist. Da hat sich Sophie am Anfang etwas drüber aufgeregt, weil der im Studium stramm links war. Wie Sophie auch. Aber das ist bei Sozialpädagogen ja immer so. Und diese Frau ... Annette?«

»Ja, Annette.«

»Von der gab's gar nichts zu berichten. Die ist, glaub ich, Sonderschullehrerin geworden. Was soll man da groß erzählen?«

»Gut«, sagte Wallner. »Dann kommen wir zu dieser Frau.« Er suchte aus dem ordentlichen Papierstapel ein weiteres Blatt mit einem Foto heraus. Es zeigte Josepha Leberecht, die V-Frau, deren Unterlagen der Verfassungsschutz geschickt hatte.

»Das ist sie!« Daniela hatte keinen Moment gezögert. »Die Frau, die auf dem Hof war. Wer ist das?«

»Das ist die vierte Mitbewohnerin der WG damals. Wir konnten leider noch nicht mit ihr reden. Sie sagten damals, diese Frau habe Ihrer Schwester gedroht. Sagen Sie uns bitte so genau wie möglich, woran Sie sich in dem Zusammenhang erinnern.«

Daniela starrte auf das Foto und dachte angestrengt nach. »Sie hat irgendwas in der Art gesagt wie: ›Wenn du nicht tust, was ich will, kriegst du Ärger.‹ Und das war jetzt nicht so wie: ›Dann verklag ich dich.‹ Das war schon massiv. Meine Schwester hat unglaubliche Angst gehabt, auch wenn sie es nicht zugeben wollte. Aber ich kenne sie so gut wie keinen anderen Menschen auf der Welt. Es kann tatsächlich sein, dass sie Angst um ihr Leben hatte.«

»Sie haben keine Vorstellung, warum die Frau ihr gedroht haben könnte? Oder was sie haben wollte?«

»Ich hatte den Eindruck, es war irgendetwas aus der Vergangenheit. Aber Sophie hat mir nicht gesagt, was es war. Und was sie wollte.« Daniela starrte ins Leere. »Geld kann es nicht gewesen sein. Wir haben ja keins.« Kreuthner brachte Daniela zur Tür und kehrte anschließend in Wallners Büro zurück. Wallner hatte inzwischen noch einmal mit Herrn Hauser vom Verfassungsschutz telefoniert. Hauser hatte Josepha Leberecht nicht erreicht, versprach aber dranzubleiben. Während des Telefonats war Mike gekommen und hatte berichtet, dass ein Phantombild der Frau mit dem östlichen Akzent nach München geschickt worden war in der Hoffnung, über sie an den Mann zu kommen, der Wallner die Wanze zugesteckt hatte. Tatsächlich hatte es eine Rückmeldung gegeben. Ein Kollege vom K 83, das für Rauschgiftdelikte zuständig war, meinte, schon einmal mit der Frau zu tun gehabt zu haben. Man würde das so schnell wie möglich verifizieren.

»Und?«, fragte Kreuthner, als er ins Büro zurückkam. »Bringt uns das weiter?«

»Zusammen mit den beiden E-Mails, die wir bei den Toten gefunden haben, gibt es zumindest einen begründeten Tatverdacht, dass Josepha Leberecht die Mordopfer erpresst hat. Das heißt, wenn sie nicht mit uns reden will, lassen wir sie verhaften.« Wallner überlegte. »Ich ruf gleich morgen früh Tischler an. Der soll so oder so einen Haftbefehl besorgen.«

»Und was sagt der Tischler zum Durchsuchungsbeschluss?«

»Der hat die Hosen voll. Wenn wir ihm nicht wirklich was Konkretes liefern, wird es keinen Durchsuchungsbeschluss gegen Krugger geben.«

»Und wenn der Beweise verschwinden lässt?«
»Dann kann ich auch nichts machen. Ohne Beschluss keine Durchsuchung.«
»Mei ...« Kreuthner hatte sich in einen Bürosessel gefläzt, die Hände vor seinem Bauch verschränkt, und drehte seine Daumen. »Des is net gesagt, dass des so sein muss.«
»Leo, mach keinen Scheiß. Du bist schon suspendiert. Irgendwann schmeißen sie dich raus.«
Kreuthner stand auf und legte seine Hand auf Wallners Schulter. »Du hast doch keine andere Wahl. Ich verlass mich auf dich, wenn's Ärger gibt.«
Wallner sah ihm stöhnend nach, dann zu Mike, der in sich hineinlächelte. »Was grinst du?«
»Ich grinse nicht, ich lächle. Und ich finde, du solltest Kreuthner beistehen, wenn er Scheiß baut. Er hat recht. Wir haben keine andere Wahl.«

Es war kalt geworden, und Frank ließ immer wieder den Motor laufen, um den Wagen aufzuheizen. Anfangs hatte er überlegt, den Hof während Danielas Abwesenheit zu durchsuchen. Aber er wusste nicht, wann sie zurückkommen würde. Wenn sie bei ihrer Rückkehr merkte, dass er im Haus war, würde sie Verdacht schöpfen und ihren Polizisten verständigen. Es war besser zu warten, bis sie wieder da war, und dann ohne Zeitdruck zu Werke zu gehen. Wenn er sie zum Sprechen brachte, konnte er sich die Sucherei ohnehin sparen.
Nach zwei Stunden stieg er aus, um sich hinter dem Schuppen zu erleichtern. Er betrachtete mit einer gewissen Faszination seinen Urinstrahl, der in die Kälte der Dezembernacht hineindampfte und ein dunkles

Loch in den Schnee brannte. Dabei dachte er darüber nach, ob es in Sibirien sein konnte, dass der Strahl beim Pinkeln gefror. Er hatte vor einiger Zeit in einer Fernsehsendung gelernt, dass heißes Wasser bei großer Kälte schneller gefror als kaltes. Also warum nicht auch der warme Urinstrahl? Auf dem Höhepunkt seiner naturwissenschaftlichen Betrachtungen hörte er das Geräusch eines herannahenden Wagens, gefolgt von einem Lichtkegel, der Frank zum Glück nicht streifte, da ihn der Schuppen abschirmte. Frank stapfte zu seinem SUV zurück und sah den Rücklichtern des Wagens nach. Der bog zum Gnadenhof ab. Frank tastete nach dem Jagdmesser. Es steckte in der Scheide am Gürtel. Dann machte er sich zu Fuß auf den Weg zum Hof.

53

Es waren siebzehn Grad unter null, als Daniela auf den Hof zurückkam. Troll, die Norwegische Waldkatze, war dennoch in wichtigen Geschäften unterwegs. Zu Danielas Erstaunen brachte Troll selbst im tiefsten Winter frische Mäuse ins Haus. Er hatte leider die Angewohnheit, den Kopf und die Innereien seiner Opfer übrig zu lassen. Sie lagen am nächsten Morgen auf dem einzigen Perserteppich, den die Tante zusammen mit dem Hof hinterlassen hatte. Troll folgte Daniela in den Stall, wo sie kontrollierte, ob die Heizung für die Pferdetränken auch bei diesen Temperaturen funktionierte. Sie tat es. Frank hatte einen guten Job gemacht. Kaspars Box stand immer noch offen, und das würde so bleiben, bis ein anderes Pferd einzog. Einstweilen hatte Tacitus die Box für sich entdeckt und war nicht mehr aus ihr herauszubringen. Danielas Blick entging nicht, dass die Katzen Heu auf dem Gang zwischen den Pferdeboxen verteilt hatten. Sie kehrte es zusammen und verließ einen makellos sauberen Stall. Bei ihrem Gang über den Innenhof zum Haus bemerkte sie einen Schatten beim Traktor im Geräteschuppen. Das war normal bei all den Tieren auf dem Hof. Ständig wurde gehuscht und geschlichen. Sie dachte einen Moment darüber nach, wer außer Troll sich wohl bei dieser Kälte nach draußen wagte. Da ihr niemand einfiel, verdrängte sie den Gedanken und ging ins Haus.

Das Feuer im Küchenofen war heruntergebrannt. Vor ihrer Abfahrt hatte Daniela ein Rindenbrikett, das die Glut über Stunden hielt, ins Feuer gelegt. Es glomm noch, so dass sie nur ein paar Holzscheite nachlegen musste.

Sie kochte sich einen Kräutertee und überlegte, ob sie Schnaps dazu trinken sollte. Sie trank häufig die letzten Tage. Seit Sophie nicht mehr da war, machte alles keinen Sinn mehr, und der Alkohol brachte ihr wenigstens Schlaf. In ein paar Tagen würde die Polizei Sophies Leiche freigeben. Sie musste sich um die Beerdigung kümmern. Daniela nahm ein Blatt Papier und machte eine Liste der Trauergäste. Ein paar Verwandte waren einzuladen. Die meisten von ihnen hatten Sophie seit Jahren nicht mehr gesehen. Freunde gab es nicht viele. In der Hauptsache Leute, die freiwillig auf dem Hof arbeiteten. Sie waren wohl Sophies Freunde, entschied Daniela, und auch ihre eigenen. Sie schrieb die Namen auf die Liste. Dazu Kerstin, die Tierärztin. Auch Frank schrieb sie dazu. Aber er hatte Sophie nicht gekannt und wurde deshalb wieder gestrichen. Um sicherzugehen, dass sie niemanden vergessen hatte, ging sie in ihr Zimmer, um in dem Adressbuch nachzusehen, das Sophie auf ihrem Computer geführt hatte. Die Polizei hatte den Computer zwar sichergestellt, Daniela aber eine Kopie der Festplatte überlassen, denn darauf befanden sich auch Daten, die für den Betrieb des Hofes benötigt wurden.

Als sie den Computer hochfuhr, hörte sie Geräusche. Zumindest dachte sie, etwas gehört zu haben. Es kam aus dem Innenhof auf der anderen Seite des Hauses. Das Büro lag nach hinten raus. Ganz sicher war sich

Daniela nicht. Der Computer machte Geräusche beim Hochfahren, vielleicht war es das gewesen. Sie ging aus dem Zimmer und lauschte in den dunklen Hausflur. Stille. Absolute Stille. Nur ihr eigener Atem und das leise Knarren einer Diele unter ihrem Fuß. Dann klang ein missgelauntes Maunzen durch die Haustür. Sie ließ Troll herein, der meckernde Laute von sich gab, ihr kurz um die Beine strich und dann zum Futternapf schritt, um sich nach den Abenteuern in der kalten Nacht zu stärken.

Der Drucker spuckte summend Blatt für Blatt der Adressenliste aus. Zwischen zwei Blättern hörte Daniela jemanden lachen. Nur kurz und unwirklich und von sehr weit her. Dann summte das nächste Blatt aus dem Inneren des Druckers hervor und legte sich mit einem schabenden Geräusch über das vorherige. Das Lachen kam wieder. Jedes Mal zwischen zwei Blättern. Als das letzte Blatt die Maschine verlassen hatte, hörte sie nichts mehr und ging in die Küche zurück. Sie war verunsichert. Hatte sie dieses Lachen gehört, oder war es bloße Einbildung? Sie schenkte sich einen Kirschbrand nach. Vielleicht sollte sie noch zwei oder drei davon trinken und ins Bett gehen. Morgen würde alles wieder in Ordnung sein.

Daniela schluckte das Kirschwasser mit zusammengekniffenen Augen, als sie es wieder hörte. Das unheimliche Lachen. Von weit her und doch deutlich drang es durch die Nacht. Es war kratzig, mechanisch, höhnisch. Die Katzen und Hunde in der Küche rührten sich nicht, bewegten aber intensiv die Ohren, um das Geräusch aufzufangen.

Zum zweiten Mal in wenigen Tagen holte Daniela das alte Jagdgewehr aus dem Waffenschrank, zog sich Schuhe an und ging nach draußen in den Hof. Das Licht über dem Stall blendete sie und versperrte ihr die Sicht auf die dunkleren Teile des Hofes, die in Richtung des Zufahrtsweges lagen. Von dort kam das Lachen, das jetzt, da sie im Freien stand und die hohen Frequenzen ungefiltert an ihr Ohr drangen, unglaublich ordinär klang und zugleich unmenschlich, als stamme es von einer Puppe. Daniela trat vorsichtig ein paar Schritte nach vorn, bis sie das Licht der Stalltürlampe im Rücken hatte. Nun konnte sie etwas sehen. Es war ein Mann. Er stand da in der Nacht, beschienen vom gelben Licht, produzierte Kondenswolken beim Ausatmen und hielt grinsend einen kleinen Gegenstand in der Hand. Es schien ein kleines Leinensäcklein zu sein. Und aus dem Säcklein kam das Lachen. Daniela starrte ihn an und sagte: »Spinnst du?«

»Geh komm, des is doch total lustig«, sagte Kreuthner und ging auf Daniela zu. Er drückte auf das Säcklein, und das ordinäre Lachen verstummte. »Weißt, was des is?« Er hielt ihr das Säcklein entgegen. Daniela wusste es nicht. »Des is a Lachsack. Und zwar original einer von 1970. Einer von die allerersten. Alles original. Bis auf die Batterien.«

Daniela ließ das Gewehr sinken und schien zu überlegen, was sie davon halten sollte.

»Der war bei meiner Erbschaft dabei. Im Haus vom Onkel Simon. Der war a rechter Messi. Der hat nix wegschmeißen können.«

»Willst du auch so werden?«

»Jetzt sei halt net so humorlos.« Er drückte auf das Säcklein, und erneut fing es ganz furchtbar dreckig an zu lachen. Kreuthner musste selbst so lachen, dass er

sich nach vorn beugte und den Bauch hielt. »Auf so an Scheiß musst erst mal kommen.«
»Kannst du's wieder ausmachen?«
Kreuthner machte das Säcklein aus.
»Du hast mich total erschreckt. Ich hab gedacht, da ist wer weiß was hier draußen.«
»Tut mir leid. Ich wollt eigentlich nur schauen, ob alles in Ordnung ist.«
»Warum? Machst du dir Sorgen?«
»Mei, da läuft einer rum und bringt Leut um.«
»Der hat's nicht auf mich abgesehen. Sonst wär ich schon längst tot.«
»Ich denk, ich sollt vielleicht trotzdem heut Nacht hierbleiben. Was meinst?« Kreuthner lächelte Daniela so unschuldig an, wie er es nur hinbekam.
»Ich weiß nicht, ob das eine gute Idee ist«, sagte Daniela und polierte den Lauf ihres Jagdgewehrs mit ihrem Pulloverärmel.
Kreuthner ging zu ihr, nahm ihr das Gewehr aus der Hand und betrachtete es anerkennend. »Was macht a Vegetarierin mit einer Jagdbüchse?«
»Keine Sorge. Ich schieße nicht auf Tiere.«
Sie nahm Kreuthner das Gewehr ab, bedeutete ihm, ihr zu folgen, und ging zum Haus zurück. »Du kennst die Regeln. Keine Schuhe im Haus, alles wieder da hinlegen, wo du es weggenommen hast, und keine Annäherungsversuche.«
Kreuthner überlegte kurz, dann nickte er. »Das Dritte hab ich noch nicht gekannt, aber gut, dass mir drüber geredet haben.«

Kreuthner hatte ein Bier in der einen Hand, eine Zigarette in der anderen. Sie saßen, eingehüllt in Decken,

auf Campingstühlen, in einem Feuerkorb brannten Buchenscheite. Die Temperatur war auf zwanzig Grad minus gefallen und die Nacht sternenklar. Troll saß auf Kreuthners Schoß und behielt die Umgebung im Auge, ob sich nicht eine Maus nach draußen verirrte.
»Warum bist du die ganze Zeit hier?« Daniela trank Tee, den sie aus einer Thermoskanne in eine große blaue Tasse schüttete.
»Ich mag dich«, sagte Kreuthner.
»Warum? Wir passen überhaupt nicht zueinander.«
Kreuthner zuckte mit den Schultern. »Zu mir passt niemand. Ich möchte auch gar net mit wem zusammen sein, der so ist wie ich.«
»Ich glaub nicht, dass das was wird mit uns.«
»Da muss man net immer gleich nein sagen. Das muss man sich a Zeitlang anschauen. Und dann kann man erst sagen, ob des einen Taug hat mit uns. Ich hab da kein schlechtes Gefühl.«
»Warum haben sie dich beurlaubt?«
»Hab ich dir doch gesagt.«
»Doch nicht nur, weil du ermittelt hast. Du hast doch was ausgefressen.«
Kreuthner zuckte mit den Schultern. »Ich hab mich als Kripokommissar ausgegeben.«
»Echt?« Daniela lächelte in sich hinein.
»Wenn du in am Mordfall ermittelst, musst du bei der Kripo sein. Ich hab fei schon viel ermittelt. Und immer hat's Ärger gegeben.«
»Warum machst du's dann?«
»Weil ich gut bin.«
Daniela sah zu den Sternen hinauf. »Sie wird ihre Tiere vermissen da oben.«
Auch Kreuthner sah jetzt zum Sternenzelt und blies

Rauchringe in die stille Nachtluft. »Warum Tiere? Ich mein, sie hat doch irgendwas Soziales studiert. Da macht man doch was mit Menschen.«
»Tja, wer die Menschen kennt, liebt die Tiere.«
»Hat sie schlechte Erfahrungen gemacht?«
Daniela nahm die Flasche Kirschwasser, die neben ihrem Campingstuhl im Schnee steckte, und gab einen guten Schuss in die blaue Tasse. »In Wackersdorf hat sie in den achtziger Jahren mal einen Mann kennengelernt, der da auch demonstriert hat. Gegen die WAA. So ein cooler linker Typ mit Pferdeschwanz und Lederjacke. Der coole Thilo. Sie hat sich in ihn verliebt, und sie hatten eine tolle Zeit – sagte sie zumindest. Jeden Tag Demo und gemeinsam gegen die Bullen gekämpft. Thilo hat immer gesagt, er kann keine Kinder haben, weil er politischer Kämpfer ist und die Welt retten muss. Bevor er die Welt gerettet hat, ist er noch mit Sophies Freundin Annette ins Bett und dann einfach abgehauen. Sieben Jahre später hat Sophie erfahren, dass er verheiratet war und zwei Kinder hatte. Inzwischen war er Personalchef bei einer Firma, die Altenheime betrieb. Da musste der sozialistische Held Leute rausschmeißen. Das hat sie echt getroffen. So was machen Tiere einfach nicht mit dir.«
»Weil keiner a Pferd als Personalchef einstellt.«
»Ja. Wahrscheinlich liegt's daran.«
Kreuthner versuchte, sich ein wenig anders hinzusetzen, weil ihm das Bein einschlief, was ihm einen missbilligenden Blick des Monsterkaters auf seinem Schoß eintrug. »Wieso bist du eigentlich auf den Hof gekommen?«
»Die ganze Geschichte?«
»Ich bin beurlaubt. Ich hab Zeit.«

Daniela legte noch ein Scheit nach und betrachtete nachdenklich die hochlodernden Flammen. »1982 sind unsere Eltern bei einem Autounfall gestorben. Ich war sieben und Sophie achtzehn. Deswegen bin ich bei meinen Großeltern aufgewachsen. In Reichersbeuern, nicht weit von hier. Sophie auch. Aber ein Jahr später hat sie Abitur gemacht und ist nach München zum Studieren.«
»Waren die nett, deine Großeltern?«
»Die haben sich ihr Leben lang gehasst und kaum miteinander geredet. Und jeder hat versucht, mich auf seine Seite zu ziehen. Mit anderen Worten, es war beschissen, bei denen aufzuwachsen. Die einzigen Lichtblicke waren, wenn Sophie aus München gekommen ist. Am Anfang noch oft, fast jedes Wochenende. Dann immer seltener. Ich hätte sie gern öfter gesehen, aber ich war zu jung, um sie in München zu besuchen. Deswegen habe ich auch von ihrer WG nicht viel mitbekommen. Einmal hat sie mich mitgenommen, da war ich vierzehn. Aber meine Großeltern haben sonst nicht erlaubt, dass ich nach München fahre. Ich glaube, sie waren eifersüchtig. Weil sie wussten, dass nicht sie die Eltern für mich waren, sondern Sophie. Sophie war mein großes Vorbild. In allem. Ich wollte so werden wie sie. Und als ich endlich erwachsen war, bin ich auch nach München. Das war vierundneunzig.«
»Da hat deine Schwester aber nicht mehr studiert.«
»Nein. Da hat sie schon gearbeitet. Aber ich habe eine Zeitlang bei ihr gewohnt.«
»Und das Gleiche studiert?«
»Nicht Sozialpädagogik. Sophie war öfter in Mittelamerika und hat irgendwelche sozialen Projekte besucht. Das fand ich unglaublich spannend. Und des-

wegen hab ich Romanistik studiert mit Schwerpunkt Spanisch.«
»Wie bist du jetzt auf den Hof gekommen?«
Troll verließ endlich Kreuthners Schoß und lief eilig in Richtung Geräteschuppen. Anscheinend waren da die Mäuse unterwegs. »Sechsundneunzig hat Sophie den Hof von unserer Tante geerbt. Da hab ich noch studiert. Ich bin so oft ich konnte rausgefahren und hab ihr geholfen. Zwei Jahre später ist es dann passiert.« Sie füllte noch ein Glas Kirschwasser nach und nahm einen Schluck. »Ich wollte nicht nur so werden wie Sophie. Ich fand auch die Männer toll, die sie toll fand.«
»Aber nicht den coolen Thilo?«
»Da war ich zehn Jahre alt. Nein, nein. Der, um den es ging, hieß Uwe. Der war eines Tages auf dem Hof und lebte hier mit Sophie zusammen. So ein bisschen hippiemäßig mit langen Haaren und Motorrad. Hatte schon was. Tja, da hab ich mich eben auch in ihn verknallt. Und eines Tages erwischt uns Sophie im Heu. Gab natürlich einen ziemlichen Aufstand, sie hat mich rausgeschmissen und jeden Kontakt mit mir abgebrochen. Ich hab's ja verstanden. Aber es hat wahnsinnig weh getan. Drei Jahre lang. Nie zurückgerufen, nie auf Briefe geantwortet – sie hatte damals noch kein E-Mail.« Aus dem Geräteschuppen hörte man plötzlich lautes Fauchen und Kreischen, dann schoss eine nicht zum Hof gehörige Katze pfeilgleich aus der Dunkelheit und flüchtete den Feldweg entlang. Troll trat ins Licht und leckte sich zufrieden die Pfoten. Der Job war erledigt. »2001 war ich zufällig hier in der Gegend mit dem Auto unterwegs und hör im Radio die Sache mit dem World Trade Center und dass irgend-

wie die Welt zusammenbricht. Und ich denk mir, was, wenn Sophie das gar nicht mitbekommen hat? Da bin ich zu ihr auf den Hof gefahren und hab gesagt: Du musst den Fernseher einschalten. Wir sind davorgesessen und haben gesehen, wie die Türme einstürzen, und haben geheult und uns im Arm gehalten, und ich hab gesagt, wie leid mir alles tut, und sie hat gesagt, dass sie mich so vermisst hat und dass Uwe sowieso ein Arschloch war und sie ihn ein halbes Jahr später rausgeschmissen hat. Seitdem bin ich hier nie mehr weggegangen. Das war die schönste Zeit in meinem Leben.« Das Feuer zuckte auf Danielas Gesicht, zwei Tränen liefen ihr die Wangen hinunter.

»Sag mal …« Troll nahm nach getaner Arbeit wieder seinen Platz auf Kreuthners Schoß ein. »Du hast doch deine Schwester so gut gekannt. Ihr habt euch doch bestimmt alles erzählt.«

»Das dachte ich auch.« Sie wischte die Tränen fort.

»Und du hast gar keine Ahnung, warum jemand sie und die anderen aus ihrer WG umbringt?«

»Ich wünschte, ich wüsste es. Anscheinend war da irgendetwas in ihrer Vergangenheit, das sie mir nie gesagt hat.«

54

Der Morgen war ebenso kalt wie die Nacht. Die Sonne stand niedrig, der Himmel war wolkenlos. Kreuthner brauchte Starthilfe von Daniela, um seinen alten Passat anzulassen. Er nahm sich vor, auf dem Schrottplatz der Lintingers eine neue oder zumindest funktionierende Batterie zu besorgen. Frank beobachtete das Treiben auf dem Hof von seinem Geländewagen aus. Er war um sieben wiedergekommen, nachdem er in Bad Wiessee in einem Vier-Sterne-Hotel übernachtet hatte. Das würde er seinem Auftraggeber in Rechnung stellen. Falls er an das Geld kam, natürlich nicht. Erstens war er nicht kleinlich. Zweitens würde er in der Karibik am Strand liegen, bevor Krugger Gelegenheit hatte, die Spesenrechnung zu begleichen. Er setzte erneut das Fernglas an. Daniela hatte ihren Wagen auf den Hof gefahren und Kühler an Kühler vor den Passat gestellt. Frank hätte dem Polizisten durchaus beim Anlassen seines Wagens geholfen. Aber dann hätte Kreuthner gewusst, dass Frank auf dem Hof war, und das musste nicht sein.
Kreuthner war etwas wehmütig vom Hof gefahren und hatte sich noch einmal nach Daniela umgedreht, die ihm mit vor Kälte gerötetem Gesicht nachgewunken hatte. Eine weißblonde Strähne hatte unter ihrer Mütze hervorgeschaut und war quer übers Gesicht gefallen. Kreuthner hatte Schmetterlinge im Bauch. Nicht nur, weil er verliebt war. Er war auch besorgt.

Hier draußen lief jemand herum, der drei Menschen umgebracht hatte. Daniela war in Gefahr. Möglicherweise nur deshalb, weil sie zu viel wusste – vielleicht, ohne es zu ahnen.

Er fuhr von Riedern auf der Bundesstraße nach Miesbach und nahm dort die Richtung Norden führende Straße nach Weyarn. Wenige Kilometer hinter Miesbach bog er nach Osten in eine kleine Straße ab, die gerade erst vom Schneepflug geräumt worden war. Sie führte an dem Haus vorbei, das Baptist Krugger gehörte. Es lag etwas abseits der Straße. Ein Stichweg, der vermutlich nicht geteert war, führte dorthin. Und er wurde nicht geräumt, wie Kreuthner feststellte. Der Schneepflug hatte vielmehr einen ordentlichen Haufen Schnee vor der Einfahrt hinterlassen. Kreuthner war es egal. Er hatte ohnehin nicht vor, am Haus zu parken. Allerdings war es schwierig, anderweitige Parkmöglichkeiten zu finden. Neben der Straße lag überall ein Meter Schnee. Das wäre selbst mit einem Allradfahrzeug schwierig geworden. Er musste einen halben Kilometer weiter bis zum nächsten Bauernhof fahren und die Bewohner bitten, seinen Wagen dort abstellen zu dürfen.

Etwa fünfzig Meter, bevor die Straße den Stichweg erreichte, bog Kreuthner zu Fuß auf die Wiese ab. Er wollte auf dem Zufahrtsweg keine Fußspuren hinterlassen. Bis zum Grundstück musste Kreuthner sich etwa einhundertfünfzig Meter zu Fuß durch den tiefen Schnee arbeiten und kam leidlich erschöpft an dem Anwesen an. Hinter einem Holzzaun war eine Hecke aus Hagebutten, Schneeball und anderen kleinen Laubgehölzen, die im Sommer guten Sichtschutz bieten mochte, ohne Blätter aber durchsichtig war.

Das Haus war klein, im bayerischen Landhausstil gebaut, vermutlich in den ersten Jahren nach dem Krieg, als die Ansprüche bescheiden waren. Später hatte jemand einen großzügig verglasten Anbau mit Flachdach daran gesetzt. Ob der jemals genehmigt worden war, durfte bezweifelt werden, denn die Bauordnung im Landkreis mochte keine Flachdächer. So abseits, wie das Haus gelegen war, hatte sich vermutlich nie jemand darüber aufgeregt.
Die westliche Grundstücksgrenze war durch dichtes Unterholz abgeschirmt. Hier gab es auch Eiben, kleine Fichten und anderes immergrünes Gehölz, das vor Blicken schützte. In einer Art Nische stand ein steinernes Kreuz, das mit Efeu überwachsen war. Kreuthner ging links an der Terrasse vorbei zur Rückseite des Hauses. Die Fenster waren mit modernen metallenen Rollläden verschlossen. Auf der Rückseite des Hauses war Feuerholz gestapelt, neben dem Stapel eine hölzerne Tür, die mit einer Schließvorrichtung versehen war, in die man einen PIN-Code eingeben musste. Kreuthner überlegte, scannte die Umgebung, und schließlich blieb sein Blick am Holzstapel neben der Tür hängen. Erinnerungen kamen hoch. An das elende Häuschen, das Kreuthner mit seiner Mutter bewohnt hatte, auch dort ein Holzstapel neben der Tür, unter dem dritten Scheit der Schlüssel. Allerdings hätte kein Einbrecher seine Zeit damit verschwendet, bei den Kreuthners einzubrechen. Das Wertvollste im Haus war ein zwölf Jahre alter Schwarzweißfernseher gewesen. Kreuthner ging in die Knie und lugte in die Zwischenräume zwischen den Scheiten. Es dauerte nicht lang. Er sah etwas Flaches, das wie Kunststoff glänzte, eine Art Plastikkarte. Er räumte die darüber-

liegenden Scheite weg und stieß auf ein scheckkartengroßes Stück Papier, das in Plastik eingeschweißt war. Auf dem Kärtchen stand eine sechsstellige Zahl. Kreuthner tippte sie auf dem PIN-Pad neben der Tür ein, es klackte, und das kleine rote Licht wurde grün.
Im Inneren des Hauses erwartete Kreuthner eine andere Welt. Das Erdgeschoss bestand aus einem großen Raum, wenn man von einer Abstellkammer und einer Toilette absah. Auch die Küche war Teil des großen Raums. Der Boden war mit dunklem Massivholzparkett ausgelegt, an den Wänden hatte man die Ziegelmauern freigelegt und weiß getüncht, ab und an ein modernes Gemälde, das jeweils von einem eigenen Spot beleuchtet wurde – wenn man die Beleuchtung einschaltete, was Kreuthner vorsichtshalber nicht tat. Durch das Terrassenfenster aus bruchsicherem Verbundglas, das über keine Jalousie verfügte, drang genügend Licht ins Haus. In der Mitte des Raums stand eine sehr große Couch, die ebenso wie der zugehörige Couchtisch und die anderen Möbel von erlesenem Design und vermutlich schwindelerregend teuer war. Die vom Terrassenfenster am weitesten entfernte Ecke des Raums war mit einem Computer und mehreren Fernsehflachbildschirmen ausgestattet. An den Wänden dort hingen Kurs-Charts und Artikel aus Wirtschaftsmagazinen und dem Börsenteil diverser Tageszeitungen.
Im ganzen Raum schien es keine persönlichen Gegenstände zu geben. Bis auf ein Bild über dem offenen Kamin, das eine junge Frau zeigte. Das Foto war von einem Profi angefertigt worden, dem es gelungen war, die Frau in einem Moment verträumter Melancholie abzulichten, die dem makellos schönen und in ge-

wöhnlichen Momenten vielleicht ausdruckslosen Gesicht ein Geheimnis gab, eine Seelentiefe ahnen ließ, die den Betrachter berührte. Weitere Fotos des Mädchens befanden sich, wie Kreuthner jetzt feststellte, in silberne Rahmen gefasst auf dem Schreibtisch neben dem Computer. Er löste eine der Aufnahmen aus ihrem Rahmen und steckte sie in seine Jacke.
Der Computer ließ sich zwar einschalten, verlangte aber zur weiteren Benutzung ein Passwort. Und hier gab es keine Holzstapel. Also fuhr Kreuthner den Rechner wieder herunter und durchsuchte das Haus.
Das Schlafzimmer im ersten Stock war nicht sonderlich groß, aber offenbar ebenfalls von einem Innenarchitekten eingerichtet worden. Es war kaum vorstellbar, dass der Nerd und Kerzenfabrikantensohn Baptist Krugger selbst einen derart extravaganten Geschmack entwickelt hatte. Was Kreuthner aber weit sonderbarer erschien, war der Umstand, dass das angrenzende Zimmer in einen begehbaren Kleiderschrank umgebaut worden war. Kein Mann ließ sich einen begehbaren Kleiderschrank bauen, wenn er nicht homosexuell und Modeschöpfer war. Und tatsächlich hingen in diesem Schrankzimmer fast ausschließlich Frauenkleider. Dazu gab es drei Regale mit gut sechzig Paar Damenschuhen.
Von draußen hörte Kreuthner Motorengeräusche und ein metallisches Schaben. Er trat an das Fenster und zog die Jalousie so weit hoch, dass er durch die Lamellen sehen konnte. Auf dem Stichweg zum Haus kam der Schneepflug gefahren. Das schien Kreuthner kein gutes Vorzeichen zu sein. Vielleicht hatte der Hausbesitzer sein Kommen angekündigt. Es war Zeit, das Haus zu verlassen.

Zurück im Erdgeschoss, fiel Kreuthners Blick erneut auf den Computer. Es leuchtete ein, dass der Computer durch ein Passwort gesichert war. Auch der PIN-Code für die Hintertür passte dazu, ebenso das Sicherheitsglas auf der Terrassenseite und die modernen Metalljalousien im Erdgeschoss. Der Besitzer des Hauses war vorsichtig. Und das wiederum passte dazu, dass Baptist Krugger die Existenz des Hauses geheim hielt. Was nun aber so gar nicht ins Bild passte, war die Karte mit dem PIN-Code im Holzstapel. Wozu machte man sich die Mühe, eine Tür mit einem Code zu sichern, wenn man den Code für alle zugänglich neben die Tür legte? Weil der Hausbesitzer sich den Code nicht merken konnte? Da gab es bessere Methoden. Kreuthner beschlich mehr und mehr das Gefühl, dass an diesem Haus etwas faul war und dass er den Ort so schnell wie möglich verlassen sollte.

Er ging zurück zur Hintertür, denn die Vordertür war, wie Kreuthner festgestellt hatte, von innen nicht zu öffnen. Zu seiner Überraschung galt das auch für die Hintertür. Sie besaß gar keine Türklinke. Als einziger Weg nach draußen blieben die Fenster. Das Terrassenfenster bestand aus einer großen Scheibe, die man weder schwenken noch kippen konnte. Kreuthner ging zu einem der kleineren Seitenfenster, vor denen Metalljalousien heruntergelassen waren. Neben dem Fenster befand sich ein einfacher Kippschalter. Kreuthner drückte auf den Schalter, und die Jalousie fuhr nach oben. Es handelte sich um ein zweiflügeliges Fenster moderner Bauart, das man gewöhnlich mittels eines Griffs öffnen konnte. Nur war der Griff aus unbekannten Gründen abmontiert worden. Kreuthner schwante nichts Gutes. Und in der Tat: Kein Fenster im ganzen

Haus ließ sich öffnen. Darüber hinaus war jedes der Fenster aus bruchsicherem Glas gefertigt. Er konnte es also nicht einmal zerschlagen. Er saß in der Falle.
Kreuthner überlegte, was er tun konnte. Wenn er Wallner erreichte, hatte der vielleicht ein Einsehen und holte ihn raus. Immerhin hatte Wallner Kreuthners illegale Mission ja gewissermaßen abgesegnet. Außerdem war er bei allen Differenzen ein anständiger Kerl und würde ihn in so einer Situation nicht hängenlassen. Die nächste Überraschung erwartete Kreuthner, als er auf das Display seines Handys blickte: Es gab keinen Empfang im Haus. Draußen im Garten war der Empfang noch tadellos gewesen. Krugger hatte das Haus anscheinend elektronisch abgeschirmt. Der Mann hatte seine geheime Residenz in eine perfide Falle für Einbrecher umbauen lassen – und Kreuthner saß drin. Als letzte, schwache Hoffnung blieb der Festnetzapparat. Aber der war, wie zu erwarten, durch einen Code vor unbefugter Inbetriebnahme gesichert.
Von draußen hörte Kreuthner das Geräusch eines herannahenden Fahrzeugs, dann klappten Autotüren, gefolgt vom Klang zweier männlicher Stimmen. Sie kamen auf das Haus zu.

55

Mikes Bemühungen, den Messerstecher aus Tiffanys Wohnung zu ermitteln, hatten Früchte getragen. Die Frau mit dem östlichen Akzent, die Wallner ablenken sollte, während jemand (vermutlich der Messerstecher) ihm eine Wanze in die Daunenjacke gesteckt hatte, war auf dem Phantombild erkannt worden, das man nach Wallners und Mikes Angaben gefertigt hatte. Sie arbeitete im Rotlichtmilieu. Da ihr Ärger mit der Polizei ungelegen kam, war sie bereit zu kooperieren und gab Folgendes zu Protokoll: Ein Unbekannter habe sie angerufen und gefragt, ob sie einen kleinen Auftrag für ihn übernehmen wolle. Sie sollte sich mit Kommissar Wallner von der Miesbacher Kripo in einem bestimmten Lokal verabreden und ihm etwas über eine Handtasche erzählen, so dass der Polizist etwa eine halbe Stunde beschäftigt wäre. Da der Job gut bezahlt war, habe sie eingewilligt und die Hälfte des Geldes sofort, die andere nach dem Treffen mit Wallner bekommen. Der Unbekannte habe ihr nicht gesagt, woher er ihre Telefonnummer kannte oder warum er sie für die Aufgabe ausgewählt hatte. Auch habe sie den Mann nie zu Gesicht bekommen. Bei dem Treffen mit Wallner und Mike sei ihr aber ein Mann aufgefallen, der in den Vorraum mit der Garderobe gegangen war, nachdem er mehrfach verstohlen zu ihrem Tisch geschaut hatte. Das Gesicht hatte sie zu kurz gesehen, um sich daran zu erinnern. Aber sie konnte Größe und Figur des Mannes beschreiben, dass er um die fünfzig Jahre alt gewesen war und am Telefon hochdeutsch mit stark bayerischer Färbung gesprochen hatte. Die Münchner Polizei vermutete, dass es sich um einen Vorbestraften aus dem Rotlichtmilieu handelte, sonst wäre er wohl nicht auf eine Prostituierte für den Auftrag verfallen.

Nachdem man den Täterkreis nach den Angaben der Frau und anderen Kriterien eingeengt hatte, blieben sechs Verdächtige, deren Fotos man der Frau zeigte. Sie konnte den Mann aus dem Lokal nicht zweifelsfrei identifizieren. Alle sechs waren vorbestraft, meist wegen Gewaltdelikten. Es wäre naheliegend gewesen, auch Tiffany, der Stripperin, die in ihrer Wohnung niedergestochen worden war, Fotos der sechs Verdächtigen zu zeigen. Aber die behandelnden Ärzte lehnten das kategorisch ab. Die psychische Belastung, mit ihrem Peiniger – und sei es nur auf einem Foto – konfrontiert zu werden, sei im Augenblick noch zu groß. Es blieb nichts anderes übrig, als die Kandidaten einzeln zu überprüfen. Einer davon saß seit vier Wochen in Stadelheim in Untersuchungshaft, ein anderer lag seit drei Tagen nach einer Prügelei mit gebrochenem Arm im Krankenhaus, kam also auch nicht in Frage. Bei den restlichen vier versuchten Mike und zwei weitere Mitarbeiter in Zusammenarbeit mit den Münchner Kollegen herauszufinden, was sie zur Tatzeit getrieben hatten. Ein mühseliges Unterfangen, da allen Männern gemeinsam war, dass sie ungern mit der Polizei redeten und nicht geneigt waren, in irgendeiner Weise zu kooperieren.

Wallner hatte inzwischen veranlasst, dass zwei Beamte mit Josepha Leberecht, der ehemaligen V-Frau des

Verfassungsschutzes, Kontakt aufnahmen und sie zu einer Befragung nach Miesbach baten. Leberecht gab wichtige Termine vor und war nicht zu einer Fahrt nach Miesbach zu bewegen. Im Vorgriff auf derlei Misshelligkeiten hatte Wallner gleich am Morgen Staatsanwalt Tischler angerufen und um einen Haftbefehl für Leberecht gebeten. Dass Leberecht einst für den Verfassungsschutz gearbeitet hatte, gefiel Tischler, das hatte *Media Value,* wie er sagte. Am späten Vormittag läuteten zwei Beamte an Josepha Leberechts Wohnungstür und präsentierten ihr den Haftbefehl.

Währenddessen spitzten sich die Dinge für Kreuthner zu. Vor dem Haus des Baptist Krugger waren zwei Männer aus einem Wagen gestiegen und gingen auf die Haustür zu.
Kreuthner hatte nicht viel Zeit zum Überlegen. Es gab in dem großen Raum eine Tür, die vermutlich in den Keller führte. Auch sie war verschlossen. Die Toilette war keine Option, möglicherweise hatte einer der Ankömmlinge eine volle Blase. Es blieb der kleine Abstellraum. Mit ein wenig Glück hatte dort niemand etwas zu schaffen, und Kreuthner konnte darin unerkannt ausharren, bis die Besucher wieder weg waren. Vielleicht gelang es ihm auch, während der Anwesenheit der Besucher zu fliehen, was Kreuthner bei genauerem Besehen für die beste Option hielt. Denn sobald die Burschen wegfuhren, säße er wieder in der Falle.
Die zwei Männer, die den Raum betraten, waren um die dreißig Jahre alt, kräftig gebaut und trugen die Uniform eines privaten Sicherheitsdienstes. Sie verfügten über die Schlüssel und PIN-Codes, die zum

Öffnen der Haustür erforderlich waren. Beim Hereinkommen klopften sie sorgfältig den Schnee von ihren Schnürstiefeln, schalteten das Licht ein und schlossen die Tür hinter sich. Dann schritten sie ohne das geringste Zögern zu der Tür des Abstellraums, öffneten sie, zerrten Kreuthner heraus, warfen ihn zu Boden und legten ihm Handschellen an. Das Ganze ausgesprochen ruhig und routiniert. Als Kreuthner protestierte, sagte einer der Männer »Maul halten!« und gab Kreuthner zwei Ohrfeigen, dass ihm für die nächste halbe Stunde das Gesicht brannte. Aber das sollte sich rückblickend als sein geringstes Problem erweisen.
Kreuthner saß mit gefesselten Händen auf einem Hocker ohne Rückenlehne. Einer der Männer stand vor ihm, sah mal aus dem Fenster, mal zu Kreuthner, trat gelangweilt von einem Bein aufs andere und sagte nichts. Der andere, anscheinend von höherem Rang, war am Schreibtisch und fertigte Fotokopien von Kreuthners Ausweis und Führerschein an. Den Dienstausweis pflegte Kreuthner in seiner Uniformjacke aufzubewahren, und er war im Augenblick sehr froh über diese Gewohnheit. Die Sicherheitsleute waren beim Durchsuchen von Kreuthners Jacke auch auf das Foto der Frau gestoßen, das Kreuthner vom Schreibtisch entwendet hatte, schienen ihm aber keine Bedeutung für ihre Zwecke beizumessen und taten es wieder zurück. Als die Kopierarbeit beendet war, ging der Mann zu seinem Kollegen, steckte Ausweis und Führerschein in Kreuthners Brieftasche und diese in Kreuthners Jacke. Dann baute er sich neben seinem Kollegen auf.
»Is des Ihr Haus?«, begann er.

Kreuthner zog ein genervtes Gesicht. »Was vermuten S' denn?«

Der Sicherheitsmann trat näher an Kreuthner heran. »Du Bürscherl, des is grad net der richtige Augenblick zum Frechwerden. Ich frag dich nur noch einmal: Is des dein Haus?!«

»Nein.«

»Geht doch. Is also net dein Haus?«

Kreuthner schwieg.

»Ich hab dich was g'fragt!«

»Nein, das ist nicht mein Haus«, sagte Kreuthner etwas demütiger und starrte auf den Boden. Eine Vorahnung überkam ihn, dass man im Augenblick noch beim angenehmen Teil der Unterhaltung war.

»Ach, das is gar net dein Haus. Was mach' ma dann hier?«

»Ich ... ich hab a Autopanne und wollt telefonieren. Und da ist die Tür offen gestanden, und da bin ich halt rein.«

»Hier steht keine Tür offen. Das geht gar net.«

»Ich meine damit, dass da hinten am Holzstoß, da war a Zettel mit der PIN-Nummer. Da hab ich halt gedacht, schaust mal schnell rein und holst Hilfe.«

Der Mann holte aus seiner Jackentasche Kreuthners Handy, das er ihm gleich zu Beginn abgenommen hatte. »Warum rufst net mit deinem Handy an?«

»Das geht hier net. Das können S' ausprobieren.«

»Natürlich geht das hier drin net, du Vollpfosten. Des is elektronisch abgeschirmt, damit so Penner wie du net raustelefonieren können. Aber da draußen«, er drehte Kreuthners Kopf mit Hilfe von dessen Ohr (was ausgesprochen schmerzte) in Richtung Terrassenfenster, »da draußen is ein super Empfang.«

»Dann hat's mir das nicht angezeigt. Manchmal spinnt es.«

»Also zum Telefonieren sind wir hier eingebrochen?«

»Ich hab nichts gestohlen. Ist noch alles da. Sie können sich ja umschauen.«

»Zum Telefon sind mir aber erst ganz zum Schluss gegangen.«

Kreuthner wollte dem gerade widersprechen. Aber der Mann deutete in die Zimmerecken. Jetzt, da man ihn darauf aufmerksam machte, erkannte Kreuthner zahlreiche kleine Beobachtungskameras. Ein wenig versteckt, aber mit geübtem Auge durchaus zu entdecken.

»Du hast hier alles durchsucht. War da nichts zum Klauen dabei, oder was? Samma wählerisch? Ich empfehle den Computer. Auch die Möbel sind unglaublich teuer. Vielleicht a bissl sperrig.« Kreuthner schwieg. Der Mann drehte sich zu seinem Kollegen. »Was mach ma denn da?« Der Angesprochene zuckte mit einem lustvoll süffisanten Gesichtsausdruck mit den Schultern. Sein Chef wandte sich wieder Kreuthner zu und beugte sich zu ihm hinunter. »Wir könnten ja die Polizei holen. Wär bestimmt net so angenehm für dich.« Das stimmte, wenn auch aus anderen Gründen, als der Mann vermutete.

»Wahrscheinlich hast noch a Bewährung laufen. So was kann ich riechen. Ich kenn euch kleine Ganoven. Is net schön, wenn man wegen so am Scheiß gleich a paar Jahr einfährt, oder?«

Kreuthner fiel beim besten Willen nicht ein, was darauf zu sagen war. Er überlegte kurz, ob er sich als Polizist zu erkennen geben sollte. Aber die Männer, die vor ihm standen, waren Profis. Denen würde klar sein,

dass Kreuthner keinerlei Berechtigung hatte, in das Haus einzudringen.
Der Sicherheitsmann tätschelte Kreuthners Backe.
»Hast Glück, Amigo. Unser Auftraggeber besteht nicht auf Förmlichkeiten. Ich denk also, wir können die Polizei raushalten. Ist doch was, oder?«
»Da wär ich Ihnen wirklich dankbar. Ich verschwind und lass mich nie wieder blicken.«
Der Mann lachte, sah seinen Kollegen amüsiert an, dann – noch amüsierter – Kreuthner. Lachte weiter, schüttelte den Kopf, wie man es tut, wenn einem ein ganz naiver Mensch gegenübersteht, der keine Ahnung von den grundlegendsten Dingen hat. »Zur Klarstellung: keine Polizei. Ich denke, da samma uns einig. Ich denke, wir sind uns aber auch einig, dass wir eine Sicherheit brauchen, verstehst du?«
»Was für eine Sicherheit?«
»Dass du deine Lektion gelernt hast. Am Ende müssen wir dich in zwei Wochen schon wieder hier rausschmeißen. Und das will doch keiner. Wir müssen also sicher sein, dass du es begriffen hast. Ich meine, dass man hier nicht hineindarf. Okay?«
»Aber das hab ich doch begriffen.«
»Das sagst du jetzt, weil du Angst hast. Aber ich glaube dir nicht. Typen wie du sind vergesslich. Ihr verbrennt euch die Finger, und am nächsten Tag wisst ihr es schon nicht mehr.«
»Ich sag doch, ich hab's kapiert. Warum sollt ich noch mal kommen? Wo ich jetzt weiß, dass alles so super gesichert ist. Mit Kameras und allem.« Kreuthners Mund wurde unangenehm trocken.
»Weißt du, das hat mit Logik nichts zu tun. Das liegt bei euch einfach in den Genen. Ihr müsst einbrechen

und Sachen stehlen und den Leuten auf die Eier gehen. Ihr könnt's gar net anders.« Er nahm Kreuthners Nase zwischen seine Finger und schüttelte sie lachend hin und her. »Darfst du auch. Geh den Leuten auf die Eier, wie du willst. Ist uns egal. Wir müssen lediglich sicherstellen, dass du unserem Auftraggeber nicht mehr auf die Eier gehst. Is nix Persönliches. Des is unser Job.« Er sah mit gespielter Unsicherheit zu seinem Kollegen. Der bestätigte mit schlecht gespieltem Bedauern, dass das leider ihr Job sei, um dann zu grinsen, dass Kreuthner sich wünschte, er wäre heute gar nicht aufgestanden.
»He, Freunde, wir können uns doch irgendwie einigen. Ihr müssts des net machen. Ich ... ich geb euch Geld.«
Der Chef holte Kreuthners Brieftasche aus dessen Jacke und inspizierte das Fach für die Scheine. Es befanden sich fünfzehn Euro darin. Ein Zehner und ein Fünfer. Er hielt die beiden jämmerlichen Banknoten Kreuthner vor die Nase. »Du willst uns doch nicht bestechen? Das kann nicht dein Ernst sein. Mir sind zwei Ehrenmänner. Des is ja eine Beleidigung.« Er wandte sich an seinen Kollegen. »Der hat uns bestechen wollen.« Der Kollege rollte entsetzt mit den Augen, während sein Chef die Scheine wieder in der Brieftasche verstaute, die er wiederum sorgfältig in Kreuthners Jacke steckte. »Das ist genau das, was ich meine: Das Unehrliche, das steckt in euch drin. Es ist unglaublich hart, euch das auszutreiben. Deswegen solltest du uns dankbar sein, dass mir dir jetzt ein bissl helfen werden, dass du den rechten Weg findest.« Der Mann begann, seine Jacke auszuziehen. Offenbar würde ihm warm werden bei dem, was er vorhatte. Sein Kolle-

ge tat es ihm gleich und krempelte auch seine Ärmel hoch.

»He, Jungs! Macht's kein Scheiß. Was soll denn des? Mir können doch reden. Des is doch a Schmarrn. Sehn mir's doch amal ganz nüchtern: Ich hab nix gegen euch, ihr habt's nix gegen mich. Wozu mach ma uns den Stress? Da muss man sich doch einigen können. Ich ... ich hätt zum Beispiel noch a ganzes Fassl Kirschwasser. Selbstgebrannt. So was wird heut gar nimmer g'macht.«

Die beiden Sicherheitsleute ließen sich bei ihren Vorbereitungen nicht im mindesten von Kreuthners Redeschwall ablenken. Als die Jacken und die Ärmel hochgekrempelt waren, zogen beide gleichzeitig die schwarzen Gummiknüppel, die sie an der Seite trugen.

»Herrgott! Was is denn los mit euch?! Fuchzig Liter Kirschwasser! Achtundvierzig Prozent! Des san Räusche für a ganzes Jahr.«

»Am besten trinkst a Flasch'n davon, wenn mir hier fertig sind«, sagte der Sicherheitsmann und ließ den Gummiknüppel in seine linke Hand klatschen.

56

Die morgendliche Sonne hatte sich verzogen. Auf dem Parkplatz vor dem Bürogebäude fiel Schnee an diesem Mittag im Dezember. Es herrschte Dämmerlicht, und in den meisten Büros der Miesbacher Kriminalpolizei brannte Licht. Der Frau, die vor dem Gebäude aus dem Streifenwagen stieg, hatte man die Hände mit weißen Plastikhandschellen auf den Rücken gefesselt. Sie trug einen kurzen Wintermantel und Jeans. Ihre Haare waren von einem satten Rotbraun, ihrem Alter nach zu urteilen, waren sie gefärbt. Sie hatte ein schönes Gesicht, in dem Falten um Augen und Mund Zeugnis von einem bewegten und wohl nicht immer glücklichen Leben ablegten. Sie mochte an die fünfzig sein. Zwei uniformierte Beamte führten sie ins Gebäude, zuerst in eine Sicherheitsschleuse, dann, nachdem sich die Tür zum Treppenhaus geöffnet hatte, in den ersten Stock hinauf.
Ein uniformierter Beamter meldete Wallner, dass die Verdächtige im Vernehmungsraum sei. Wallner sagte, er sei in zwei Minuten dort, und sah nach draußen. An der unteren Kante der Fensterscheibe hatte sich ein dünnes Schneeband abgelagert, vereinzelte Flocken stoben vorbei, blieben an der Scheibe kleben und schmolzen zu Wasser. Der Wind machte Wallner Sorge. Auf dem Weg zum Vernehmungsraum gab es dieses Fenster, das immer auf Kippe stand. Bei Wind zog es mörderisch durch den Gang. Wallner entschied

sich für seine Daunenjacke. Nicht, dass ihm die Meinung seiner Kollegen egal war, auch nicht, dass man sich darüber wieder das Maul zerreißen würde hinter seinem Rücken. Aber er war verdammt noch mal der Chef der Kripo Miesbach und zog an, was er für richtig hielt.
Die Frau hatte die Beine übereinandergeschlagen, die Hände auf dem Oberschenkel gefaltet. Sie lächelte Wallner mit müden, hellblauen Augen an, als er sich kurz vorstellte und an die andere Seite des Tisches setzte. Mike und Janette nahmen links und rechts neben ihrem Chef Platz. Wallner las in einer Akte, schwieg, blätterte um, las weiter. Schließlich sah er die Frau an. »Ich hoffe, Sie hatten nicht allzu viele Unannehmlichkeiten. Aber Ihre Anwesenheit hier war leider erforderlich. Sie heißen Josepha Leberecht?«, eröffnete Wallner die Befragung.
Die Frau schwieg.
»Drei Menschen wurden ermordet. Es besteht der Verdacht, dass Sie damit zu tun haben.«
»Klingt ein bisschen unbestimmt. Welcher Art soll meine Beteiligung am Tod dieser Menschen sein?«
»Dazu kommen wir gleich. Sie können natürlich einen Anwalt zuziehen.«
»Danke. Ich habe Jura studiert.«
»Ich will Ihnen nicht zu nahe treten, aber selbst gestandene Strafverteidiger lassen sich von Kollegen vertreten.«
»Ich komme zurecht.« Leberecht hatte die Hände jetzt vor der Brust verschränkt.
»Wie Sie meinen.« Wallner sah wieder in seine Akte. »Wollen Sie einen Kaffee?«
»Ist das der, den man hier im ganzen Haus riecht?«

»Also nicht. Sie heißen Josepha Leberecht. Geboren wann?«
Leberecht schwieg gelangweilt.
»Wir müssen das machen. Seien Sie ein bisschen kooperativ. Dann kommen wir schneller zu den interessanten Fragen.«
»Zehnter April 1964.«
Die Erhebung der persönlichen Daten verlief von da an ohne weiteren Widerstand.
»Sie sind Juristin?«
»Das war ich mal. Ich bin freie Schriftstellerin.«
»Bestreiten Sie davon Ihren Lebensunterhalt?«
»Was geht Sie das an, wovon ich lebe?«
»Sie haben Ihre Freunde um Geld erpresst, wenn wir die Fakten richtig deuten. Hat sich Ihre finanzielle Lage inzwischen verbessert?«
»Ich falle jedenfalls nicht dem Staat zur Last.«
Wallner entnahm der Akte drei Papiere, die jeweils mit Porträtfotos versehen waren. »Kennen Sie diese Personen?«
»Ja.«
»Haben Sie diese Personen getötet?«
Leberecht spielte mit zwei Fingern an ihrer Unterlippe und ließ den Blick mit halb geschlossenen Augen über den Tisch wandern. »Wie war die Frage?«
»Ob Sie diese drei Menschen getötet haben.«
»Ich möchte die Frage zunächst offenlassen.«
»Das heißt, Sie bestreiten nicht, dass Sie die Leute umgebracht haben?« Mike hatte Mühe, seine Abneigung gegen Leberecht im Zaum zu halten.
»Sie wissen doch, was es heißt, eine Frage offenzulassen.«
Wallner entnahm der Akte ein Foto und schob es über

den Tisch. Der Anblick des Fotos veränderte Leberechts Gesichtsausdruck nur geringfügig, doch meinte Wallner, eine Andeutung von Ekel zu erkennen. Oder war es Angst? »Kennen Sie das Foto?«
»Nein.«
»Haben Sie eine Idee, wer das sein könnte oder was das Foto zu bedeuten hat?«
»Nein.«
»Das Foto wurde bei allen drei Leichen gefunden. Der Mörder wollte damit etwas sagen. Irgendeine Vermutung?«
»Ich sagte schon, dass ich keine Ahnung habe, was das Foto bedeutet oder wo es herstammt. Wären Sie so freundlich, Ihre Fragen nicht mehrfach zu stellen? Das kann sonst ewig dauern.«
»Bei allem Respekt – wir müssen ins Kalkül ziehen, dass Sie lügen und es sich anders überlegen könnten. Wir hatten ein wenig gehofft, dieses Foto und Ihre Erpressung hätten etwas miteinander zu tun. Wäre doch naheliegend.«
»Sie haben nicht die leiseste Ahnung, um was es geht, oder?«
»Es sind drei Menschen tot, die Sie erpresst haben. Drei ehemalige Freunde, zu denen Sie seit Jahren keinen Kontakt mehr hatten. Und es gibt dieses Foto, von dem angeblich niemand weiß, was es zu bedeuten hat. Frau Leberecht, wir erwarten von Ihnen eine in sich stimmige Geschichte, wie das alles zusammenhängt.«
Leberecht wischte mit einer Hand über den Tisch, als wollte sie Krümel von der Platte wischen. »Ich weiß nicht so recht, ob ich sie Ihnen erzählen will.«
»Sie haben also eine Geschichte für uns?«

»Jeder hat mindestens eine Geschichte. Was weiß ich, welche meiner vielen Geschichten Sie hören wollen.«
»Ich glaube schon, dass Sie das wissen.« Wallner rührte in seinem Kaffee. »Der Kaffee ist nicht so schlecht, wie er riecht. Vielleicht doch eine Tasse?«
»Gut. Bringen Sie mir eine. Ohne Milch, vier Stück Zucker.«
Niemand rührte sich. »Ich bin hier der Chef«, sagte Wallner zu Janette und Mike. »Ich hol bestimmt keinen Kaffee.«
»Ist okay.« Mike stand auf. »Ich will ja nicht, dass wir so einen Macho-Laden-Eindruck hinterlassen. Zwei Stück Zucker?«
Leberecht blickte Wallner an. »Schicken Sie bitte jemanden, der der Aufgabe gewachsen ist.«
Janette zeigte Mike vier Finger.
»Ich kann das. Geben Sie mir 'ne Chance«, sagte Mike und verließ den Raum.
»Im Augenblick stehen Sie auf der Liste der Mordverdächtigen ziemlich weit oben. Sollten Sie es gewesen sein, wäre jetzt eine gute Gelegenheit, Ihr Gewissen zu erleichtern. Waren Sie es nicht, sollten Sie uns erklären, was hinter Ihren Erpressungen steckt.«
»Dazu müsste ich zugeben, dass ich diese Erpressungen begangen habe. Nehmen wir an, ich hätte das wirklich, dann würde ich mich mit meiner Aussage belasten.«
»Einerseits ja, andererseits entlasten. Vom schrecklichen Vorwurf, drei Morde begangen zu haben.«
»Was mich an Ihnen stört, ist Ihre repressive Grundhaltung. Wenn Sie mich eine Erpresserin nennen – was sind Sie dann?«
»Sehen Sie's mir nach. Ich hab den ganzen Tag mit

schlechten Menschen zu tun. Das bleibt nicht ohne Wirkung. Wollen Sie jetzt reden oder nicht?«
Mike kam mit einem gefüllten Kaffeebecher herein, der mit der Aufschrift »Jemand muss den Job ja machen« versehen war, und stellte ihn vor Leberecht auf den Tisch. Dazu einen Unterteller mit mehreren Zuckertütchen und einen Löffel. »Vier Stück Zucker ist so eine Sache, wenn man nicht über die Tassengröße geredet hat. Sie bedienen sich selbst.«
Leberecht lächelte, kurz nur. Aber es war ohne Zweifel ein Lächeln.
»Das ist die Tasse vom Kreuthner«, sagte Janette.
»Na und? Der is heut net da.«
»Ich sag's nur. Der ist eigen mit seiner Tasse.«
»Sie haben's gehört«, sagte Mike zu Leberecht. »Beißen Sie bitte nicht in den Rand.«
Leberecht schüttete den Inhalt von vier Tütchen Zucker in den Kaffee und rührte gründlich um. Dann nahm sie einen Schluck und wandte sich an Wallner.
»Ich will einen Deal.«
»Der wie aussieht?«
»Straffreiheit für eventuell begangene Erpressungen. Wär im Zweifel eh nur versuchte Erpressung.«
»Da müsste ich mal gerade mit unserem Staatsanwalt in München telefonieren.«
»Haben Sie keine hier draußen?«
»Was glauben Sie, wo Sie sind? Hier ist die Provinz.«
Eine Viertelstunde später konnte Wallner vermelden, dass der Deal von der Staatsanwaltschaft abgesegnet sei. Leberecht müsse im Augenblick mit einer mündlichen Zusage vorliebnehmen. Aber man könne es gerne ins Protokoll aufnehmen. Leberecht sagte, das wäre ihr sehr recht.

»Der Deal gilt natürlich nur, wenn Sie uns etwas Relevantes erzählen. Nämlich, was hinter Ihren Blackmails steckt.«
»Keine Sorge. Das wird Sie interessieren.«
»Gut«, sagte Wallner und schaltete das Aufnahmegerät ein.

57

Frank hatte noch eine Stunde in einiger Entfernung zum Hof abgewartet und mit einem Fernglas beobachtet, was sich dort tat. Er wollte sichergehen, dass keine Leute kamen. Soweit er wusste, waren für heute keine freiwilligen Helfer vorgesehen. Von denen gab es etwa ein halbes Dutzend, und jeder hatte bestimmte Wochentage, an denen er auf dem Hof arbeitete. Er sah gerade auf seine Uhr und wollte den Wagen anlassen, als der Lieferwagen eines Getränkehändlers mit Anhänger an ihm vorbeifuhr und in die Hofzufahrt abbog.

Frank konnte aus der Ferne sehen, wie der Händler etwa zehn Garnituren Biertische mit Sitzbänken aus dem Anhänger lud und mit Danielas Hilfe an der Hauswand stapelte. Dann folgten sechs Heizpilze aus dem Frachtraum des Lieferwagens, die gleiche Anzahl Propangasflaschen sowie etliche kleinere Gegenstände, die Frank nicht genau erkennen konnte. Nachdem der Getränkehändler den Hof wieder verlassen hatte, wartete Frank eine weitere halbe Stunde, setzte seinen Geländewagen in Gang und fuhr zum Hof.

Auf halbem Weg bemerkte er, dass Daniela aus dem Haus kam und in ihren Wagen stieg. Das hätte er gern verhindert, doch sie fuhr ihm bereits entgegen. Der Zufahrtsweg war auf beiden Seiten von den Bergen gesäumt, die der Schneepflug hinterlassen hatte und die die Fahrbahn so verengten, dass zwei Autos nicht

aneinander vorbeifahren konnten. Frank hielt an, stieg aus und ging zu Danielas Wagen. Sie kurbelte die Scheibe herunter und sah ihn verwundert an. »Hallo, Frank. Ich wusste nicht, dass du heute kommen wolltest.«
»Hab's mir spontan überlegt. Ich wollte eigentlich noch mal mit dir reden.«
»Können wir das später machen?«
»Dauert nicht lang.«
»Tut mir leid. Ich muss nach Tirol. Es ist wirklich wichtig. Morgen vielleicht. Oder heute Abend? Wenn ich zurück bin.«
Frank überlegte, ob er sie zwingen sollte dazubleiben, entschied dann aber, erst mal die Lage zu sondieren.
»Wann bist du denn wieder da?«
»Vielleicht um sechs.«
»Hm. Ist ein bisschen blöd, weil dann bin ich umsonst hergefahren.«
»Wolltest du denn nur mit mir reden?«
Frank sah sie unschlüssig an.
»Ich meine, es gäbe viel zu tun. Wenn es dir nichts ausmacht, alleine hier zu arbeiten.«
Nein, das machte Frank nicht das Geringste aus. »Das wäre kein Problem. Ich müsste halt auch mal ins Haus.«
»Na logisch. Hier!« Sie gab Frank ihren Schlüsselbund. »Die Eselställe sind noch nicht ausgemistet. Und wir müssten mal die Pferde striegeln. Damit die nach was aussehen. Die Weihnachtsfeier der Polizei findet auf dem Hof statt.«
»Tatsächlich!«
»Ja, hat sich so ergeben. Da liegen übrigens eine Menge Lichterketten an der Stallwand. Die sind gerade

gebracht worden. Auch für das Weihnachtsfest. Ich kenn mich damit nicht aus. Aber du bist doch Elektriker. Kannst du mal schauen, ob wir die überhaupt in Betrieb nehmen können? Nicht, dass uns die Sicherungen rausfliegen.«

»Klar. Ich check das alles mal.« Frank nahm den Schlüsselbund entgegen. »Erwartest du heute noch wen?«

»Eigentlich nicht. Heute kommt keiner von den Helfern. Warum?«

»Nur dass ich Bescheid weiß. Hätte ja sein können.« Er würde sich also ein paar Stunden lang ungestört umsehen können. »Wo bist du in Tirol?«

»Auf einem anderen Gnadenhof. Ich wollte mir den mal ansehen und schauen, ob man zusammenarbeiten kann. Ich geb dir die Nummer, falls was ist.« Sie zog eine Karte des »Gnadenhof Inntal« aus ihrer Jacke, nahm einen Zettel von einem Zettelblock, der sich nebst zwei Kugelschreibern säuberlich arrangiert in der Mittelkonsole befand, und schrieb Frank die Telefonnummer auf. »Du weißt, wo die Getränke sind«, sagte sie, als sie ihm den Zettel mit der Nummer aus dem Wagen herausreichte.

Frank nickte. »Um sechs bist du wieder da?«

»Da bist du wahrscheinlich schon weg, oder?«

Wenn er bis dahin nicht ein paar Kontodaten einschließlich Passwörtern gefunden hatte, wäre er mit Sicherheit noch auf dem Hof. »Kann gut sein, dass ich noch da bin. Ist ja genug zu tun.« Es war besser, wenn Daniela sich bei ihrer Rückkehr nicht wunderte, dass Licht brannte. »Kannst mich ja auf dem Handy anrufen, wenn du auf dem Rückweg bist. Dann mach ich Feuer in der Küche.«

»Bist echt ein richtiger Schatz.« Sie zwinkerte ihm dankbar zu. Dann rangierte er umständlich seinen Wagen aus dem Weg, ließ Daniela passieren und freute sich auf einige Stunden Schatzsuche auf dem Gelände.

58

Der Kaffee erinnert mich an unsere AStA-Sitzungen«, sagte die Frau und schob die Tasse von sich. »Ist das auch dieser Solidaritätskaffee aus Nicaragua?«

»Unser Staat ist arm. Er kann sich keine Solidarität mit Nicaragua leisten. Ich fürchte, Sie trinken Ausbeuterkaffee. Aber Sie wollten uns etwas erzählen«, sagte Wallner und kontrollierte, ob das Aufnahmegerät noch eingeschaltet war.

»Richtig. Ich müsste ein bisschen ausholen. Ist das ein Problem?«

»Wir werden zwar nicht nach Stunden bezahlt. Aber wir haben trotzdem Zeit.«

»Gut. Es fängt nämlich mit meiner Mutter an. Gerlinde Leberecht. Sie war Anwältin wie mein Vater, ihr Ehemann. Nur erfolgreicher als er. Deshalb hat er sich in den siebziger Jahren scheiden lassen. Nicht, dass er das als Scheidungsgrund angegeben hätte. Aber ich schweife ab. Für meinen weiteren Lebensweg ist dabei herausgekommen, dass ich meine Mutter nicht mehr mochte. Sie war eine harte Frau, und ich war überzeugt, dass sie die Familie zerstört hatte. Witzigerweise kann man aber doch nicht ganz dem Beispiel derer entrinnen, die einen großziehen, selbst wenn man noch so wenig werden möchte wie sie. Und das, müssen Sie wissen, war mein Dilemma. Ich wollte nie werden wie meine Mutter. Aber um von ihr unabhängig zu werden, wurde ich es zwangsläufig: Ich musste eine knochenharte Frau werden, die ihr eigenes Ding macht. Also habe ich Jura studiert – wie meine Mutter. Rechtsanwälte erschienen mir immer als die abgezocktesten und verkommensten Subjekte unserer Gesellschaft. Eine Clique von Schurken, die mit ihrem Geheimwissen alle anderen unter ihrem Joch halten. Das hat mir gefallen. Ich wollte einer von ihnen sein. Natürlich hat mir meine Mutter das Studium finanziert und natürlich gerade so gut, dass ich in den Semesterferien arbeiten musste, um mir den Rest dazuzuverdienen. Ich glaube, das Geld hat sie durch den Kinderfreibetrag wieder reingeholt. Trotzdem hat sie es mir bei jeder Gelegenheit aufs Brot geschmiert, dass ich ihr auf der Tasche liege. Ich hab's gehasst. Ganz ehrlich, es hat mich angekotzt. So angekotzt, dass mir Prostitution durchaus als Alternative erschien. Nun ja, so was habe ich dann ja auch gemacht. Nur besser. Eines Tages, ich sitze gerade in einem Café in Würzburg – da habe ich studiert –, kommt ein junger Typ an meinen Tisch und fragt, ob er mit mir reden kann. Aus irgendeinem Grund hab ich ja gesagt, und er setzt sich also zu mir. Er sagt, er hätte mich schon ein bisschen beobachtet und sich umgehört und durchaus Gutes dabei vernommen. Ich sei wohl irgendwie tough und gut in Jura und sozial engagiert. Das gefiel ihm. Und ob ich Lust auf ein festes Einkommen hätte. Ich müsste dafür eigentlich nichts anderes tun, als weiterzustudieren. Allerdings in München. Und ich müsste dort in die linke Szene eintauchen und Leute kennenlernen und regelmäßig Berichte schreiben. Ich dachte erst, ich hör nicht recht. Der wollte mich als Spitzel anwerben. Ich habe tatsächlich überlegt,

ob ich das nicht laut rausschreien sollte in dem Café. Das wäre interessant geworden. Das war nämlich ein beliebter Treff für Leute von den MGs und ähnlichem Gelichter.«
»Muss ich MGs kennen?«, fragte Mike.
»Marxistische Gruppen. Das waren so Polit-Clowns, die haben sich für unglaublich radikal gehalten. Letztlich egal. Ich hab ja nichts rausgeschrien. Der Kerl hat mir dann einen Vortrag gehalten über den Schutz des Rechtsstaats vor Terroristen und dass mein Job Leben retten könnte und so weiter. Hat mich alles nicht interessiert. Aber dann hat er mir einen Zettel rübergeschoben. Und da stand ein D-Mark-Betrag drauf. Und ich frage: Ist das meine Jahresgage? Und er sagt: Wir rechnen monatlich ab. Schlafen Sie mal drüber. Dann war er weg. Am nächsten Tag hab ich die Sache fix gemacht und meiner Mutter gesagt, dass ich nach München gehe. Meine Mutter sagte: ›München kommt überhaupt nicht in Frage, da wirst du nur vom Studium abgelenkt.‹ Ich hab meiner Mutter gesagt, dass sie mich am Arsch lecken kann. Und das war, wenn ich mich recht entsinne, der letzte Satz, den meine Mutter von mir gehört hat. Muss 1985 gewesen sein. Wie dem auch sei, ich kürze jetzt ein bisschen ab. In München hab ich mich also ab fünfundachtzig in die linke Szene reingeschlichen.«
»Mich würde noch interessieren, was auf diesem Zettel stand. Das Monatsgehalt«, unterbrach sie Mike. »Muss auch nicht ins Protokoll.«
»Das unterliegt der Geheimhaltungsverpflichtung, die ich damals unterschrieben habe, und dürfte für Ihre Zwecke kaum von Belang sein. Ich kann Ihnen aber verraten: Es war *richtig* Geld.«

»Und was mussten Sie dafür machen?«, brachte Wallner die Vernehmung wieder in dienstliche Bahnen.
»Ich bin in München auf politische Versammlungen gegangen, hab mich im AStA engagiert, hab Aktionen und Demos mitgemacht und nach und nach Leute kennengelernt. Weil, da kommen immer die üblichen Verdächtigen hin, wenn Sie verstehen, was ich meine.«
»Ist das nicht schwierig?«, fragte Janette. »Ich meine, politische Überzeugungen so intensiv zu vertreten, wenn man gar nicht dahintersteht?«
»Ich war ja links in meinem Verständnis. Damit hatte ich kein Problem. Meine Eltern waren schon links, meine Clique in der Schule. Alle links. Ich musste nur von einer links denkenden zu einer links engagierten Frau mutieren. Das ist nicht so schwer, wenn man mit lauter anderen links Engagierten zusammen ist.«
»Okay. Sie waren links. Aber dann«, Janette hatte offensichtlich Probleme mit Leberechts Geisteshaltung, »dann haben Sie aber die Leute verraten, auf deren Seite Sie standen?«
»Mit der Zeit habe ich mir abgewöhnt, in bürgerlichen Moralkategorien zu denken. Kennen Sie Max Stirner?«
»Der Name kommt mir bekannt vor.«
»Reden Sie keinen Unsinn. Sie haben den Namen nie gehört. Deutscher Philosoph. Erste Hälfte des neunzehnten Jahrhunderts. Hat ziemlich radikale Ansichten vertreten, die heute nicht mal mehr als die gequirlten Exkremente eines Frühpubertierenden durchgehen würden und daher zu Recht vergessen sind. Hat mir aber damals geholfen. Er hat unter anderem gesagt: Ich bin nur zu dem nicht berechtigt, was

ich nicht mit freiem Mute tue, das heißt, wozu ich selbst mich nicht berechtige. Hat mir gefallen. Fand ich stark und hat mein Leben bestimmt. Aber wir sind ja nicht bei der Therapie. Kommen wir auf meinen damaligen Job zurück. Ich hab also Leute kennengelernt, war schwer engagiert, hab ab und zu einen kleinen Bericht geschrieben. Da stand aber nichts drin, was von Belang war. Wieder zur Demo gegangen, Rekrutenvereidigung gestört, Plakate wild geklebt und ähnliche Verbrechen. Ich war da noch Lichtjahre weg von jedem RAF-Kontakt. Aber ich bin in eine sogenannte linke WG eingezogen. Und da wird's jetzt für Sie interessant. In der WG lebten außer mir zwei Frauen und ein Mann. Die eine Frau war Sophie Kramm. Typ Gutmensch. Hat Sozialpädagogik studiert, aber sonst keinem was getan, immer Verständnis für andere, immer geholfen, wo's ging. War nicht direkt bigott, hat nur manchmal so etwas an sich gehabt, dass du dir als weniger guter Mensch vorgekommen bist. Sie hat nie gesagt, dass man sich mehr engagieren müsste oder so. Nein, das waren so Emanationen. Ist das Fremdwort bekannt?«
»Nicht direkt«, gab Janette zu.
»Dann schlagen Sie's nach. Jörg Immerknecht war der einzige Mann in der WG. Er war der Typ Andreas Baader. Sehr dominant. Auch sehr dogmatisch. Konnte aber von einem Tag auf den anderen seine Meinung ändern. Er hatte Charme, absolut. Charisma. Wenn der in einer Versammlung geredet hat, gab's feuchte Höschen. Am feuchtesten bei Annette Schildbichler. Aber da kommen wir gleich dazu. Jörg hat wie ich Jura studiert, weil man da an Herrschaftswissen kommt. Man muss den Gegner mit seinen eigenen Waffen

schlagen, hat er gesagt. Der Gang durch die Institutionen. Das System von innen besiegen. Links denken und schnelle Autos fahren war für Jörg nie ein Widerspruch. Andreas Baader hatte ja auch eine Schwäche für Autos. Und Waffen. Das war wirklich schizophren. Wir sind auf jede Friedensdemo, gleichzeitig haben wir den bewaffneten Kampf der RAF unterstützt. Wissen Sie, was das aufregendste Erlebnis im Leben von Jörg Immerknecht war?«

Leberecht sah sich im Kreis ihrer Zuhörer um. Wallner meldete sich vorsichtig. »Wie er an seine Pistole gekommen ist?«

»Hallo! Nicht schlecht. Ich sag Ihnen jetzt mal, wie's war: Eines Abends kommt ein Anruf von Geoffrey. Das war angeblich der Kontaktmann zur RAF. Jedenfalls hat er so getan. Wurde natürlich nie offen ausgesprochen. Aber für uns war das klar: Der Geoffrey, der kennt die da drin, die im innersten Kreis. Das können Sie sich nicht vorstellen, mit welcher Ehrfurcht der Mann behandelt wurde. Ich persönlich glaube inzwischen, dass Geoffrey sich nur wichtiggemacht hat. Jedenfalls ruft er eines Abends an. Wir müssten zwei Leute bei uns übernachten lassen. Er brachte sie vorbei, ein Mann und eine Frau. Die haben fast nicht mit uns geredet, sind in Jörgs Zimmer und haben da geschlafen oder was auch immer gemacht. Am nächsten Morgen waren sie weg. Aber unter Jörgs Kopfkissen war diese Pistole. Die hatten sie vergessen. Kein Mensch kann sagen, wer sie waren. Aber Jörg war überzeugt: Die Frau war Birgit Hogefeld.«

»Ich erscheine Ihnen vielleicht völlig ignorant, aber ...«, setzte Janette an.

»Sie fragen wenigstens. Birgit Hogefeld war die

zentrale Figur der sogenannten dritten Generation. Eigentlich ein Gespenst. Seit einem Jahrzehnt im Untergrund. Unvorstellbar, so jemandem zu begegnen. Das war«, Josepha Leberecht wurde theatralisch, »Kommandoebene! Das war praktisch Gott! Ich muss zugeben, dass ich auch ein bisschen beeindruckt war.«

»Warum haben Sie nicht den Verfassungsschutz angerufen?«

Leberecht deutete auf das Aufnahmegerät. Wallner schaltete es aus. »Ich wäre sofort aufgeflogen. Und das wär's dann gewesen mit dem schönen Geld. Außerdem – weiß auch nicht. Zu der Zeit hab ich öfter mit Jörg geschlafen. Ich war mir nicht mehr ganz sicher, auf welcher Seite ich stehe. Das kommt zwangsläufig, wenn sie über Jahre das Leben eines anderen Menschen führen. Irgendwann wird man dieser Mensch. Man kann ja nicht um fünf nach Hause gehen und sein wirkliches Leben leben. Es gibt kein wirkliches Leben mehr, außer das als Spitzel. Da sind schon einige dran zerbrochen.«

»Sie nicht?«

»Frauen sind härter. Aber wenn Sie mich fragen würden, ob ich's noch mal tun würde – never ever.«

»Waren Sie in den Semesterferien weg von der WG?«

»Nicht wirklich. Wir sind zusammen in Urlaub gefahren. Freiwilligendienste in Albanien und manchmal auch nur nach Griechenland. War eine schöne Zeit.«

»Haben Sie sich mal verliebt?«, fragte Janette.

»Ja«, sagte Leberecht und schob Mike den leeren Kaffeebecher über den Tisch. »Refill?« Mike machte sich auf den Weg. Leberecht sah Janette an, und ihr Blick wurde für einen kurzen Augenblick sanfter. »Ja, ich

hab mich auch verliebt. Es passiert immer.« Sie blickte eine Weile stumm und nachdenklich auf die Tischplatte und spielte an einem der Ringe an ihrer Hand. Dann wandte sie sich Wallner zu. »Ich hab noch nichts über Annette Schildbichler erzählt.«
»Tun Sie's.«
»Nun – wenn Jörg Andreas Baader war, dann wäre Annette gern seine Ulrike Meinhof gewesen oder Gudrun Ensslin. Leider war Annette von der Natur eher benachteiligt worden. Sie haben ja ihre Leiche gesehen. Glauben Sie mir: Die sah auch vor fünfundzwanzig Jahren nicht besser aus. Jörg hat natürlich nie was mit ihr gehabt. Sie hat es immer wieder versucht, wenn er betrunken war. Aber so betrunken konnte er gar nicht sein. Annette hat Sophie und mich dafür gehasst.«
»Wofür?«
»Na, dass Jörg mit uns geschlafen hat. Wir waren bei Gott nicht die Einzigen. Aber wenigstens hat er uns ab und zu mal beglückt. Und trotzdem blieb diese WG fünf Jahre zusammen. Die meiste Zeit waren wir eifersüchtig und unglücklich. Aber es gab auch schöne Momente. In Griechenland und in Wackersdorf, wenn wir ums Lagerfeuer saßen und Kampflieder gesungen haben. ›Alle zusammen‹ von den Bots, das war unsere Hymne. Nun ja. Irgendwann war der Spaß vorbei, und die WG hat sich aufgelöst.«
»War damit Ihr Job beendet?«
»Nein. Ich hab noch linke Rechtsreferendare beobachtet. Aber das gehört nicht hierher.«
»Gut. Die WG war also aufgelöst. Wann war das?«
»1990.«
»Aber Sie hatten danach noch Kontakt?«

»Zunächst nicht. Sophies Werdegang hat mich nicht weiter interessiert. Die hat irgendwas Soziales gemacht. Und Annette los zu sein, fand ich ganz angenehm. Jörg ist in seiner Referendarzeit nach Bamberg gegangen. Dort stammte seine spätere Frau Nora her. Er hatte sie in Wackersdorf kennengelernt. An sich hätten wir die Sache abschließen können. Aber wie der Chinese sagt: Erinnerung malt mit goldenen Pinseln. Irgendwie vergisst man, was einen alles genervt hat. Und so haben wir uns zusammentelefoniert und uns einmal im Jahr getroffen. Das war immer geheim. Zum einen, weil Jörg nicht wollte, dass seine Frau davon erfährt. Die war nämlich eifersüchtig. Also zumindest auf Sophie und mich. Und dann hat das Ganze so was Konspiratives gehabt. Wir haben uns auch kaum E-Mails geschrieben oder miteinander telefoniert. Wir haben Briefe geschrieben und die anschließend verbrannt. Das war so eine Marotte. Ich nehme an, Sie haben nicht viele Spuren gefunden, die auf unseren Kontakt hingedeutet haben.«

»Nein. Außer Ihren beiden Botschaften an Kramm und Schildbichler. Wieso haben Sie Sophie Kramm eine Mail geschrieben?«

»Hab ich das?« Sie lächelte in sich hinein. »Wenn, dann hätte ich es getan, weil sie das noch mehr erschreckt hätte als ein Brief. Im Internet ist man so verletzlich.«

»Gut, Sie haben sich also jedes Jahr getroffen. Wo?«

»Im Atzinger in der Schellingstraße.«

»Ach? Tatsächlich? Gibt's das noch?«

»Ja. Eine der wenigen Studentenkneipen, die all die Jahre überlebt hat. Wir haben da im Studium viel Zeit verbracht.«

»Und wer hat jetzt Ihre drei Mitbewohner umgebracht?«, wollte Mike endlich wissen.
»Das kann ich Ihnen auch nicht sagen. Was ich Ihnen sagen kann, ist, was sich am fünfzehnten September 2008 zugetragen hat. Da ausnahmsweise im Alten Simpl, nicht im Atzinger. Ziehen Sie selbst Ihre Schlüsse.«

59

Jörg hatte im hinteren Teil des Alten Simpl reservieren lassen. Das Atzinger wurde im Augenblick umgebaut, und es stand zu befürchten, dass es danach nicht mehr sein würde, was es einmal war. Der Alte Simpl war damit eines der letzten Münchner Traditionslokale. Es leitete seinen Namen vom legendären Simplicissimus ab, mit dessen Schöpfern die damalige Wirtin Kathi dem Vernehmen nach auf bestem Fuße gestanden hatte. Das Markenzeichen der Wirtschaft war die rote Simplicissimus-Dogge, die ein Mitbegründer der Zeitschrift der Wirtin als Signet schenkte. Die Dogge des Alten Simpl zerbeißt im Gegensatz zum Original aber nicht die Kette der Zensur, sondern müht sich mit dem Öffnen einer Champagnerflasche.
Jörg war wie jedes Jahr im Anzug ohne Krawatte erschienen. Er kam von der Arbeit in der Bank. Annette kam ihm noch ein wenig verbissener und abgehärmter vor als das letzte Mal. Sie hatte zwar vor einigen Jahren aufgehört, Selbstgestricktes zu tragen. Aber ein Fashion Victim würde aus ihr nicht mehr werden. Das Seidentuch um ihren Hals wirkte unpassend, und der Kaschmirpullover war vermutlich der einzige, den sie besaß, möglicherweise heute Nachmittag eigens gekauft, um Jörg zu beeindrucken. Das jedenfalls vermutete Josepha, als sie Annette umarmte und küsste, wobei küssen zu viel gesagt war, denn die Wangen der Frauen kamen sich nicht näher als fünf Zentimeter.

Sophie kam wie üblich zu spät. Man sah es ihr nach. Sie war immer schon unorganisiert gewesen.
Es wurden deftige Speisen bestellt und Bier dazu getrunken. Sophie nahm die Käsespätzle mit Salat. Früher war sie nicht Vegetarierin gewesen, erst seitdem sie den Gnadenhof betrieb, mochte sie kein Fleisch mehr essen. Jörg spottete darüber, aber Sophie war es ernst. Beim Essen wurde Klatsch und Tratsch ausgetauscht, in der Hauptsache, wer von den alten Bekannten sich getrennt und einen Scheidungskrieg angefangen hatte. Hochzeiten waren keine mehr zu vermelden, auch Geburten nicht. Mit Mitte vierzig hatten die meisten das hinter sich. Dafür hier und da ein Todesfall. Den alten AStA-Haudegen Kurt hatte der Lungenkrebs erwischt. War abzusehen gewesen, was der weggeschlotet hatte. Im Nachhinein erklärte das auch die eingefallenen Wangen, die man vor zwei Jahren an ihm wahrgenommen hatte. Dann ein paar Geschichten aus dem Krieg: Wackersdorf, Anti-Pershing-Demo und wie Birgit Hogefeld bei ihnen übernachtet hatte, wenn sie es denn gewesen war. Ja, Jörg hatte die Waffe noch. Eines Tages würden sie ihn verhaften, scherzte er. Die sei mit Sicherheit aus einem Bundeswehrdepot gestohlen. Josepha empfahl, nicht zu viel damit herumzuschießen. Und sie vor dem Zugriff seiner kleinen Tochter zu schützen. Die Kinder neigten heute zum Amoklaufen. Dann kamen sie zum politischen Thema des Tages. Etwas Undenkbares war passiert: Eine amerikanische Großbank war zusammengebrochen. Eine Finanzinstitution – die Lehman Brothers. Ob das nicht der Anfang vom Ende des Kapitalismus sei?
»Das System erledigt sich selbst«, sagte Jörg. »Die Gier frisst den Kapitalismus auf.«

»Wie kann das eigentlich passieren? Hängt deine Bank da auch mit drin?«, wollte Annette wissen.
»Das ist so passiert: Die Amerikaner haben Häuser gekauft wie die Blöden. Nur hatten die eigentlich kein Geld. Zumindest viele von denen. Also haben ihnen die Banken Geld geliehen. Die Sicherheit für die Kredite waren die Häuser. Und die Häuser waren teuer, weil ja jeder gekauft hat. Das hat die Preise nach oben getrieben. So weit alles bestens, das Geld arbeitet und ist durch wertvolle Immobilien gesichert. Irgendwann können einige ihre teuren Kredite nicht mehr bezahlen. Also kommt das Haus untern Hammer und wird verkauft. Ist noch nicht tragisch. Aber wenn das eine kritische Größe erreicht, sind auf einmal mehr Häuser auf dem Markt, als nachgefragt werden. Was passiert? Die Preise sinken. Und was passiert noch? Wenn die Bank vorher ein zweihunderttausend Dollar teures Haus als Sicherheit hatte, hat sie jetzt nur noch eins für hunderttausend. Dann kommt irgendwer auf die clevere Idee, aus den ganzen faulen Krediten Wertpapiere zu machen. Wie das geht, ist zu kompliziert, um es euch zu erklären. Tatsache ist, dass sie die faulen Papiere weltweit verkauft haben. Und als die Immobilienblase endgültig geplatzt ist, war die Kohle weg. Einfach verbrannt. Die schlaueren Banken haben das schon vor Jahren kommen sehen und haben ihre Papiere rechtzeitig an die dümmeren Banken verkauft. Unsere auch. Das heißt, im Augenblick stehen wir gut da. Aber das nützt keinem was, wenn dafür die anderen Banken pleitegehen.«
»Was stört euch das?«
»Das stört uns insofern, als wir anderen Banken Geld geliehen haben. Banken leihen sich untereinander im-

mer Geld, wenn sie sonst nichts damit anfangen können. Und wenn dein Schuldner bankrottgeht, hast du ein Problem. Das ist der Dominoeffekt. Davor haben sie alle Angst. Und wenn so ein Riese wie Lehman in die Knie geht, dann kann alles passieren.«

»Dann hat sich der Kampf der RAF am Ende doch noch gelohnt«, sagte Annette und zupfte mit einem Lächeln ihr Seidentuch zurecht.

»Gar nichts hat sich gelohnt.«

»Wieso nicht?«

»Weil die RAF nichts bewirkt hat. Und zwar deshalb, weil das gelernte Untergrundkämpfer waren. Das konnten die gut. Die meisten haben sie ja bis heute nicht erwischt. Aber die hatten keine Ahnung von wirtschaftlichen Zusammenhängen. Wie willst du deinen Gegner besiegen, wenn du nicht weißt, wie er funktioniert? Das war naiv.«

»Dafür ist dir aber ganz schön einer abgegangen bei dem Gedanken, auch mal mitzumachen.« Josepha lächelte Jörg an.

»Ich fand die Konsequenz der RAF immer bewundernswert. Aber sie haben nichts bewirkt. Und das hab ich damals schon gesehen. Sorry.«

»Du hast die Leute verehrt. Das war Starkult.«

»Bullshit! Antiimperialistischer Kampf, ja. Fand ich toll. Und man muss ihnen zugutehalten: Das war weitsichtig. Was die USA heute abziehen, ist ja noch um einiges krasser als damals in Vietnam. Aber das war keine Heldenverehrung von meiner Seite. Das zu behaupten ist unfair.«

»Hast du die Pistole von Birgit Hogefeld noch?«

»Und? Ein Souvenir aus der Studentenzeit.«

»Devotionalie trifft's wohl eher. Schmeiß sie weg.«

»Ich denk gar nicht dran. Worauf willst du eigentlich hinaus?«

»Kennst du noch deine Lieblingssprüche: Man trägt die Revolution nicht auf den Lippen, um von ihr zu reden, sondern im Herzen, um für sie zu sterben!«

»Wir wären fast gestorben. In Nicaragua.«

»Ja, weil der Bus, der uns zur Kooperative bringen sollte, keine Bremsen hatte. Ich glaube, das hat Che Guevara nicht gemeint.«

»Ich fand das immer eine reale Option. Ich meine, den bewaffneten Kampf. Aber du bist ja da nicht reingekommen in diese Kreise.« Annette zupfte wieder an ihrem Seidentuch.

Sophie sah sie verwundert an. »Du hättest da echt mitgemacht?«

»Ja, sicher. Ich meine, wir konnten ja nur von außen unterstützen und Aktionen machen, um das Umfeld zu bereiten. Aber wenn sich die Gelegenheit ergeben hätte – ich glaub, ich hätte mitgemacht. Du nicht?«

Sophie zuckte mit den Schultern. »Nur, wenn da was Sinnvolles rausgekommen wäre. Leute in die Luft sprengen fand ich noch nie gut, wenn ich ehrlich bin.«

»Es hat nur solche erwischt, die selber Blut an den Händen hatten.«

»Das ist doch alles Gerede. Keiner von euch hätte je wirklich was gemacht. Ich schließ mich da gar nicht aus«, sagte Josepha. »Wir haben endlos diskutiert, und die anderen haben gebombt und geschossen.«

»Ich weiß nicht, was dich so sicher macht? Kennst du uns so gut?« Jörg war inzwischen ein wenig angefressen.

»Wir haben lange genug zusammengelebt. Ihr seid keine Selbstmordattentäter.«

»Das nicht. Aber wenn sich die Gelegenheit geboten hätte, etwas Sinnvolles zu machen, dann hätte ich es getan.«
»Mit Gewalt?«
»Mit Gewalt.«
»Aber da gab's nichts, was sinnvoll gewesen wäre?«
»Ich hab's dir erklärt: Die Leute haben den Kapitalismus nicht verstanden. Also konnten sie ihn auch nicht wirkungsvoll bekämpfen. Was die gemacht haben, ging an der Sache vorbei. Davon abgesehen, habe ich damals von wirtschaftlichen Dingen auch wenig Ahnung gehabt.«
»Aber heute hast du Ahnung.«
»Heute hab ich Ahnung.«
»Warum dann nicht heute Aktionen machen? Du hast nicht nur Ahnung von Geld, du hast auch Geld. Ideale Voraussetzungen für einen Revolutionär.«
»Ist heute aber eine andere Zeit«, sagte Sophie.
»Warum? Es ist immer die richtige Zeit, das Richtige zu tun. Die Frage ist nur – was wäre denn das Richtige?«
Jörg dachte ein paar Sekunden nach und kaute auf seinem Gulasch herum. »Umverteilung.«
»Von reich nach arm.«
»Natürlich. Klar – du wirst mit einer Aktion nicht die Welt retten. Aber du kannst viel bewirken. Was könntest du mit zehn Millionen in Nicaragua alles machen? Es würde Hunderten, Tausenden von Leuten bessergehen. Und nur einer verliert die Kohle. Aber dem würde das nichts ausmachen, weil er wäre dann immer noch unermesslich reich nach Maßstäben der Dritten Welt.«
»Tolle Sache. Leider alles im Konjunktiv.«

»Okay. Dann ziehen wir's doch durch.« Jörg bestellte noch ein Bier bei der vorbeihuschenden Bedienung. »Du hast uns da wirklich auf eine Idee gebracht. Also? Machen wir's?«
Es folgten ein paar Augenblicke beklommener Stille. Dann meldete sich Sophie. »Das ist jetzt ein Spaß oder wie?«
»Ne, ich mein's ernst.«
Die Frauen sahen sich gegenseitig an, als hätten sie das Gefühl, im falschen Film zu sein. Jörg lehnte sich zur Tischmitte und senkte die Stimme, die Frauen kamen mit ihren Köpfen näher. »Was ich meine, ist eine Aktion, bei der wir zehn Millionen Euro abgreifen und dorthin leiten, wo sie wirklich gebraucht werden. Meinetwegen Nicaragua. Gewalt ja, aber intelligent. Es wird niemand getötet, niemand verletzt. Und es kommt niemand ins Gefängnis. Ich hab's schon oft im Kopf durchgespielt. Es ist verblüffend einfach, wenn man weiß, wie es geht. Das wäre ein Ding, das hätte die RAF nie hingekriegt.«
»Du hast es schon durchgespielt?« Sophie war fassungslos.
»Ja. Hast du nie Sachen im Kopf durchgespielt?«
Sophie hatte das offenbar nicht.
»Ich hab so was oft durchgespielt. Anschläge und so. Ich weiß, es klingt verrückt. Aber das ist einfach in mir drin. Wahrscheinlich habe ich diese kriminelle Energie in den Genen«, sagte Annette und drapierte das Seidentuch neu um ihren Hals.
Sophie und Josepha kamen nach kurzem Blickkontakt überein, dass Annettes schleimiger Versuch, bei Jörg Punkte zu sammeln, an Peinlichkeit nicht zu überbieten war.

»Okay«, sagte Jörg und wurde noch leiser, was in Anbetracht der Geräuschkulisse im Alten Simpl überflüssig war. »Mal ganz ehrlich: Wer von euch wäre dabei, wenn wir so was wirklich durchziehen würden?«
»Komm, das ist doch Phantasie.«
»O nein. Das ist Realität. In meinem Kopf ist alles schon fertig.«
»Wem willst du denn die Kohle abnehmen?«, fragte Annette angespannt.
»Wir haben einen Kunden bei uns, der wäre ideal. Hat ziemlich viel Geld gemacht in den letzten zwei Jahren. Und – er hat auf einen fallenden Dax spekuliert. Der hat unglaublich viel Geld in Put-Optionen investiert. Was glaubst du, was die Optionen morgen wert sind?«
»Der hat doch sicher Bodyguards oder so was. Wie willst du an den rankommen?«
»Ich hab den mal kennengelernt. Der sieht überhaupt nicht aus, als hätte er so viel Geld. Wie wir an ihn rankommen, müssen wir natürlich noch checken. Aber ich bin mir sicher, da geht was.«
»Was konkret meinst du?«
Jörg sah sich um. Es war voll im Lokal. »Das ist vielleicht nicht der richtige Ort, um so was im Detail zu besprechen. Aber ich sage euch: Es würde gehen. Klar, ein Risiko ist immer dabei.«
»Du glaubst wirklich, wir würden davonkommen?« Josepha war inzwischen durchaus interessiert.
»Ja. Und wisst ihr, warum? Weil wir die letzten zwanzig Jahre so gut wie nichts miteinander zu tun hatten und bei der Polizei weder aufgefallen noch erfasst sind. Selbst wenn wir DNA-Spuren und Fingerabdrücke hinterlassen – was wir nicht tun werden –, selbst dann könnte niemand etwas damit anfangen. Die wür-

den nie auf uns kommen. Und danach machen wir es wie immer. Treffen uns einmal im Jahr. Da beschließen wir, was wir in dem Jahr mit dem Geld machen, und das war's. Wenn's sein muss, schreiben wir Briefe und verbrennen sie. Keine Mails. Keine Telefonate. Keine Spuren.«
Sophie lachte kurz auf und schüttelte ungläubig, aber nachdenklich den Kopf. »Man könnte fast glauben, du meinst das ernst.«
»Überlegt doch mal: Wir haben all die Jahre nur gelabert und uns eingeredet, dass das unglaublich wichtig ist, was wir labern. Und die letzten zwanzig Jahre haben wir nicht mal mehr gelabert. Klar, wir können uns weiter den Arsch platt sitzen und warten, bis wir verfaulen. Wir können aber auch die letzte Chance ergreifen, was zu machen. Und wenn wir in die Kiste steigen, können wir uns sagen: Hey, war nicht ganz umsonst.« Die Bedienung stellte das geordete Bier vor Jörg auf den Tisch. Er nahm sofort einen kräftigen Schluck und stellte das Glas mit einem entschlossenen Nicken auf dem Bierdeckel ab. »Ich weiß auch nicht – mir wär das irgendwie wichtig.«

60

Wallner hatte einen Teller mit Weihnachtsplätzchen bringen lassen und kaute nachdenklich auf einem harten Zimtstern. »Das heißt, Sie haben sich an dem Abend zu irgendetwas verabredet?«
»Nein. Dazu kam es nicht mehr. Jörg wollte das ja nicht in der Öffentlichkeit besprechen. Er hat gesagt, wir sollten alle mal drüber schlafen.«
»Und dann?«
»Hab ich nichts mehr von den anderen gehört. Ich hab mir gedacht – na ja, war halt so eine Schnapsidee, die man in der Kneipe auskaspert. Trotzdem hab ich Jörg nach einer Woche geschrieben. Was denn aus unseren Simpl-Plänen geworden sei. Nichts, hat er geantwortet. Das sei nur so ein Gedankenspiel gewesen. Zuerst habe ich mich damit zufriedengegeben. Es war ja auch ziemlich abwegig, ich meine, so was wirklich durchzuziehen. Aber dann hab ich den Abend immer wieder Revue passieren lassen. Ich hab Jörg vor mir gesehen, wie er geschaut hat und wie ernst und entschlossen er war. Und ich bin mir sicher, er hat einen fertigen Plan gehabt. Vielleicht seit Jahren schon. So eine fixe Idee, die einen nicht mehr loslässt. An dem Abend hatte er sich entschlossen, den Plan in die Tat umzusetzen. Ich war mir so sicher. Deshalb wollte ich noch einmal mit ihm reden und bin bei seiner Bank vorbeigefahren. Ich wollte ihm in die Augen sehen, wissen, ob er mir was vor-

macht. Aber er war nicht da. Hatte sich eine Woche freigenommen. Das kam mir komisch vor, vielleicht auch nur meine übliche Paranoia. Jedenfalls hab ich so aus einer Eingebung heraus bei Annette in der Schule angerufen. Da hieß es, sie sei eine Woche krankgeschrieben. Und Sophie war nicht auf dem Hof. Sollte erst am Abend wiederkommen. Da hab ich das erste Mal konkret Verdacht geschöpft.« Leberecht tauchte ein Stück Spritzgebäck in ihren Kaffee und steckte es in den Mund.

»Haben Sie Herrn Immerknecht noch einmal drauf angesprochen?«

»Ja. Nach seinem sogenannten Urlaub. Ich bin in die Bank und hab ihn zur Rede gestellt. Er ist fast ausgeflippt, dass ich direkt Kontakt mit ihm aufnehme. Er war überhaupt extrem nervös und hat natürlich abgestritten, dass sie irgendwas hinter meinem Rücken gemacht hätten. Aber er hat gelogen. Da bin ich mir sicher.«

»Was glauben Sie, warum wollten die anderen Sie nicht dabeihaben?«

»Dafür gibt's viele Gründe. Eifersucht bei Annette. Angst bei Jörg, dass ich ihm die Sache aus der Hand nehme. Ich kann sehr bestimmend sein. Mein Spitzname war nicht umsonst Stalin. Es kann auch sein, dass sie mir schon immer misstraut haben. Ich weiß es nicht. Man wird paranoid, wenn man über Jahre einen Undercover-Job macht. Vielleicht war ich ihnen auch nur unheimlich, und sie wussten nicht, wie sie mich einschätzen sollten.«

»Hätten Sie mitgemacht?«

Leberecht fingerte sich noch ein Plätzchen vom Teller und betrachtete es. »Glaub schon. Ja, ich hätte wohl mitgemacht.« Sie lächelte Wallner gewinnend an. »Bin ja nicht mehr im Dienst.«

»Außer Ihrem Bauchgefühl – gab es irgendeinen konkreten Hinweis für ein Verbrechen?«

»Allerdings. Deswegen bin ich vor kurzem an meine Freunde, sagen wir mal, wieder herangetreten. Wir unterstützen alle seit ewigen Zeiten so eine Kooperative in Nicaragua. Ich schick einmal im Jahr Geld hin, und die schicken mir ein paar Fotos und ein Dankesschreiben. Vor ein paar Monaten war es wieder so weit. Ich krieg also die Fotos. Und sehe, dass da ein Krankenhaus mit eigenem Stromgenerator und richtigem OP gebaut wurde. Das wollten sie schon seit fünfundzwanzig Jahren. War aber nie Geld da. Das hat mich neugierig gemacht, und ich ruf den Leiter der Kooperative an. Den kenne ich noch persönlich von unseren damaligen Besuchen. Und der sagt mir, es sei eine Spende eingegangen. Mehrere hunderttausend Euro. Und das schon im dritten Jahr in Folge. Die Spende sei anonym. Aber Señor Immerknecht sei mal da gewesen und habe sich nach dem Baustand erkundigt. Und da hätten sie ihn gefragt, ob das Geld von ihm kommt. Er hätte zwar nicht ja gesagt, aber es auch nicht bestritten. Hätte nur ganz großkotzig gesagt, er möchte nicht über Geld reden. Da war mir klar, was Sache ist.«

»Sie glauben also, Ihre Freunde hätten einen Kunden von Herrn Immerknechts Bank um viel Geld erleichtert, und jetzt wollten Sie Ihren Teil abhaben?«

»Darauf möchte ich im Augenblick nicht weiter eingehen. Ich denke, es ist auch nicht relevant für Sie.«

»Ganz so ist es nicht. Es besteht ja die abstrakte Möglichkeit, dass Sie das Geld bekommen und die Zeugen Ihrer Erpressung beseitigt haben.«

»Abstrakt, wie Sie richtig sagen. Glauben Sie, einer von denen hätte mich angezeigt? Ging ja wohl schlecht, wenn sie das Geld vorher geklaut haben.«
»Weiß man's? Aber gut, lassen wir das mal offen. Die Frage, die mich beschäftigt, ist: Was haben Ihre Freunde denn eigentlich gemacht? Mit anderen Worten: Wie sind die an das Geld gekommen? Und wer war dieser Bankkunde, dem sie es abnehmen wollten?«
»Das habe ich leider nicht herausbekommen. Ich nehme an, Sie haben da bessere Möglichkeiten.«
»Wir haben recherchiert, welche Delikte in dem betreffenden Zeitraum zur Anzeige gekommen sind – in der entsprechenden Größenordnung. Da war leider nichts dabei, was auch nur annähernd passen würde.«
»Vielleicht wurde es nie angezeigt.«
»Wäre ungewöhnlich.«
»Vielleicht haben die den Kunden um Schwarzgeld erleichtert.«
»Habe ich mir auch schon überlegt. Aber anscheinend hatte der Mann das Geld ja ganz offiziell bei Immerknechts Bank auf dem Konto. Die sitzt in München und nicht in Liechtenstein.«
Leberecht verschränkte ihre Arme vor der Brust und sah Wallner missgelaunt an. »Hören Sie auf, an meinen Informationen herumzunörgeln. Machen Sie was draus. Und vor allem möchte ich jetzt gehen.«
Wallner dachte eine Weile nach und entschied: »Sie melden sich täglich und persönlich bei der Polizei in München. Bis wir Sie von dieser Verpflichtung entbinden.«

Als sie Leberecht in einen Wagen nach München gesetzt hatten, gingen Wallner, Janette und Mike zum Essen an den Unteren Markt in Miesbach.
»Glaubst du, was die uns erzählt?«, fragte Janette und stocherte in ihrem Fischteller herum.
»Ziemlich komplexe Geschichte«, sagte Wallner. »Schwer, sich so was auszudenken. Aber sie ist intelligent und hat zehn Jahre mit ausgedachten Geschichten gelebt. Ich hab die Kollegen in München gebeten, sie zu observieren. Trauen kann man der Frau auf keinen Fall.«
»Die ist kalt wie eine Hundeschnauze.« Mike hatte ein Hirschgulasch vor sich. »Ich würde es ihr zutrauen. Auch die Art der Tatausführung passt zu ihr. Die geht nicht mit dem Messer auf einen los. Was mich stutzig macht, ist diese Sache mit dem Foto und dem ganzen Drumherum. Warum sollte sie das tun?«
»Um uns auf eine falsche Fährte zu locken. Um es aussehen zu lassen wie die Tat eines verrückten Serienmörders.«
»Aber sie hat ja recht«, sagte Janette. »Wozu sollte sie die Morde begehen? Von den dreien hätte sie keiner angezeigt. Die wären doch selbst ins Gefängnis gekommen.«
»Vorausgesetzt, Leberechts Geschichte stimmt. Außerdem weiß man nie so genau, was in den Köpfen solcher Leute vor sich geht. Das sind ja keine Profigangster. Vielleicht war einer bereit, zur Polizei zu gehen, weil er die Schuld nicht länger ertragen konnte. Dann wäre natürlich auch Leberecht aufgeflogen. Aber im Augenblick wissen wir ja nicht einmal, ob die überhaupt ein Verbrechen begangen haben, geschweige denn was für eins. Wenn es da wirklich um

Hunderttausende oder Millionen ging, warum hat das der Geschädigte nicht angezeigt?«

In Ermangelung von Antworten widmeten sich die drei Kommissare schweigend ihrem Essen, bis Mikes Handy klingelte. Er nahm das Gespräch an, sagte gelegentlich »aha« und »in Ordnung«, legte schließlich auf, steckte das Handy weg und machte sich wieder über sein Hirschgulasch her. »Das war Tina. Kreuthner ist im Büro aufgetaucht.«

»Ist der nicht beurlaubt?«

»Klar. Hat aber angeblich was ganz, ganz Wichtiges ermittelt.«

»Wir machen uns jetzt aber keinen Stress wegen ihm?«, fragte Janette.

»Nein. Wir essen in Ruhe auf.« Wallner nahm einen guten Schluck von seinem alkoholfreien Bier und setzte es betont uneilig ab. »Wissen wir, was er so Wichtiges ermittelt hat?«

»Nein. Aber Tina sagt, wir sollen nicht erschrecken, wenn wir ihn sehen.«

61

Kreuthner hatte einen Verband um den Kopf und zwei Pflaster im Gesicht. Beide Augen waren blau und geschwollen. Auch an anderen Stellen im Gesicht gab es farbige Flächen.

»Is a Stampede ausgebrochen auf deinem Gnadenhof?«, feixte Mike, als die drei Kommissare in Wallners Büro kamen, wo Kreuthner auf sie wartete und eine Leberkässemmel verzehrte.

»Ich lach später«, sagte Kreuthner. »Hamma gut 'gessen, ja?«

»War super. Sind grad Wildwochen. Solltest du echt mal hingehen. Wild gibt's auch als Mittagsmenü. Acht achtzig. Da kannst net meckern.«

»Danke, ich ess keine Tiere.«

»Wieso das denn?«, wollte Wallner wissen.

»Weil's pervers is. Weihnachten kommt, jeder freut sich. Und weil sich alle freuen, bringt man Millionen Tiere um. Das nenn ich pervers.«

»Und was isst du da grad?«

»A Leberkassemmel.« Kreuthner schien sich keines Widerspruchs bewusst zu sein.

»Das ist kein Fleisch?«

»Des is a Kas, wie der Name schon sagt.«

»Okay«, Wallner wollte die Diskussion nicht vertiefen. Es war klar, dass Kreuthner nie im Leben irgendetwas zugeben würde. Und wenn man versuchte, ihn in Widersprüche zu verwickeln, wurde seine Argu-

mentation immer absurder. Wallner hatte andere Sorgen. »Was hast du da im Gesicht?«
»Bin hing'fallen.«
»Und mehrmals aufgedotzt?«
»Des is mei Privatsach. Hier. Schaut's euch lieber das an.« Kreuthner legte das Foto auf Wallners Schreibtisch, das er in Kruggers Haus eingesteckt hatte. »Kommt die euch bekannt vor?«
Die drei Kommissare betrachteten konzentriert das Bild. »Franziska Michalski, die Tote auf dem Foto«, sagte Janette schließlich.
»Sehr gut! Franziska Michalski.« Kreuthner schob sich das letzte Stück Leberkässemmel in den Mund, kaute bedächtig und ließ seine Worte wirken.
Wallner nahm das Bild in die Hand. »Das Foto ist nicht aus der Akte, richtig?«
»Korrekt«, sagte Kreuthner und wischte sich die Semmelkrümel vom Pullover.
»Wo ist es dann her?«
»Tja – jetzt wird's interessant, gell?«
»Ja«, sagte Wallner. »Jetzt wird's interessant.«
Kreuthner lächelte in die Runde, was mit seinem lädierten Gesicht ein bisschen albern aussah, und kostete den Augenblick des Triumphs in seiner ganzen Herrlichkeit aus. »Das Bild stammt aus dem Haus von Baptist Krugger. Und wie's der Zufall will, hat der Bursche da überall Bilder von der Frau rumhängen. Ich bin saugut, oder?«
»Du bist da nicht eingebrochen?«
»Wenn du keinen Durchsuchungsbeschluss herbringst – was soll ich machen?«
»Hat dein buntes Gesicht was mit dem Einbruch zu tun?«

»Das ist, wie gesagt, mein Privatvergnügen. Beschaff an Beschluss, und nimm den Krugger hoch.«
»Gut. Dafür brauch ich ein paar Informationen.«
»Du bist so ein Beamtenarsch. Was brauchst du denn noch für Informationen?« Kreuthner wies auf das Foto der Frau.
»Ich muss auf alle Fragen von Tischler antworten können. Sonst wird das nichts mit dem Beschluss. Frage eins: Du bist eingebrochen?«
»Ja.«
»Da kommt man so ohne weiteres rein?«
»Du musst einen Code eingeben.«
»Und den hast du gewusst?«
»Der liegt neben der Tür in einem Holzstoß.«
Wallner sah Kreuthner sehr zweifelnd an. »Ist Herr Krugger wirklich so dämlich?«
»Dämlich, nachlässig, schlampig. Keine Ahnung. Jedenfalls war da der PIN-Code.«
»Hat dich jemand gesehen?«
»Nein.« Kreuthner zögerte. Wallner gab ihm mimisch zu verstehen, dass er bei der Wahrheit bleiben solle.
»Net direkt.«
»Was heißt das?«
»Die wo mich gesehen haben, werden's net ausplaudern.«
»Wie kommst du da drauf?«
Kreuthner schwieg.
»Sind das die Gleichen, die dir die Faschingsmaske verpasst haben?«
»Das waren zwei Typen von am Security-Dienst. Die ham anscheinend Anweisung, keine Polizei zu holen. Dafür dann halt ... so.«
»Verstehe. Tut mir leid.« Wallner legte Kreuthner die

Hand auf die Schulter. »Soll nicht umsonst gewesen sein.« Er wandte sich an alle anderen. »Seid so gut und lasst mich alleine. Ich hab ein schwieriges Telefonat zu führen.«

Tischler hatte gerade eine desaströse Beweisaufnahme in einem wichtigen Fall gehabt und war übelster Laune, als Wallner ihn im Büro anrief. »Wie lief's bei der Sache mit dem U-Bahn-Überfall?«
»Hervorragend. Von drei sogenannten Zeugen konnte sich keiner mehr erinnern, wer zuerst zugeschlagen hat. Wegen diesen drei Idioten hab ich Anklage erhoben. Ich rate Ihnen dringend, mir was Gutes zu berichten.«
»Haben Sie von mir je was anderes gehört?«
»Also?«
»Wir wissen wahrscheinlich, wo die tote Frau auf den Fotos abgeblieben ist.«
»Was soll ich mir unter ›wahrscheinlich wissen‹ vorstellen?«
»Nun – wir wissen es. Müssten unser Wissen aber noch beweiskräftig machen.«
»Wo ist die Frau abgeblieben?«
»Es führt eine Spur zu Baptist Kruggers Haus.«
»Moment, Moment! Krugger? Ist das nicht der, der sich beim Landrat beschwert hat?«
»Das war sein Vater. Wir hatten hier einen etwas übereifrigen Kollegen. Aber das ist inzwischen geklärt. Die Sache ist natürlich nicht ganz ohne. Aber was wir wissen, ist verdammt sicher.«
»Was wissen Sie denn genau?«
»Dass Herr Krugger in einem Haus, von dem nicht einmal seine Eltern etwas wussten, etliche Fotos der

Verschwundenen hat. Unser Informant spricht von so etwas wie einem Altar.«
»Und wo hat der Informant seine Erkenntnisse her?«
»Er war im Haus.«
»Wurde er von Herrn Krugger eingeladen?«
»Kann man so nicht sagen. Er hat sich eigenmächtig Zutritt verschafft.«
»Sagen Sie bitte nicht, dass der Informant Polizeibeamter ist.«
»Ja und nein. Er ist in der Tat Polizeibeamter. Allerdings war er es nicht zu der Zeit, als er dieses Haus, ich sag mal, besuchte. Da war er nämlich vom Dienst suspendiert. Sollte es in der Verhandlung auf das Thema kommen, wird es jedenfalls keinen Zweifel daran geben, dass der Informant als Privatmann gehandelt hat. Natürlich gegen meinen Willen und mit meiner ausdrücklichen Missbilligung.«
»Aber da wir die schmutzig erworbenen Informationen nun mal haben ...«
»... können wir sie nicht ignorieren. Sehr richtig.«
»Früchte des verbotenen Baums nennen die amerikanischen Gerichte das.«
»Wenn mich meine bescheidenen Rechtskenntnisse nicht trügen, wenden deutsche Gerichte diese Doktrin nicht an. Außerdem: Gilt die überhaupt für die illegale Beschaffung von Beweismitteln durch Privatpersonen?«
»Wir gleiten ins Theoretische ab. Was wird denn rauskommen, wenn wir das Haus durchsuchen?«
»Der Bursche hat Dreck am Stecken. Das ist ziemlich klar. Sonst würde er nicht so ein Geheimnis um das Haus machen. Wenn wir Glück haben, finden wir Hinweise auf den Verbleib der Toten, und vielleicht lie-

fert uns Krugger das Puzzlestück, das wir brauchen, um den Hintergrund der Morde zu verstehen.«
»Und wenn's schiefgeht?«
»Dann bleiben wir beim üblichen Verfahren. Die Polizei hat's vergeigt.«
»Ist ja dann auch so.«
»Darf *ich* mit den Reportern reden, wenn's gutgeht?«
»Ich besorg Ihnen den Beschluss. Aber fangen Sie nicht an, bevor ich da bin.«

62

Der Zufahrtsweg war vollgeparkt mit Polizeifahrzeugen, teils mit Blaulicht. Auf den benachbarten Bauernhöfen standen sie mit Feldstechern und versuchten herauszubekommen, was in dem seltsamen Haus passierte. Schnell machten die Gerüchte ihren Weg von Warngau über Darching bis Weyarn. Von mehreren Kinderleichen bis zur islamistischen Sekte gab es einen bunten Strauß von Vermutungen über den Anlass des Polizeieinsatzes.
Baptist Krugger war anwesend, mit ihm ein befreundeter Rechtsanwalt, der von Strafprozessrecht anscheinend wenig Ahnung hatte und sich in unsinnigen Drohungen erging, die bei den arbeitenden Beamten allenfalls Kopfschütteln bewirkten. Wallner und Janette standen mit Krugger, seinem Anwalt und Staatsanwalt Tischler vor dem Haus. Innen wären sie Tina, Oliver und den anderen Spurensicherern im Weg gewesen. Tina brachte eine Mappe mit Fotos, auf denen die verschwundene Franziska Michalski zu sehen war, teilweise zusammen mit Krugger. Sie wurden Krugger gezeigt.
»Wer ist die Frau?«, fragte Tischler, der großen Gefallen an der Aktion gefunden hatte.
»Eine ehemalige Freundin.«
»Du sagst jetzt gar nix mehr. Die versuchen nur, dass du irgendwas sagst, was sie dann gegen dich verwenden können«, mischte sich der Anwalt ein.

Wallner betrachtete Krugger. Sein Gesicht hatte die Farbe von verdorbenem Fisch, er schwitzte trotz der Kälte, und die Ringe um seine Augen zeugten von schlaflosen Nächten. Krugger war psychisch am Ende. »Sie müssen nichts sagen. Sie können die Aussage verweigern. Aber meiner Einschätzung nach sind Sie in einer Situation, in der Sie nur gewinnen können, wenn Sie mit uns zusammenarbeiten. Ich meine, Sie wissen am besten, was wir hier noch alles finden werden.«

»Ich weiß überhaupt nicht, was Sie eigentlich wollen«, versuchte der Anwalt, sein Honorar zu rechtfertigen. »Die Frau ist verschwunden. Na gut. Möglicherweise hat Herr Krugger sie gekannt. Möglicherweise.«

»Er hat gerade vor Zeugen gesagt, dass sie eine Freundin war«, wies Tischler den Anwalt darauf hin, dass er heiße Luft produzierte.

»Wie auch immer. Aber das besagt alles überhaupt nichts. *Überhaupt* nichts!«

Wallner schätzte Strafverteidiger, die ihr Fach verstanden. Die hielten sich an die Maxime: Gib zu, was man dir ohnehin beweisen kann. Leute wie dieser Mensch, dessen Namen Wallner bereits vergesssen hatte, kosteten nur Zeit, und ihren Mandanten brachten sie allenfalls Ärger ein. »Hören Sie zu: Diese Fotos wurden im Juni 2008 aufgenommen.« Wallner verwies auf die Rückseite eines der Bilder, wo das Aufnahmedatum festgehalten war. »Nicht lang davor wurde Franziska Michalski das letzte Mal von einer Zeugin gesehen.«

»Was, glauben Sie, wird ein Gericht daraus schließen«, schwang sich Tischler wieder zum Herrn des Ermittlungsverfahrens auf. »Selbst wenn wir die Leiche nicht finden – und ich nehme an, dass Sie sie irgendwie entsorgt haben –, selbst ohne Leiche sieht es ziemlich finster für Sie aus.«

»Die haben nichts in der Hand. Gar nichts«, nölte der Anwalt.

»Was reden Sie für einen Unsinn? Es sind Leute aufgrund von deutlich weniger Beweisen verurteilt worden. Haben Sie eigentlich jemals einen Strafprozess geführt?«

»Wenn Sie jetzt persönlich werden, brechen wir die Sache sofort ab. Das müssen wir uns nicht bieten lassen.«

»Ich weiß nicht, was Sie abbrechen wollen. Die Hausdurchsuchung jedenfalls nicht. Und Herr Krugger ist vorläufig festgenommen, wird uns also auch nicht verlassen. Wenn Sie gehen wollen – bitte! Ich kann Sie nicht dran hindern.«

Wallner hatte während des Geplänkels zwischen Tischler und dem Anwalt Krugger im Auge behalten. Er hatte immer wieder in eine bestimmte Richtung geblickt und dabei so getan, als sehe er sich nur um. Krugger war ein schlechter Schauspieler. »Herr Krugger, was ist da hinten?«

»Wo hinten?«

»Wo Sie die ganze Zeit hinsehen.«

Krugger schwieg.

»Glauben Sie, wir werden den Garten nicht durchsuchen? Zeigen Sie's uns. Dann haben Sie uns hingeführt. Das wird der Staatsanwalt zu Ihren Gunsten werten.«

»Du machst gar nichts, verstanden. Überlass einfach mir das Reden.«

Tischler verdrehte die Augen und raunte Krugger zu:

»Es geht mich ja nichts an. Aber wenn Sie den behalten, kostet Sie das einige Jahre Gefängnis.«
»So!«, sagte der Anwalt mit erstickter Stimme. »Das gibt a Dienstaufsichtsbeschwerde.«
»Stellen Sie sich hinten an.« Tischler wandte sich wieder Krugger zu. »Was wollten Sie uns jetzt zeigen?«
Krugger atmete tief ein und ging auf die Gartenhecke zu.

Sie standen in einiger Entfernung zu dem Platz, den Krugger ihnen gezeigt hatte. Oliver und ein weiterer Beamter hoben vorsichtig die Schneedecke ab. Der Erdboden darunter war ein paar Zentimeter tief gefroren, weshalb es den Beamten Mühe bereitete, mit ihren Spaten hineinzustechen. Es dauerte einige Minuten, bis das Spatenblatt auf einen Gegenstand stieß. Oliver hielt inne und kniete sich auf den Boden, um den Gegenstand zu untersuchen. Es war eine Damenhandtasche, halbwegs gut erhalten in Anbetracht der Tatsache, dass sie die letzten drei Jahre in der Erde verbracht hatte. Janette und Wallner verglichen sie mit dem Foto der Tasche aus dem Münchner Trachtenladen. Kein Zweifel, das war sie.
Ein paar Spatenstiche später tauchte der erste Knochen aus dem Erdreich auf. Baptist Krugger hatte sich abgewandt, starrte in das kahle Astwerk der Büsche und rührte sich nicht.
Ein Mann von sechzig Jahren kämpfte sich durch den tiefen Schnee bis zu Wallner, Tischler und den anderen Ermittlungsbeamten durch. »Was ist hier los?« Er sah zu Oliver, dann auf den aus der Erde ragenden Knochen, schüttelte mit stummen kleinen Bewegun-

gen den Kopf, blankes Entsetzen im Gesicht, blickte zu Baptist Krugger, der sich nicht umdrehte.
Tischler sagte: »Was will der Mann hier?«
Ein Beamter erwiderte: »Das ist Herr Krugger senior.«
»Wer hat denn den durchgelassen? Vielleicht schafft ihn mal jemand weg.«
Wallner ging zu dem Mann. »Sie können hier nicht bleiben, Herr Krugger. Fahren Sie nach Hause. Wir rufen Sie an, wenn Sie mit Ihrem Sohn sprechen können.«
Krugger sah noch einmal zu seinem Sohn, der sich immer noch nicht umdrehte, und stakste durch den Schnee zurück wie ein kleines Kind, das sich in der Wildnis verirrt hatte.
Tischler stand inzwischen bei Baptist Krugger. »Herr Krugger, wir hätten ein paar Fragen an Sie.«

63

Frank hatte alles durchsucht. Schreibtische, Aktenablagen, Schränke, selbst Kleider- und Geschirrschränke, Kleidungsstücke, den Keller, das Bad, den Speicher und natürlich die Büros von Sophie und Daniela. Nichts. Der Computer in Danielas Zimmer war, anders als beim letzten Mal, durch ein Passwort geschützt. Das bestätigte Frank in seiner Vermutung, dass Daniela Zugang zum Geld hatte. Es half nichts, er musste sich gedulden, bis sie zurückkam.
Er ging in die Küche und holte ein Bier aus dem Kühlschrank, überlegte kurz und stellte es wieder zurück. Das waren jetzt die wichtigsten Stunden seines Lebens. Er musste einen klaren Kopf behalten und entschied sich für die Mineralwasserflasche. Im gleichen Moment hörte er, dass sich ein Wagen dem Hof näherte. Sollte Daniela schon zurück sein? Durch das Küchenfenster sah er einen alten roten Passat auf den Hof fahren. Er hatte den Wagen schon einmal gesehen. Das musste der Polizist sein.
Als Kreuthner aus dem Wagen stieg, öffnete sich die Haustür, und Frank trat heraus. Er streifte Kreuthners verhauenes Gesicht mit einem kurzen Blick, sagte aber nichts dazu. »Die Daniela ist grad net da.«
»Aha«, sagte Kreuthner. »Wann kommt sie wieder?«
»Kann ein paar Stunden dauern. Sie ist nach Tirol gefahren und schaut sich da einen Gnadenhof an.«
»Wieso das?«

»Ich glaub, sie will mit denen zusammenarbeiten.«
Kreuthner nickte. »Schade. Sie hat auch ihr Handy ausgeschaltet. Ist wahrscheinlich zu teuer in Österreich. Na gut, dann komm ich später noch mal vorbei.«
»Ich sag's ihr.« Frank nickte Kreuthner zum Abschied zu. Als Kreuthner schon im Wagen saß, fiel Frank noch etwas ein. »Gibt's irgendwas Neues? Ich mein, wegen dem Mord an ihrer Schwester?«
»Ja. Kannst ihr sagen, wir haben den Kerl, der die Frau auf dem Foto umgebracht hat.«
»Okay. Ich sag's ihr. Ist das einer von hier?«
»Aus Miesbach. Mehr darf ich nicht sagen. Die Ermittlungen laufen ja noch.«
»Ist klar. Dann weiter viel Erfolg.«
Frank sah Kreuthners Wagen vom Hof fahren, bewegungslos, die Arme verschränkt, nur ab und an ging ein Wimpernschlag über die graublauen Augen. Innerlich war Frank in Aufruhr. Die Polizei hatte seinen Auftraggeber verhaftet. Er hatte es ihm hundert Mal gesagt: Die Leiche muss weg. Hatte angeboten, es selbst zu erledigen. Nichts zu machen. Das Mädchen musste im Garten bleiben. Nicht um alles in der Welt wollte sich Krugger von den paar Knochen trennen. Es war ein Fluch, mit Amateuren zu arbeiten.
Krugger wusste so gut wie nichts über Frank. Aber doch genug, um der Polizei eine Beschreibung und ein paar Anhaltspunkte für seine Identität zu liefern. Am Ende hatte sich der Kretin sein Kennzeichen gemerkt. Schwer zu sagen, wie viel Zeit Frank noch hatte. Vielleicht bis morgen.
Frank ging in die Küche, nahm das Telefon und zog den Zettel mit der Telefonnummer aus seiner Jacke.

Es meldete sich jemand mit »Gnadenhof Inntal«. Frank nannte einen erfundenen Namen und fragte, ob Frau Kramm sich auf dem Hof aufhalte. Das wurde verneint. Aber sie werde erwartet, ob man ihr etwas ausrichten könne. Nein, sagte Frank, das sei nicht nötig. Schließlich bat Frank, ob man ihm nicht eine SMS mit der Adresse schicken könne, damit er, wenn er mal wieder in Tirol sei, beim Gnadenhof Inntal vorbeischauen könne. Er unterstütze schon andere Einrichtungen, unter anderem eben auch den Hof von Daniela Kramm. Wenige Minuten später hatte Frank die Adresse auf seinem Handy. Da befand er sich bereits in seinem Wagen auf dem Weg nach Tirol. Dreißig Kilometer waren es bis zur Grenze.

64

Die Frau neben dem blauen BMW zitterte ein wenig in der kühlen Septemberluft, starrte stumm in Kreuthners Gesicht und schluckte. Man konnte sehen, dass ihr das Herz bis zum Hals schlug. Kreuthner studierte mit sadistischer Ruhe, wie sie versuchte, ihre Gesichtszüge nicht entgleisen zu lassen. »Was ...«, sie überlegte, was sie eigentlich sagen wollte. »Was wollen Sie jetzt von mir?«
»Des is in jedem Fall a Ordnungswidrigkeit.«
»Das wusste ich nicht.«
»Das können S' Eahna doch denken, dass das nicht erlaubt ist. Dass Sie mit dem Nummernschild von einem anderen Kfz herumfahren.«
Die Frau nickte stumm und angespannt. Der Fahrer aus dem Golf kam jetzt auf sie zu. »Kann ich helfen?«
»Die Dame fährt mit am Kennzeichen, wo es schon gibt. Des is a Ordnungswidrigkeit. Wenn nicht was Schlimmeres.«
»Oh, da wird wohl ein Bußgeld fällig.«
»Ja, des wird net billig.« Kreuthner musterte den Mann. Er machte einen souveräneren und nicht so begriffsstutzigen Eindruck wie die Frau. Hätte seine Kleidung nicht gar so nach Waldarbeiter ausgesehen, Kreuthner hätte geschworen, er sei Anwalt.
»Wie teuer wird's denn werden?«, fragte der Mann und warf Kreuthner einen Blick zu, der unmissverständlich sagte, dass er bereit war, über eine lohnende

Summe zu verhandeln. Schließlich war man nicht in der Dritten Welt, wo sich Polizisten für zehn Euro und eine Schachtel Zigaretten bedankten.
»Wollen Sie bar zahlen?«
»Ja, ich denke, das wäre machbar.« Er wandte sich der Frau zu. »Ich helfe Ihnen gerne aus. Sie geben mir das Geld irgendwann zurück.«
»Ja, natürlich. Geben Sie mir Ihre Kontonummer.«
Die Frau war jetzt mit im Spiel. Der vergnügliche Teil konnte beginnen.
»Schauen wir mal«, sagte der Mann und zog seine Brieftasche hervor. Es war ein Designerstück aus teuerstem Leder. Das beruhigte Kreuthner einerseits, denn es stand zu erwarten, dass da mehr als fünfzig Euro drin waren. Andererseits fragte er sich immer mehr, was hier eigentlich ablief. Es gab definitiv keinen Waldarbeiter auf diesem Planeten, der über eine derartige Brieftasche verfügte. Als ihr der Mann Geldscheine entnahm, konnte Kreuthner seine manikürten Hände betrachten. Mit solchen Händen fällte man keine Bäume. »Sechshundert hätte ich hier. Ich weiß nicht, ob das genug ist?«
Kreuthner überlegte kurz. Nein, es war nicht genug. Er musste Kummeder siebenhundertvierzig abliefern, und wer wusste, ob der nicht noch Zinsen verlangte fürs Warten. »Tut mir leid. Das Bußgeld beträgt achthundert.«
»Warten Sie«, sagte die Frau, holte ein Portemonnaie aus ihrer chaotischen Handtasche und fummelte darin herum, bis sie ein paar zerknitterte Scheine in der Hand hielt. »Hundertsiebzig hätte ich noch.«
Kreuthner nahm das Geld entgegen, dann auch die glatten und nagelneuen Scheine des Mannes. »Nun,

wegen dreißig Euro wollen wir jetzt keinen Papierkrieg anfangen. Aber bringen Sie das in Ordnung mit dem Kennzeichen.« Er richtete einen mahnenden Zeigefinger auf die Frau.
Die sagte: »Ich lass es heute Nachmittag gleich machen«, und lächelte. Mittlerweile schien das Schauspiel allen Beteiligten Freude zu machen.
Kreuthner sah auf seine Uhr. Er hatte noch achtzehn Minuten, um Kummeder das Geld zu bringen. Knapp, aber möglich. »Dreh um«, rief er Schartauer zu, der im Wagen saß. »Wir fahren zur Mangfallmühle.«

Baptist Krugger hatte Stimmen gehört. Im dunklen Kofferraum fiel ihm das Atmen schwer, denn die Decke lag auf seinem Gesicht. Mit einiger Anstrengung gelang es ihm, sie abzuschütteln. Er hörte, dass ein Mann mit der Fahrerin sprach, offenkundig ein Polizist. Krugger war heiß, und sein Herz schlug so wild, dass er den Puls am Adamsapfel spürte. Was sollte er tun? Um Hilfe rufen? Ja, das sollte er jetzt verdammt noch mal tun. Er würde es auch tun – wenn, ja, wenn er nicht solche Angst hätte. Es konnte so viel schieflaufen. Wenn es doch kein Polizist war, wenn sie wegfuhren und der Polizei entkamen, wenn sie ihn nur testen wollten, wenn, wenn, wenn ... Dann würden sie ihn umbringen, dann würden sie wissen, dass er einer war, auf den man sich nicht verlassen konnte, wenn man ihn freiließ. Eigentlich sprach alles dafür, um Hilfe zu schreien, jeder vernünftige Mensch hätte es getan, die Erfolgschance lag bei achtundneunzig Prozent. Herr im Himmel! Wenn er doch nur Eier und nicht so eine gottverfluchte Angst hätte! Dann! Auf einmal! Die Stimme des Polizisten wurde leiser, er be-

wegte sich vom Wagen weg. Vielleicht war er gar nicht mehr da, vielleicht würde er ihn nicht mehr hören, wenn er schrie. Wenn er nur nicht diese beschissene Angst hätte, müsste er sich jetzt die Lunge aus dem Leib schreien. Schrei einfach. Schrei!
Baptist Krugger schrie nicht an diesem Tag, sondern brach in Tränen aus. Es waren Tränen der Verzweiflung und der Wut über seine Feigheit.
Wenige Minuten, nachdem der Wagen losgefahren war, wurde angehalten. Der Kofferraum öffnete sich, und der Mann mit der Pistole sagte Krugger, dass er aussteigen solle. Die Entführer trugen jetzt Bankräubermasken, die nur Augen und Mund freiließen. Sie zerrten ihn zu dritt (eine weitere Frau war dazugekommen) aus dem Kofferraum. Der Wagen stand vor seinem Haus am Taubenberg, mit dem Heck zur Tür, so dass der Kofferraumdeckel Sichtschutz bot, falls jemand in ihre Richtung schauen sollte. Aber es kam so gut wie nie jemand vorbei. Nur der Bauer mit seinen Kühen. Und das erst wieder am späten Nachmittag. Niemand würde sehen, was hier passierte. Das Grundstück war vollständig von Sträuchern und Büschen umgeben, blickdicht, jedenfalls im September. Das war eines der Kriterien gewesen, die Krugger zum Kauf veranlasst hatten.
Sie nahmen ihm die Handfesseln ab und ermahnten ihn, keinen Scheiß zu machen. Krugger dachte nicht im Traum daran. Und seine Entführer schienen ihn als relativ geringes Risiko einzustufen. Sein Wohlverhalten im Kofferraum hatte als vertrauensbildende Maßnahme offenbar Wirkung getan.
»Los, rein ins Haus!«, sagte der Mann. Krugger stand vor der PIN-Tastatur und zögerte. »Worauf warten Sie? Geben Sie den Code ein!«

Im Haus brauchten die Entführer nicht lange, um sich zu orientieren, die Ecke mit den Computern war schnell ausfindig gemacht. Der Mann setzte sich sofort an den Rechner und schaltete ihn ein. Dann öffnete er im Browser die *Favoriten* und ging auf die Website der Südbayerischen Creditanstalt.

Da die Put-Optionen auf fallende Börsenwerte nach dem fünfzehnten September mit einem Mal zehn Millionen Euro wert gewesen waren, hatte Krugger verkauft und das Geld auf einem Festgeldkonto geparkt. Er musste sich orientieren und abwarten, wie die Entwicklung weitergehen würde. In Gold oder andere krisensichere Werte zu investieren, schien ihm nicht clever, denn da waren jetzt alle drin. Und so war sein Konto bei der Südbayerischen Creditanstalt prall gefüllt. Jörg Immerknecht wusste das, denn er hatte als Vorstand Zugang zu den Kundendaten seiner Bank. Er wies Krugger an, das Kennwort einzugeben, um auf die entsprechende Seite zu gelangen. Dann verlangte er die Liste mit den TAN-Nummern und machte sich am Konto zu schaffen. Als er fertig war, schaltete er den Computer aus und einen mitgebrachten Laptop ein.
Krugger schluckte. »Wie viel haben Sie ...?« Ihm versagte die Stimme.
»Lassen Sie sich überraschen.« Der Laptop fuhr hoch, Jörg Immerknecht steckte einen Internet-Stick in die Seite des Gerätes. »Ein bisschen Spielgeld haben Sie noch.« Er tippte etwas ein und klickte auf ein Icon. Seine Miene verfinsterte sich, was man auf dem freigelassenen Teil seines Gesichtes andeutungsweise sehen konnte. »Wieso hab ich hier keinen Empfang? Draußen geht's doch?«

Krugger schien zu überlegen, ob jetzt der richtige Zeitpunkt für eine Heldentat wäre, resignierte und sagte: »Das Haus ist elektronisch abgeschirmt.«
»Dann schalten Sie das ab. Zack, zack!«
Krugger hastete zu einer Tür, hinter der sich ein Sicherungskasten befand, und betätigte einen Schalter.
»So, dann schauen wir mal, wie lange die Burschen brauchen. Man hat ja schon Pferde kotzen sehen mit SWIFT-Überweisungen. Aber die Südbayerische Credit sollte das in ein paar Minuten hinkriegen.«
Jörg Immerknecht hatte sich auf diesen Coup lange vorbereitet. Nicht genau diese Aktion, mit diesem konkreten Opfer, unter den konkreten Umständen. Aber er hatte geahnt, dass es irgendwann einmal dazu kommen würde. Dass er irgendwann einmal ein paar Konten weit weg, draußen im Offshore-Bereich, brauchen würde. Dass er eine Aktion durchziehen würde. Und die würde besser sein und mehr bewirken, als es der RAF jemals gelungen war. Letztlich war die RAF gescheitert. An mangelnder Akzeptanz und an mangelndem Wissen über das System, das sie bekämpfte. Beides hatte damit zu tun, dass der Terrorist mit der Zeit den Kontakt zur Wirklichkeit verlor, denn er lebte in einer Parallelwelt, immer unter seinesgleichen, stets auf der Flucht. Jörg Immerknecht wollte das System nicht mehr umstürzen. Verändern – ja. Er hatte, wie seine ehemaligen WG-Genossinnen, im Rahmen seiner mit der Zeit umfangreicheren Möglichkeiten soziale Projekte in Mittelamerika unterstützt, Projekte, die er kannte, die er selbst besucht hatte. Auf diesen Reisen hatte er den Grundstock für sein Kontennetzwerk geschaffen. Er hatte drei Firmen in drei unterschiedlichen Ländern (Nicaragua, El Salvador und Mexiko)

gegründet. Inhaber der Firmen war jeweils ein Bewohner des nächstgelegenen Slums, der sich für ein paar Dollar gern ein Sakko überstreifen ließ, in dem man ihn zum Notar oder zum Gericht brachte, damit er die Gründungsurkunde unterzeichnete sowie den Antrag auf eine Kontoeröffnung. Mit Hilfe dieser Konten und Firmen wurden weitere Konten eröffnet, Offshore-Konten auf den Cayman Islands, auf Mauritius und in Dubai, so dass Jörg Immerknecht im September 2008 über acht Konten verfügte, die um den Globus verteilt waren und zwischen denen er Gelder nach Belieben hin- und herschieben konnte. Den Ermittlungsbehörden würde es kaum möglich sein, den Geldfluss nachzuverfolgen, da die Länder, in denen er tätig war, an die Segnungen des Bankgeheimnisses glaubten. Und selbst wenn, würden die Recherchen bei einem Junkie in den Slums von Mexico City enden, der sich – falls er noch lebte – vermutlich nicht einmal mehr erinnerte, dass er eine Firma gegründet hatte. Immerknecht hatte mit den Firmen formal nichts zu tun. Er besaß allerdings exklusiv das wichtigste Gut dieser Firmen: die Passwörter ihrer Konten.

Als Jörg den beiden Frauen von seinem Kontennetzwerk berichtet hatte, waren sie angemessen beeindruckt gewesen. Sophie war ein wenig skeptisch, weil das Geld, das sie Krugger abnehmen wollten, auf Jörgs Konten landen würde. Es sei dann aber schon so, insistierte sie, dass sie gemeinsam darüber entschieden, was mit dem Geld geschah? Natürlich, hatte Jörg gesagt. Er werde das Geld selbstverständlich nicht nach eigenem Gutdünken ausgeben. Zunächst bliebe ihnen aber nichts anderes übrig, als ihm zu vertrauen. Schließlich habe er sich das Ganze ausgedacht, und er gehe davon aus, dass er bis auf weiteres der Einzige in der Runde sei, der das Kontenkonstrukt durchblicke und damit arbeiten könne. Erst lange nach 2008 sollte es zu Meinungsverschiedenheiten über das Geld kommen. Sophie wollte damit Tierschutzprojekte unterstützen, unter anderem ihren Hof, denn das Geld aus ihrer Erbschaft ging zur Neige. Jörg war strikt dagegen, Geld für Tiere auszugeben, solange Menschen hungerten. Daraufhin brach Sophie eine Diskussion vom Zaun, wieso Jörg bis heute die Alleinverfügungsgewalt über seine Konten und das Geld – nach Abzug bisheriger Zuwendungen immer noch sechs Millionen Euro – hatte und nicht daran dachte, die Passwörter seinen Komplizinnen mitzuteilen. Genau das sei der Grund, sagte Jörg darauf: Er sei der Einzige, der garantieren könne, dass bestimmte Projekte nur nach gemeinsamem Beschluss unterstützt würden. Nachdem Sophie Begehrlichkeiten gezeigt hatte, dachte Jörg nicht im Traum daran, ihr Zugang zu den Konten zu verschaffen.

Während Jörg Immerknecht am Laptop darauf wartete, dass sein Kontostand auf den Cayman Islands um zehn Millionen Euro stieg, kam Sophie Kramm die Treppe herunter und hielt ein paar Manolo-Blahnik-Schuhe in der Hand. »Sieh dir das mal an«, sagte sie zu Jörg. Er kannte die Marke, denn auch seine Frau kaufte sie gern, um ihr Leben als Desperate Housewife erträglicher zu machen.
Jörg hielt Krugger die Schuhe unter die Nase. »Ziehen Sie die heimlich selber an, oder wem gehören die?«
»Die ... die gehören einer Freundin. Die hat sie hier vergessen.«

»Vergessen? Solche Schuhe vergisst man nicht. Außerdem ist da oben ein ganzer Schrank voll«, sagte Sophie.
Jörgs Interesse war geweckt. Er betrachtete die Fotos in der Computerecke, die immer die gleiche junge Frau zeigten. Die Frau war zu attraktiv für Krugger, selbst wenn man sein Geld berücksichtigte. »Ist das Ihre Freundin?« Jörg zeigte auf eines der Fotos.
Krugger nickte. »Ex-Freundin«, sagte er zaghaft.
»Und die lässt ihre Manolo Blahniks hier zurück?«
»Die hab ja ich gekauft.«
»Sie haben sie ihr geschenkt. Wieso hat Ihre Freundin die Schuhe nicht mitgenommen?«
Krugger schwitzte. »Sie haben doch jetzt das Geld. Warum gehen Sie nicht einfach? Wir werden nie wieder miteinander zu tun haben.«
Jörg sah auf den Schirm seines Laptops. »Noch haben wir das Geld nicht. Also? Was ist mit dieser Frau?«
Krugger war wie paralysiert. Er hätte eine simple Geschichte erfinden müssen. Doch unter dem gegebenen Stress konnte er keinen klaren Gedanken fassen. Feurige Kreise tanzten vor seinen Augen, und ihm wurde schwindelig. In diesem Moment kam Annette von der Terrasse herein. Sie hatte sich den Garten angesehen, um sicherzugehen, dass niemand die Vorgänge beobachtete. Aber der Sichtschutz war vollständig und der nächste Nachbar weit weg. Sie sah Kruggers verzweifeltes Gesicht. »Ist was passiert?«
»Wir fragen uns gerade, was mit dieser Dame ist.« Jörg deutete auf die Fotos in der Computerecke. »Herr Krugger will nicht mit uns reden.«
»Die gibt's auch im Garten«, sagte Annette.

Sie standen vor dem steinernen Kreuz, das in einer Art Nische im Gebüsch stand und auf dem ebenfalls ein Foto der jungen Frau angebracht war. Die Fläche vor dem Kreuz schien frisch aufgegraben zu sein. »Ist das ein Grab?«, fragte Jörg.
»Ja«, gab Krugger mit versagender Stimme zu. »Sie ist ... sie lebt nicht mehr.«
»Es gibt in Deutschland keine Gräber in Gärten – außer für Hunde.« Krugger schwieg und sah mit hängenden Armen zu Boden. »Wo sind die Gartengeräte?«
Fünf Miuten später schaufelte Krugger die Erde vor dem Steinkreuz weg, bis eine Hand zum Vorschein kam. Annette sprang einen Meter zurück. »Um Gottes willen! Was ist das?« Krugger hatte innegehalten.
»Weitergraben«, befahl Jörg. Nach und nach legte Krugger unter den entsetzten Blicken der Frauen die halbverweste Leiche von Franziska Michalski frei. Jörg machte mit seinem neuerworbenen iPhone mehrere Aufnahmen von der Leiche und beorderte Krugger ins Haus. Dort lud er die Aufnahmen auf seinen Laptop und schickte sie an seine eigene Mail-Adresse.
»Ich habe keine Ahnung, was Sie da für eine Scheiße angerührt haben. Aber ich denke, wir sind uns einig, dass wir alle diesen Tag aus unserem Gedächtnis streichen. Ist das klar?«
Krugger nickte.
»Ich bin mir nicht sicher. Sagen Sie doch mit Ihren Worten, was klar ist.«
»Sie«, Krugger schluckte, »gehen nicht zur Polizei, und ich geh nicht zur Polizei.«
»Klingt nach einem Deal.«

65

Baptist Krugger saß im Vernehmungsraum der Polizeistation. Seinen Anwalt hatte er weggeschickt. Er wollte reinen Tisch machen. Man hatte Kaffee, Tee und einen Weihnachtsteller mit Manfreds Plätzchen auf den Tisch gestellt.

Krugger hatte von dem Überfall berichtet und dass die drei Toten vermutlich seine Entführer waren, die ihm zehn Millionen Euro gestohlen hatten. »Warum vermuten Sie das?«, fragte Wallner. »Haben Sie die Leute auf den Fotos in der Zeitung erkannt?«

»Nein. Die waren ja damals vermummt. Ich habe jemanden beauftragt, das herauszufinden.«

»Wer ist das, und was hat er herausgefunden?«

»Er nennt sich Frank. Keine Ahnung, ob das sein richtiger Name ist. Er ist ... ein Krimineller.«

»Warum haben Sie einen Kriminellen angeheuert? Das ist doch ziemlich gefährlich.«

»Er sollte mir mein Geld zurückholen. Und es war mir egal, ob er das mit legalen Methoden macht. Ich hab jemanden gebraucht, der keine Skrupel hat. Und ich wollte unter allen Umständen verhindern, dass die Polizei die Leiche findet.«

»Kann es sein, dass der Mann eine unbeteiligte Zeugin fast ermordet hat? Weil sie uns eine Telefonnummer geben wollte?«

Krugger sah Wallner entsetzt an. Auch wenn er mit einigem gerechnet hatte – es jetzt konkret zu erfah-

ren, war etwas anderes. Noch dazu, wenn es nicht um einen Verbrecher ging, wie seine Entführer es waren.
»Ich weiß es nicht. Kann sein. Ich wollte gar nicht wissen, was er im Einzelnen macht.«
Mike schob Wallner einen Aktendeckel über den Tisch. Er enthielt Fotos von Straftätern. Es waren die Männer, die man verdächtigte, die Wanze in Wallners Daunenjacke plaziert zu haben. »War es einer von denen?«
Krugger brauchte zwei Sekunden, dann deutete er auf eines der Bilder. Der Mann auf dem Foto hieß Anton Schuckenrieder und war mehrfach wegen diverser Gewaltdelikte vorbestraft.
Wallner bat Janette zu veranlassen, dass eine Fahndung nach Schuckenrieder ausgeschrieben wurde. Dann wandte er sich wieder Krugger zu. »Kommen wir zum eigentlichen Anlass unseres Gesprächs. Wer die Tote ist, glauben wir zu wissen: Franziska Michalski. Ist das richtig?«
Krugger nickte.
»Wie kommt ihre Leiche in Ihren Garten, und wie ist sie gestorben?«
Bevor er mit seiner Beichte begann, nahm Krugger noch einen Schluck kalten Kaffee. Seine Hand zitterte, und er hatte Mühe, die Tasse wieder auf dem Tisch abzustellen, ohne sie umzuwerfen. »Ich hab im März Geburtstag«, begann er. »Normalerweise mach ich da nichts, weil ich hab eh nicht viele Freunde und bin nicht der Partytyp. In den letzten Jahren bin ich mit meinen Eltern zum Mittagessen gegangen. Abendessen geht nicht, weil die essen um halb sechs, und das ist mir zu früh. Im Jahr 2008 bin ich also auch mit meinen Eltern beim Essen gewesen und danach in mein Haus gefahren. Ich hab meine Sachen am

Computer gemacht und mich ein bisschen gewundert, dass gar keiner anruft oder eine Mail schickt, außer einer Tante aus Kelheim. Ich hatte drei Freunde aus dem Studium. Und die drei hatten sich noch nicht gemeldet. Und dann um sechs Uhr sind sie angerückt und haben was zu trinken dabeigehabt und dieses Mädchen. Der Franz Hollmann, das ist einer von den Studienfreunden, und dem hatte ich auch das Haus abgekauft, hat gesagt, es wär eine Bekannte aus Norddeutschland. Ich hab erst später erfahren, dass sie bezahlt und eigentlich Stripperin war. Wir haben dann gefeiert, und ich hab mich mit dem Mädchen unterhalten. Sie war sehr nett zu mir, klar, war ja auch ihr Job. Sie war fasziniert, dass das Haus mir gehört und dass ich mir alles selbst an der Börse verdient hatte.«

»Hatten Sie 2008 schon so viel Geld?«

»2004 hatte ich eine Erbschaft von zweihunderttausend Euro gemacht. Bis März 2008 war es etwas über eine Million, die ich verdient hatte. Mir war schon Anfang 2007 klar, dass die Immobilienblase in den USA platzen würde. Ich hab entsprechend mein Geld umgeschichtet und bin ein sehr hohes Risiko eingegangen. Fast mein ganzes Geld steckte in Derivaten mit großem Hebel. Das Geld hätte auch zu hundert Prozent weg sein können. Aber ich war einfach überzeugt, richtigzuliegen. Im Frühjahr 2008 war es etwas über eine Million, die ich hatte. Von dem Haus mal abgesehen. Das war sechshunderttausend wert, und das hatte ich zur Hälfte bar angezahlt.«

»Wie ging es jetzt mit dem Mädchen weiter? Franziska Michalski?«

»Sie wollte über Nacht bleiben. Und Franz hat gesagt, das würden sie nicht bezahlen. Aber sie sagte, das wäre in Ordnung, sie sollten sich keine Gedanken machen. Und dann ist sie tatsächlich über Nacht geblieben.« Kruggers Blick wurde wehmütig. »Ich hab meinen Eltern erzählt, ich würde in München bei Franz übernachten. Am nächsten Tag ist sie nach München gefahren, und ich hab ihr meine Handynummer gegeben. Am Abend hat sie angerufen und ist wieder rausgekommen. Und da hat sie mir einen Deal vorgeschlagen: Sie wollte meine Freundin sein, und dafür sollte ich ihr Sachen kaufen. Kleider und Schuhe und ein bisschen Schmuck und ein kleines Cabrio wollte sie haben. Ich hab mir gedacht, warum nicht? Was hast du sonst von deinem Geld? Klar, das hatte von ihrer Seite nichts mit Liebe zu tun. Nur – ich bin nicht der Frauentyp. Andere sehen gut aus, hab ich mir gedacht. Ich hab eben Geld. Und es war eine schöne Zeit mit ihr. Sie war lustig, sehr fröhlich. Tagsüber ist sie meistens nach München gefahren. Am Anfang oft auch abends. Und dann ist sie über Nacht weggeblieben. Das hat weh getan. Aber ich hab gewusst, wenn ich ihr das nicht lasse, dann geht sie. Als dann der Sommer kam, ist sie immer öfter im Haus geblieben, hat im Garten gearbeitet und gelesen. Sie hat unglaublich viel gelesen. Dicke historische Romane, manchmal drei in einer Woche. Abends haben wir gegrillt, oder sie hat was gekocht. Das war die schönste Zeit, die wir zusammen hatten. Aber das dauerte nicht lang. Irgendwann hat sie angefangen, mich zu kritisieren, an mir herumzunörgeln. Ich müsste mehr unter Menschen gehen, müsste mehr aus mir machen, mich anders anziehen, die Haare anders tragen, nicht immer nur vor dem Computer sitzen, ich wär sozial zurückgeblieben. Ich wusste nicht, wie ich damit umgehen sollte, weil ich mir nicht erklären konnte, warum sie auf einmal so auf mich losgegangen ist. Und eines Tages packt sie ihre Sachen. Alle Kleider, die ich ihr gekauft habe, alle Schuhe. Es waren mehrere Koffer und Taschen voll. Ich frage, was das soll, und sie sagt: ›Das wird mir hier zu eng mit dir, ich hau ab. Hast du gedacht, ich bleib ewig?‹ Ich war total vor den Kopf gestoßen.«

»Was hatten Sie denn für eine Vorstellung?«

»Offen gesagt, hab ich mir gar nichts vorgestellt. Ich hab gedacht, das bleibt so. Wir sind zusammen in dem Haus, wir kochen zusammen und schlafen miteinander. Ich hatte gehofft, dass wir es mal offiziell machen. Dass ich sie meinen Eltern vorstelle und sie mich ihren Freunden. Aber das wollte sie nicht. Ich glaube, sie wollte sich nicht mit mir zeigen.«

»Hat sie Ihre Gefühle gar nicht erwidert?«, fragte Janette.

»Ich glaube, sie mochte mich irgendwo, weil ich nett war und nicht so ein Macho wie viele ihrer Freunde. Ja, ich glaube, sie fand das eine Zeitlang nett, und vielleicht war sie sogar ... keine Ahnung, kann man sich in mich verlieben?«

Es entstand eine peinliche Pause. Janette sagte schließlich: »Bestimmt kann sich eine Frau in Sie verlieben. Und möglicherweise war das auch bei Franziska Michalski so. Aber es war offenbar nicht von Dauer.«

»Nein. Irgendwann wollen sie dann doch wieder einen Macho. Und an dem Tag war es so weit. Sie war's leid, das Leben mit mir. Sie wollte zurück in ihr früheres Leben. Ich war fassungslos, dass sie es einfach machte. Einfach wegging. Ich hab sie am Arm gepackt und festgehalten und gesagt: ›Das kannst du nicht machen, wir hatten doch eine wunderbare Zeit, willst du das alles wegwerfen?‹ Und sie hat gesagt, ich soll sie loslassen, und mich mit so einem Blick angesehen ... Wie soll ich das beschreiben: Man konnte sehen, wie unangenehm ihr die Situation war, dass sie ein schlechtes Gewissen hatte, aber auch, dass ich ihr zuwider war. Ich hab mich auf einmal gefühlt wie eine Kakerlake. Mit genau so einem Ekel hat sie mich angesehen. Und das hat mich wahnsinnig wütend gemacht. Ich hab sie weiterhin festgehalten, und sie wollte sich losreißen. Es kam zu einem Gerangel oben im ersten Stock, wo ihr Zimmer war. Es war vor dem Zimmer an der Treppe.« Krugger hielt inne. Er atmete schwer und wischte sich den Schweiß von der Oberlippe. »Ich könnte jetzt sagen, sie ist bei dem Gerangel gestolpert und die Treppe runtergefallen. Aber so war es nicht. Ich war so wütend auf sie, weil ich so ohnmächtig war in der Situation. Ich hatte die glücklichste Zeit meines Lebens gehabt, und sie wollte einfach weg, weil es sie vor mir geekelt hat. Und dann ... dann will sie auch noch den Wagen mitnehmen. Hat nicht einmal den Anstand, das Auto dazulassen. Es war gar nicht so der finanzielle Verlust, das war mir eigentlich egal. Es war auch nicht ihre Skrupellosigkeit. Nein, es war ... Sie hat damit gesagt, die Zeit mit dir war so schlimm, da steht mir schon ein Wagen für fünfzigtausend Euro zu, weil ich das ausgehalten hab.« Krugger kamen die Tränen. Wallner schob ihm eine Packung Papiertaschentücher über den Tisch, die er

umständlich öffnete, ein Taschentuch herausfummelte, mit dem er sich die Augen auswischte und am Ende hineinschneuzte. Er schluckte und atmete einmal kräftig durch. »Ich hab sie … ich hab sie gestoßen. Sie hat gezerrt, ich hab gezerrt, dann hab ich sie die Treppe runtergestoßen. Ich war so außer mir …«
»Wann war das?«
»Da war am fünfzehnten Juni 2008. Einem Sonntag. Ich war gerade aus der Kirche gekommen.«
»Und dann haben Sie sie im Garten begraben?«
Krugger nickte.
»Warum haben Sie die Leiche nicht weggeschafft? Oder von Schuckenrieder wegschaffen lassen. Das hätte der bestimmt gemacht.«
»Er hat's mir dringend geraten. Ja, das hätte ich tun müssen.«
»Aber?«
Krugger zuckte und verfiel für eine Sekunde in eine Art fatalistisches Lachen. »Ich wollt sie einfach nicht gehen lassen.«

Nach Kruggers Vernehmung kam Kreuthner zu Wallner ins Büro, um sich zu erkundigen, ob sich sein schmerzhafter Einsatz gelohnt habe. Wallner berichtete ihm, was sie entdeckt hatten und was Krugger ausgesagt hatte. »Außerdem hat er den Mann identifiziert, der die junge Frau in München erstechen wollte.«
»Und wer ist das?«
»Anton Schuckenrieder. Mehrfach vorbestraft. Schon mal gehört?«
»Der Name sagt mir nichts.«
Wallner gab Kreuthner den Aktendeckel mit Schu-

ckenrieders Foto. Kreuthner öffnete ihn, und sein Gesicht verfinsterte sich schlagartig.
»Was ist?«, fragte Wallner.
»Der arbeitet auf dem Gnadenhof.« Kreuthner griff zu seinem Handy.

66

Die Straße, die vom Hof ins Tal führte, war steil und ausgesetzt. Der Gnadenhof Inntal lag hoch am Berg auf tausendeinhundert Metern und schaute ins fünfhundert Meter tiefer gelegene Inntal hinunter. Links der Straße Wiesen, die jetzt über einen Meter hoch mit Schnee bedeckt waren, an besonders abschüssigen Stellen auch die eine oder andere bedrohliche Wächte. Rechts ging es noch steiler hinunter zur Ache, einem zu manchen Zeiten des Jahres reißenden Gebirgsbach, der bei Kajakfahrern beliebt war. Daniela fuhr langsam und vorsichtig, denn auf dem festgefahrenen Schneebelag gab es immer wieder eisige Stellen. Gelegentlich kam rechts ein hölzerner Stadl oder Stall in Sicht, in dem während des Sommers das Jungvieh nächtigte, während es sich tagsüber sein Futter auf den Hängen suchte. An vielen Stellen konnte man nicht über die Schneehaufen sehen, die am Straßenrand aufgetürmt waren. Es war einer der schneereichsten Dezember seit Jahren.
Daniela war beruhigt. Der Hof schien ein angenehmer Ort für Tiere zu sein, mit großen Weiden, auf denen Pferde und Esel in der schneefreien Zeit grasen durften. Die Betreiber waren auch bereit, Danielas Tiere oder zumindest die meisten davon aufzunehmen, für den Fall, dass sie den Hof nicht mehr betreiben konnte. Das würde Daniela in Zukunft besser schlafen lassen. Es war bereits nach vier, und die Dunkelheit kam

hier in den tief eingeschnittenen Bergtälern früher als im flachen Land. Daniela schaltete das Licht ein.

Die Straße war eine endlose Abfolge von Kurven, und meist wusste man nicht, was dahinter lag. Zehn Minuten war niemand entgegengekommen. Es gab wenig Grund, die Straße zu befahren. Eher im Sommer, wenn Bergwanderer den Wagen auf einem Parkplatz in der Nähe des Hofes abstellten, um einen der Zweitausender des Karwendels zu besteigen. Im Winter war es ruhig. Daniela fuhr langsam in die Kurven. In einer der ersten Kehren war ihr Heck auf einer Eisfläche weggebrochen. Jetzt ließ sie es vorsichtig angehen. Es war beißend kalt draußen. Minus fünfzehn Grad. Hinter der nächsten Kurve, die um einen Felsvorsprung herumführte, kündigte ein Scheinwerferstrahl einen entgegenkommenden Wagen an. Daniela brauchte einen Moment, bis sie erkannte, dass er sich nicht bewegte. Das Fahrzeug hinter dem Felsvorsprung stand anscheinend auf der Straße. Doch das beunruhigte Daniela nicht. Es gab viele Gründe anzuhalten. Vielleicht legte der Fahrer gerade Schneeketten an.

Als Daniela um die Kurve fuhr, sah sie, dass der andere Wagen quer auf der Fahrbahn stand. Sie musste anhalten. Nichts rührte sich dort, niemand war zu sehen, auch niemand, der Schneeketten aufzog. Es handelte sich um einen Geländewagen. Der brauchte bei den gegebenen Straßenverhältnissen keine Ketten.

Daniela hielt an und schaute angestrengt in die Dunkelheit, ob sie den Fahrer des Wagens irgendwo ausmachen konnte. Da war aber nichts. War der Fahrer vom Wagen weggegangen? Um Hilfe zu holen? Warum? Hatte er eine Panne? Und würde man einen Wagen so stehen lassen, dass er die ganze Straße ver-

sperrte? Daniela blieb fast das Herz stehen, als es an die Scheibe klopfte. Sie zuckte zusammen, als habe sie ein Stromschlag getroffen, dann drückte sie auf den Knopf für die Zentralverriegelung. Draußen neben dem Wagen stand jemand, dunkel, bullig, bedrohlich. Sie konnte kein Gesicht erkennen, weil die Person ganz nah am Wagen stand. Dann beugte sich der Unbekannte herunter und schaute ins Wageninnere. Es war Frank. Daniela war verwirrt, aber erleichtert. Er bedeutete ihr, die Scheibe herunterzulassen.
»Hallo, Daniela, tut mir leid, wenn ich dich erschreckt habe.«
»Schon okay. Was machst du hier?«
»Ich bin dir nachgefahren, weil dein Handy aus war. Ich hab mir ein bisschen Sorgen gemacht.«
»Das ist lieb von dir. Ich mach mein Handy immer aus, wenn ich in Österreich bin. Das kostet zweiundzwanzig Cent die Minute, wenn du im Ausland angerufen wirst.«
»Hab ich mir schon gedacht. Bin jedenfalls froh, dass dir nichts passiert ist.«
Daniela sah zu Franks Wagen. »Ist was mit deinem Wagen?«
»Mir ist was ziemlich Blödes passiert. Ich wollte was im Motorraum nachziehen. Da ist mir meine Kreditkarte in den Motor gefallen. Ich seh zwar, wo sie liegt, aber ich krieg sie nicht raus. Meine Hände sind zu dick. Vielleicht kannst du mir helfen.«
»Ja, natürlich«, sagte Daniela. »Mit meinen dünnen Fingern komm ich vielleicht dran.«
Daniela stand vor dem Motorraum und sah Frank an. »Du musst da schon reinleuchten, sonst seh ich nichts.«

»Wird nicht nötig sein«, sagte Frank und zog sein Messer hervor. »Lass uns lieber reden.«
Daniela starrte erschrocken auf das Messer.
»Was soll das?« Sie trat zurück und wollte zu ihrem Auto, aber Frank stellte sich ihr in den Weg. »Lass mich durch, ich will zu meinem Wagen.«
»Nein, du willst nicht zu deinem Wagen. Du wirst mit mir reden. Ist das klar?« Zur Bekräftigung hielt Frank das Messer gut sichtbar ins Scheinwerferlicht. Daniela verharrte in Schockstarre.
»Deine Schwester hat Geld gestohlen.«
»Das stimmt nicht. Meine Schwester hat nie gestohlen.«
»Das hat sie dir vielleicht gesagt. Aber sie hat gestohlen. Und zwar zehn Millionen Euro.«
Daniela lachte kurz und verzweifelt. »Du spinnst doch. Zehn Millionen. Das hätte ich gemerkt. Wir konnten nicht mal genug Futter für die Tiere kaufen.«
»Glaube mir: Sie hat das Geld gestohlen. Und ich bin mir fast sicher, dass du weißt, wo es ist und wie man drankommt.«
»Hast du sie umgebracht?«
»Wo ist die Kohle?«
»Ich weiß es nicht. Lass mich in Ruhe.« Sie wollte an Frank vorbei, doch der packte sie am Arm und schleuderte sie gegen seinen Geländewagen. Sie stürzte zu Boden und schlug mit dem Kopf gegen den Scheinwerfer. Frank ging ohne Hast zu ihr, stellte ein Knie auf ihren Bauch und hielt ihr das Messer an den Hals.
»Verarsch mich nicht. Sonst tut's weh, ist das klar?«
Daniela zitterte, ihre Worte kamen nur noch dünn über ihre Lippen. »Ich weiß nicht, wo das Geld ist. Warum sollte ich das wissen?«

»Weil deine Schwester es dir gesagt hat. Also?«
»Tu bitte das Messer weg. Ich hab eine Scheißangst. Es ... es bringt doch nichts, wenn du mich umbringst. Dann weißt du doch immer noch nicht, wo das Geld ist.«
»Du bist ja ganz schön schlau. Ich hab auch nicht vor, dich umzubringen. Weißt du, was ich mache?« Er sah Daniela schnell und kurz atmen, Kondenswolken stiegen aus ihrem Mund in die eisige Nacht und explodierten im Scheinwerferstrahl. »Ich fackel deinen Scheißhof ab. Und zwar mit den Viechern drin. Und dann unterhalten wir uns noch mal.«

67

Daniela pumpte weitere Wolken in die Nacht und starrte Frank wie paralysiert an. Der Widerschein des Wagenlichts fiel auf Franks Gesicht. Ein Blick in dieses Gesicht genügte, um zu wissen, dass er den Hof ohne zu zögern anzünden würde.
»Deine Schwester hat irgendwo Passwörter für das Konto gehabt. Wo sind die?«
»Das hat sie mir nie gesagt. Ich ... ich weiß vielleicht, wo sie sie versteckt hat.«
»Ich hab schon alles abgesucht. Erzähl mir von einem originellen Versteck.«
»Im Stall ist doch das Waschbecken mit dem Spiegel drüber.« Frank nickte interessiert. »Hinter dem Spiegel ist in der Mauer ein lockerer Ziegel, den kann man rausnehmen. Da hat sie Papiere und Schmuck reingetan.«
»Hast du da noch nicht reingeschaut?«
»Ich hab's, ehrlich gesagt, vergessen. Da war nie was Wertvolles drin.«
»Wir nehmen dein Auto«, sagte Frank. »Du fährst.«
Die Polizei musste Krugger inzwischen befragt haben. Es war möglich, dass sie schon nach Anton Schuckenrieder suchten und nach dem Geländewagen, der auf ihn zugelassen war.

Die Fahndung nach Anton Schuckenrieder war im Gange. Jeder Polizist in Bayern im Allgemeinen und im Landkreis Miesbach im Besonderen hielt nach seinem Geländewagen Ausschau, wenngleich das aus mehreren Gründen wenig erfolgversprechend war: Zum einen war es dunkel, und man konnte Autos nur in den beleuchteten Ortschaften erkennnen. Zum anderen waren die für die Suche nach Schuckenrieder verfügbaren Einsatzkräfte im Augenblick stark reduziert. Und das hatte folgende Bewandtnis: Auf einer Weihnachtsfeier in Fischbachau war die Belegschaft eines mittelständischen Unternehmens bereits um fünf Uhr nachmittags derart alkoholisiert, dass es zu erotischen Ausschweifungen kam. Unter anderem saß die Personalleiterin seit einer halben Stunde auf dem Schoß eines Außendienstmitarbeiters von zweifelhaftem, aber virilem Ruf. So weit war alles im normalen Rahmen. Nun hatte sich aber auch die Assistentin der Geschäftsleitung insgeheim Hoffnungen gemacht, den Abend auf dem Schoß des zweifelhaft, aber viril beleumundeten Außendienstmitarbeiters zu verbringen. Da sich diese Pläne in Luft aufzulösen drohten, rief die Assistentin den Mann der Personalleiterin an, der ein paar Gasthäuser weiter auf einer anderen Weihnachtsfeier zechte und das, wie oft bei diesen Anlässen, ohne Maß und Ziel. Immerhin war er nüchtern genug, dass er die Botschaft der Assistentin verstand und sich unverzüglich auf den Weg machte, und das in Begleitung einiger Kollegen, die ihrem gehörnten Kollegen beizustehen bereit und infolge übermäßigen Glühweingenusses bedenklich enthemmt waren. Gerade als der Vater des Geschäftsführers des mittelständischen Unternehmens seinen traditionellen Auftritt als Weihnachtsmann hatte, stürmten der Personalleiterinnenehemann und seine Kameraden die Wirt-

schaft, erwischten die Personalleiterin und den virilen Außendienstmitarbeiter in flagranti und huben an, die Schmach an Ort und Stelle zu rächen. Auf dem Höhepunkt der sich anschließenden Massenschlägerei befanden sich zwei komplette Firmenbelegschaften in der Schlacht, in deren Verlauf der Weihnachtsmann, nach späteren Zeugenaussagen mit einem Stuhlbein in der Hand und ungeachtet seines vorgerückten Alters, ein veritables Gemetzel angerichtet haben soll. Wie dem auch gewesen sein mag – es wurden jedenfalls alle verfügbaren Polizeikräfte in Fischbachau benötigt.
Infolge dieser Notlage wurde Kreuthners Suspendierung aufgehoben, und er fuhr mit Schartauer, dem einzigen nicht in Fischbachau befindlichen Polizisten, nach Riedern auf den Gnadenhof. Vor seiner Abfahrt hatte er Janette gebeten, eine Handyüberwachung zu organisieren, und zwar für die Apparate von Schuckenrieder und Daniela Kramm – beides Handys mit GPS-Funktion. Beide allerdings nicht in Betrieb, aber das mochte sich irgendwann ändern. Kreuthner hatte Daniela zwar eine Warnung vor Schuckenrieder alias Frank auf die Box gesprochen. Aber manchmal dauerte es eine Weile, bis die Meldung nach dem Einschalten angezeigt wurde.
Der Hof war dunkel und leer, als Kreuthner und Schartauer ankamen. Zu Kreuthners Überraschung war nicht abgeschlossen. Daniela würde nie den Hof verlassen, ohne die Wohnungstür und auch die Tür zum Stall abzusperren. Frank hatte sich die Mühe nicht gemacht, bevor er vom Hof gefahren war. Das wusste Kreuthner zwar nicht, aber die Sache kam ihm verdächtig vor. Zusammen mit Schartauer durchkämmte

er den Wohntrakt wie auch den Stall, ob sich nicht doch noch jemand auf dem Hof befand. Aber sie trafen niemanden an. Nur erstaunlich viel Unordnung, die Daniela nie im Leben geduldet hätte.
»Was mach ma jetzt?«, fragte Schartauer, als sie unverrichteter Dinge aus dem Stall kamen.
»Hierbleiben und abwarten. Entweder kommt die Daniela oder Schuckenrieder, oder die Janette meldet sich, wenn eins von den Handys eingeschaltet wird.«

Daniela fuhr langsam auf der kleinen Landstraße, die von der B 472 abzweigte. Nach wenigen hundert Metern kam der Gnadenhof in Sicht. Frank gab ihr mit der Hand ein Zeichen. »Halt an.« Er sah zum Hof hinüber. Dort brannte Licht im Stall. »Verdammter Shit! Wer ist das denn?« Er wandte sich an Daniela: »Los, raus aus dem Wagen!«
Sie gingen gemeinsam gut hundert Meter die Straße entlang, bis sie den Feldweg erreichten, der zum Hof führte. Man konnte den erleuchteten Innenhof sehen und ein Fahrzeug, allerdings keine Einzelheiten. Nur den Aufbau auf dem Fahrzeugdach konnte man erkennen und die Blaulichter. »Das ist dein Bullenfreund. Samma schon so weit?« Daniela hätte gern geschrien, aber Frank drückte sein Jagdmesser gegen ihren Hals.

»Des is g'scheit fad hier«, maulte Schartauer. »Ich wär lieber nach Fischbachau gefahren. Des muss fei a brutale Schlägerei gewesen sein. Über vierzig Verletzte. Geil, oder?«
»Jetzt geh mir doch mit dera Wirtshausschlägerei. Mir jagen an Mörder. Des is a anderes Kaliber.«
Kreuthners Handy klingelte. Daniela war am Apparat.

»Ja endlich!«, sagte Kreuthner. »Wo steckst denn? Wir versuchen schon seit Stunden, dass mir dich erreichen. Hast du die Box abgehört – wegen dem Frank? Auf den musst aufpassen, der is total gefährlich.«
»Deswegen ruf ich ja an«, sagte Daniela. »Der verfolgt mich. Ich war in Österreich, und da ist er mir hinterhergefahren.«
»Wo bist du jetzt?«
»Hinter Bayerwald, von der Grenze aus gesehen. Auf einem Parkplatz. Ich glaube, Frank ist vorbeigefahren. Aber der kehrt bestimmt wieder um.«
»Bleib im Wagen. Ich fahr sofort los. Und lass dein Handy an.« Kreuthner sandte Schartauer einen herausfordernden Blick. »Bist fit? Jetzt geht's auf Leben und Tod.« Schartauer wurde eine Spur blasser.

»Ausmachen!«, befahl Frank.
»Er hat aber gesagt, ich soll es anlassen.«
»Mach das Teil aus, verdammt!!«
Daniela drückte mit zittrigen Fingern den Knopf auf ihrem Handy. Das Display erlosch. Kurz darauf fuhr der Polizeiwagen an dem Geräteschuppen vorbei, hinter dem Danielas Wagen stand.
»Gut gemacht, Kleine. Bist echt a Aas.« Franks Gesicht zeigte keine Regung. Er gab Daniela mit einer Geste zu verstehen, dass sie losfahren sollte.
Auf dem Hof angekommen, vermied es Frank, Licht zu machen. Stattdessen gingen sie zunächst ins Haupthaus und holten eine Taschenlampe. Als sich Daniela beim Betreten des Hauses die Schuhe ausziehen wollte, gab ihr Frank einen Stoß, und sie stolperte mit schneeverdreckten Schuhen in die Küche.
Im Stall hängte Daniela den Spiegel über dem Wasch-

becken ab. Dahinter lag unverputzte Ziegelmauer. Einer der Steine ließ sich tatsächlich herauslösen, dahinter befand sich ein Hohlraum. Frank gab ihr ein Zeichen, und Daniela griff in das Loch. Sie förderte zunächst ein kleines Schmuckkästchen zutage.
»Willst du es sehen?«, fragte sie und schickte sich an, den Verschluss zu öffnen.
»Interessiert mich nicht. Tu's weg.«
Daniela stellte das Kästchen auf das Waschbecken und griff erneut in das Loch. Diesmal hatte sie eine Klarsichthülle in der Hand, darin einige wenige Blatt Papier, die sie Frank reichte. Der trat ein paar Schritte zurück.
»Du bleibst, wo du bist«, sagte er, als Daniela nachkommen wollte. Dann betrachtete er die Papiere unter der Taschenlampe. »Sieht gut aus. Wir gehen jetzt an deinen Computer.«
Während Frank sich die Papiere ansah, steckte Daniela unbemerkt ein Taschenmesser ein, das auf dem Waschbecken lag.

Kreuthner und Schartauer hatten es mit Blaulicht und Martinshorn in zwölf Minuten bis hinter Kreuth geschafft, was einem Schnitt von fast einhundertzwanzig Stundenkilometern entsprach. Kreuthner versuchte jetzt, Daniela anzurufen, um noch einmal ihren genauen Standort abzufragen. Doch ihr Handy war ausgeschaltet. »Das gibt's doch net! Ich hab ihr doch extra gesagt, dass sie's anlassen soll.«
»Wieso hat eigentlich die Janette net angerufen? Das müsste die doch gesehen haben, dass das Handy an war.«
»Stimmt«, sagte Kreuthner und rief Janette an.

»Du, so schnell geht das nicht«, sagte sie. »Wir haben im Moment erst den Zugang bekommen.«
»Und ihr Handy ist aus oder wie?«
»Im Moment ist es aus. Es war aber kurz an. So vor zehn Minuten.«
»Und wo war das?«
»Zwischen Kreuzstraße und Waakirchen.«
»Das kann net sein. Da is der Gnadenhof. Die hat von hinter Kreuth aus angerufen.«
»Nein. Ganz bestimmt nicht. Die Angaben sind auf den Meter genau.«
Kreuthner sah Schartauer entgeistert an. »Drah um!«

Daniela saß in einem Sessel in ihrem Zimmer und hatte von Frank Anweisung, sich nicht zu bewegen. Frank selbst saß an Danielas Computer, das Jagdmesser griffbereit neben sich.
»Mann! Was dauert das denn so lange, das gibt's ja wohl nicht. Habt ihr hier kein ISDN?«
»Der Computer ist ziemlich alt.«
»Scheißkiste!« Frank hatte gute Lust, dem Bildschirm eine zu verpassen. Er hatte es eilig. Offenbar waren sie schon hinter ihm her. Während der Computer quälend langsam die Homepage einer Bank auf den Cayman Islands aufbaute, hatte Frank Zeit, über wichtige Dinge nachzudenken. Etwa über die Frage, welches der geeignete Zeitpunkt war, um Daniela zu liquidieren. Er war jetzt im Besitz der Passwörter und erstaunt, dass es alles in allem acht Offshore-Konten gab. Das auf den Cayman Islands war den Unterlagen nach das Hauptkonto. Es ging vorerst nicht darum, große Geldmengen zu verschieben. Das Geld war da, und wenn Daniela tot war, konnte es ihm niemand mehr streitig

machen. Mit den Passwörtern konnte er nach Belieben darüber verfügen. Im Augenblick ging es nur darum, zu testen, ob die Passwörter auch stimmten, zumindest für das Hauptkonto. Sollte da etwas schiefgehen, brauchte er Daniela vielleicht noch. Er starrte auf den Schirm. Endlich war die Grafik vollständig. Er klickte auf den Button *Online Banking*. Nach einer weiteren Ewigkeit erschien eine Aufforderung, das Passwort einzugeben. Frank sah auf das Blatt und übertrug die Buchstaben und Zahlen sorgfältig in die Kästchen auf dem Bildschirm. Dann drückte er *Enter*. Drei lange Sekunden vergingen – dann wurde er von seinem Konto begrüßt. Frank fiel ein Stein vom Herzen. Er sah den Kontostand, der ein bisschen über sechs Millionen Euro betrug, und wäre fast sentimental geworden bei dem Gedanken, dass er den Rest seines Lebens sorgenfrei unter Palmen verbringen würde.

Daniela bewegte sich und schien aufstehen zu wollen. »Du bleibst, wo du bist«, herrschte Frank sie an. Aber Daniela wurde immer unruhiger, atmete schwer und hektisch und hatte offenbar einen Panikanfall. Frank stand auf. »Herrgott! Jetzt hyperventiliert die auch noch.« Er ging zu ihr und packte sie an den Schultern. Dabei fiel ihm ein, dass er gleich das Messer hätte mitnehmen können. Er musste sich konzentrieren. Noch war er nicht in der Karibik. »Hör auf mit dem Scheiß«, schrie er Daniela an und schüttelte sie. In diesem Moment bewegte die Frau ihren rechten Arm in Richtung seines Bauches, dann spürte er einen kurzen, stechenden Schmerz und war höchst irritiert, bis er begriff, dass sie ihn mit einem Messer gestochen hatte. Er schlug ihr ins Gesicht, packte ihren Arm und drehte ihn, bis sie das Messer fallen ließ. Dann zerrte er sie – immer noch am Arm – zurück zum Computer und griff nach seinem Messer. Mit dem Messer in der Hand tastete er kurz nach seiner Wunde. Sie war gottlob nicht tief. Seine Bauchmuskeln waren hart, und Daniela hatte nicht viel Kraft. Schließlich warf er sie auf den Boden und packte sie an den dünnen, weißblonden Haaren, zog ihren Kopf zurück und setzte das Messer an ihren Hals.

In diesem Augenblick bemerkte er, wie sich ihr Gesicht blau verfärbte. Plötzlich und unversehens, um dann wieder dunkel zu werden, und dann, unmittelbar darauf, wieder dieses leuchtende Blau. Auch hier brauchte Frank Sekunden, um zu begreifen – es war das Blaulicht eines Streifenwagens. Sein Verstand arbeitete fieberhaft, wägte die Optionen gegeneinander ab. Was konnten sie ihm nachweisen? Nicht so wahnsinnig viel. Die Sache mit dem Mädchen in München – gefährliche Körperverletzung, wenn er Glück hatte. Daniela? Dito, plus Freiheitsberaubung. Vier, vielleicht fünf Jahre, nach drei Jahren wär er draußen.

»Steh auf«, sagte er zu Daniela. »Dein Freund ist da.«

Frank alias Anton Schuckenrieder wurde von Kreuthner und Schartauer ohne weitere Gegenwehr verhaftet. Im Gegensatz zu seinem Auftraggeber verlangte Schuckenrieder nach einem Anwalt und schwieg im Übrigen.

Daniela hatte sich einige Blessuren zugezogen, die einen ambulanten Aufenthalt im Krankenhaus nötig machten. Kreuthner holte sie am späten Abend von dort ab und fuhr mit ihr zurück nach Riedern auf den Hof, wo sie zusammen die Nacht verbrachten.

68

Der Tag war für Wallner erfolgreich verlaufen. In gewisser Weise war er beruhigt. Ohne genau sagen zu können, warum, hatte er das Gefühl, dass keine weiteren Leichen mehr auftauchen würden. Und so freute er sich auf einen ruhigen Feierabend im Kreis der Familie.
Vera und Manfred waren in der Küche, als Wallner heimkam. Manfred kochte, Vera half ihm. »Hallo«, sagte Wallner. »Riecht sensationell. Was gibt's?«
»Krautwickerl mit Rosenkohl. Mir ham uns drauf geeinigt, dass die Vera das Salzen übernimmt.«
»Gut, dann bring ich mal das Kind ins Bett.«
»Die wird gerade ins Bett gebracht«, sagte Vera. Wallner stutzte.
»Von wem, wenn ich fragen darf?«
»Von der neuen Kinderfrau«, sagte Manfred und lächelte, als sei das irgendwie sein Verdienst.
»Moment mal – ist die schon eingestellt?«
»Da gibt's nix zum Überlegen«, sagte Manfred. »A Bessere findst du net.«
Wallner sah Vera fragend an. »Sie ist wirklich ganz süß mit der Kleinen. Und Katja liebt sie jetzt schon.«
»Wer ist das? Wo haben wir die her? Und warum so plötzlich?« Wallner sah argwöhnisch zum Flur.
»Das ist ein total nettes, einfaches Mädchen«, sagte Vera. »Die kommt vom Bauernhof und hat Kindergärtnerin gelernt.«

»Alter?«
»Was hat sie gesagt?« Vera blickte zu Manfred. »Vierundzwanzig?«
»Ich glaube. Ja doch.«
»Ach, da weht der Wind her. Die Frau Burger war dir zu alt!«
»Das hab ich net g'sagt. Außerdem – was is denn falsch, wenn eine jung und hübsch is? Oder vergunst es mir net?«
»Doch, doch. Ich gönn dir das junge, hübsche Ding von Herzen. Ich hab nur was dagegen, wenn solche Sachen über meinen Kopf hinweg entschieden werden.«
»Wenn du den ganzen Tag nicht da bist, dann passiert so was eben. Und du musst Manfred auch zugestehen, dass in erster Linie er mit der Kinderfrau auskommen muss. Also ich finde das völlig in Ordnung.«
Wallner stellte sich neben Manfred und schaute in den Eisentopf mit den Kohlrouladen. »Na meinetwegen. Wie hast du das Mädchen gefunden?«
»Auf der Straße.«
»Wie bitte?«
»Ich bin mit der Katja rausgegangen, weil mir wollten zum Metzger wegen dem Hackfleisch. Und da ist sie auf der Straße gestanden.«
»Wieso steht die auf der Straße?«
Vera verdrehte die Augen zur Decke. »Wahrscheinlich hat sie Drogen verkauft. Warum stehen Menschen auf der Straße?«
»Hier in der Gegend steht man nicht auf der Straße. Es gibt keinen Grund, hier herumzustehen. Vielleicht geht man die Straße entlang, weil man wohin will. Vielleicht macht man was auf der Straße, Schnee schaufeln oder Eis vom Wagen kratzen ...«

»Clemens! Bitte! Wahrscheinlich hat sie irgend so etwas gemacht. Jetzt komm mal wieder runter. Du bist nicht im Vernehmungsraum, sondern zu Hause, okay?«
»Das sind vollkommen einfache Fragen, die sich jedem vernünftigen Menschen aufdrängen.« In Erwartung ihrer Zustimmung sah Wallner zu Vera. Die schüttelte stumm den Kopf. »Gut. Dann nicht.« Wallner schwieg zwei Sekunden, dann zu Manfred: »Und wie kam's zu der Einstellung der Dame?«
»Die hat die Katja gesehen und gleich gesagt: Mei is die liab! Und dann samma ins Ratschen gekommen, und ich hab gesagt, dass mir wen für die Katja suchen. Und sie hat gesagt, dass sie Kindergärtnerin is. Und dann hab ich gefragt, ob sie sich das vorstellen könnt. Und sie hat gesagt, des könnt sie sich jederzeit vorstellen. Und dann ist sie gleich mitgekommen und bis jetzt geblieben.«
Wallner verschränkte die Hände vor der Brust und sah Vera an. »Und da drängen sich dir keine Fragen auf?«
Vera beschränkte sich auf eine unbestimmte Geste. »Von der Straße weg geht sie mit und ist jetzt Kinderfrau bei uns.«
»Mein Gott – es gibt eben Leute, die sind vielleicht spontaner als … wir.«
»Als ich, meinst du.«
»Nein, als wir. Ich würde so was auch nicht machen. Du natürlich schon gar nicht. Aber darum geht's nicht. Sieh sie dir doch erst mal an.«
»Heißt das, ich kann die Entscheidung im Zweifel wieder rückgängig machen?«
»Ja, natürlich. Wenn du sie ganz schlimm findest. Aber das kann nicht sein. Sie ist wirklich die netteste Person, die ich je getroffen habe.«

»Jemand, wo die Annika net mag, des muss schon a ganz schlechter Mensch sein«, sagte Manfred und vertiefte sich in seinen Rouladentopf.
»Ich finde es gut, dass ihr mich bei der Sache überhaupt nicht unter Druck setzt«, maulte Wallner. Just in diesem Moment hörte man, wie jemand die Treppe herunterkam.

Sie trug einen Rollkragenpullover, der die Pflaster an ihrem Hals vollständig bedeckte. Auch die Stichwunden an den Armen waren unter dem Pullover verborgen. Annika Plungauer alias Tiffany lächelte Wallner schuldbewusst an. Wallner sagte nichts, aber sein Gesichtsausdruck veranlasste Vera zu einem fragenden Blick in Richtung der neuen Kinderfrau, die äußerst verlegen lächelte.
»Es tut mir leid, das hat sich halt so ergeben. Ich hab nur amal schauen wollen.«
»Sie haben da draußen auf mich ... gewartet?«
»Nein, ich hab net auf Sie gewartet.«
»Frau Plungauer ist eine wichtige Zeugin«, klärte Wallner Vera auf, deren Blick immer konsternierter geworden war.
»Ach ja?«, fragte Vera.
»Ihr Mann hat mir das Leben gerettet. Mei, da wollte ich einfach mal schauen, wo Sie wohnen.«
»Gut. Jetzt wissen Sie es ja.«
»Natürlich weiß sie es«, sagte Manfred. »Sie muss ja in Zukunft öfter herfahren. Des is mir auch wurscht, ob sie a Zeugin is oder net. Und der Katja wird's auch egal sein.«
»Äh, ja ... Allerdings haben Sie ja noch einen anderen Beruf? Oder hat sich das erledigt?«

»Mei, des san ja ganz andere Arbeitszeiten. Des passt scho.«
»Da hörst es. Passt scho! Des is a Madl, wie ich's mag: gradraus und ehrlich. Und deswegen: Willkommen in unserer Familie!« Manfred sah auffordernd zu Wallner.
»Ich würde mit Frau Plungauer gern unter vier Augen reden«, sagte Wallner zu Vera und Manfred. Und zu Annika Plungauer: »Kommen Sie bitte?«

Die junge Frau saß mit geschlossenen Knien auf dem Sofa: »Ich bin ausgebildete Erzieherin. Ich kann das.«
»Das bezweifle ich nicht. Aber sind Sie dann nicht ein bisschen überqualifiziert?«
»Warum? Weil ich nur ein Kind betreue?«
Wallner betrachtete seine Hände. »Darum geht es nicht.«
»Geht's darum, dass ich in der Tabledance-Bar arbeite?«
»Auch darum nicht. Es geht darum, dass Sie es nicht als Job ansehen. Oder zumindest nicht in der Hauptsache.«
»Was meinen Sie?«
»Ich meine, dass Sie Katja betreuen wollen, weil sie meine Tochter ist. Aus Dankbarkeit oder was auch immer.«
Auch Annika Plungauer beschäftigte sich jetzt mit ihren Händen, dachte anscheinend nach, sagte aber nichts.
»Es ist schlimm, dass Ihr Vater so früh gehen musste, und ich kann mir vorstellen, dass Ihnen das immer noch zu schaffen macht.« Sie sah ihn an, ihre Augen waren feucht. »Aber ich kann ihn nicht ersetzen.«

Es war still in der Küche, nachdem das Mädchen gegangen war. Manfred war verärgert und schwieg. Vera ratlos. »Ich verstehe es nicht. Nur weil wir dich nicht gefragt haben?«
»Hältst du mich wirklich für so einen Kontrollfreak?«
»Ich begreife einfach nicht, warum du ihr nicht einmal eine Chance gegeben hast.«
»Ich kann jemanden, der Zeuge in einem Mordfall ist, nicht bei mir im Haus beschäftigen.«
»Warum nicht? Wenn sie hier gearbeitet hätte und wäre dann Zeugin geworden, hättest du sie dann rausgeworfen?«
Wallner stöhnte. Vera hatte natürlich recht. Das war nicht der Grund.
»Was ist der wahre Grund, warum du sie nicht wolltest?«
Wallner zögerte. Es hatte keinen Sinn. Er musste es ihnen sagen. »Na gut, wenn ihr es unbedingt wissen wollt. Es geht Annika weder um Katja noch um Geld. Die Wahrheit ist: Das Mädchen steht auf mich. Deswegen wollte sie den Job.«
Wallner bemühte sich, ein dem Ernst der Situation entsprechendes Gesicht zu machen. Er fürchtete Diskussionen mit Vera. Den auf seine Offenbarung folgenden Heiterkeitsausbruch von Vera und Manfred empfand Wallner als ausgesprochen unangemessen und dumm.

69

Anton Schuckenrieder und Baptist Krugger waren verhaftet, Josepha Leberecht befand sich unter polizeilicher Beobachtung. Es standen noch Ermittlungsergebnisse aus, etwa ein Abgleich der DNA-Spuren von den Tatorten mit den Verdächtigen. Und man setzte eine gewisse Hoffnung darauf, dass Schuckenrieder reden würde, unter Umständen im Rahmen eines Deals. Das Wochenende stand bevor, und Wallner hatte nichts dagegen, dass die Beteiligten zwei Tage Gelegenheit hatten, über die Dinge nachzudenken.

Am Freitagabend fand das Weihnachtsfest der Polizei des Landkreises Miesbach auf dem Gnadenhof in Riedern statt. Die Atmosphäre war ausgesprochen weihnachtlich, man saß unter dem sternklaren Winterhimmel (und Heizstrahlern), die Pferde und Esel waren als lebende Kulisse hinter einem provisorischen Zaun im Geräteschuppen untergebracht, die anderen Tiere betrachteten das Schauspiel von sicheren Plätzen aus und wurden von den Gästen immer wieder gefüttert, obwohl mehrfach darum gebeten wurde, das sein zu lassen. Den Tieren war's recht.

Das Essensangebot war nicht so reichhaltig wie sonst üblich. Außer hartgefrorenen Plätzchen gab es Leberkäs und Brezen, außerdem Gulaschsuppe und Pommes. Daniela hatte sich mit ihren vegetarischen Vorstellungen nicht ganz durchsetzen können. Die

Mitarbeiter der Polizei durften mit ihren Familien kommen, aber Wallner hatte nur Vera mitgebracht, weil die Feier für Katja zu spät war. Er hatte die Kleine noch ins Bett gebracht und darauf vertraut, dass sie wie fast jede Nacht durchschlafen und Manfred nichts Gravierendes anstellen würde.

Am Montag wurden Baptist Krugger und Anton Schuckenrieder erneut vernommen. In Abwesenheit von Staatsanwalt Tischler, der in dem Verfahren um den ermordeten Telenovela-Schauspieler die Staatsanwaltschaft bei einem Haftprüfungstermin vertreten durfte. Inzwischen hatte Tiffany alias Annika Plungauer Anton Schuckenrieder alias Frank als den Mann identifiziert, der sie erstechen wollte. Außerdem gab es etliche DNA-Spuren im Apartment der jungen Frau, die Schuckenrieder belasteten. Da Schuckenrieder einen Anwalt hatte, der zu den besseren seines Fachs gehörte, redete er.
»Soweit ich das sagen kann«, fasste Wallner die bisherige Vernehmung zusammen, »wird die Anklage in jedem Fall auf versuchten Mord lauten. In zwei Fällen.«
»Erstens«, sagte Schuckenrieder und lehnte sich in seinem Stuhl zurück, »hatte ich nie die Absicht, die Frau zu töten. Ich hab sie mit dem Messer bedroht. Ja. Ich geb zu, ich wollte sie einschüchtern. Damit sie nicht zur Polizei geht. Aber wozu umbringen? Ich hab doch nichts zu befürchten gehabt. Außer, dass ich die Telefonnummer geklaut hab. Dafür bringt man doch niemanden um.«
»Sie hatte überall Stichwunden. Eine davon knapp neben der Halsschlagader.«

»Die hat wie wild um sich geschlagen, und das Messer ist verdammt scharf. Das ist blöd gelaufen. Mehr nicht.« Er schüttelte scheinbar verständnislos den Kopf.
»Sie wollten noch etwas sagen. Nämlich zweitens ...«
»Ach so, ja. Was heißt in zwei Fällen?«
»Daniela Kramm hätten Sie auch fast umgebracht, wenn nicht die Kollegen dazwischengegangen wären.«
Der Anwalt aus München meldete sich zu Wort. »Das ist reine Spekulation. Fakt ist, dass Frau Kramm meinen Mandanten mit einem Messer angegriffen hat, nicht umgekehrt.«
»Frau Kramm ist weder als Messerstecherin noch als gewalttätig aktenkundig. Ihr Mandant ist beides. Aber ich überlasse es gern Ihrer Anwaltskunst, die Richter davon zu überzeugen, dass Herr Schuckenrieder und nicht Frau Kramm das Opfer war.« Wallner blätterte in seiner Akte, bis er einen Laborbericht fand. »Ich neige im Augenblick zu der Annahme, dass die beiden genannten Frauen Glück hatten. Die drei Mordopfer hingegen nicht.«
»Würden Sie Ihre Behauptung bitte klar und direkt formulieren?« Der Anwalt setzte sich auf seinem Stuhl zurecht. Jetzt ging es ins entscheidende Gefecht.
»Es spricht eigentlich alles dafür, dass Herr Schuckenrieder Sophie Kramm, Jörg Immerknecht und Annette Schildbichler getötet hat.«
»Von dieser Beweislage ist uns rein gar nichts bekannt. Was spricht denn angeblich dafür?«
»In der Wohnung von Annette Schildbichler wurden DNA-Spuren von Herrn Schuckenrieder gefunden. Wie kommen die da hin?«

Schuckenrieder tauschte einen Blick mit seinem Anwalt, der nickte flüchtig. »Ich war in der Wohnung. An dem Tag, als sie umgebracht wurde. Aber da war sie schon tot.«
»Um welche Uhrzeit war das?«
»Ziemlich genau um fünfzehn Uhr.«
»Gut, das deckt sich mit den Aussagen eines Zeugen, der Sie gesehen hat. Was wollten Sie in der Wohnung von Frau Schildbichler?«
»Ich war mit ihr verabredet, weil ich sie etwas fragen wollte.«
»Was genau?«
»Wo die zehn Millionen Euro von Herrn Krugger waren. Das ist ja nicht strafbar.«
»Das nicht«, sagte Wallner und schwenkte nachdenklich den letzten Rest Kaffee in seiner Tasse. »Kümmert sich mal jemand um frischen Kaffee?«
Mike wollte aufstehen, aber Tina war schneller und legte ihre Hand auf Mikes Schulter. »Du warst bei der RAF-Zicke dran.«
Wallner suchte Schuckenrieders Blick. »Herr Krugger behauptet, Sie sollten die Leute zum Schweigen bringen, die ihm wegen des toten Mädchens Schwierigkeiten machen konnten. Was wiederum die gleichen Personen waren, die Herrn Krugger beraubt haben.«
»Ach ja? Erzählt er das?« Schuckenrieder zuckte mit den Schultern.
»Es ist doch offensichtlich«, schaltete sich der Anwalt wieder ein, »dass Herr Krugger sich selbst entlasten und alles auf meinen Mandanten schieben will. Wahrscheinlich hat er deswegen auch jemanden gesucht, der vorbestraft ist. Herr Schuckenrieder hat sich vielleicht nicht immer unter Kontrolle, mag sein. Er ist

bestimmt kein Engel und hat schon mehrfach Menschen verletzt. Aber das waren Taten im Affekt. Diese Morde hier draußen, das sind minutiös geplante und akribisch durchgeführte Werke eines Psychopathen. Fragen Sie Ihre Profiler. Die werden Ihnen bestätigen, dass Herr Schuckenrieder diese Morde nicht begangen haben kann.«

»Affekttaten werden normalerweise nicht in Auftrag gegeben«, sagte Wallner und spielte damit auf die Körperverletzungen an, deretwegen Schuckenrieder vorbestraft war und für die er nachweislich Geld erhalten hatte. Davon abgesehen, war leider viel Wahres an dem, was der Anwalt sagte. »Was wollten Sie von Frau Kramm, Daniela Kramm, als die Sie angeblich mit dem Messer angegriffen hat?«

»Das wird Sie Ihnen ja gesagt haben.«

»Ich hör mir gern beide Seiten an.« Tatsächlich lag noch keine Aussage von Daniela Kramm vor, außer der, dass Schuckenrieder sie mit einem Messer bedroht hatte. Man wollte ihr Zeit geben, das Erlebnis zu verarbeiten. Außerdem war ihre Aussage im Moment nicht wesentlich. Man konnte Schuckenrieder wegen der Messerattacke in München belangen und hatte ihn darüber hinaus vor allem wegen der Morde im Visier.

Schuckenrieder sah seinen Anwalt an, der beugte sich zu Wallner vor. »Auf die Version meines Mandanten müssen Sie – zumindest im Augenblick noch – verzichten.« Er lehnte sich zurück. Ganz offenbar hatte er das Gefühl, dass dieser Punkt Verhandlungsmasse sein könnte.

Wallner war leicht irritiert.

Auch Krugger hatte diesmal einen Anwalt dabei. Allerdings einen anderen als bei der Durchsuchung seines Hauses. Es war ein Anwalt aus München, der mit Schuckenrieders Verteidiger ein paar kollegiale Sätze wechselte, als man sich auf dem Gang begegnete.

»Sie haben sich bislang sehr kooperativ gezeigt«, begann Wallner die Vernehmung. »Das wird Ihnen bei einer Verurteilung positiv angerechnet werden. Insbesondere wäre es hilfreich, wenn Sie uns bei den Ermittlungen gegen Herrn Schuckenrieder helfen könnten.«

»Was wollen Sie wissen?«, ergriff der Anwalt das Wort, bevor sein Mandant allzu voreilig redete.

»Hat Schuckenrieder die Morde begangen?«

»Ich hab ihm gesagt, er soll alles Erforderliche tun, dass ich nicht ins Gefängnis komme.« Der Anwalt wollte eingreifen, aber Krugger bremste ihn mit einer unwilligen Geste. »Ich will reinen Tisch machen. Ich will's hinter mir haben.« Der Anwalt seufzte und lehnte sich in seinem Stuhl zurück. »Ich hab Schuckenrieder nicht gesagt, dass er jemanden umbringen soll. Ich hab auch gehofft, dass er's nicht tut. Aber ich hab's in Kauf genommen.«

»Hat er Ihnen gesagt, dass er Sophie Kramm getötet hat? Oder Jörg Immerknecht oder Annette Schildbichler?«

»Nein. Das war eine stille Übereinkunft, dass ich so etwas nicht wissen will. Sophie Kramm hat er jedenfalls nicht ermordet.«

»Das wissen Sie sicher?«

»Ich hab ihm den Auftrag erst erteilt, nachdem ich das Bild in der Zeitung gesehen habe. Das Foto mit der Handtasche. Davor hatte Schuckenrieder mit der Sache nichts zu tun.«

Wallner, Mike und Janette brauchten eine Weile, um diese Aussage zu verdauen. Sie waren davon ausgegangen, mit Schuckenrieder den Mörder gefunden zu haben – drei Morde, begangen im Auftrag von Krugger. So war es offenbar nicht. Wie aber dann?

70

»Also«, sagte Tischler. »Wo stehen wir?«
Wallner hatte seine Leute in einem Besprechungsraum versammelt. Das waren Janette, Mike, Tina und Oliver. Außerdem war Staatsanwalt Tischler nach seinem Haftprüfungstermin nach Miesbach gefahren, um die Ernte seiner überragenden Ermittlungsarbeit einzufahren.
»Schuckenrieder hat zumindest nicht Sophie Kramm ermordet«, sagte Wallner. »Und bei den anderen beiden ist das auch fraglich.«
»Ich dachte, das sei klar?«
»Ist es inzwischen leider nicht mehr. Krugger hat ihn erst nach dem Mord an Sophie Kramm engagiert.«
»Aber vielleicht hat er dann die beiden anderen getötet. Wir haben immerhin seine DNA-Spuren in der Wohnung von Annette Schildbichler gefunden.«
»Er behauptet, sie sei schon tot gewesen, als er in die Wohnung kam.«
»Würde ich auch tun an seiner Stelle. Was wollte er da überhaupt?«
»Er war auf der Suche nach Kruggers Geld.«
»Was, wenn Krugger die Morde begangen hat und sie Schuckenrieder in die Schuhe schieben will?«
»So was Ähnliches hat schon Schuckenrieders Anwalt vermutet. Wäre denkbar, passt aber irgendwie nicht zu dem Mann. Aber man irrt sich ja oft in diesen Dingen.«

»Warum würde Krugger dann Schuckenrieder für den ersten Mord entlasten?«, gab Mike zu bedenken.
»Weil es ohnehin rauskommt, dass er Schuckenrieder erst später engagiert hat?« Wallner zuckte mit den Schultern und vergrub sein Gesicht in den Händen. Er schüttelte den Kopf. »Nein, das passt nicht zusammen. Wenn es Krugger war – warum dann die Fotos von dem toten Mädchen, die eine Spur zu ihm selbst legen? Das ist doch widersinnig.«
»Und was heißt das jetzt? Wir haben zwei Leute verhaftet und keinen Täter?« Zwischen Tischlers Augen war eine senkrechte Falte entstanden. Er blickte unruhig im Raum umher.
»Was ist mit Josepha Leberecht? Die ist intelligent, kühl und berechnend. Und ihre moralische Messlatte liegt, glaube ich, ziemlich weit unten.«
»Sie hat uns eine Menge erzählt und die Erpressungen ihrer ehemaligen WG-Genossen mehr oder weniger zugegeben.«
»Nehmen wir an, die drei haben auf die Erpressung hin bezahlt und Leberecht wollte sie als Zeugen ausschalten«, sagte Tischler und dachte kurz über Schwachstellen nach. »Und die Fotos sind nur ein Ablenkungsmanöver, damit die Überlebenden zunächst denken, dass es von einer anderen Seite kommt – Krugger etwa, der sich rächen will, oder irgend so was.«
»Aber warum dann noch beim dritten Opfer?«, wandte Mike ein. »Da musste die Leberecht niemanden mehr täuschen.«
»Doch, die Polizei. Oder es gab noch einen vierten Tatbeteiligten. Vielleicht die Schwester von Sophie Kramm.« Tischler zuckte mit den Schultern.

Wallner trommelte mit den Fingern auf dem Tisch.
»Wir können uns hier zu Tode spekulieren. Tatsache ist: Wir wissen zu wenig. Vor allem sollten wir Daniela Kramm noch mal befragen. Die wusste zwar nicht viel darüber, was diesen Überfall auf Krugger angeht. Aber mir ist nicht ganz klar, was Schuckenrieder bei ihr gesucht hat – und vor allem, ob er es gefunden hat.«
»Warum ist die Frau noch nicht vernommen worden?«
»Sie wollte übers Wochenende zu Verwandten fahren. Und heute haben wir sie telefonisch noch nicht erreicht.« Wallner blickte zu Janette.
»Sie müsste eigentlich wieder auf dem Hof sein. Ich hab einen Streifenwagen hingeschickt.«
»Ruf die doch mal an«, bat Wallner.
Janette tat wie gebeten. Während des Telefonats zeigte sich zunehmend Irritation auf ihrem Gesicht. »Okay«, sagte sie schließlich. »Bleibt, wo ihr seid. Wir sind in einer Viertelstunde da.«
Sie legte auf, blickte in die Runde aus fragenden Gesichtern und sagte: »Jetzt wird's langsam merkwürdig.«

71

Es herrschte gespenstische Stille auf dem Hof. Nichts rührte sich, wohin das Auge blickte. Bis auf den Pferdetransporter, der auf seine Abfahrt wartete. Der Fahrer erklärte Wallner mit Tiroler Färbung, dass dies die letzten seien. Das ganze Wochenende über hätten sie Tiere abgeholt und zum Gnadenhof Inntal jenseits der Grenze gefahren. Es stellte sich heraus, dass eine größere Geldsumme auf dem Konto des Tiroler Gnadenhofs eingegangen war – als Gegenleistung für die Aufnahme der Tiere. Wo die Besitzerin des hiesigen Hofs sich aufhielt, davon hatte der Mann keine Ahnung. Er sollte nur die Tiere abholen.
Inzwischen war auch Kreuthner eingetroffen. Er sah sich erstaunt um und sagte: »Scheiße.« Es lag weitaus mehr Wehmut als Verärgerung in dem Fluch. Kreuthner sah Wallner fragend an.
»Sie hat den Hof verlassen und die Tiere an einen anderen Gnadenhof übergeben.«
Kreuthner mochte nicht glauben, was er sah, ging in den Stall, kam wieder heraus und wählte Danielas Nummer auf seinem Handy.
»Das haben wir schon versucht. Sie hat ihr Telefon ausgeschaltet.«
Kreuthner versuchte es trotzdem. Es war nur die Box dran. »Das gibt's doch net. Wieso hat sie mir net gesagt, dass sie weggeht?«
»Sie wird ihre Gründe gehabt haben.« Wallner ging

zum Geräteschuppen, als wollte er dort etwas nachsehen. Er suchte aber nur Abstand zu den anderen, um nachzudenken.

»Was sind das für Gründe?«, rief Tischler und sah dem abfahrenden Pferdetransporter nach.

»Kleinen Moment.« Wallner machte eine beschwichtigende Handbewegung, während Kreuthner ins Haus ging, um nachzusehen, ob Daniela ihm irgendetwas hinterlassen hatte.

»Haben sich eigentlich noch Anhaltspunkte ergeben, dass Sophie Kramm Selbstmord begangen hat?«, fragte Wallner Tina und Oliver, als er zu den anderen zurückkehrte.

»Eine der Telefonnummern in ihrem Computer gehörte einem Therapeuten«, sagte Oliver. »Sie war bei ihm in Therapie. Wegen Depressionen.«

»Warum erfahren wir das jetzt erst?« Tischler schien äußerst irritiert.

»Weil wir das herausgefunden haben, nachdem klar war, dass es sich um Mord handelt. In Richtung Suizid haben wir nicht weiter ermittelt.«

»Richtig. Warum auch?« Tischler wandte sich Wallner zu. »Wollen Sie sagen, es war doch kein Mord?«

Wallner steckte seine Hände tief in die Taschen seiner Daunenjacke, denn es war kalt. Er wäre gern ins Haus gegangen. Aber da war vermutlich nicht geheizt, und die frische Luft um den Kopf half ihm beim Denken.

»Nehmen wir Folgendes an: Sophie Kramm leidet unter Depressionen, der Gnadenhof steht kurz vor dem Ende, sie sieht keinen anderen Ausweg und begeht Selbstmord.«

Kreuthner war wieder aus dem Haus gekommen. Offenbar hatte er nichts gefunden.

»Nehmen wir weiter an, Daniela Kramm macht Jörg Immerknecht und Annette Schildbichler für den Tod ihrer Schwester verantwortlich.«
»Wieso?«, wollte Kreuthner wissen. Wallners Ausführungen gingen in eine Richtung, die Kreuthner nicht behagte.
»Die drei hatten zehn Millionen von Krugger gestohlen. Warum stand dann der Hof hier vor der Pleite?«
»Die anderen beiden haben ihr nichts für den Hof gegeben. Aus welchen Gründen auch immer«, vermutete Janette.
»Aber die Daniela hat von dem Überfall auf Krugger überhaupt nichts gewusst«, wandte Kreuthner ein.
»Das hat sie uns erzählt. Aber hast du nicht gesagt, dass die beiden sehr eng waren? Glaubst du wirklich, Sophie hätte ihrer Schwester nichts von dem Überfall erzählt?«
Kreuthner schwieg.
»Sie meinen also, Daniela Kramm hat Immerknecht und Schildbichler umgebracht, um den Tod ihrer Schwester zu rächen? Interessant, aber ein bisschen verwegen ohne Beweise.«
»Sie war dabei, als ihre Schwester gefunden wurde. Niemand außer ihr wusste so detailliert, wie Sophie Kramm starb und wie sie gefunden wurde. Im Grunde war Daniela Kramm die Einzige, die die Morde so aussehen lassen konnte, als sei es eine Serie von drei Morden, begangen vom gleichen psychopathischen Täter. Es dürfte ihr nicht schwergefallen sein, den Suizid ihrer Schwester akribisch nachzustellen. Sie ist sehr ordentlich. Sagtest du doch, oder?«
Wallner sandte Kreuthner einen fragenden Blick zu. Der machte eine vage bejahende Geste.

»Dennoch hat sie eine Kleinigkeit übersehen. Bei Sophie Kramm haben wir ein Fläschchen GHB gefunden, ihr wisst schon, dieses Ecstasy. Bei den anderen beiden war das Zeug zwar im Blut, aber sie trugen die Flasche nicht bei sich. Ein Selbstmörder muss das Mittel wegen der schnell narkotisierenden Wirkung unmittelbar vor dem Suizid einnehmen, also muss die Flasche in der Nähe der Leiche sein.«
In diesem Augenblick klingelte ein Handy. Mehrere der Anwesenden fühlten sich angesprochen. Es stellte sich heraus, dass es Kreuthners Gerät war. Er sah auf das Display. »Sie hat mir eine SMS geschickt.«
Ein paar Klicks später hatte Kreuthner den Text vor sich. »Sie fragt, ob du«, Kreuthner sah dabei zu Wallner, »mit ihr reden willst. In einer Stunde auf Facebook.«

72

Tischler musste in einer dringenden Angelegenheit (eine mit Media Value, wie Wallner vermutete) nach München zurück. Das Bedauern hielt sich in Grenzen. Die anderen fuhren nach Miesbach und versammelten sich in Wallners Büro um dessen Computer. Wallner musste zunächst auf Daniela Kramms Facebook-Seite eine Freundschaftsanfrage stellen, die nach zehn Minuten positiv beantwortet wurde. Der Chat konnte beginnen. Während des Internetkontakts versuchten die Spezialisten vom BKA in München herauszufinden, wo sich Daniela Kramm aktuell aufhielt.

– Hallo, Herr Wallner, hier ist Daniela Kramm,

begann die Konversation.

– Guten Tag, Frau Kramm, hier Wallner. Wir haben Sie schon gesucht.
– Ich musste kurzfristig weg. Tut mir leid.
– Darf ich fragen, wo Sie sich aufhalten?
– Das kann ich Ihnen nicht sagen. Ich melde mich, weil ich weiß, dass Sie Leute festgenommen haben. Leute, die Sie wegen der Morde verdächtigen. Stimmt das?
– Das stimmt. Wollen Sie uns etwas zu den Morden mitteilen?

– Ich möchte nicht, dass Unschuldige bestraft werden.

Tina kam herein und meldete, dass die BKA-Leute die IP-Adresse herausbekommen hatten, von der aus Daniela Kramm den Chat führte. Sie gehöre zu einem Web-Stick. Der Stick sei vorgestern in der Münchner Innenstadt verkauft worden. Falls sich das Teil noch in Deutschland befand, könnte man mit viel Glück den Standort ermitteln. Falls nicht, werde es sehr lange dauern. Wallner nahm es zur Kenntnis und setzte das Gespräch fort.

– Gut. Fangen wir mal so an: Wie ist Ihre Schwester gestorben?
– Sie hat sich das Leben genommen.
– Das wissen Sie sicher?
– Sie hat mir einen Abschiedsbrief geschrieben.
 Er kam am nächsten Tag mit der Post. Sie war verzweifelt, weil der Hof kein Geld mehr hatte. In dem Brief hat sie genau beschrieben, wie sie sich umbringen wollte und dass das schmerzlos sei und dass ich mir keine Sorgen machen müsste.
– Immerknecht und Schildbichler wollten Ihrer Schwester kein Geld für den Hof geben?
– Sie haben sich kategorisch geweigert, Geld für Tiere auszugeben. Hunderttausend hätten schon gereicht. Sie hatten zehn Millionen. Die beiden haben meine Schwester in den Tod getrieben.
– Das heißt?
– Ich habe die beiden getötet. Es war nicht schwer. Sie haben mir vertraut, weil ich die kleine Schwester von Sophie war.

- Das heißt, Sie wussten von dem Überfall auf Krugger?
- Von Anfang an. Sophie hat über alles mit mir geredet.
- Warum hatte Ihre Schwester das Foto dabei?
- Sie hatte es immer dabei. Als Versicherung gegen Krugger. Ein bisschen irrational. Aber das war so eine fixe Idee von ihr.
- Wo ist das Geld?
- Auf Bankkonten überall auf der Welt. Ich habe die Passwörter und werde das Geld für gute Projekte verwenden und ein bisschen was für mich selber. Ich brauche nicht viel. Es kam mir übrigens nicht auf das Geld an. Ich hatte gar nicht damit gerechnet, jemals an die Passwörter zu kommen. Das war Zufall. Bei Annette Schildbichler lag ein Zettel auf dem Schreibtisch. Da waren alle Kontodaten drauf.
- Ihnen ist klar, dass Sie den Rest Ihres Lebens gejagt werden, wenn Sie sich nicht der Polizei stellen?
- Ich muss Schluss machen. Grüßen Sie bitte Herrn Kreuthner von mir. Ist er bei Ihnen?
- Ja. Wollen Sie ihm noch etwas sagen?
- Ich melde mich bei ihm. Und sagen Sie ihm, dass heute Abend eine Lieferung zu ihm nach Hause kommt. Er soll bitte da sein.

73

Es war immer noch kalt an diesem Montagabend vor Weihnachten. Wallner hatte bei Kreuthner angerufen, weil er fürchtete, die Sache mit Daniela Kramm würde ihm nahegehen. Kreuthners Handy war nicht an. Ein wenig besorgt fuhr Wallner zu Kreuthners Zweizimmerwohnung in der Nähe von Miesbach. Er war nicht da. Ein Nachbar vermutete, er sei auf dem Bauernhof, den er geerbt hatte, der Schwarzbrennerei von Onkel Simon.
Kreuthner hatte es sich vor dem Hof gemütlich gemacht. Er saß in einem Liegestuhl, in Daunenjacke und Decken gehüllt. Ein Feuer brannte in einer alten Öltonne, und Kirschwasser gab es auch reichlich. Selbstgebrannt und rauh im Geschmack. So, wie man die Brände von Simon Kreuthner immer geschätzt hatte. Wallner setzte sich dazu und nahm gern die angebotene Decke. Auch ein kleines Glas Kirschwasser nahm er an, um der von Kreuthner beschworenen Griabigkeit Genüge zu tun. Eine Weile schauten sie wortlos ins Feuer, was für Männer ja ein abendfüllender Zeitvertreib sein kann.
»Ist blöd gelaufen mit deiner Daniela«, sagte Wallner schließlich.
Kreuthner nickte und schaute weiter ins Feuer.
»Wir haben sie international zur Fahndung ausgeschrieben. Bei unserem Facebook-Chat war sie wahrscheinlich in Mexiko.«

»Die geht nach Nicaragua. Und mit dem Geld, was die hat, kann die jeden Polizisten im Land bestechen und die Richter dazu.«

»Wir werden sehen. Hat sie sich schon gemeldet bei dir? Ich frag jetzt mal nicht als Polizist.«

In diesem Augenblick kam ein Kater von monströsen Ausmaßen um die Ecke, maunzte in einem quengelnden Ton und sprang Kreuthner auf den Schoß. »Den haben die von dem Tiroler Gnadenhof vorhin vorbeigebracht.«

Wallner sah nach oben. Es war eine dieser Winternächte, in denen es mehr Sterne als Schwarz am Himmel gab. »Was machst du Weihnachten?«

Kreuthner zuckte mit den Schultern. »Bissl aufräumen.« Er deutete auf sein verlottertes Anwesen.

»Na gut. Ich pack's wieder«, sagte Wallner und stand auf. »Komm Weihnachten einfach vorbei, wenn du magst.«

»Danke.« Kreuthner wandte den Blick nicht vom Feuer. »Vielleicht mach ich's.« Kurz spürte er Wallners Hand auf seiner Schulter, bevor der in der Nacht verschwand. Kreuthner sah zum Himmel auf. Da oben stand der Orion groß und ewig über dem Bergrücken im Süden. Ob sie den Orion auch in Nicaragua sehen konnten? fragte sich Kreuthner. Troll, der Kater, hatte endlich eine bequeme Stellung auf seinem Schoß gefunden.

Danksagung

Danken möchte ich allen, die mich bei diesem Projekt unterstützt haben. Besonderer Dank gilt meiner Frau Damaris für ihre Geduld mit mir und ihr unbestechliches Urteil sowie ihre interessanten Geschichten vom Gnadenhof; dem Ersten Kriminalhauptkommissar Johann Schweiger und Kriminalhauptkommissar Konrad Paulus von der Kripo Miesbach, die mir einmal mehr wichtige und interessante Einblicke in die konkrete Polizeiarbeit vermittelt haben, Henry Halbig, der viel Erhellendes zum Thema Sympathisantenumfeld der RAF beisteuerte; Sophie Putz, von der ich viel darüber erfahren habe, was es bedeutet, einen Gnadenhof zu führen; meinem Freund und Partner beim Drehbuchschreiben Thomas Letocha für unsere Gespräche, die mich immer weitergebracht haben, wenn es darum ging, Probleme in der Geschichte zu lösen; Maria Hochsieder, die immer wieder Wege findet, den Text sprachlich geschlossener, kürzer und eleganter zu machen; und meiner Lektorin Andrea Hartmann, die mit all ihrer Erfahrung und Intuition wie schon bei meinen früheren Romanen viel dazu beigetragen hat, die Geschichte schöner und runder zu machen.

*Der zweite Fall für Kommissar Wallner
und Polizeiobermeister Kreuthner*

Andreas Föhr

Schafkopf

Kriminalroman

Polizeiobermeister Kreuthner hat sich in einer durchzechten Nacht auf eine unselige Wette eingelassen: Er muss das Polizeisportabzeichen machen! Um seinen alkoholgeschwängerten Körper vorzubereiten, joggt er nun – noch nicht ganz ausgenüchtert – auf den Riederstein. Als er, dem Kreislaufkollaps nahe, am Gipfel ankommt, wird dem Bergwanderer neben ihm der Kopf weggeschossen. Kommissar Wallner und sein Team stoßen bei ihren Ermittlungen auf einen geheimnisvollen Vorfall, der zwei Jahre zurückliegt. Ein weiterer Mord geschieht, und allmählich laufen die Fäden an jenem Juniabend zusammen, an dem eine legendäre Runde Schafkopf gespielt wurde …

*»Das macht den Charme des Krimis aus, dass die
Charaktere gut geerdet und meist mit trockenem
Humor ausgestattet sind. Föhr verschafft seinen
Protagonisten mit wenigen Merkmalen eigene
Persönlichkeiten.«*
Süddeutsche Zeitung

Knaur Taschenbuch Verlag

*Die Kultkommissare Wallner und Kreuthner
ermitteln wieder*

Andreas Föhr

Karwoche

Kriminalroman

Als Polizeiobermeister Kreuthner von seinem Spezl Kilian Raubert zu einer Wettfahrt herausgefordert wird, lässt er sich nicht lumpen. Mit 150 km/h rauschen sie den Achenpass runter Richtung Tegernsee. Bei einem halsbrecherischen Überholmanöver fegt Kreuthner fast ein entgegenkommendes Auto von der Straße – am Steuer ausgerechnet sein Chef, Kommissar Wallner.
Kreuthner versucht, das Autorennen als dienstliche Aktion zu tarnen, und führt spontan eine Straßenkontrolle durch. Dabei bietet sich den Polizisten ein schockierendes Bild: Im Laderaum von Rauberts Lkw kniet eine Tote, das Gesicht zu einer grotesken Fratze verzerrt …

*Ein Schmunzelkrimi, der sich die bayerischen
Eigenheiten zunutze macht und mit allen
gängigen Klischees jongliert.
Höchstes Lesevergnügen garantiert!*
Gong

Knaur Taschenbuch Verlag